EL HILO ESCARLATA

el
HILO
ESCARLATA

FRANCINE
RIVERS

Tyndale House Publishers
Carol Stream, Illinois

Visite Tyndale en Internet: tyndaleespanol.com y BibliaNTV.com.

Entérese de las últimas novedades sobre Francine Rivers en FrancineRivers.com.

TYNDALE y el logotipo de la pluma son marcas registradas de Tyndale House Ministries.

El hilo escarlata

Originalmente publicado en inglés en 1996 y 2004 como *The Scarlet Thread* por Tyndale House Publishers con ISBN 978-0-8423-3568-3.

Preguntas de discusión escritas por Peggy Lynch.

El mapa © 1996 por Kirk Caldwell. Todos los derechos reservados.

Diseño gráfico en el interior © Roberto hartasanchez Castillo/iStockphoto. Todos los derechos reservados.

Ilustración de la portada © 2011 por Robert Papp. Todos los derechos reservados.

Fotografía de la autora por Elaina Burdo © 2011. Todos los derechos reservados.

Diseño: Jennifer Ghionzoli

Traducción al español: Patricia Cabral de Adriana Powell Traducciones

Edición en español: Keila Ochoa Harris

Publicado en asociación con la agencia literaria Browne & Miller Literary Associates, LLC, 410 Michigan Avenue, Suite 460, Chicago, IL 60605.

Las citas bíblicas sin otra indicación han sido tomadas de la *Santa Biblia*, Nueva Traducción Viviente, © 2010 Tyndale House Foundation. Usada con permiso de Tyndale House Publishers, 351 Executive Dr., Carol Stream, IL 60188, Estados Unidos de América. Todos los derechos reservados.

El hilo escarlata es una obra de ficción. Donde aparezcan personas, eventos, establecimientos, organizaciones o escenarios reales, son usados de manera ficticia. Todos los otros elementos de la novela son producto de la imaginación de la autora.

Para información acerca de descuentos especiales para compras al por mayor, por favor contacte a Tyndale House Publishers a través de espanol@tyndale.com.

Library of Congress Cataloging-in-Publication Data
Names: Rivers, Francine, date- author.
Title: El hilo escarlata / Francine Rivers.
Other titles: Scarlet thread. Spanish
Description: Carol Stream, Illinois : Tyndale House Publishers, 2020. |
  Originally published in English in 1996 and 2004 as The Scarlet Thread
  by Tyndale House Publishers.
Identifiers: LCCN 2020030952 (print) | LCCN 2020030953 (ebook) | ISBN
  9781496445728 (trade paperback) | ISBN 9781496445735 (kindle edition) |
  ISBN 9781496445742 (epub) | ISBN 9781496445759 (epub)
Classification: LCC PS3568.I83165 S2818 2020 (print) | LCC PS3568.I83165
  (ebook) | DDC 813/.54--dc23

Impreso en Estados Unidos de América

Printed in the United States of America

26   25   24   23   22   21   20
7   6   5   4   3   2   1

Para Sue Hahn, Fran Kane y Donzella
Schlager... mis compañeras de viaje

RECONOCIMIENTOS

Tres personas muy especiales ayudaron a dar vida a esta historia: Sue Hahn, Fran Kane y Donzella Schlager, aventureras todas, que compartieron conmigo el sueño de recorrer la ruta de Oregón. Con el consentimiento de nuestros esposos, partimos en una camioneta y manejamos desde Sebastopol, en California, hasta Independence, en Misuri. Desde allí, seguimos la ruta de Oregón hasta The Dalles, en Oregón. Casi ocho mil kilómetros juntas. Conocimos la belleza y la inmensidad de nuestro país, nos detuvimos en cada hito histórico (y, también, en cada área de descanso) que había a lo largo del camino, visitamos cada museo que encontramos (en los pueblitos y en las grandes ciudades), y recopilamos la información suficiente para mantenernos leyendo en los años venideros.

Gracias, chicas. Fue una de las mejores épocas de mi vida.

¿Cuándo hacemos la ruta de Lewis y Clark?

Muchas gracias, también, a Ryan MacDonald, por compartir sus conocimientos sobre juegos electrónicos y ferias comerciales.

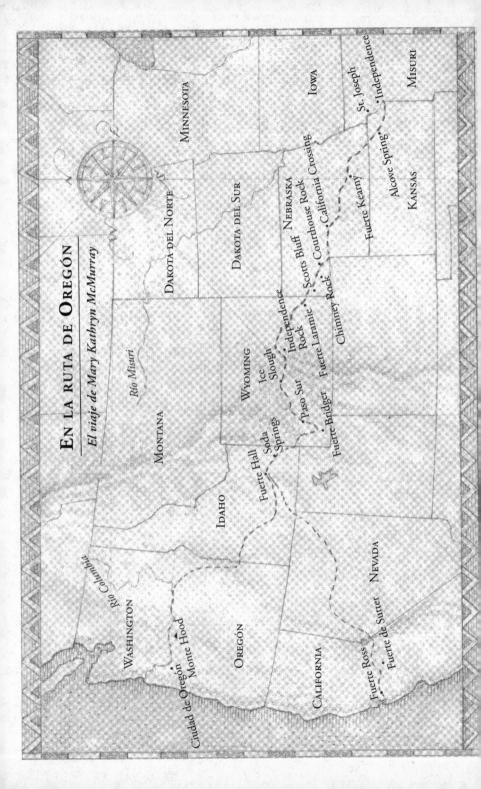

EN LA RUTA DE OREGÓN

El viaje de Mary Kathryn McMurray

MISURI

KANSAS

Independence
St. Joseph
Alcove Spring
Fuerte Kearny

IOWA

MINNESOTA

NEBRASKA
California Crossing
Courthouse Rock
Scotts Bluff
Chimney Rock
Fuerte Laramie
Independence Rock

DAKOTA DEL NORTE

DAKOTA DEL SUR

WYOMING
Ice Slough
Paso Sur
Fuerte Bridger

Río Misuri

MONTANA

Soda Springs
Fuerte Hall

IDAHO

NEVADA
Fuerte de Sutter
Fuerte Ross

Río Columbia

WASHINGTON

Ciudad de Oregón
Monte Hood

OREGÓN

CALIFORNIA

PRIMERA PARTE

LA LLAMADA

CAPÍTULO I

Sierra Clanton Madrid no podía dejar de temblar. Su estómago se contraía. Desde el momento en que Alex le dio la noticia, la cabeza había empezado a dolerle por la tensión.

No había tenido un dolor como ese desde la noche del baile de graduación, durante el último año de la preparatoria. Alex había ido a buscarla en el Chevy destartalado de su padre tres minutos antes de que su papá subiera a la casa por el camino de entrada. Era la primera vez en la vida que su padre volvía a casa *temprano* del trabajo. Ella debería haber sabido que esa noche lo haría. Todavía recordaba la cara de su padre cuando vio a Alex (un muchacho latino guapísimo, con el cabello largo y vestido con un esmoquin alquilado) de pie en el amplio pórtico de la casa victoriana de su familia en la calle Mathesen. Como si eso no fuera suficientemente malo, Alex estaba parado cerca de ella, sujetando una orquídea para colocarla en la parte delantera de su vestido de gala para el baile de graduación. Cuando Sierra oyó el portazo del carro de su padre, casi se desmaya de miedo.

En ese momento empezó el dolor de cabeza, que empeoró cuando Alex la miró con una expresión inquisitiva.

—¿Qué ocurre? —preguntó. ¿Qué podía decir ella? Le había hablado a su padre sobre Alex, solo que no le había dicho todo.

Hubo un intercambio de palabras, pero, afortunadamente, su madre estaba presente para interceder y serenar a su padre.

Finalmente, Alex la acompañó al auto prestado y la ayudó a entrar, mientras su padre, de pie en los escalones delanteros, lo miraba furioso. Alex ni siquiera la miró; puso en marcha el Chevy y se alejó de la acera. Recién cuando iban a mitad de camino hacia Santa Rosa, él habló.

—No le dijiste quién iba a llevarte al baile, ¿verdad?

—Sí, se lo dije.

—Sí, claro. Solo omitiste algunos detalles importantes, ¿no es cierto, *chiquita*?

Nunca la había llamado así, y fue un presagio de la mala noche que tendrían. Él no volvió a hablar durante el viaje al costoso restaurante en Santa Rosa. Ella pidió algo barato para comer, lo cual lo hizo enfadar aún más.

—¿Piensas que no puedo permitirme pagar por algo más que una ensalada?

Con el rostro en llamas, ordenó un bistec de primera calidad como él, pero no vio que su humor mejorara.

A medida que transcurría la noche, las cosas empeoraron. A las diez, Alex ya no hablaba, ni a ella ni a nadie. En el baño de la Villa de Chanticlair, terminó vomitando la elegante cena que él había pagado.

Se enamoró loca y perdidamente de Alejandro Luis

Madrid. *Loca* era la palabra clave. Su padre se lo había advertido. Debía haberlo escuchado.

En este momento, mientras conducía por la autopista Old Redwood que unía Windsor con Healdsburg, los ojos de Sierra ardían por las lágrimas. Pese a toda aquella confusión, prefería aferrarse al ahora romántico pasado, que tener que enfrentar el presente y el futuro, inciertos y aterradores.

La noche del baile de graduación fue un completo desastre. Mientras la mayoría de sus amigos iba a los festejos que durarían toda la noche en Santa Rosa, Alex la llevó a su casa antes de la medianoche. Las luces del frente estaban encendidas y no con discreción. Su padre probablemente había cambiado esa noche la bombilla de sesenta vatios por una de doscientos cincuenta.

Había luz más que abundante para ver lo enojado que estaba Alex. Pero su expresión revelaba algo más profundo que solo enojo. Podía sentir el dolor escondido detrás de la expresión fría y distante que había en su rostro. En ese momento, pensó que él simplemente se marcharía. Por desgracia, no tenía la intención de hacerlo sin antes decir lo que pensaba.

—Sabía que sería un error invitarte a salir.

Las palabras impactaron su corazón como si lo hubiera acribillado con una escopeta. Eso no fue todo.

—No soy un personaje de una tragedia shakesperiana, Sierra. No soy el Romeo de tu Julieta. ¡Y no te invité a salir porque quería jugar contigo! —Luego de decir eso, se dio vuelta y prácticamente llegó a los escalones antes de que ella pudiera hablar, por encima de las lágrimas que la ahogaban.

—Te amo, Alex.

Él se dio vuelta y la miró.

—¿Qué dijiste? —Tenía los ojos oscuros y encendidos, todavía llenos de enojo hacia ella y por un motivo justificado.

Ella no había tenido en cuenta el costo que tendría su silencio. En lo único que había pensado era evitar la confrontación con su padre.

Alex seguía esperando.

—Di... dije que te amo.

—Dilo en español —lo dijo en el mismo tono de voz que usaba cuando le daba clases.

Ella tragó saliva, preguntándose si lo único que se proponía era humillarla un poco más antes de salir de su vida.

—*Te amo*, Alejandro Luis Madrid. *Corazón y alma.* —Entonces rompió en llanto con unos sollozos desgarradores. Él la agarró y desahogó sus sentimientos en español. Aunque no entendió del todo lo que le dijo, cuando lo miró a los ojos y sintió cómo la acariciaba, supo que la amaba.

Con el correr de los años, ocasionalmente, él volvía a su idioma materno cuando estaba expuesto a emociones intensas. Habló en español cuando le hizo el amor en la noche de bodas y, nuevamente, cuando ella le dijo que estaba embarazada. Lloró y habló en español a altas horas de la madrugada cuando Clanton llegó al mundo y, otra vez, cuando nació Carolyn. Y dijo palabras en español la noche en que el padre de Sierra murió.

Pero, esa noche en el pórtico, ambos se olvidaron de las luces. De hecho, los dos se olvidaron de todo hasta que la puerta delantera se abrió de golpe y su padre le ordenó a Alex que se fuera.

Le prohibieron ver a Alex. En ese momento, a su padre no le importó que Alex tuviera el cuarto lugar en una clase de doscientos alumnos. Lo que importaba era que Luis Madrid, el padre de Alex, era un mexicano que trabajaba como peón en los viñedos del condado de Sonoma. Al padre de ella no le interesaba que Alex trabajara cuarenta horas por semana en una gasolinera local para ahorrar dinero para pagarse la universidad.

—Que tenga suerte —dijo, pero, obviamente, suerte era lo último que le deseaba a Alex.

Quiso hacerlo entrar en razón, engatusarlo, lloriqueó y suplicó. Recurrió a su madre, quien, inmediatamente se negó a ponerse de su lado. En su desesperación, amenazó con huir o quitarse la vida. Con eso último, logró la atención de sus padres.

—Si llegas a hablar por teléfono con ese indocumentado, ¡llamaré a la policía! —había gritado su padre—. Tienes quince años. Él, dieciocho. ¡Podría hacerlo arrestar!

—¡Hazlo, y le diré a la policía que abusas de mí!

Su padre llamó a su tía que vivía en Merced, e hizo los preparativos para que ella pasara unas semanas allí para «enfriarse».

Cuando volvió, Alex estaba esperándola, pero resultó ser menos dócil que su padre. Dijo algunas palabras en español respecto a su idea de encontrarse con él a escondidas. Alex era un luchador que prefería enfrentar sin rodeos la ira. Ella no había esperado que él resolviera la situación por su cuenta. Un día apareció en su casa cinco minutos después de que su padre había vuelto del trabajo. Luego se enteró por una vecina que Alex lo había esperado en la calle durante más de una hora. Su madre, solidaria ante su sufrimiento, invitó a Alex al recibidor antes de que su padre llegara al pórtico y le ordenara que se largara de su propiedad.

Ahora, aferrándose al volante de su Honda Accord, Sierra recordaba cómo se había sentido ese día al ver a Alex parado en el recibidor, entre su madre y su padre. Estaba segura de que su padre lo mataría, o que, al menos, le daría una paliza hasta dejarlo casi muerto.

—¿Qué hace *él* aquí? —Todavía podía escuchar la indignación en la voz de su padre, mientras dejaba caer al piso su maletín. Sierra tenía la convicción de que solo estaba liberando sus manos para poder agarrar a Alex del cuello.

Alex pasó por el costado de su madre y lo enfrentó.

—Vine a pedirle permiso para ver a su hija.

—¡Permiso! ¿Como el permiso que pediste para llevarla a la graduación?

—Pensé que Sierra había hablado claramente con usted. Estaba equivocado.

—¡En eso tienes razón! Un gran error. Ahora, ¡largo de aquí!

—Brian, dale al joven la oportunidad de...

—¡Mantente al margen de esto, Mariana!

Alex se mantuvo firme.

—Lo único que pido es un juicio imparcial. —Ni siquiera la notó de pie en lo alto de la escalera.

—No quiero oír nada de lo que tengas que decir.

Eran como dos perros furiosos.

—Papi, por favor... —dijo ella, bajando la escalera—. Nos amamos.

—*Amor*. Dudo que eso sea lo que él siente por ti.

—¡Tú no entiendes! —gimió ella.

—¡Entiendo perfectamente! ¡Vuelve a tu cuarto!

—No iré a ningún lado sin Alex —dijo ella, llegando al recibidor y parándose junto a su novio; en ese instante supo que si su padre lo atacaba, haría lo que tuviera que hacer para detenerlo. ¡Jamás había estado tan furiosa!

Alex la sujetó firmemente de la muñeca y la escondió detrás de él.

—Esto es entre tu padre y yo. Mantente al margen. —En ningún momento dejó de mirar a su padre mientras hablaba.

—Sal de mi casa.

—Lo único que quiero es hablar unos minutos con usted, señor Clanton. Si, después de eso, me dice que me aleje, lo haré.

—¿Hasta México?

—¡Brian!

Ni bien pronunció esas palabras, el rostro de su padre se puso rojo como un tomate. Alex, con sus propios prejuicios, no tenía intención alguna de pasarlo por alto tan fácilmente

—Yo *nací* en Healdsburg, señor Clanton. Igual que usted. Mi padre rindió su examen de ciudadanía hace diez años. No es que eso represente una gran diferencia. Lo aprobó con notas excelentes. Rojo, blanco y azul. Nunca en su vida aceptó un dólar de la asistencia social y trabaja duro en lo que hace; probablemente más que usted en esa lujosa oficina de bienes raíces que tiene en el centro. No vivimos en una casa victoriana —lo dijo echando un vistazo rápido y revelador alrededor—, pero tampoco vivimos en una choza.

Su pequeño discurso no mejoró las cosas.

—¿Terminaste de hablar? —dijo su padre; su indignación triunfó sobre su vergüenza.

—Tal vez le guste saber que mi padre y mi madre desaprueban a Sierra tanto como usted a mí.

Ella se quedó boquiabierta.

—¿Desaprueban a Sierra? —dijo su padre, ofendido—. ¿Por qué?

—¿Por qué le parece, señor Clanton? Es blanca y protestante.

—Quizás deberías escucharlos.

—Claro que los escucho. Tengo un gran respeto por mis padres, pero yo pienso de otra manera. A mi entender, el intolerante es intolerante, no importa cuál sea su color de piel.

Un silencio largo y sofocante llenó el recibidor.

—Entonces —dijo Alex con desaliento—, ¿hablamos o me voy?

Su padre la miró por un momento y después le dirigió a Alex una mirada resentida y resignada.

—Hablemos. —Hizo un gesto con la cabeza hacia una

sala a un lado del pasillo—. Pero dudo que vaya a gustarte lo que tengo que decir.

Pasaron las dos horas siguientes en la pequeña oficina que había en la parte delantera de la casa, mientras ella se sentaba en la cocina con su madre, llorando y enfureciéndose sucesivamente diciendo lo que haría si su padre no la dejaba salir con Alex. Su madre no había hablado mucho ese día.

Cuando su padre entró a la cocina, dijo que Alex se había ido. Antes de que ella tuviera tiempo de gritarle sus recriminaciones, él le informó que podría volver a verlo, *luego* de que ella aceptara obedecer las reglas que ambos habían establecido. Una charla telefónica por noche de no más de treinta minutos y únicamente *después* de que hubiera terminado la tarea escolar. Nada de salidas de lunes a jueves. Los viernes por la noche, debía volver a casa a las once. Los sábados por la noche, a las diez. Sí, a las *diez*. Tenía que descansar bien para ir a la iglesia los domingos en la mañana. Si sus notas bajaban, aunque fuera un poquito, sería castigada con no ver a Alex en absoluto. Si faltaba a la iglesia, las mismas consecuencias.

—¿Y Alex lo aceptó?

—Así es.

A ella no le gustó ninguna de las condiciones, pero estaba tan enamorada que habría aceptado hacer cualquier cosa, y su padre lo sabía.

—Ese muchacho te romperá el corazón, Sierra.

Ahora, catorce años después, estaba haciendo justamente eso.

Limpiándose las lágrimas, Sierra cruzó manejando el puente del río Ruso y dobló a la derecha.

Sabía que su padre había tenido esperanzas de que las cosas se enfriarían si le daba tiempo a la relación para empezar a romperse. En ese entonces, no conocía a Alex ni había visto la determinación y la motivación que lo impulsaban. Alex se graduó con honores de la preparatoria e ingresó a la universidad de dos años. Sierra quería dejar sus estudios y casarse con él, pensando que sería romántico trabajar y ayudarlo a terminar la universidad. Él desechó por completo esa idea. Le dijo en términos muy claros que tenía la intención de terminar la universidad por *su propia cuenta* y que no deseaba que su esposa abandonara los estudios. En año y medio completó dos años de estudio en Santa Rosa y se transfirió a la Universidad de California en Berkeley, donde estudió negocios con una especialización en tecnología informática. Ella terminó la preparatoria e ingresó a una escuela de comercio local, contando los días para que él se graduara.

Tan pronto Alex regresó a Healdsburg, encontró un empleo en Hewlett-Packard en Santa Rosa, compró un carro usado y alquiló una casita en Windsor.

Cuando no pudieron lograr que sus padres llegaran a un acuerdo sobre la clase de boda que debían tener, se fugaron a Reno. Nadie se sintió feliz con la decisión.

Habían estado casados durante diez años. Diez años maravillosos. Durante todo ese tiempo había creído que Alex era tan feliz como ella. Nunca sospechó lo que sucedía debajo de la superficie. ¿Por qué no se había dado cuenta? ¿Por qué no le había dicho abiertamente que no estaba satisfecho?

Sierra estacionó su Honda en la entrada de la casa victoriana de la calle Mathesen, suplicando que su madre estuviera en casa. Mamá siempre había tenido la capacidad de hacer razonar a papá. Quizás podría ayudar a que Sierra descifrara cómo hacer entrar en razón a Alex sobre los planes que tenía para el futuro de la familia.

Sierra abrió la puerta principal y entró al recibidor de madera lustrada.

—¿Mamá? —Cerró la puerta al pasar y caminó por el

pasillo hacia la cocina. Estuvo a punto de llamar a su padre, pero se detuvo.

Sintió una punzada repentina al recordar la llamada que ella y Alex habían recibido a las tres de la madrugada, dos años atrás. Nunca había escuchado ese tono en la voz de su madre; tampoco volvió a escucharlo después.

—Tu padre tuvo un ataque cardíaco, amor. La ambulancia está aquí.

Se encontraron en el hospital del distrito de Healdsburg, pero ya era demasiado tarde.

—Esta mañana se quejó de una indigestión —dijo su madre, distraída, anonadada—. Y de que le dolía el hombro.

Ahora, Sierra hizo una pausa frente a la puerta de su oficina y miró adentro, casi esperando verlo sentado en su escritorio, leyendo la sección inmobiliaria del periódico. Todavía lo extrañaba. Curiosamente, Alex también. Él y su padre se habían acercado tras el nacimiento de Clanton y de Carolyn; era increíble cómo los nietos parecían derribar los muros entre las personas. Antes de su embarazo, habían visto poco a los padres de ella. Su padre siempre encontraba alguna excusa para rechazar las invitaciones a cenar; los padres de Alex no eran diferentes.

Todo eso cambió cuando ella entró en trabajo de parto. La noche en que dio a luz, todos estaban en el hospital Kaiser. Alex la besó y dijo que tal vez debieran llamar Reconciliador a su hijo. Se decidieron por Clanton Luis Madrid, uniendo así a ambas familias. Un año después, cuando llegó Carolyn María, los Clanton y los Madrid habían tenido muchas oportunidades de conocerse mutuamente y descubrir que tenían mucho más en común de lo que creían posible.

—¿Mamá? —volvió a llamar cuando no la encontró en la cocina. Miró por la ventana hacia el jardín de atrás, el lugar donde su madre solía trabajar. Tampoco estaba allí. El Buick

Regal estaba en la entrada para coches; por lo tanto, sabía que su madre no se había ido a una de sus muchas obras de caridad ni a la iglesia.

Sierra volvió al pasillo y subió la escalera.

—¿Mamá? —Tal vez estaba durmiendo la siesta. Se asomó a la habitación principal. Cerca del borde de la cama había una colorida colcha de croché a cuadros doblada con esmero—. *¿Mamá?*

—Estoy en el ático, cariño. Sube.

Sorprendida, Sierra volvió al pasillo y subió por la angosta escalera.

—¿Qué haces aquí? —dijo, entrando al ático desordenado. Los tragaluces pequeños estaban abiertos y dejaban entrar la brisa apenas tibia por el sol a la habitación polvorienta y tenuemente iluminada. Las partículas de polvo danzaban en el haz de los rayos del sol. El lugar olía a humedad por el largo tiempo que había permanecido en desuso.

El ático siempre le había fascinado a Sierra; momentáneamente, dejó de lado sus preocupaciones y le echó un vistazo al lugar. En la parte de atrás había tumbonas apiladas. Junto a la puerta, un gran cubo de leche que contenía paraguas viejos, dos bastones regulares y un bastón de senderismo. En un estante alto había canastas de mimbre de todo tipo de formas y tamaños. Las cajas estaban amontonadas en pilas raras, sin ningún orden en particular, y su contenido era un misterio.

¿Cuántas veces ella y su hermano revisaron sus cuartos, clasificando y guardando los descartes en cajas y metiendo todo en el ático? Cuando la abuela y el abuelo Clanton murieron, las cajas de su propiedad fueron almacenadas en la tranquila penumbra del ático. Los libros viejos, los baúles, y las cajas con platos y vajillas quedaron dispersos por aquí y por allá. En un rincón de atrás, había un perchero de pie sobre una alfombra de retazos trenzados que había hecho la bisabuela de Sierra. La caja con los viejos vestidos de gala con los que ella se disfrazaba de niña aún estaba allí, así como el gran espejo ovalado en el cual se contemplaba a sí misma, orgullosa de cada uno de sus cambios.

Cerca de él, apilados en el carrito Radio Flyer rojo de su hermano, había más de una docena de cuadros enmarcados y apoyados uno sobre el otro contra la pared. Algunos eran óleos originales que hizo su abuelo cuando se jubiló. Otros eran fotografías familiares que databan de varias generaciones pasadas. Las latas de pintura que habían quedado de la restauración de la casa estaban apiladas en una repisa, en caso de que se necesitara retocar los colores de las coloridas molduras. Un estante estaba lleno con cajas de zapatos, cada una etiquetada con la letra clara de su padre, y contenían declaraciones de impuestos y registros comerciales de hace veinte años atrás.

Un caballito mecedor maltrecho y astillado permanecía en su aislado exilio en el rincón más lejano.

Su madre había movido algunos muebles antiguos para que el viejo sofá con patas de león del abuelo Edgeworth quedara en el centro del ático. Frente a él estaba el viejo y gastado sillón reclinable de papá. Dos bancos con su tapicería bordada raída le servían de soporte a las cosas que su madre había sacado de un viejo baúl que tenía abierto frente a ella.

Mariana Clanton tenía el cabello cubierto con un paño de cocina.

—Decidí que tengo que revisar algunas cosas que hay aquí y tomar decisiones.

—¿Decisiones sobre qué? —dijo Sierra, distraída.

—Qué cosas desechar y cuáles conservar.

—¿Por qué ahora?

—Debí haber comenzado hace años —dijo su madre con una sonrisa triste—. Pero seguí posponiéndolo. —Echó un vistazo a la habitación en desorden—. Es un poco abrumador. Partes y pedazos de tantas vidas.

Sierra pasó una mano sobre un viejo taburete que había estado en la cocina antes de que fuera remodelada. Recordó cuando volvía del jardín de infantes y se subía a él, junto a la barra desayunadora, para poder observar a su madre mientras hacía galletas con chispas de chocolate.

—Alex me llamó hace un rato y me dijo que aceptó un empleo en Los Ángeles.

Su madre levantó la vista y la miró; una fugaz expresión de dolor apareció en su rostro.

—Era de esperarse, supongo.

—¿De esperarse? ¿En qué sentido?

—Alex siempre fue ambicioso.

—Tiene un buen empleo. El año pasado logró ese ascenso importante y está ganando buen dinero. Le dieron un paquete integral de servicios de salud y un plan de retiro. Tenemos una casa nueva y hermosa. Nos llevamos bien con los vecinos. Clanton y Carolyn son felices en la escuela. Estamos cerca de la familia. Yo ni siquiera sabía que Alex había empezado a buscar otro puesto, hasta que me llamó hoy... —Se le quebró la voz—. Estaba tan entusiasmado, mamá. Deberías haberlo escuchado. Dijo que esta nueva empresa le había hecho una propuesta fantástica, y él la aceptó sin siquiera hablarlo conmigo.

—¿Qué clase de empresa?

—De computadoras. *Videojuegos*. La clase de cosas que le gusta jugar a Alex cuando está en casa. Conoció a esos tipos la primavera pasada, en una conferencia de ventas en Las Vegas. Nunca me habló de ellos. Dice que lo hizo, pero no lo recuerdo. Alex ha estado trabajando en una idea que tiene sobre un juego de roles. Los jugadores podrían conectarse en la red con otros y crear ejércitos y escenarios de batallas. Dijo que es justo lo que ellos hacen. No le preocupa que aún no hayan cumplido cuatro años en el mercado ni que la empresa haya comenzado en un garaje.

—Igual que Apple.

—Eso es diferente. Estos tipos no han estado el tiempo suficiente en el mercado para demostrar que pueden *mantenerse* en él. ¡No entiendo cómo Alex puede tirar por la borda los diez años de antigüedad en Hewlett-Packard, cuando están despidiendo a la gente de sus empleos a diestra y siniestra! No quiero ir a Los Ángeles, mamá. Todo lo que amo está aquí.

—Tú amas a Alex, cariño.

—¡Me gustaría *darle un tiro* a Alex! ¿Quién se cree que es para tomar una decisión como esta sin hablarlo conmigo?

—Si lo hubiera hecho, ¿lo habrías escuchado?

No podía creer que su madre le preguntara semejante cosa.

—¡Por supuesto que lo habría escuchado! ¿No piensa él que esto tiene algo que ver conmigo? —Se secó las lágrimas de rabia de sus mejillas—. ¿Sabes qué dijo, mamá? Dijo que ya había llamado a la agente de la inmobiliaria y que la mujer vendrá esta noche para cotizar la casa. ¿Lo puedes creer? Acabo de plantar narcisos a lo largo de toda la cerca trasera. Si se sale con la suya, ¡ni siquiera los veré florecer!

Su madre no dijo nada por un largo rato. Entrecruzó las manos sobre su regazo, mientras Sierra revolvía su cartera buscando un *Kleenex*.

—No es justo. —Sierra se sonó la nariz con el pañuelo—. Ni siquiera tuvo en cuenta mis sentimientos. Simplemente tomó la decisión y me dijo que es un hecho consumado. Así como así. Me guste o no, nos mudaremos a Los Ángeles. Ni siquiera le importa cómo me siento yo al respecto, porque es lo que *él* quiere.

—Estoy segura de que Alex no tomó la decisión

arbitrariamente. Siempre ha examinado las alternativas desde todos los puntos de vista.

—No desde *mi* punto de vista. —Inquieta y enojada, cruzó la habitación y levantó el viejo oso de peluche al cual su hermano, de pequeño, estaba muy apegado. Lo acurrucó contra su cuerpo—. Alex creció aquí como yo, mamá. No entiendo cómo puede darle la espalda a todo y estar tan *feliz* al respecto.

—Quizás Alex no ha sido tan bien tratado como tú, Sierra.

Sierra la miró, sorprendida.

—Sus padres nunca lo maltrataron.

—No me refiero a Luis ni a María; son personas maravillosas. Hablo de las suposiciones que muchas personas hacen sobre los hispanos.

—Bueno, que agregue todo eso a las otras cosas que tiene para ofrecer Los Ángeles. Esmog. Embotellamiento. Desorden. Terremotos.

Su madre sonrió.

—Disneylandia. Las estrellas de cine. Las playas —enumeró, viendo las cosas desde un punto de vista mucho más positivo. Papá solía decir que era la actitud de eterna optimista, especialmente cuando estaba irritado y no estaba de humor para ver el lado bueno de una situación. Así como se sentía Sierra ahora.

—Todas las personas que queremos están aquí, mamá. La familia, los amigos.

—No se mudarán a Maine, cariño. Apenas hay un día de viaje entre Healdsburg y Los Ángeles. Y siempre puedes llamarnos.

—Hablas como si no te importara que nos fuéramos. —Sierra se mordió el labio y miró hacia otra parte—. Pensé que entenderías.

—Si yo pudiera elegir, por supuesto, preferiría que estuvieran aquí. Y lo entiendo. Tus abuelos no estuvieron rebosantes de alegría cuando me mudé de Fresno a San Francisco. —Sonrió—. En esa época, era un viaje de diez horas en auto, pero habrías pensado que me mudaba al lado oculto de la luna.

Sierra sonrió débilmente.

—Me cuesta imaginarte como una especie de *beatnik* viviendo en San Francisco, mamá.

Ella se rio.

—No más de lo que me cuesta a mí verte como una mujer joven con un marido estupendo y dos hijos en edad escolar.

Sierra se sonó la nariz.

—Marido estupendo —balbuceó—. Es un cerdo machista. Es probable que Alex ni siquiera se haya molestado en decírselo a sus padres.

—Luis lo comprenderá. Como lo habría comprendido tu padre. Creo que Alex se quedó diez años aquí por ti. Es hora de que le permitas hacer lo que tiene que hacer para aprovechar al máximo sus talentos.

Era lo último que Sierra quería escuchar. No respondió, mientras pasaba la mano por los libros que había en un viejo estante. Alex había recibido otras propuestas y las había rechazado, después de discutirlas con ella. Sierra creía que las decisiones habían sido mutuas, pero ahora tenía sus dudas. Lo había escuchado tan entusiasmado y feliz cuando hablaba de este trabajo...

Tomó *Winnie the Pooh* y sopló el polvo que tenía encima. Acariciando la tapa del libro, recordó cuando se sentaba en la falda de su madre mientras ella le leía la historia. ¿Cuántas veces lo había escuchado? La portada estaba gastada por el uso.

El solo hecho de pensar en irse y no poder ver a su madre

o hablar con ella a menudo le generaba una sensación de desolación. Las lágrimas nublaron su vista.

—Alex presentó su renuncia esta mañana. —Volvió a meter el libro en su lugar—. Fue lo primero que hizo, luego de que recibió la llamada desde Los Ángeles. *Después* me llamó para darme la *gran* noticia. —Se cubrió el rostro y lloró.

Sierra sintió un poco de consuelo cuando los brazos de su madre la rodearon.

—Todo va a estar bien, cariño. Ya lo verás. —Su madre le acarició la espalda como si fuera una niña—. Las cosas lograrán resolverse de la mejor manera. El Señor tiene planes para ti y para Alex, planes para lo bueno, y no para lo malo. Confía en Él.

¡El Señor! ¿Por qué su madre siempre tenía que mencionar al *Señor*? ¿Qué tipo de plan era este de hacer trizas la vida de las personas?

Se apartó de los brazos de su madre.

—Todos nuestros amigos están aquí. *Tú* estás aquí. No quiero mudarme. No tiene sentido. ¿Qué cree Alex que va a encontrar en Los Ángeles que no tenga aquí?

—Quizás quiere la oportunidad de demostrar lo que vale.

—*Ya* se demostró a sí mismo cuánto vale. Ha tenido éxito en todo lo que ha hecho.

—Quizás no siente que ha hecho lo suficiente.

—No tiene que demostrarme nada a mí —dijo Sierra con voz entrecortada.

—A veces, los hombres tienen que demostrarse cosas a sí mismos, Sierra. —Tomó la mano de su hija—. Siéntate, cariño. —La llevó al viejo sofá descolorido y le pidió que se sentara. Palmeó suavemente su mano y le sonrió melancólicamente—. Recuerdo que Alex hablaba con tu padre de todas las frustraciones que sentía en su trabajo.

—Fue papá quien le dijo a Alex que echara raíces y que siguiera tal como estaba para lograr todos los beneficios.

—A tu padre le preocupaba que Alex hiciera lo mismo que había hecho él.

Se sonó la nariz y miró a su madre.

—¿Qué quieres decir?

—Tu padre cambió de trabajo varias veces hasta que se sintió cómodo en el negocio de bienes raíces.

—¿En serio? Yo no recuerdo eso.

—Eras demasiado pequeña para darte cuenta. —Su madre sonrió con tristeza—. Tu padre quería ser profesor de Biología en la preparatoria.

—¿Papá, un profesor? —No podía imaginarlo. No habría tolerado ningún mal comportamiento. El primer alumno que escupiera una bolita de papel ensalivada habría ido a parar de cabeza en el bote de la basura afuera del salón de clases.

Su madre se rio.

—Sí, papá. Pasó cinco años en la universidad preparándose para hacer eso y, al cabo de un año de dar clases, se dio cuenta de que lo odiaba. Decía que las muchachas eran todas unas cabezas huecas y que los chicos funcionaban impulsados por sus hormonas.

Sierra sonrió, asombrada y divertida.

—No puedo ni imaginarlo.

—Después, tu papá entró a trabajar en un laboratorio. También lo odió. Decía que pasarse el día mirando en el microscopio lo aburría hasta el cansancio. Entonces, empezó a trabajar en una tienda de ropa para hombres.

—¿Papá? —volvió a decir Sierra, atónita.

—Sí, *papá*. Tú y Mike estaban en la escuela cuando renunció. Luego de eso, se capacitó para ser un oficial de policía. Me opuse tanto a eso como tú a mudarte a Los Ángeles. —Volvió a dar unas palmaditas en la mano de Sierra—. Pero de eso surgió algo bueno. Solía quedarme despierta toda la noche, preocupándome y sufriendo por él. Estaba segurísima de que algo le sucedería. Esos fueron los peores años de mi vida, y nuestro matrimonio sufrió a causa de eso. Sin embargo, de ello también surgió la bendición más grande. Me hice cristiana mientras tu padre trabajaba en el turno de las once a las siete como agente de tránsito en las autopistas.

—Yo no sabía todo esto, mamá.

—¿Por qué ibas a saberlo? Es raro que una madre comparta esta clase de luchas con sus hijos pequeños. Tú tenías cuatro años y Mike, siete. Ustedes no eran felices. Sentían la tensión que había entre nosotros y no entendían. Durante el día, no veían mucho a su padre cuando estaba en casa, porque tenía que dormir. Me pasaba la mayor parte del tiempo diciéndoles que bajaran la voz y entreteniéndolos con juegos de mesa y rompecabezas; salíamos a dar largas caminatas. Los horarios y el estrés eran muy malos para papá, pero creo que finalmente renunció porque se dio cuenta de que extrañaba estar contigo y con Mike. Antes de hacerlo, estudió para obtener su licencia de agente de bienes raíces. Lo intentó y le encantó. Quiso Dios que justo empezara en la época en que el negocio inmobiliario estaba en auge. Había gran demanda. A menos de dos años de obtener su licencia, tu papá era uno de los mejores agentes inmobiliarios del condado de Sonoma. Tenía tanto trabajo que dejó de vender casas y se especializó en las propiedades comerciales.

Apretó la mano de Sierra.

—Lo que estoy tratando de decir, cariño, es que tu padre tardó dieciséis años en sentirse cómodo en una profesión que pudiera disfrutar. —Sonrió—. Alex sabía lo que quería hacer cuando fue a la universidad. El problema es que nunca ha tenido la oportunidad de lograrlo. El mayor regalo que puedes darle es la libertad para que levante el vuelo.

Nuevamente, no era lo que Sierra quería escuchar.

—Hablas como si le hubiera puesto una soga al cuello. —Se levantó y empezó a caminar de aquí para allá—. Me habría gustado que me consultara, mamá. ¿Es tan difícil de entender? Alex ni siquiera discutió conmigo la propuesta. La aceptó y, después, me informó su decisión. No es justo.

—¿Quién dijo que la vida era justa? —respondió su madre con las manos cruzadas.

Sierra se sentía a la defensiva y enojada.

—Papá no te llevó a vivir a otra parte.

—No, no lo hizo. Habría estado feliz si lo hubiera hecho.

Sierra se dio vuelta y se quedó mirándola.

—Creí que amabas Healdsburg.

—Ahora sí. Cuando era más joven, lo único que pensaba era en irme de aquí. Imaginaba que sería maravilloso vivir en una gran ciudad como San Francisco, donde pasaban un montón de cosas. Tú sabes que crecí en la granja de mi abuela, en el Valle Central, y créeme, cariño, eso fue cualquier cosa menos fascinante. Yo quería ir al teatro y a los conciertos. Quería vivir rodeada de museos y de cultura. Quería caminar por el parque Golden Gate. Y, a pesar de las advertencias y de los ruegos de mis padres, eso fue exactamente lo que hice.

—Y conociste a papá.

—Sí. Él me rescató de un asalto en el Pan Handle.

Sierra pensó en la fotografía de la boda que estaba sobre la repisa de la chimenea, en la planta baja. En esa época, su padre tenía el cabello largo y su «esmoquin» consistía en un par de Levi's gastados y botas de cuero; su madre, vestida de negro con un suéter de cuello alto y un pantalón capri, tenía su cabello caoba largo hasta la cintura decorado con flores. La fotografía siempre había sacudido la imagen que tenía de sus padres. Alguna vez habían sido *jóvenes*, y también rebeldes.

Su madre sonrió recordando muchas cosas.

—Si me hubiera salido con la mía, nos habríamos mudado a San Francisco.

—Nunca me lo habías contado.

—Cuando llegaron tú y tu hermano, mis ideas acerca de lo que quería cambiaron drásticamente. Como cambiarán las tuyas también. La vida no es estática, Sierra. Gracias a Dios. Está constantemente en movimiento. A veces nos damos cuenta de que estamos atrapados en la corriente y que nos arrastra a lugares donde no queremos ir. Luego terminamos descubriendo que Dios estuvo presente todo el tiempo.

—Dios no tomó la decisión de que nos mudáramos a Los Ángeles; Alex la tomó. Sin embargo, supongo que se cree Dios. —Sierra podía oír el resentimiento que había en su voz, pero se endureció contra cualquier remordimiento o culpa. Las emociones la recorrían y batallaban en su interior: el rencor porque Alex había tomado semejante decisión sin consultarla con ella previamente; el temor de que si peleaba con él, igualmente terminaría perdiendo; el terror de dejar la vida que amaba y que le resultaba tan cómoda.

—¿Qué voy a hacer, mamá?

—Eso depende de ti, cariño —dijo su madre dulcemente, con lágrimas de compasión en los ojos.

—Necesito tu consejo.

—El segundo mandamiento más importante es que nos amemos unos a otros como a nosotros mismos, Sierra. Olvídate de ti misma y piensa en lo que Alex necesita. Ámalo como corresponde.

—Si lo hago, él me pasará por encima. La próxima vez, ¡aceptará un empleo en Nueva York! —Sabía que estaba siendo injusta aun mientras lo decía. Alex le había dado dos hijos hermosos, una bonita casa con tres habitaciones en Windsor, y una vida segura y feliz. De hecho, la vida era tan tranquila que nunca había sospechado la turbulencia que había dentro de él. Darse cuenta de ello la asustaba. Le hacía sentir que no conocía el corazón ni los pensamientos de Alex tan bien como creía.

No veía una salida. Una parte de ella quería ir a recoger a los niños de la escuela y volver aquí, a la casa de la calle Mathesen y dejar que Alex atendiera solo a la mujer de la inmobiliaria; no podría vender la casa sin la firma de ella. Pero sabía que si hacía eso, lo enfurecería. Las pocas veces que lo había herido sin querer, se había encerrado en sí mismo y había dejado de hablarle, levantando un frente frío y replegándose al silencio. No venía de una familia de gritones. No quería ni pensar cómo reaccionaría si lo lastimaba y lo hacía enojar a propósito.

—Tal vez te ayudaría olvidar el asunto durante algunas horas y, después, tratar de pensar en él —dijo su madre.

Con el corazón dolido, Sierra volvió a sentarse en el sofá. Miró el baúl abierto y las pilas de cajas.

—¿Por qué estás haciendo todo esto ahora, mamá?

Algo resplandeció en los ojos de su madre.

—Es una buena actividad para el invierno, ¿no crees? —Miró alrededor—. Es un lío tremendo. Tú padre y yo tuvimos la intención de revisar todo esto hace años, pero entonces... —Se veía triste—. El tiempo tiene la costumbre de huir de nosotros. —Miró alrededor de la habitación contemplando la mezcla de tesoros viejos; algunos andrajosos y de orígenes largamente olvidados—. No quiero dejar todo este caos para que tú y Mike lo resuelvan.

Se levantó y caminó por el ático, pasando la mano delicadamente por la vieja mecedora, un librero, un cochecito de bebé.

—Ordenaré y pondré todas las cosas de Mike y las tuyas en el rincón norte. Ustedes podrán decidir qué quieren conservar y qué desechar. Volveré a empacar las cosas especiales de la familia de tu padre y de la mía. La mayoría de los documentos comerciales de tu padre se pueden quemar. No tiene sentido guardarlos. Y las pinturas del abuelo... algunas se están desintegrando.

—Algunos cuadros son realmente malos —dijo Sierra sonriendo.

—Es cierto —coincidió su madre, riéndose—. Lo mantenían ocupado. —Se acercó a la ventana y miró hacia el jardín delantero con una expresión pensativa—. Hay un montón de papeles familiares. Tengo todo el invierno por delante para revisarlos y organizarlos para ti y para Mike. —Volvió a mirar a Sierra y sonrió—. Es una tarea enorme, pero creo que será divertida e interesante.

Volvió y se sentó en el antiguo sofá floreado.

—Este baúl era de Mary Kathryn McMurray. Fue uno de tus antepasados. Vino a esta zona en una carreta en el año 1847, luego de atravesar las llanuras. Cuando llegaste, estaba hojeando su diario —dijo, levantando del baúl un cuaderno forrado en cuero y pasando una mano sobre él—. No llegué muy lejos. Al parecer, era un cuaderno de tareas y se convirtió en su diario.

Dejó el cuaderno sobre el sofá, entre ambas. Sierra lo tomó, lo abrió y leyó las letras infantiles de la primera página.

Mamá dice que bibir en el dezierto no es rasón para cer inorante. Su papá era un hombre intruido y no quería tontoz en su familia.

—El baúl es parte de la herencia del abuelo Clanton —dijo su madre—. Hace años que no reviso estas cosas. —Levantó una pequeña caja de madera tallada—. Ah, recuerdo esto —dijo, sonriendo. Adentro había un pañuelo de seda bordado. Lo abrió con delicadeza y le mostró a Sierra la antigua cadena de oro y la cruz de amatista.

—Ah, es hermosa —dijo Sierra, tomándola y admirándola.

—Puedes quedártela, si quieres.

—Me encantaría —dijo Sierra, abriendo el pequeño cierre y poniéndosela.

Su madre sacó un antiguo ferrotipo en un marco ovalado. Era de una pareja vestida con ropas nupciales; sus expresiones eran solemnes más que alegres. El novio se veía apuesto con su traje oscuro y su camisa almidonada; el cabello negro estaba peinado pulcramente hacia atrás, despejando sus rasgos cincelados y sus intensos ojos claros. Celestes, decidió Sierra. Debieron haber sido celestes para verse tan claros en la fotografía. La novia era muy joven y bella. Tenía puesto un precioso vestido de novia victoriano de encaje blanco. Estaba sentada, mientras que su esposo estaba de pie, con la mano firmemente apoyada sobre su hombro.

Sierra tomó otra caja. Adentro, envuelta en papel de seda, había una pequeña cesta tejida con motivos indios. Alrededor del borde superior había plumas de codorniz y abalorios.

—Creo que es una cesta de regalo, mamá. Vale muchísimo dinero. En el Museo Indio del Fuerte de Sutter hay de estas.

—¿Hay algo dentro de la caja que hable de ella?

Sierra sacó todo y negó con la cabeza.

—Nada.

—Mira esta vieja Biblia —dijo su madre con tono distraído. Cuando la abrió, una sección resbaló y cayó al piso. Su madre la recogió y la colocó junto a ella en el sofá.

Sierra levantó el papel amarillento por el paso del tiempo y leyó la bonita carta.

Querida Mary Kathryn:
Espero que hayas cambiado de parecer respecto a
Dios. Él te ama mucho y cuida de ti. No sé qué dificul-
tades y pérdidas afrontarás en tu viaje a Oregón, o qué

te sucederá una vez que llegues al final del camino. Lo
que sí sé es que Dios nunca te dejará ni te abandonará.
   Cuentas con mi amor y estás en mis oraciones matu-
tinas y vespertinas. Las damas del grupo de costura de
colchas te envían cariños, así como Betsy y Clovis. Que
el Señor bendiga tu nuevo hogar.

Tía Martha

La madre de Sierra hojeó la Biblia de cuero negro resque-
brajado y, luego, levantó la porción que se había caído.

—Mira qué gastadas están las páginas. —Sonrió—. Mary
Kathryn favorecía los Evangelios. —Tomó la nota de manos
de Sierra y la leyó. La dobló y la metió entre las hojas suel-
tas y, con cuidado, dejó la Biblia junto al diario de Mary
Kathryn McMurray.

Sierra sacó una deteriorada sombrerera floreada. En la
parte superior encontró una nota que, en una caligrafía
negra hermosa, simplemente decía: «Guardar para Joshua
McMurray». La caja estaba llena de animales tallados en
madera, cada uno envuelto delicadamente con un trozo
de calicó floreado o a cuadros. Desenvolvió un lobo de
aspecto feroz, un búfalo majestuoso, una serpiente de cascabel enroscada, un perro de las praderas parado sobre sus
patas traseras, una graciosa liebre norteamericana, un bello
antílope, dos cabras montañesas entrelazadas en una vio-
lenta batalla y un oso pardo completamente erguido, listo
para atacar.

En el fondo del baúl había un paquete grande envuelto en
papel de carnicero y atado con una cuerda.

—No recuerdo esto —dijo su madre y desató la cuerda
para poder retirar el papel—. *Ah* —dijo, asombrada y
emocionada—. Creo que es una colcha ecléctica. —La desenvolvió lo suficiente para que Sierra la tomara de una punta,

y entonces se levantó, extendiendo los pliegues para dejar a la vista el diseño completo.

No era una colcha ecléctica, sino una colcha con imágenes, con cientos de distintos trozos de tela, cada uno con una escena diferente, cada uno enmarcado con un borde marrón y todos cosidos con un hilo de color escarlata vibrante. Cada uno estaba rodeado por una puntada distinta: manta, cruces, espiguillas, palomas, helechos, ramas de olivo, plumas, cretense abierta, anzuelos, cadenas en zigzag, collalba y relleno de punto gavilla, ribete portugués y ojales estrella.

—Es preciosa —dijo Sierra, deseando poder tenerla.

—De haber sabido que estaba aquí, la habría limpiado y colgado hace años en la pared de la sala —dijo su madre.

Sierra miró uno por uno los trozos cuadrados. A lo largo de la hilera superior había una granja con un hombre, una mujer y tres niños. Dos niños y una niña estaban en el espacio abierto entre la cabaña y el granero. El segundo cuadrado brillaba con llamas devoradoras. El tercero mostraba a un bebé en un pesebre y a una joven que lo cuidaba, rodeados por la oscuridad.

El teléfono sonó en la planta baja. Un segundo después, el teléfono inalámbrico sonó cerca. Su madre le entregó a Sierra la otra punta de la colcha y fue a atender el teléfono que estaba sobre una caja.

—Sí, está aquí, Alex.

El corazón de Sierra dio un vuelco. Con manos otra vez temblorosas, dobló la colcha, mientras escuchaba la parte de su madre de la conversación.

—Sí, me contó. Sí, pero eso es de esperarse, Alex. —El tono de voz de su madre no sonaba condenatorio ni decepcionado. Se quedó callada un largo rato, escuchando nuevamente—. Lo sé, Alex —dijo muy dulcemente, con una voz ronca por la emoción—, y siempre te he estado agradecida. No tienes que explicarme. —Otro silencio—. Qué pronto —dijo su madre, resignada—. ¿Cómo lo tomaron tus padres? Ah. Bueno, supongo que también para ellos será una sorpresa. —Sonrió apenas—. Por supuesto, Alex. Sabes que lo haré. Avísame luego de que se lo hayas dicho a ellos y los llamaré.

Mariana tapó el receptor con una mano.

—Alex quiere hablar contigo.

Sierra quería decir que no deseaba hablar con él, pero sabía que eso pondría a su madre entre los dos. Volvió a guardar la colcha doblada dentro del baúl y atravesó el ático para tomar el teléfono de la mano de su madre.

—Haré café para las dos —dijo su madre, con una sonrisa amable.

Sierra la vio bajar la escalera, sabiendo que estaba dejándola a solas para que hablara con Alex. Sentía una maraña de emociones, desde alivio hasta desesperación. Su madre no había dicho una sola palabra para disuadir a Alex de la decisión que había tomado. ¿Por qué no?

—¿Sí? —dijo al receptor, y su voz salió débil y ahogada. Quería gritarle, pero el dolor que sentía en el pecho apenas le permitía tomar aire. Tenía la garganta cerrada y seca.

—Estaba preocupado por ti.

—¿En serio? —¿Por qué debía preocuparse por ella solo porque estaba destrozando su vida? Se llenó de resentimiento y unas lágrimas calientes volvieron a inundar sus ojos.

—No hablas demasiado.

—¿Qué quieres que diga? ¿Que estoy *feliz*?

Él suspiró.

—Supongo que sería esperar demasiado; especialmente, considerando que esta es la oportunidad más importante de mi carrera.

Notó el matiz de desilusión y enojo en su voz. ¿Qué derecho tenía de estar enojado con ella, luego de haber tomado una decisión que cambiaría sus vidas sin siquiera darle una pista?

—Estoy segura de que a los niños les encantará que los desarraiguen y los alejen de sus amigos y de su familia.

—*Nosotros somos* su familia.

—¿Y qué hay de mamá? ¿Y de tus padres?

—No nos mudaremos a Nueva York, Sierra.

—Supongo que eso te lo guardarás para la gran sorpresa del año próximo.

Silencio. Su corazón se aceleró; podía sentir cómo iba aumentando la ira en él.

Detén esto ahora mismo, le advirtió una voz interior. *Detente antes de que llegues demasiado lejos...*

No le interesaba detenerse.

—Podrías haberme dado una pista de lo que estaba sucediendo, Alex —dijo, apretando el teléfono.

—Hice algo más que eso. Te hablé de esta empresa hace semanas. Durante los últimos cuatro años te he estado diciendo lo que quiero hacer. El problema es que no oyes.

—Sí oigo.

—Y nunca *prestas atención.*

—¡Sí que lo hago!

—Entonces, escucha *esto.* Durante diez años hicimos lo que tú querías. Tal vez, para variar, podrías darme una oportunidad.

Clic.

—¿Alex? —Un silencio absoluto llegó a su oído. Sierra parpadeó, estupefacta. Se quedó mirando el teléfono que tenía en la mano como si se hubiera convertido en una serpiente venenosa. Alex nunca antes le había colgado.

Sierra bajó la escalera más consternada que cuando llegó. El aroma tentador del café molido descafeinado con caramelo y leche llenaba la cocina. Era su favorito. También lo eran las galletitas con chispas de chocolate que su madre había servido en un platito de postre y había dispuesto en el rincón soleado que daba al jardín de atrás. Era obvio que mamá quería levantarle el ánimo. Ni en sueños.

Dejó caer el teléfono sobre la mesita cubierta por un mantel con flores bordadas y se desplomó en la silla.

—Me colgó. —Su madre le sirvió café—. Nunca antes me había colgado —continuó Sierra con la voz quebrantada y mirando a su madre. Había tomado una decisión sabiendo que destrozaría su vida y después ¿*él* cortó la llamada?—. Dice que yo no presto atención.

Su madre dejó la jarra encima de un salvamanteles con girasoles y se sentó en la silla frente a ella.

—A veces escuchamos únicamente lo que queremos oír. —Tomó su café y bebió un sorbo distraídamente.

—Te ves cansada, mamá.

—No dormí bien anoche. Sigo pensando en tu padre. —Su boca se curvó ligeramente y su expresión se suavizó—. A veces lo imagino sentado en su sillón, mirando el noticiero en la tele. La casa cruje y me despierto pensando que es él que está viniendo a la cama. —Sonrió con tristeza y bajó la vista a su café, mientras volvía a posar la taza en su platito de porcelana—. Lo extraño.

—Yo también lo extraño. —Él podría haber convencido a Alex de no ir a Los Ángeles.

Su madre levantó la cabeza y la miró detenidamente, con humor gentil.

—Tu padre tampoco era un hombre fácil, Sierra, pero valía la pena.

—Si Alex insiste, iré, pero no tengo que sonreír y fingir que estoy contenta.

—Quizás no, pero sería mejor que aceptaras su decisión. El rencor y el enojo desgastan el amor tan rápido como el óxido que está corroyendo esa tumbona de metal que está en el patio. Una de las mayores tragedias de la vida es ver que una relación se destruye por algo que podría haberse resuelto con una conversación inteligente y adulta.

Las palabras de su madre eran dolorosas.

—Una conversación no cambiará la manera de pensar de Alex.

—Entonces depende de lo que tú quieras realmente.

Sierra miró a su madre con los ojos llenos de lágrimas.

—¿Qué quieres decir?

Mariana se estiró y tomó la mano de su hija.

—Es sencillo, Sierra. ¿Quieres salirte con la tuya, o quieres a Alex?

CAPÍTULO 2

SIERRA SALIÓ DE LA CASA DE SU MADRE a tiempo para conducir hasta Windsor y recoger a los niños de la escuela. Apenas cerraron las puertas del carro empezó la competencia para recibir toda su atención. Normalmente la entretenían las gracias de los niños. Hoy, su euforia infantil y su competitividad la irritaban. Mientras iba por la calle Brooks hacia las colinas, apenas escuchó fragmentos de lo que había sido su día, distraída por sus propios pensamientos turbulentos. Ansiaba un lugar tranquilo para lamer sus heridas.

Su corazón empezó a redoblar a ritmo de batalla cuando vio el Honda de Alex en la entrada de la casa. Nunca llegaba a casa antes de las cinco y media.

—¡Papá está en casa! —dijo Carolyn y salió del carro corriendo hacia la escalinata del frente, olvidando su mochila en el asiento delantero.

Sierra apretó el botón del portón de la cochera y lo observó mientras subía lentamente. Entró, puso el cambio en aparcamiento, levantó el freno y apagó el motor; cada movimiento cuidadosamente medido y controlado.

—¿Podrías llevar las cosas de Carolyn a la casa, por favor, Clanton?

—Que salga y las lleve ella misma.

—No te vendría mal ayudar...

—No soy su sirviente personal. Además, acaba de jactarse de que las niñas son mejores que los niños. Entonces, ¡que la pequeña Señorita Maravillosa lleve su propia mochila!

—No discutas conmigo. No estoy de humor para eso.

Clanton se quejó, pero una mirada al rostro de su madre hizo que dejara de protestar. Sierra recogió sus propias cosas y lo siguió a la cocina. Podía oír a Carolyn charlando alegremente y la risa grave de Alex. Una punzada aguda le recorrió el cuerpo, aunque no sabía si era de dolor o de enojo. Quizás de ambos. ¿Cómo podía reír en un momento como este? ¿No le importaba cómo se sentía ella?

—¿Por qué viniste temprano a casa, papá? —La voz exaltada de Clanton llegó nítidamente, así como el ruido que hicieron las dos mochilas al caer al piso de la sala. Alex habló en voz demasiado baja como para que ella pudiera oír la respuesta, y Sierra apretó los dientes. Mientras abría la alacena y sacaba una lata de café de un estante, escuchó el murmullo discreto de voces, ahora contenidas. ¿Estaba diciéndoles a los niños que había decidido desarraigarlos y alejarlos de sus amigos y de sus familiares? Sabía que debía estar allí ayudándolos a comprender... pero ¿cómo podía hacerlo, si ella misma no lo entendía? Le temblaba la mano mientras medía las cucharadas.

Se le hizo un nudo en la garganta cuando escuchó que Alex entraba a la cocina. No lo miró. No podía hacerlo y seguir aparentando que tenía todo bajo control. Vertió agua en la cafetera y desvió su atención al paquete de pollo que había dejado sobre la encimera para que se descongelara.

—Discúlpame por haberte colgado. —Su voz grave era profunda y tranquila.

Le ardían los ojos. Quitó la envoltura de plástico del pollo y abrió la llave del agua.

—¿Les dijiste?

—Sí.

Sacó un muslo del paquete abierto y empezó a lavarlo meticulosamente.

—¿Y?

—Carolyn va a ir a la casa de Karen. Clanton irá en su bici a la de David.

—Nunca los dejo ir a ninguna parte hasta que terminen las tareas.

—Bueno, creo que hoy es un día para hacer excepciones a las reglas, ¿no crees? —Sonaba tan en control que le ponía los nervios de punta—. Les dije que volvieran a casa a las cinco. —Se apoyó contra el marco de la puerta y cruzó los brazos—. Me pareció que era una buena idea hacer que salieran de la casa mientras hablamos del tema.

—¿Hablar? —dijo ella rígidamente—. Es un poco tarde, ¿verdad? Tengo la impresión de que ya tienes todo decidido.

—Perfecto —dijo él en tono severo—. Haremos esto a tu manera. *No* hay nada de que hablar.

Miró hacia atrás y lo vio regresar a la sala. El corazón le latió fuertemente; tenía el estómago hecho un nudo. ¡Era la segunda vez en el día que él le lanzaba una acusación injusta! Arrojó la última pieza de pollo enjuagado sobre la tabla de cortar, se lavó las manos con jabón y cerró la llave de un manotazo. Arrebatando la toalla de la manija de la puerta del horno, se secó las manos rápidamente y, antes de ir tras él, arrojó la toalla hacia la encimera, temblando de furia.

—A *mi* manera —dijo—. Tú eres el que llamó para decir que nos mudaremos. «Ah, por cierto, Sierra, ¡una agente inmobiliaria vendrá esta noche a cotizar tu casa!».

—*Nuestra* casa —la corrigió, entrecerrando sus ojos oscuros.

—¡Eso es lo que yo creía, hasta que lanzaste tu bomba!

—Tomé una decisión.

—Acaban de ascenderte *y* te han dado un aumento de sueldo. Cuando la mayoría de las personas está temblando ante la posibilidad de que los despidan, tú tienes estabilidad laboral, jubilación, cobertura médica. Tenemos una casa linda. Los niños están felices...

—A la mayoría de las personas nunca les llega una oportunidad como esta, Sierra.

—¿Una oportunidad para qué? ¿Para trabajar en una empresa nueva que puede quebrar dentro de un año?

—No creo que eso sea probable.

—Pero no lo sabes con seguridad.

—No, no lo sé con seguridad —dijo ahora, enojado—. No tengo una bola de cristal. Pero intuyo hacia dónde van y quiero ir con ellos.

—¿Una *intuición*? Y tú dices que yo baso todo lo que hago en mis emociones.

—Esto es diferente —dijo él con los dientes apretados.

—¿En qué es diferente? Trabajaste tanto por tener estabilidad...

—La estabilidad no lo es todo.

Ella cerró sus oídos a su comentario.

—Y ahora estás echando todo por la borda por un capricho.

—¡No estoy echando nada por la borda! Aún no lo entiendes, ¿verdad? Todo lo que he hecho hasta ahora ha sido para prepararme para una oportunidad como *esta*. No pasaré el resto de mi vida construyendo ideas de otros. ¡Tengo mis propias ideas!

—¿Por qué no puedes hacer lo que quieres en tu propio tiempo *aquí*?

—Porque no tengo el equipo necesario.

—¿Y qué pasará si no resulta, Alex?

—Cruzaré ese puente, *si* es que llego a él.

Temblando fuertemente, se desplomó sobre el sofá con los puños cerrados, mientras trataba de contener sus lágrimas.

—No quiero mudarme, Alex.

—¿Crees que no lo sé? —dijo él, y sonó angustiado entre la frustración y la comprensión—. Serías feliz si nos quedáramos aquí por el resto de nuestras vidas.

Se encontró con su mirada preocupada.

—¿Qué tiene de malo este lugar?

—Yo quiero algo más de la vida que una hipoteca a treinta años por una casa en serie.

¿Una casa en serie? ¿Era así como él veía su hogar? Lo dijo como si fuera una caja de cartón. Pensó en el tiempo que ella había dedicado a pintar, empapelar las paredes y cuidar los jardines del frente y de atrás para que parecieran un jardín inglés. Con un dolor que no podía expresar con palabras, se cubrió la cara y lloró.

Alex dijo una grosería en voz baja y se sentó en el sofá al lado de ella.

—Mi dulce hogareña —dijo con ternura, tocándole el cabello. Ella se apartó bruscamente y empezó a levantarse. Él la sujetó de la muñeca y la sentó de nuevo—. No irás a ninguna parte.

Ella lloró más fuerte y él la atrajo firmemente a sus brazos, diciendo groserías en voz baja otra vez.

—Sé que tienes miedo, Sierra. Viviste toda tu vida en

Healdsburg. ¿Qué sabes de cualquier otro sitio? Crees que este lugar es la quintaesencia de todo lo creado.

—La mayoría de las personas de Los Ángeles creerían que han muerto y que llegaron al paraíso si pudieran vivir donde estamos nosotros.

—Son personas que no van a ninguna parte, de todas maneras. Debería haberte llevado conmigo a Berkeley. Quizás así entenderías cómo un lugar puede desbordar de ideas y entusiasmo. Eso es lo que siento cuando estoy con esos tipos. *Energía*.

Ella no sabía de qué estaba hablando, pero sentía la emoción que traspasaba el cuerpo de Alex.

—Me gradué con honores, Sierra, ¿y qué estoy haciendo con lo que aprendí? —Se rio sombríamente por lo bajo—. Nada.

—¿Cómo puedes decir eso? —Forcejeó para soltarse—. Apenas llevas diez años trabajando y ya lograste lo que la mayoría obtiene después de toda una vida de trabajo.

—Sí, claro —dijo él, cínicamente—. Una casa en serie de tres habitaciones y dos baños que se ve como cualquier otra casa de la cuadra. Dos hijos. Dos carros. Lo único que nos falta para encajar en el modelo de la clase media estadounidense es un perro y un gato. ¡Qué logro! —Tenía la mirada intensamente encendida.

Se quedó helada por la descripción que hizo de su vida. Él analizó su rostro.

—No me mires así, Sierra —dijo en un tono más suave. Tomó su rostro con ambas manos—. No te estoy criticando a ti ni lo que hiciste para convertir esta casa en un hogar. Yo no tomé esta decisión para lastimarte. Te *amo*. —La besó—. Tú sabes que te amo. Hasta ahora, he hecho todo para que seas feliz.

—Soy feliz, Alex.

—Lo sé —dijo en un tono grave y se apartó—. El problema es que yo no.

Esas palabras, dichas con tanta calma, fueron un golpe tremendo. Se llenó de miedo y de confusión. Estaba diciéndole que ella no era suficiente para él, que no estaba satisfecho.

—Yo quiero algo más, Sierra. Todavía tengo hambre. Deseo explorar nuevos límites en la tecnología informática. Quiero una oportunidad para hacer algo significativo. —Sonrió de manera irónica—. Y, quizás, hasta volverme rico, de paso.

Como ella guardó silencio, él pasó la hora siguiente enumerándole todos los detalles de su nuevo trabajo. No recordaba haberlo visto tan entusiasmado por algo en la vida. Deprimida, dijo que tenía que empezar a preparar la cena.

—El sábado volaré a Los Ángeles —dijo Alex, apoyado contra el marco de la puerta y observándola trabajar—. Steve Silverman me agendó una reunión con un agente inmobiliario que administra alquileres en North Hollywood. Él conoce a todo el mundo en esa zona.

Bien por él, pensó Sierra, descontenta. Mientras pelaba patatas, le temblaban las manos.

—¿Cuánto tiempo nos queda hasta que tengamos que mudarnos?

—Comienzo el primero del mes.

—¿Tres semanas? —Sintió que se ponía pálida—. Pero la casa nunca se venderá en tres semanas —dijo con voz temblorosa, buscando cualquier excusa para demorar sus planes.

—Probablemente no, pero eso también está resuelto. Uno de mis compañeros de trabajo va a alquilarla.

Sierra pestañeó.

—¿Alquilarla?

—Su esposa está embarazada y estaban buscando una casa más grande. —Sonó el teléfono—. Las cuotas de nuestra casa son inferiores a lo que ellos pagan por alquilar un departamento de dos habitaciones —dijo por encima del hombro, mientras iba a atender la llamada en la sala.

Pudo oír a Alex hablando en la otra habitación:

—Justo estábamos hablando de eso. No, pero no esperaba que lo estuviera. No te preocupes por eso. —Un largo silencio.

Sierra miró por la ventana de la cocina los narcisos recién plantados junto a la cerca. Nunca los vería florecer.

—Aterrizo en Burbank a las diez y cuarto. No, pero gracias por tu ofrecimiento, Steve. Alquilaré un carro. Quiero recorrer la zona para ir familiarizándome con ella. —Se rio—. Tengo buen sentido de orientación.

Las lágrimas caían por las mejillas de Sierra mientras terminaba de preparar la cena. Normalmente, le gustaba cocinar; pero en este momento, de solo ver la comida se le revolvió el estómago.

Alex todavía estaba hablando por teléfono. Discutía las condiciones. Sonaba muy relajado, muy controlado.

Iba a seguir adelante con esto. Nada de lo que ella dijo lo había hecho cambiar de parecer.

Oh, Dios, oró frenéticamente. *Si realmente estás ahí, no permitas que Alex me haga esto. Pon escollos en su camino. Ábrele los ojos a lo que tiene aquí. Hazlo sentir satisfacción. No permitas que se venda la casa. Cambia su manera de pensar. ¡No quiero mudarme! Jesús, quiero quedarme justo aquí donde estoy. ¡Ay, Dios, por favor, no dejes que suceda esto!*

Golpeó la lechuga contra la encimera y sacó el centro. Puso el tapón en el fregadero e hizo correr el agua fría y abrió la lechuga en dos partes.

A cada cosa que hacía, susurraba entrecortadamente:

—Oh, Dios. Oh, Dios, oh, Dios, oh, Dios. —Sus hombros se sacudían con sus sollozos silenciosos mientras escuchaba cómo Alex hacía añicos su vida con sus planes.

SEGUNDA PARTE

EL DESIERTO

CAPÍTULO 3

EXHAUSTA, SIERRA ESTACIONÓ su Honda detrás del enorme camión U-Haul que Alex había contratado para trasladar todas sus pertenencias y remolcar su carro. Clanton salió del lado del pasajero del camión y levantó la vista hacia el gran complejo de departamentos, completamente blanco. Sierra siguió su mirada.

El lugar tenía todo el encanto de una fortaleza.

Bajó su ventanilla, sin ganas de salir a la lluvia fría y torrencial de enero. Podía oír el rugido del tráfico proveniente de la intersección de las dos autopistas a media cuadra de distancia.

—Adentro se ve mucho mejor. Vamos. Les mostraré el lugar.

Ella se inclinó sobre el asiento y le dio un beso a Carolyn, despertándola.

—Ya llegamos, corazón.

Carolyn echó un vistazo al edificio de departamentos.

—Es feo —dijo con tristeza. Sierra no la contradijo. Clanton ya estaba entrando al complejo a través de las rejas de hierro.

—¡Oigan! ¡Hay una piscina! ¿Puedo ir a nadar, papá?

—Seguro, si podemos encontrar tu traje de baño —dijo Alex, riendo.

Cuando Sierra salió del carro y dio la vuelta para buscar a Carolyn, tuvo la seguridad de que podía oler y sentir el esmog en su boca, a pesar de que la lluvia caía a cántaros sobre su cabeza. Tomó de la mano a su hija aún adormecida y siguió a Alex al otro lado de la reja. El jardín interior era árido: un patio de cemento con paredes estucadas y una cerca de hierro negro. Tres pisos de departamentos se apilaban como cajas en un almacén. Geométrico. Ultramoderno. Frío e impersonal.

Sierra no vio ninguna señal de vida, hasta que una mujer se asomó por la ventana de la sala en el primer piso. Sierra le dirigió una sonrisa forzada. La mujer retrocedió bruscamente, dejando que las cortinas volvieran a su lugar.

Bienvenida a casa, pensó Sierra amargamente, siguiendo a Alex.

—Estamos en el segundo piso, departamento D —dijo él. Clanton llegó primero a la escalera, ansioso por ver su nuevo hogar.

El departamento era tan blanco por dentro como el edificio lo era por fuera, salvo la alfombra, que era de color castaño claro. La sala era bastante espaciosa, pero la cocina era reducida y sumamente utilitaria. El pequeño comedor apenas tenía el tamaño suficiente para poner una mesa y cuatro sillas. Sierra deambuló por el pasillo. A la izquierda estaba la habitación que compartirían Clanton y Carolyn. Tenía el tamaño justo para dos camas individuales y una cómoda. La otra cómoda tendría que guardarse en el clóset. Sierra apretó los labios. A Clanton y a Carolyn les iba a encantar esto; ya estaban peleando.

Un vistazo al baño le permitió ver las paredes, los azulejos y el inodoro de color blanco esterilizado. Siguió caminando por el corto pasillo y entró a la habitación principal. La mayoría de sus muebles cabrían, aunque el guardarropa de Alex probablemente tendría que guardarse en el clóset. Sierra observó su imagen reflejada en los espejos de las puertas del clóset: no se veía complacida. Se apartó, fue a abrir las cortinas que cubrían un gran ventanal y descubrió la vista al patio y a la piscina, que estaban abajo. Igual que un hotel.

Deprimida, volvió a la sala.

Alex colgó el teléfono que Steve Silverman, su nuevo jefe, había tenido la amabilidad de instalar antes de su llegada. Steve le había dicho a Alex que lo llamara tan pronto como llegaran, y él y Matt vendrían con ayudantes para que pudieran acomodarse.

—Estarán aquí en diez minutos —dijo Alex con una gran sonrisa. Ajeno o ignorando el humor de ella, la tomó de los hombros y la besó antes de ir hacia la puerta.

En menos de dos horas, todos los muebles estuvieron en su sitio, con las cajas apiladas hasta arriba contra las paredes de la sala. Steve pidió un par de pizzas. Matt había comprado un paquete de cerveza y otro de refrescos. Clanton y Carolyn devoraron la comida con ganas, pero Sierra alegó que no tenía apetito y huyó a las habitaciones para esconder su angustia. Tendió las camas, colgó los cuadros, acomodó el tapete del baño y colgó las toallas. Luego se puso a trabajar en la habitación matrimonial; el sonido de las risas masculinas la irritaba más con cada minuto que pasaba.

Clanton encontró su traje de baño. Ante el primer *no* que le dijo, él sacó a relucir su habilidad argumentativa. Su madre siempre decía que Clanton sería un buen abogado.

—Dije que no, Clanton. Está lloviendo y...

La siguió a la sala y apeló a Alex:

—Papá, ¿puedo ir a nadar? La lluvia no me hará nada.

—Claro. Ve —dijo Alex, haciendo una pausa en su conversación con Steve y con Matt lo suficiente para contradecirla. Vio la cara de ella luego de su respuesta—. ¿Cuál es el problema? —dijo, mientras Clanton salía a toda prisa por la puerta, antes de que ella pudiera decir algo—. De todas maneras se va a mojar, y la piscina está climatizada.

—Bien. Quédate tú afuera, cuidándolo bajo la lluvia —dijo ella con una furia que superaba el incidente. Rápidamente se dio vuelta, volvió a la habitación matrimonial y se arrojó sobre la cama.

Alex entró un momento después, con la boca fruncida.

—Vamos a salir un rato.

—¿Salir?

—Por una hora o dos. Para hablar de negocios.

Ella apretó las manos con ganas de gritar.

—¿Ya volvió Clanton de la piscina? —dijo con una dulzura gélida.

Él se asomó para mirar al otro lado del cuarto.

—Puedes sentarte tranquilamente ahí mismo donde estás y mantenerlo vigilado, mientras haces tu berrinche.

Herida y agotada, lo miró.

—¿Qué hay de las compras de los víveres, o alcanzará la pizza para el desayuno?

—Si miras al otro lado del portón delantero, verás la parte

trasera de uno de los supermercados más grandes de North Hollywood. Tienes un carro y la chequera. Compra lo que necesites. —Fue hacia la puerta y se detuvo. Dijo una grosería en voz baja y golpeó el marco de la puerta con su puño—. Lo siento —dijo con tono sombrío.

Parpadeando para no llorar, Sierra desvió la mirada.

—Esto solo es temporal, Sierra.

Aun así, ella no dijo nada.

—Conectaré la tele antes de irnos.

—Genial. Eso será un verdadero consuelo —murmuró en voz baja mientras él salía de la habitación. Pocos minutos después lo vio pasar por el ventanal del cuarto con Steve y Matt. Iban tan absortos en su conversación que él ni siquiera la miró. Ya se había olvidado de ella.

Clanton y Carolyn ya estaban dormidos en sus camas antes de que él regresara.

—¿Una hora o dos? —dijo Sierra cuando entró por la puerta.

Él se quitó la chaqueta y la arrojó sobre el sofá.

—Teníamos mucho de qué hablar.

Apagó el televisor. No estaba prestando atención a lo que miraba, demasiado obsesionada con la hora.

—Es más de medianoche, Alex. Estaba muy preocupada. Podrías haber llamado.

—Si hubiera podido recordar el número, lo habría hecho. No estamos en la guía.

Una excusa, no una disculpa.

—Me voy a la cama —dijo con voz entrecortada y lo dejó parado en la sala.

Se cepilló los dientes y se lavó la cara; luego, fue a la

habitación para desvestirse. Alex entró mientras estaba poniéndose el camisón.

—Ha sido un largo día —dijo él.

—El más largo de mi vida.

Se metió en la cama y se tapó con las mantas hasta el mentón, mirando fijamente el techo oscuro. Oyó el susurro de la ropa de Alex mientras se desvestía. La cama se hundió un poco cuando se sentó. No dijo nada más. ¿Qué podía decir? Tragándose las lágrimas de enojo, ella le dio la espalda mientras él ponía la alarma del despertador. Cuando se acostó, suspiró largamente.

Sintió la mano de él sobre su cadera, que apretó suavemente.

—Lo siento.

Su disculpa precipitó toda clase de emociones y una riada de lágrimas. Clavó los dedos en su almohada, tratando de sofocar sus sollozos. Alex se dio vuelta hacia ella. Rodeándola con su cuerpo, la acercó a él y la abrazó firmemente cuando se resistió a que la consolara. Acarició su largo cabello sobre la espalda y la besó en la curva de su cuello.

—Te amo.

Ella lloró más fuerte. La giró con delicadeza hacia él.

—Confía en mí —dijo bruscamente y la besó, consolándola de la única forma que conocía.

Y, por un rato, Sierra pudo olvidarse de todo, excepto que amaba a Alejandro Madrid por sobre todas las cosas.

CAPÍTULO 4

PROVISTA DE UN MAPA y una dirección, Sierra salió a matricular a los niños en la escuela. Se equivocó en una salida y se perdió. Cuando encontró el lugar que estaba buscando, ella y los niños habían visto North Hollywood, una parte de Studio City, habían comido en un McDonald's y recorrido la mayor parte de Sherman Oaks y del Valle de San Fernando. Llegaron y entraron a la escuela justo cuando sonaba el timbre que anunciaba el final del día.

Los niños salieron de las aulas y llenaron el pasillo. La cacofonía de las zapatillas de deporte que chirriaban, de unos llamando a otros y de la prisa generalizada hacia los autobuses los embistió. Carolyn apretaba desesperadamente la mano de Sierra avanzando contra la corriente, mientras Clanton iba adelante, abriéndose paso y guiándolas a la oficina principal.

Una secretaria los saludó. Fue amable pero fría, estaba visiblemente cansada y lista para irse a casa.

—Llene esto —dijo rápidamente y se fue adentro para hablar con el director. Cuando regresó, le informó que Clanton ingresaría al cuarto grado del señor Cannon y Carolyn al tercer grado de la señora Lindstrom—. Ambos maestros tienen reuniones después del horario escolar el día de hoy, así que deberá esperar hasta mañana temprano. Las clases comienzan a las ocho y media. —La secretaria volteó los formularios y les echó un vistazo—. La calle Kling —dijo—. Eso queda a unas pocas cuadras de aquí. —Sierra se sonrojó ante la humillación de la revelación.

—Tenemos una lista de padres que se turnan para caminar con sus hijos hasta la escuela cada día.

—Yo traeré a los míos en carro —dijo Sierra, reacia a confiarle sus hijos a alguien. Clanton se quejó expresivamente y ella le lanzó una mirada represora.

Al regresar al auto, se sentó a estudiar el mapa antes de arrancar el motor. No quería volver a perderse y terminar en Watts esta vez.

Alex se rio cuando se lo contó.

—Me preguntaba dónde estarían —dijo—. Hoy llamé dos veces y nadie contestó. Temí que hubieras empacado y regresado a Windsor.

A ella no le pareció gracioso el comentario.

—No te preocupes —dijo él, apoyándose contra la encimera—. En mi primer viaje aquí, tenía una reunión en Burbank. Entré a la autopista equivocada y terminé en Agoura. No es difícil que pase.

Sus palabras fueron de poco consuelo.

Fueron a cenar a la casa de Steve. El nuevo jefe de Alex incluso había arreglado que una niñera profesional cuidara a Clanton y a Carolyn. Llegó con referencias y con una lista de cursos de primeros auxilios que había hecho en Northridge.

Alex encontró sin dificultad el camino para llegar a su casa en Sherman Oaks. Steve abrió la puerta y los guio a una sala espaciosa y elegantemente decorada. Su esposa, Audra, era perfectamente encantadora y cortés, pero Sierra percibió un aire de desdén que anuló las demostraciones de calidez y amabilidad. Audra lucía una fina capa laqueada de cordialidad, lo cual hizo que Sierra se preguntara qué había debajo de esa impecable superficie.

Alex parecía tan a gusto con ambos, que Sierra se preguntó si estaría imaginando cosas. Pero en el transcurso de los primeros diez minutos de conversación, supo que no era su imaginación. De alguna manera, Sierra supo que Audra era egresada de la Universidad del Sur de California, que había estudiado y tenía una maestría en Humanidades y que era miembro de una de las sororidades más prestigiosas.

Entonces, Audra dirigió su mirada espléndida y elegante a Sierra y le preguntó a qué universidad había ido. Era la primera vez en la vida que a Sierra le daba vergüenza confesar que solo había terminado la preparatoria y que había completado el primer año de un colegio de secretariado.

—Ah —dijo Audra, mostrándose completamente desconcertada. Hubo un lapso breve y mortificante en la charla, hasta que Steve intervino.

—¿Te gusta el teatro, Sierra?

—No he visto muchas obras de teatro.

—¿Qué has visto? —inquirió Audra, sus ojos iluminados por el interés.

—*José el Soñador* —dijo ella, sin decirle a Audra que había sido una obra teatral de producción escolar—. Y algunos conciertos —añadió, lo cual era cierto: en los últimos seis meses había ido a un recital de música *country* a escuchar a algunos cantantes cristianos que habían visitado las iglesias locales de Santa Rosa. Por supuesto, no creyó que Audra necesitara conocer todos esos detalles.

Sin embargo, aún sin todos los detalles, la otra mujer se rio.

—Bien, tendremos que corregir eso. Los Ángeles tiene mucho que ofrecer a nivel cultural.

Sierra se sintió como una campesina.

Mientras los hombres hablaban de negocios, Audra le hizo a Sierra un resumen de los eventos culturales del momento. Al parecer, había visto la mayoría de las obras teatrales importantes y de los conciertos de la zona, y tenía una opinión sobre cada uno. Rápidamente reseñó cada compañía teatral y cada artista que estaba en cartelera, al punto que Sierra se preguntó si estaba cenando con una mujer normal o con una sofisticada reencarnación de clase alta de Siskel y Ebert.

La cena resultó espectacular. Cualquier crítico de alta cocina le habría puesto a Audra una calificación de diez puntos. Ella aceptó todos los elogios con un aire relajado y divertido, y hábilmente cambió el tema de la conversación a los restaurantes. Audra conocía todos los más elegantes. También sabía dónde comprar las mejores carnes, verduras y frutas. Nunca habló de los precios.

Sierra miró de reojo a Alex y vio que estaba impresionado con todo; especialmente con Audra. ¿Era esa la clase de esposa que él quería ahora? Deprimida, probó un bocado del suflé esponjoso de espinaca. Se le derritió en la boca e hizo que su corazón se le hundiera hasta el estómago. ¿Qué iba a servirle a esta gente cuando tuviera que preparar una cena recíproca? Su especialidad era el pastel de carne y el puré de patatas. ¡Ah, *eso* los impresionaría a lo grande! O, quizás, el plato favorito de Clanton y Carolyn: la cazuela de atún. ¡Esa sí que era una comida diseñada especialmente para impresionar a la alta sociedad!

—Estuviste bastante callada esta noche —dijo Alex mientras volvían a casa.

En sus pensamientos había estado ocupada empacando todo y mudándose de vuelta a Windsor. No le gustó que él interrumpiera su fantasía.

Él no pareció notarlo.

—Audra intentaba hacerte sentir bienvenida.

—¿Era eso lo que estaba tratando de hacer? —dijo ella bruscamente, sorprendiéndose a sí misma de la frialdad con la que lo dijo.

Con la boca tensa, Alex mantuvo la vista fija en la carretera; las luces del tránsito que venía por la vía contraria lanzaban su resplandor sobre sus hermosas facciones.

—Estaba ofreciéndote protección bajo su ala.

—No soy un pollo.

—Ay, para un poco, Sierra. Ella creció aquí. Podría mostrarte el lugar.

—La próxima vez, recordaré darle las gracias como corresponde, pero yo descubriré cómo manejarme en esta zona, te lo agradezco mucho. Me diste un mapa, ¿recuerdas?

—Para lo que sirvió... Por lo menos, trata de no perderte otra vez. No tendré tiempo para salir a buscarte a la mitad del día.

No se dijeron una palabra más durante el resto del viaje a casa. De hecho, apenas se dirigieron la palabra el resto de la semana siguiente. Alex se iba temprano, llegaba tarde a casa y siempre traía trabajo para hacer. Intercambiaban un superficial «¿Cómo te fue hoy», «Bien, ¿y a ti?», «Bien», y luego él se acomodaba frente al televisor a estudiar los papeles que había desplegado sobre la mesa de centro mientras ella lavaba los platos de la cena, supervisaba el baño de los niños, les leía sus cuentos y los arropaba en sus camas.

Era la vida perfecta, para cualquiera que adorara la desdicha.

Luego de diez días y de cuatro llamadas telefónicas a su madre, Sierra recibió un paquete por correo.

—¿Qué es esto? —dijo Alex levantando un libro de cuero gastado de la mesita de centro, antes de desparramar en ella su trabajo.

—Es un diario. Mamá lo envió como un regalo para la casa nueva.

—Parece viejo. —Se lo entregó.

—Lo es —dijo ella efusivamente—. Perteneció a uno de mis antepasados. Mary Kath...

—Ajá —replicó él distraídamente, interrumpiéndola mientras se daba vuelta para concentrarse en los papeles frente a él—. Qué lindo.

El dolor la invadió ante la manera casual con que la calló. No debió haberla sorprendido que no la escuchara. Ya era raro que le prestara atención a alguien. Lo único que le importaba era su precioso trabajo.

Salió de la sala en un silencio amargo. Entró a la habitación y ni siquiera se tomó la molestia de encender la luz. Por el ventanal entraba luz suficiente para que pudiera ver. Además, la oscuridad iba mejor con su estado de ánimo. Se preparó para acostarse y se metió entre las sábanas frías. Cuando se dio vuelta de lado, le llamó la atención el diario, que estaba sobre la mesita de noche. Se estiró para agarrarlo y, con melancolía, acarició el cuero suave con sus dedos.

Al menos a Mary Kathryn no le molestaría pasar un rato con ella.

Mamá dice que bibir en el dezierto no es rasón para cer inorante.

Su papá era un hombre intruido y no quería tontoz en su familia. El pridicador trajo livros y diarioz para escrivir de parte de la tía Martha y ahora, con la nieve asta las ventanas, tenemos tiempo. Papá se cienta junto a la chimenea a fumar y mamá nos lee su Biblia.

A Matt no le gusta mucho escrivir. Dibuja unos lovos con grandes colmiyos que chorrean zangre que me dan pezadillas. Una vez, dibujó un cabayo. Todabía lo tengo colgado sobre mi cama. Es vonito. Quisiera que divujara pájaros y florez en lugar de lovos. Solo vio un lovo en toda su bida y estava muerto. Los gusanos se lo estavan comiendo.

Lucas no dibuja, no lee y no escrive. Dice que papá no save acerlo y él no nezesita tampoco ezas cozas. Papá lo yevó al covertizo de madera por desobedecer a mamá, pero no mejoró. Luego papá le dio el arma y le dijo que se fuera a cazar. Se fue tres díaz. Mamá estava segura que lo avían matado los pielez roja o un ozo, pero él bolbió arastrando un venado en una tarima que preparó. Papá ce rio y le dio una copa de ron. Mamá estaba raviosa como una cabra, pero ya no le dijo a Lucas que lea ni escriva.

Querida Mary Kathryn:

Por favor, practica la ortografía de las siguientes palabras, y después escribe una composición usándolas. Te quiero y tengo grandes esperanzas para ti.

Mamá

vivir diario vida estaba leer elección
muerto instruido lobo/lobos venir diario
volver flores

Si quieres ser instruida, no hay alternativa. Tendrás que leer y escribir toda la vida, hasta que te mueras. No puedes ser un lobo ni una flor, que apenaz disfruta de la vida. Tienes que volver a la mesa y travajar en tu diario hasta que tengas loz dedos acalamvrados y dolidoz.

apenas acalambrados los trabajar doloridos
apenas acalambrados los trabajar doloridos
apenas acalambrados los trabajar doloridos
apenas acalambrados los trabajar doloridos

La terquedad es impropia para una dama.
La terquedad es impropia para una dama.
La terquedad es impropia para una dama.
La terquedad es impropia para una dama.
La terquedad es impropia para una dama.

«Primavera»

La primavera es la época en que la nieve se derrite y salen las flores. Papá y Matthew las sembraron y yo tengo que ir al vosque a recojer algunas. Me gusta recojer flores en el vosque, pero a mamá le priocupa que me lleben los pieles roja. Una vez, uno bino a la casa a pedir comida. Mamá le dio un poco y no lo emos visto desde entonces. Me parese que no le gustó demaziado su comida.

La primavera también es la época en que Matt da vuelta a la tierra en el uerto de berduras de mamá. Cada lombris que aparece la meto en una lata para ir a pezcar. Me gusta pezcar, pero odio comer los pezcados. Lucas me contó que conosió a un muchacho que murió aogado por un espina de pezcado. Mamá dijo que él estava mintiéndome, pero no he comido pezcado desde entonces.

Papá dice que la primavera es la época para kortejar. Le pregunte que era kortejar y dijo que es cuando la zangre de los hombres jovenes brota como la savia de los árboles. Cuando le pregunte qué quería dezir, mamá lo miró mal y él salió y no quizo decirme. Después le pregunte a Matt pero él se puso colorado y no quizo decirme. Lucas dijo que kortejar es cuando papá le entregó una vaca al toro de los Grayson. Matt le dijo que cerrara su boca sucia y Lucas le dio un golpe en la suya y papá vino coriendo para separarlos antes de que se mataran el uno al otro. Estoy cada vez más interesada en saber que es kortejar.

La primavera es cuando el pridicador viene y se para sobre un tronco y nos grita sobre la muerte santa. Grita sobre DIOSSS y la SALVACIÓN y la SANGRE DE CRISTO. La jente de todos los alrededores viene a verlo. Él se pone tan esaltado que la cara se le pone roja como el fuego. De arriba o de abajo, no estoy segura de cual. Mamá dice que tiene mucho ferbor por el Señor. Papá dice que está completamente loco. Pero, cada ves que viene, vamos y lo miramos con todos los demás. Es el mejor entretenimiento que hay serca.

Siempre terminamos en el río con el pridicador, labando a la jente de sus pecados y enterrandolos y resucitandolos con Jesús. Mamá dice amén y llora cada ves que alguien es sumergido y papá vuelve del vosque oliendo a güisqui y a tabaco.

Mamá y yo plantamos maíz, calabazas, rávanos y zanaorias. Mamá me dio un puñado de semillas y me pregunto qué veía y dije semillas. Pregunto si parecían vivas y dije que parecían piedras. Ella dijo que es correcto, pero que cuando las enterremos, crecerán y daran fruto. Yo dije que daran calabazas. Ella dijo que cuando siembras una semilla, Dios la ablanda, la riega y la hace creser. Dice que las personas son como las semillas.

El viejo Schmidt murió el verano pasado y lo enterraron, pero no salió nada que yo pueda ver, esepto maleza. Lucas dijo que se lo comieron los gusanos. Supongo que debe ser por eso.

«El pozo»

El pozo es muy profundo y muy oscuro. Está frío la primera vez que bajas, pero, si te quedas, está fresco. Las paredes están húmedas y resbaladizas, y puedes oír un goteo. Cuando miras hacia arriba, puedes ver un círculo de cielo azul, a menos que Lucas le ponga la tapa encima. Entonces, no se ve nada. Solo escuchas tus propios gritos a tu alrededor. Lucas quitó la tapa y gritó que era una maldita covarde. Yo grité que no lo era. Él dijo demuéstralo y volvió a poner la tapa. Me senté todo el día en la cuveta para que lo supiera.

Matt me encontró cuando trataba de sacar una cuveta de agua para papá. Miró abajo y dijo qué crees que haces ahí. Mamá se está volviendo loca buscándote. Cree que te robaron los pieles roja. Gritó que me había encontrado y mamá viene corriendo y pensando que me había aogado. Mi espalda no sentía nada y estaba hundida en la cuveta. Me dolió mucho cuando papá me sacó. Lucas estaba apoyado contra la casa, riendose. Le grité no soy ninguna covarde. No, eres una tonta, dijo él.

Papá lo llevó al cobertizo de madera. Mamá lloró y me llevó a la casa. Me hizo sentar en la tina con agua caliente y beber güisqui. No sé que le gusta a papá de esto. Te quema por dentro cuando baja y después sube inmediatamente.

Querida Mary Kathryn:
Por favor, practica estas palabras en tu pizarra hasta que estés lista para que te tome una prueba. Usa diez en una composición. Y no le preguntes a nadie más qué es cortejar.

Te quiero,
Mamá

Ir hechicera|hechizar gente preocuparse| preocupaciones

fervor indios bosque huerto
ahogó gustó rio preguntó
muerte recoger cuando podría
como de algún/poco madera/ hemos pescar
correr lavar criar levantar cocinar

Dios ama a *la gente fervorosa* en el *bosque*. Él *podría* amar a *algunos indios*. A mamá le encanta *lavar, cocinar* y *criar* poyos.

Mary Kathryn McMurray:
    No cenarás hasta que escribas pollos veinticinco
veces en tu pizarra, y cincuenta veces: «El corazón
arrepentido es un corazón humilde».

Mamá

CAPÍTULO 5

—¿A QUÉ HORA crees que volverás a la casa? —dijo Sierra, tratando de mantener un tono de voz neutro, mientras apretaba el auricular del teléfono.

—Cinco y media o seis —dijo Alex en tono distraído. Podía oírlo golpeando las teclas de su computadora. ¿No podía dejar de trabajar lo suficiente para hablar con ella un par de minutos?

—¿Qué te gustaría cenar?

—Algo liviano. Comí un gran almuerzo con Steve.

—¿Dónde fueron? —dijo ella, queriendo prolongar la conversación.

—La Serre. Es un restaurante francés. Elegante.

—¿Caro?

—Muy caro. —Alex se rio entre dientes—. Es bueno cuando el jefe paga la cuenta.

Debía ser bueno disfrutar de un almuerzo sofisticado y

luego pedir algo *liviano* para cenar. Vio los platos del desayuno en el fregadero. Ella ni siquiera había almorzado aún. Abrió el refrigerador mientras hablaba con él. Quizás podría abrir una lata de duraznos y terminar la caja de requesón que había en el estante más alto.

—Estábamos celebrando.

—¿Qué? —preguntó ella, sintiéndose excluida.

—Hoy lanzamos la producción de Vigilantes —dijo claramente orgulloso del juego que había creado—. Steve dijo que para mediados de la próxima semana enviarán copias de prueba a los analistas de videojuegos de todo el país.

—¿Y si no les gusta?

—Les va a gustar. Mira, cariño. Tengo que colgar. Está entrando una llamada, y justo ahora estoy en medio de algo importante. Hablaremos en la noche.

Colgó antes de que ella pudiera emitir una palabra. Se quedó con el auricular en la mano y se sintió más abandonada que cuando lo había llamado. ¿Por qué se tomaba la molestia de hacerlo? Él siempre estaba ocupado y siempre era algo importante. En todo caso, más importante que ella.

Una celebración. Ni siquiera se había molestado en compartir la noticia con ella. *La Serre. Elegante. Caro.*

Enojada, sacó un paquete de hamburguesas del refrigerador y lo arrojó sobre la encimera. Cocinaría espaguetis *otra vez*. Era fácil y a los niños les encantaba.

Encendió el televisor y puso la cesta con la ropa limpia frente a ella. Se había acostumbrado a lavar la ropa después de dejar a los niños en la escuela, y a esa hora la doblaba. Al menos podía superar su sentimiento de culpa por mirar la telenovela. Se dejó caer en el sofá y empezó a doblar las camisetas, las toallas y la ropa interior mientras miraba el episodio que transcurría frente a ella. Antes solía despreciar las telenovelas. Ahora le servían de consuelo. Durante una hora, podía olvidar lo miserable que se sentía y sumergirse en las vidas complicadas de los personajes televisivos. Sus problemas eran mucho más trágicos y complejos que los de ella; sus pasiones, mucho más emocionantes. Al fin y al cabo, ¿cuántas veces se había casado Erica Kane?

La ropa limpia quedó doblada y a un lado mucho antes del tercer comercial que promocionaba un producto nuevo de higiene femenina. Guardó las toallas y la ropa. Se sentó de nuevo y levantó los pies, apoyándolos en la mesa de centro, y se recostó hacia atrás en el sofá. *Debería* estar haciendo *algo*. Pero ¿qué?

Habían pasado tres meses desde que se mudaron a vivir a este edificio de departamentos y ni siquiera conocía a la familia que vivía al lado. Sabía que tenían hijos. El pequeñito corría por el pasillo que había al otro lado del ventanal de la sala muchas veces al día, aunque lloviera. Y había una mujer de la planta baja que miraba a través de sus cortinas y retrocedía cuando alguien la descubría por casualidad. Sea lo que fuera, ¿cuál era su problema?

Sierra no quería enterarse. Había veinte departamentos en el complejo y no conocía a una sola de las almas que vivían en ellos. Todo el mundo resguardaba su privacidad. Probablemente tenían armas en la mesita de noche. Recordó la conversación telefónica que había tenido con su madre, en la que le había dicho: «Ponte tú en contacto, Sierra. Nunca sabes a quién tiene Dios esperando a que lo saludes». Entonces, saludó a una mujer que entró a la lavandería, y la mujer apenas respondió a su intento de cordialidad. Se limitó a meter los pañales en una de las máquinas lavadoras, vertió el jabón, giró los controles y se fue.

Rechazada, Sierra no volvió a intentarlo. Si Dios tenía a alguien esperando por ella, Él tendría que decirles que dieran el primer paso.

EL HILO ESCARLATA

No se levantó del sofá hasta que empezaron a pasar los créditos; entonces, apagó el televisor. Recogió sus cosas y salió. Tenía todo perfectamente cronometrado. Si se iba apenas terminaba la telenovela, llegaba a la escuela de Carolyn y de Clanton justo cuando los otros niños subían a los autobuses escolares.

De camino a casa, los niños le suplicaron ir a McDonald's y Sierra cedió. De todas maneras, no tenía ganas de hacer espaguetis y Alex ya había dicho que no tendría hambre. Algo ligero. Paró en el supermercado y compró guarniciones envasadas y aderezos para ensalada.

Limpió y ordenó la cocina mientras los niños se sentaban a la mesa a hacer sus tareas y hablaban de su día en la escuela. Por lo menos ellos estaban haciendo nuevos amigos.

Clanton rebuscó en su mochila hasta que encontró un puñado de anuncios escolares, formularios de inscripción y tareas calificadas.

—¿Puedo inscribirme en la Liga Infantil, mamá?

—Tendrás que consultarlo con tu padre —dijo Sierra, poniendo el último plato enjuagado en el lavavajillas.

—¿Crees que papá volverá a ser el entrenador este año?

—No lo sé, Clanton. Tendrás que preguntárselo a él.

Clanton lo hizo apenas Alex entró por la puerta.

—Este año no, campeón —dijo Alex, revolviéndole el cabello—. No tendré tiempo. —Se agachó para saludar a Carolyn con un beso.

Lanzándose el paño de cocina sobre el hombro, Sierra se acercó a Alex, que estaba parado aflojando su corbata.

—¿Tuviste un buen día?

—Buenísimo. —Él le dio un beso firme y se quitó la corbata. Desabrochándose el botón de la camisa, caminó hacia la habitación—. Me cambiaré e iré a correr un rato.

Correr era otra cosa nueva en la vida de Alex. Steve y Matt

64

corrían; aseguraban que era estupendo para aliviar el estrés. Entonces, Alex los imitaba, desde luego.

Cuando Alex regresó, Clanton y Carolyn ya estaban bañados y listos para ir a la cama. Ella les leyó mientras Alex se duchaba y se ponía su Levi's gastado y una sudadera que decía UCB en letras grandes. Cuando salió para ordenar la sala, él entró para darles las buenas noches a los niños. Supuso que tenía que estar agradecida de que él pasara la media hora siguiente hablando con ellos.

—Jack me llamó justo antes de que saliera de la oficina —dijo él cuando salió.

Jack y su esposa embarazada eran los inquilinos de su casa en Windsor.

—¿Hay problemas?

—Al contrario. Tiene el dinero suficiente para entregar un anticipo por la casa.

—¿Quieren comprarla? —dijo ella débilmente. Mientras aún tuvieran la casa de Windsor, mantenía las esperanzas de que volverían. Las palabras de Alex demolieron los cimientos movedizos sobre los que aún estaba parada.

—Esa era la esperanza que tenían cuando se mudaron. Le dije cuánto valía la casa antes de que nos fuéramos. Me contó que hoy sus padres decidieron adelantarle la parte que le corresponde de su herencia. Se pondrá en contacto con el antiguo socio de tu padre para que se encargue de los papeles. No deberían tener ninguna dificultad para calificar para una hipoteca. Tendremos el dinero en nuestras manos para fines de mayo.

Sostuvo su rostro entre sus manos.

—Sé cuánto significaba para ti esa casita.

Esa casita. Lo dijo tan casualmente, como si hubiera sido una choza o un agujero en una pared. No tenía idea de lo que significaba para ella, o no habría tenido tanto apuro por venderla.

—Matt me dio el nombre de un buen agente inmobiliario. Quiero que empieces a buscar una casa con cuatro habitaciones, tres baños y una piscina. Reúnete con Audra. Ella conoce las mejores zonas. Quiero que estemos en un *buen* vecindario.

—Estamos en un buen vecindario.

—Viviremos en uno mejor —dijo, dejando caer sus manos—. Steve me dio un aumento hoy. Un *gran* aumento. Está seguro de que Vigilantes será un fenómeno.

Vio cómo le brillaban los ojos, rebosantes de ambición y de planes.

—¿Esa fue la razón por la que pasaste veinte minutos con tus hijos?

Alex no se movió, pero Sierra pudo sentir que el frente frío avanzaba peor que un invierno de Illinois.

«La lengua es un mal incansable, llena de veneno mortal...», la voz de su madre resonó en su mente y Sierra sintió una punzada de vergüenza. Pero, antes de que pudiera disculparse, Alex habló con una voz glacial:

—A ellos les gusta la idea de tener su propia piscina.

—¿También les gusta la idea de volver a cambiar de escuela? —replicó, tratando de evitar que el sarcasmo se filtrara en su voz, pero falló.

—Audra sugirió que vayan a una escuela privada. Anoté el nombre que me dio.

Por supuesto.

—¿También te ofreció pagarla ella?

El carácter de Alex salió a la superficie.

—¿Qué tienes contra ella? No te agradó desde el primer día, y no ha hecho otra cosa que tratar de ser amable contigo.

—¿*Así* es como lo llamas? ¡Recuérdame que le bese los pies la próxima vez que la vea! —Sierra se apartó de él, llena de rencor y sintiéndose traicionada. Había tratado de explicarle a Alex cómo la hacía sentir Audra: sin educación, inculta y de una clase inferior en una sociedad supuestamente sin clases. Alex insistía en que era su imaginación; ella sabía que era deliberado.

Cada vez que estaba con Audra, la mujer insistía en mencionar este o aquel curso que había llevado en la USC, los cuales la convertían en una experta en cualquier tema. Sierra podía tener su opinión, pero era inculta.

—¿Cómo? —había dicho Audra apenas dos días atrás en respuesta a un comentario que había hecho Sierra. Arqueó una ceja elegante—. ¿Y cómo llegaste a *esa* conclusión?

Estaban hablando sobre el aborto y Sierra dijo que ella creía que estaba mal ponerle fin a la vida de un niño no nacido. Era obvio que lo que su madre le había enseñado no estaba a la altura de la opinión de Audra.

—A mí eso me suena a lavado de cerebro fundamentalista —dijo Audra con una mirada compasiva que descartó las enseñanzas de toda una vida impartidas por la madre de Sierra. Luego, se lanzó a una disertación completa con «hechos» que demostraban la falta de entidad del feto humano.

—¿Por qué no fuiste a la universidad, Sierra? —dijo Audra, finalmente—. En la universidad, aprendes a pensar por ti misma. Si tus padres no podían pagarla, podrías haber estudiado la primera etapa y luego terminar una carrera universitaria en cuatro años. —Lo dijo con tanta cordialidad que sonó como si realmente lamentara que Sierra no hubiera tenido las oportunidades que ella sí había tenido.

—No fue por un problema de dinero. Simplemente, no me interesaba.

—¿No te interesaba? —Otra vez la ceja arqueada—. Steve dijo que Alex se graduó con honores en Berkeley.

—Sí, así es.

—Podrías considerar la posibilidad de asistir a algunas clases en la noche —dijo con seriedad.

Sierra esperaba que dijera algo más, pero no lo hizo. Al parecer, Audra sentía que había dicho suficiente y, de hecho, así era. Incluso ahora, varios días después, la insinuación de Audra la exasperaba: Alex perdería interés en ella por no ser instruida. Que no hubiera ido a la universidad no significaba que no estuviera al tanto de lo que sucedía en el mundo. Leía el periódico, las revistas. ¡Miraba CNN!

Sin embargo, y pese a todo eso, tenía la sensación de que estaba parada sobre arenas movedizas.

Ir de compras era aún más insoportable. Había aceptado tres invitaciones de Audra porque Alex insistió. Cada vez que Audra llegaba, golpeteaba sus largas uñas acrílicas color coral sobre la puerta y hacía tintinear las llaves de su Mercedes plateado cuando Sierra abría la puerta.

—¿Lista para salir? —decía como si le hablara a una niña recalcitrante.

Charlando alegremente, Audra iba a las tiendas que estaban muy por encima del presupuesto del ciudadano común y corriente.

—¿No comprarás nada, Sierra? —dijo Audra la última vez, mientras firmaba la cuenta de un vestido de ochocientos dólares—. Ese vestido azul que estabas mirando te haría ver maravillosa.

—Por seiscientos cincuenta dólares, hasta un chimpancé se vería maravilloso.

Audra se rio con el comentario, pero Sierra sintió todo el peso de la mirada ofendida de la vendedora elegantemente vestida. No se podía hacer ese tipo de comentarios en Rodeo Drive.

En realidad, Sierra habría querido decir algo más. Quería añadir, para captar la atención de ambas mujeres, que si dispusiera de seiscientos o setecientos dólares adicionales, ¡ciertamente no se los echaría encima!

Audra la invitó a almorzar en Lowry's. Sierra declinó la invitación. Le habían enseñado que tenía que corresponder las invitaciones y dudaba que Audra se sintiera adecuadamente retribuida en Denny's.

—Discúlpame, pero necesito llegar a casa, Audra. Los niños saldrán pronto de la escuela. —Echó un vistazo a su reloj para enfatizar lo dicho—. Siempre voy yo a recogerlos.

—Deberías ponerte de acuerdo con otras madres para llevar y traer a los niños —dijo Audra, disparando el Mercedes en medio del tránsito con la habilidad de un conductor experto en las 500 millas de Indianápolis.

Sierra estaba cansada de los «deberías» de Audra para cada cosa que hacía.

—Llevar a los hijos a la escuela es uno de los placeres de ser madre.

—¿Placeres? —Se rio Audra. Zigzagueando suavemente entre los tres carriles del pesado tráfico, se deslizó hacia una salida—. Eso no habla muy bien de tu calidad de vida. —Sus ojos centellaron alegremente—. Tendremos que hacer algo para que sea un poco más emocionante.

Y ahora parecía que lo había logrado.

¿Había sido realmente idea de Alex que buscaran una casa tan pronto? ¿O había sido Audra quien instó a Steve a aconsejarle que lo hicieran? Una vez que estuvieran atados a una hipoteca, sería bastante difícil cambiar de idea acerca de trabajar en Los Ángeles.

Se rehusó a seguir pensando en Audra y trató de razonar con Alex.

—Me parece que es demasiado pronto para pensar en comprar una casa —dijo.

—¿Te gusta vivir en un departamento reducido?

Su sarcasmo volvió a ponerle los nervios de punta, pero se mantuvo calmada.

—No hace ni cuatro meses que estás en tu nuevo empleo, Alex. ¿Qué pasará si te das cuenta de que lo odias?

—Me *fascina*.

—Me refiero a *si* cambiaras de parecer. En este momento, estás en tu luna de miel con Beyond Tomorrow. Todo podría venirse abajo a tu alrededor como un castillo de naipes.

—Gracias por tu voto de confianza.

—Yo confío en *ti*, Alex, pero no confío en *ellos*. Todo va demasiado rápido. Todo es demasiado fácil. Deberíamos esperar por lo menos un año, Alex. Hay tantas cosas que pueden cambiar...

—Métetelo en la cabeza, Sierra. No cambiaré de parecer sobre nada. —Con el rostro rígido y pálido por la indignación, la fulminó con la mirada—. Ya me estoy hartando de que tengas una actitud pesimista todo el tiempo. —Fue a su escritorio y encendió la computadora—. Puedes salir a buscar una casa y ayudar a tomar la decisión, o me ocuparé yo mismo del asunto —dijo, dándole la espalda—. Tú decides.

Al diablo con las prioridades, pensó al borde del llanto, mientras iba hacia la cocina.

A la mañana siguiente llamó a la agente inmobiliaria y le pidió una cita. Roberta Folse dijo que pasaría a las diez, lo cual le daría a Sierra el tiempo suficiente para dejar a los niños en la escuela y hacer las compras para la casa.

Roberta era pelirroja, tenía ojos marrón oscuro y algo de sobrepeso. Estaba elegantemente vestida con un traje sastre verde, una blusa de seda dorada y un collar de perlas.

—Su esposo me dijo que se mudaron recientemente y que le ha costado mucho adaptarse —dijo cuando estaban de camino en su elegante Jaguar negro—. No mencionó dónde vivían antes.

—Crecimos en Healdsburg —dijo Sierra, preguntándose cuánto más le había confiado Alex a esta atractiva desconocida—. Está a unos ciento diez kilómetros al norte de San Francisco, en la región vitivinícola.

—Conozco la zona —dijo Roberta y sonrió, comprendiendo completamente—. La campiña de Dios. Con razón le cuesta adaptarse. Es un choque cultural. Esta zona debe parecerle otro planeta.

A Sierra le cayó bien enseguida y sintió que se relajaba. A partir de ese momento, hablaron con soltura. Roberta tenía cuatro hijos, todos grandes, y universitarios o casados. Había obtenido su licencia como agente de bienes raíces cuando el mercado estaba en auge.

—Siempre me fascinó ver casas —dijo, mientras conducía por calles bonitas y sombreadas por árboles, flanqueadas por casas encantadoras de una sola planta; algunas, con un toque victoriano—. ¿Sabe? La mayoría de las personas que conozco sueña con irse a vivir a la región de los viñedos o más al norte, a los bosques de secoyas, cuando se retiren. En lo personal, me gusta Garberville. Tiene un estilo tradicional.

—Mi hermano tiene una propiedad en la zona. Es dueño de diez hectáreas cerca de Whitethorn, de camino a Shelter Cove. Le gusta ir allí los fines de semana para descansar.

—El paraíso —suspiró Roberta—. Bueno, veamos si podemos encontrarle una casa aquí que la haga sentirse como en el campo. ¿Por qué no visitamos esta?

Roberta le mostró cuatro casas, todas con cuatro dormitorios, tres baños y una piscina. Al oír los precios, Sierra sintió vértigo y se le fue el alma al piso. ¡Costaban cuatro veces más de lo que ella y Alex habían pagado por la casa de Windsor! ¿En qué estaba pensando Alex? Sierra le confió sus preocupaciones a Roberta.

—Sé que la tomo por sorpresa. Su esposo me dijo que

viven de la venta de su casa y de lo que gana actualmente. Será difícil, pero no creo que tengan problemas para calificar para el préstamo hipotecario. Especialmente, si Steve Silverman es el garante.

Sierra sintió que se ponía pálida.

—Eso acelerará el proceso para que usted y su esposo tengan una casa nueva. Steve simplemente será el garante del préstamo.

—Entonces, ¿ellos serán dueños de una parte de nuestra casa?

—Ah, no; pero, si tuvieran dificultades financieras, lo cual es muy poco probable, Steve tendría que asumir la responsabilidad de la hipoteca. Alex me dijo que su principal preocupación es la ubicación, lo cual es sensato. Si decidieran volver a vender en algunos años, cualquiera de estas propiedades se vendería inmediatamente.

Una alarma sonó en la cabeza de Sierra, pero no pudo precisar la causa. Esa noche, trató de hablar del tema con Alex, pero él pensó que ella sospechaba de las intenciones de Steve para ofrecerle ser el garante del préstamo y se ofendió.

—¡Eso no fue lo que dije! —protestó Sierra, disgustada.

—Palabras más, palabras menos.

—Tú no *escuchas*.

—Pues, trata de ser lógica. Trata de pensar bien las cosas antes de abrir la boca.

—Olvídalo —dijo, dolida. ¿Creía que era tonta solo porque quería conocer todos los hechos?—. Olvídalo. Compraremos una casa. Al fin y al cabo, es *tu* dinero, ¿verdad? Este matrimonio no es una sociedad. ¡Yo no soy más que la tonta inculta que se queda en la casa y resulta ser tu esposa!

—¡Yo no dije eso!

—No fue necesario.

Durante la semana siguiente, Alex apenas le dirigió algunas palabras.

James Farr vino a vivir con nosotros.

A veces, conversa conmigo cuando Matthew tiene otras cosas que hacer. Está postrado, con una pierna rota, y está muy triste porque su madre y su padre murieron a causa de una Tragedia terible.

Ezcuché cuando le contó a Matthew lo que pasó.

James y sus padres volvían de la reunión del campamento a su casa, cuando su padre dice que vendió la propiedad y que se mudarían al oeste. James dice que su madre se puso como loca. Dijo que estaba cansada de mudarse y de tener que arraigarse. Dijo que si se mudaba a algún lado, sería de vuelta al este, con su familia. Su padre dijo que en el oeste había mejores tierras, y su madre dijo que no eran tierras lo que buscaba. Los llantos de ella y los gritos de él hicieron que los caballos echaran a correr. No se detubieron. Se salió una rueda y la carreta se volcó. Dios tubo piedad de James y lo lanzó sobre tierra blanda. Pero la cabeza de su padre se partió como un melón y su madre fue aplastada por la carreta cuando pasó sobre ella.

Lamento que su madre y su padre estén muertos, pero no lamento que James esté con nosotros. Espero que se quede para siempre.

Cuando sea grande, me casaré con él.

James me dejó sentarme con él hoy. No me habló mucho y yo no sabía qué decirle. Le leí dos capítulos de Éxodo: el de Moisés metido entre los juncoz y el de la hija del faraón cuando lo encontró. James me dijo muchas gracias. Tomó mi mano y la besó.

Mientras viva, no volveré a lavarme la mano nunca más.

Dios dice que nos amemos unos a otros, pero es muy difícil amar a Lucas.

Lucas le dijo a mamá que él estava en el granero cuando me quedé encerrada en el gallinero. Es un mentiroso. Siempre miente, y mamá es tan buena que no sabe la diferencia. Yo vi que Lucas cerró la puerta. Escuché cuando dejó caer la barra. Y lo escuché reírze mientras yo le gritaba que me dejara salir. Sabe que le tengo miedo a las gallinaz.

Mamá me preguntó por qué le haria algo así a su dulce hermanita. Le dije que lo hizo porque es malvado. Ella dijo que es muy malo que hable así de mi propio hermano.

A veces mamá no quiere oír la verdad porque entonces tendrá que hacer algo al respecto.

Matthew abría hecho algo. Pero Matthew habia ido al campo con papá.

A veces desearía ser un niño para que cuando cresca lo suficiente, pueda golpear a Lucas con toda mi fuersa y tumbarlo como lo hace Matthew. Lucas necesita que lo muelan a golpes.

Mamá dice que solo porque el mal llame a tu puerta no significa que tengas que abrir.

Creo que Lucas abrió su puerta e invitó al diablo hace mucho tiempo.

Ayer fuimos otra vez a la reunión del campamento. Esta vez no me gustó mucho. Sally Mae Grayson y su cabello rubio estaban allí. No ha ido a una reunión por dos años, porque estuvo bibiendo en Fever River con su abuela; allí iba a la escuela. Ojalá se hubiera quedado en Fever River con su abuela.

Aun Matthew, que piensa que las chicas son tontas y

cabezas hueca, miraba a Sally Mae como si fuera un ternero enfermo. Todos los muchachos la seguían y querían hablar con ella. Al único que ella le presto atención fue a James. Se sentaron juntos en la reunión y comieron juntos en la cena. Sally Mae me miraba y decía que las jarras pequeñas tienen grandes orejas. James me dijo que fuera y le llevara otro tazón con sidra y, cuando volví con el tazón, se había ido. También Sally Mae.

Los busqué por todas partes hasta que los encontré.

Ahora sé lo que significa cortejar.

No quiero volver a hablar nunca más de cortejar ni oír hablar de eso. Nadie va a cortejarme así en mi vida.

Mamá me encontró en el arrollo lavándome la mano. Me preguntó por qué yoraba. Se lo dije. Pensé que iría a detenerlos en lo que estaban haciendo, o que por lo menos se lo diría al señor Grayson. Lo único que hizo fue abrazarme y acunarme por un largo rato. Dijo que los ídolos siempre tienen pies de barro.

Sally Mae no volverá a la escuela en Fever River. James le contó a Matthew que su abuela le escribió una carta a su padre para decirle que está achacosa y no puede ocuparse de ella. Dijo que Sally Mae estaria mejor si se queda en la finca con su papá. James dijo que, de todas maneras, educarla es un desperdicio. Dijo que Sally Mae ya save más de lo que debería.

Voy a morir. Me duele tanto el corazón, que sé que pronto iré a parar a la tumba. James se va. Nunca volveré a verlo. El único conzuelo que tengo es que Sally Mae tampoco lo conseguirá.

Le agradeció a mamá y a papá mientras cenábamos, y dijo que nunca podría recompensarlos por lo vuenos que fueron con él. Dijo que tiene diesiséis años y que es suficientemente grande para defenderse solo. Papá dijo que Fever River es un lugar grande. James dijo que él quiere estar en un lugar grande. Dijo que puede que incluso vaya al este. Dijo que le gustaria conocer Boston y Nueva York. Dijo que le gustaria visitar Inglaterra y tal vez llegar hasta la China.

Antes de que se fuera, él y Matthew hablaron toda la noche. Lo escuché decirle a Matthew que no amaba a Sally Mae y que Matthew sería listo si tampoco se enamoraba de ella. Tú no eres como yo, dijo James. Te arrancará el corazón y se dará un festín con él.

Caminé con él hasta el puente del arrollo. No lloré. Le pregunté sin rodeos qué penzaba que encontraría, en todo caso, en Fever River, o en China. Dijo que no estaba buscando algo mejor. Que estaba buscando algo diferente.

Mamá dijo que está perdido.

Sé que yo lo estoy.

CAPÍTULO 6

—Porque así se hacen las cosas aquí —dijo Alex, irritado—. ¿Cuándo vas a dejar de preocuparte por el dinero? Acabo de recibir un bono. Podemos pagarle a un decorador profesional.

—No se trata solo de si podemos pagarlo —dijo Sierra, aunque sí le preocupaba el tema. Alex estaba gastando dinero a un ritmo alarmante, almorzando todos los días en restaurantes de lujo, comprando trajes costosos. ¿Por qué ya no escuchaba nada de lo que ella decía?—. ¿Qué tiene de malo la manera en que hemos decorado? Las personas se sienten a gusto...

—Nada combina con nada. Mira alrededor de ti, Sierra. ¿Se ve así la casa de Steve? ¿O la de Matt? La mayoría de las cosas que tenemos son de segunda mano, que nos regalaron nuestros padres cuando nos casamos. Ese armario viejo que está en el dormitorio, la mesita de centro que tenemos en la sala, ¡esas lámparas de bronce ridículas!

—El armario fue el primer mueble que compraron tus padres cuando llegaron a California.

—¿Y qué?

—¡Es parte de la historia familiar! Tuvo un significado para ellos.

—Para mí, significa pobreza. No necesito que me la recuerden.

—La mesita proviene de un antiguo buque mercante que navegó alrededor de Horn y entró a la Bahía de San Francisco en 1910. Mi tío la restauró para nosotros como regalo de bodas. Esas lámparas de bronce tienen casi cien años.

—Y se les nota la cantidad de años que tienen.

—Puedo conseguirles unas pantallas nuevas.

—Unas pantallas nuevas no servirán de nada. ¿No entiendes? Todo lo que tenemos es *chatarra*. Si hoy compras algo en una tienda de ofertas y lo guardas durante cien años, seguirá siendo chatarra. Eso es lo que tenemos. ¡Baratijas viejas!

Sierra se quedó inmóvil, estupefacta. ¿Siempre se habría sentido así él? Ella recordaba lo lindo que se veía todo en su casita de Windsor. Tal vez a él le parecía que lo que tenían no era suficientemente bueno para una lujosa casa de casi quinientos metros cuadrados, estilo rancho, propiedad de un joven ejecutivo con un gran futuro por delante.

—Mira, Sierra —dijo Alex con un tono más amable—, hay una manera correcta y una incorrecta de decorar una casa, y contratar a un profesional es la manera *correcta*.

—¿Quién te dijo esas tonterías? —dijo ella. Pero lo sabía, sin necesidad de preguntar.

Sus ojos oscuros destellaron, enfurecidos.

—*Yo* lo estoy diciendo. ¿Está bien? ¿Eso te ayuda a aceptarlo mejor? Estoy harto de vivir con las cosas desechadas de los demás. Estoy ganando buen dinero. Compré esta casa hermosa para ti.

Sierra entornó los ojos hacia arriba y se dio vuelta.

—No quiero que parezca decorada por alguien que maneja un mercado de pulgas —dijo él con los dientes apretados.

Se preguntó si él sabía cuánto la herían sus palabras. Ella siempre había decorado la casa. La gente siempre decía que tenía habilidad para eso. Sus amigas le pedían consejos e incluso una le había ofrecido pagarle para que decorara su casa. Le gustaba restaurar sillones y sillas viejas, decorar chapa metálica y hacer coronas de flores. ¡Le gustaba el estilo *country*!

Alex anotó algo en su lista de las compras.

—Estos son los nombres de dos decoradores de interiores. El primero, el de Beverly Hills, es el mejor. Llámalo primero a él. Si no está disponible, llama al segundo. —Arrancó la hoja de la libreta y se la entregó. Pasando junto a ella, levantó su maletín—. Hazlo hoy —dijo, como si estuviera dándole una orden a un subordinado. Se le hizo difícil no hacerle un saludo militar mientras él se dirigía a la puerta.

No era la primera mañana que se iba sin darle un beso de despedida. Sierra lo siguió con el trozo de papel en la mano y se paró en la puerta del garaje para tres carros. Tal vez lo recordaría.

—Quiero que se haga lo antes posible —dijo, abriendo la puerta de su nuevo Mercedes plateado. Arrojó el maletín al asiento del pasajero, se deslizó al interior y cerró la puerta con un golpe. Presionando el botón de apertura de la puerta del garaje, se dio vuelta y colgó su brazo del asiento del pasajero, mientras empezaba a retroceder.

Miró el BMW blanco que estaba en el garaje. Alex se lo había comprado el mes pasado para su cumpleaños. Estaba muy orgulloso cuando lo condujo hasta la casa.

—¿Dónde está mi Honda? —había dicho ella débilmente.

—Lo di en parte de pago —dijo él, sonriente, y le entregó las llaves.

Él realmente esperaba verla llorar de alegría por tener un carro nuevo. Ella quería llorar, definitivamente. El Honda era el carro que su madre y su padre les habían dado como regalo de bodas. Clanton y Carolyn habían ido en él desde que eran bebés. Era como un viejo amigo de la familia. El BMW era un huésped poco grato.

Alex nunca había dedicado demasiado tiempo a su parte del mantenimiento del Honda. Ella lo aspiraba y lo lavaba con frecuencia. Ahora, Alex se pasaba todos los sábados aspirando, lavando y secando a mano ambos carros: primero el Mercedes, y después el BMW. Incluso aplicaba el limpiador Armor All en los ya relucientes tableros de control. ¡Hasta usaba un cepillo de dientes para limpiar los tapacubos de los rayos, por el amor de Dios!

Tres días atrás, le había dicho que no tenía tiempo para llegar al juego de la Liga Infantil de Clanton, pero tenía dos horas de sobra para dedicárselas a los carros. Y no recordaba la última vez que había recibido una octava parte de la atención que él les prodigaba.

Una punzada de dolor la desgarró al recordar los días, menos de un año atrás, cuando Alex no veía la hora de llegar a casa para estar con ella, charlar, compartir, reír y amar. Recordaba cómo era la sensación de sentarse juntos, compartir sus sueños y sus ideas. Y lo maravilloso que era fundirse en los brazos del otro después de un día separados. ¿Cómo había podido cambiar tan drásticamente la vida en el término de seis meses? ¿Cómo podía cambiar tanto un hombre?

Siempre supo que Alex era ambicioso y resuelto. Lo que no había percibido era que su trabajo podía convertirse en la fuerza impulsora y el centro de su vida. Estaba consumido por su vida profesional, apasionado y obsesionado por ella. Era como si el éxito de su primer videojuego, Vigilantes, no hubiera hecho más que estimularlo a esforzarse más en el siguiente. Aparentemente el éxito le daba una descarga de adrenalina que ella y los niños no podían darle.

Sierra reconoció rápidamente que Alex estaba ganando más del cuádruple de lo que ganaba en su empleo en Santa Rosa. En los últimos dos meses, dos revistas habían sacado artículos sobre él y habían pronosticado un futuro brillante para Vigilantes. Había visto los anuncios televisivos.

—¿Harto de lo que pasa en el mundo? —Preguntaba la voz suave del locutor—. ¡Conviértase en la ley!

Los cronistas especializados en la industria predecían que Vigilantes sería el videojuego más popular de la década. En la entrevista del segundo artículo, Alex decía que, el año próximo, Beyond Tomorrow lanzaría un nuevo sistema de juegos llamado El Monolito. El sistema vendría completo, con un decodificador que permitiría que los dueños jugaran cualquier juego existente en el mercado. El Monolito estaba pensado para adolescentes mayores y para adultos, y se vendería en combinación con Vigilantes. Las tiendas ya estaban llamando a Beyond Tomorrow y realizando pedidos aun antes de que el sistema hubiera aparecido en el mercado. Y Alex trabajaba día y noche en un segundo juego, El Camaleón, un juego de roles.

Sin duda, Beyond Tomorrow estaba prosperando. «¡Cambiando el futuro de los videojuegos!», era el eslogan de la empresa que estaba convirtiéndose en una frase pegajosa; Alex estaba decidido a hacerla realidad.

Pero Sierra no se sentía complacida con lo que sucedía. Era demasiado. Demasiado rápido.

Lo reconocía: Steve había demostrado ser un hombre de palabra. Había cumplido cada una de las promesas que le

había hecho a Alex. Bonos, aumentos salariales, beneficios...
Incluso contrató a una secretaria personal para Alex y sumó
a varios empleados nuevos a los departamentos de mercadeo
y distribución. El lugar y la posición de Alex estaban garanti-
zados; él era clave en el éxito increíble de Beyond Tomorrow.
Estaba en la cima del mundo profesional.

Y Sierra nunca se había sentido más insegura en su vida.
Ella y Alex apenas hablaban. Él estaba constantemente
sobrecargado de trabajo y preocupado. Una noche, ella trató
de hablarle al respecto, pero él quería saber de qué *necesitaba*
hablar ella. En el instante que dijo que no era nada específico,
él volvió a prestarle atención a la pantalla de su computadora
y se enfrascó en el trabajo durante el resto de la noche.

A la mañana siguiente, ella volvió a intentar mencionar
el tema.

—Pues, adelante —dijo él en tono impaciente—. ¿Qué
tienes en mente? —Ni siquiera tuvo la delicadeza de bajar el
Wall Street Journal.

—Nada en particular —dijo ella. ¿Cómo comienzas una
buena conversación cuando necesitas hablar acerca de la falta
de diálogo?

—Sírveme otra taza de café, ¿quieres? —dijo él detrás del
periódico.

Sintió ganas de volcarle toda la cafetera encima.

—Solíamos hablar de toda clase de cosas desde que entra-
bas a la casa hasta que nos íbamos a dormir.

—Todavía hablamos.

—Sobre el negocio. Sobre los juegos que estás desarrollando. Sobre los niños.

Por fin bajó el periódico y la miró. Vio cómo se ponía
su armadura, preparando sus armas. Siempre había estado
mejor equipado para pelear que ella.

—¿Adónde quieres llegar, Sierra?

Dios, ¿qué le digo? ¿Qué hago? —gritó dentro de su cabeza. Cuando Alex presentaba su frente frío, se sentía incapaz de llegar a él; últimamente, esa parecía ser la situación la mayoría de las veces. Lágrimas de frustración ardieron en sus ojos. Él solía percibir cuando ella lo necesitaba. Ahora parecía no importarle qué sentía ni qué pensaba. Quería decirle que lo extrañaba. Quería decirle que se sentía sola. Quería decirle que tenía miedo de que estuvieran distanciándose y que Audra tenía razón: ella era aburrida, inculta... y estaba perdiéndolo.

La sola idea le producía un terror desolador. Pero sentía más miedo de decir esas cosas en voz alta y descubrir que a él le eran indiferentes.

Lo miró con ojos suplicantes. *Solo dime que todavía me amas, Alex. No me hagas preguntarte si es así.*

Él se limitó a quedarse sentado mirándola con los ojos entrecerrados y a la defensiva.

Entonces ella se reclinó hacia atrás en su silla, agobiada por una sensación de derrota.

—No quiero llegar a nada —respondió finalmente, anhelando en su interior la conexión que siempre había sentido con él.

¿Cómo podía estar con alguien a quien amaba tan desesperadamente y sentirse tan sola?

Se quedó observándola como si estudiara a un insecto particularmente raro en el mosquitero. Se encogió de hombros.

—Supongo que hace bastante tiempo que no vamos a ningún lado —concedió, doblando el periódico y arrojándolo sobre la mesa. Dejó de mirarla a los ojos. Inquieto, miró su reloj y se puso de pie—. Quiero llegar temprano a la oficina. Tengo mucho que hacer. —Bebió de una sola vez el café y se dirigió a la cocina—. ¿Por qué no piensas adónde te gustaría ir y haces las reservaciones?

Lo dijo tan despreocupado, tan desinteresado... Cerró los ojos para disimular el dolor que crecía dentro de ella. Alex siempre había sido el que sugería lugares para ir y cosas que podían hacer. Varias veces la había sorprendido con boletos para un espectáculo en el Luther Burbank Center. Solía llevarlos a ella y a los niños a comer pizza y al cine. Una vez, incluso, hizo arreglos para que su madre cuidara a los niños para poder llevarla a un fin de semana romántico en una posada en Mendocino.

Ahora lo dijo como si la idea de llevarla a algún lado no fuera más que otra responsabilidad que tenía que atender.

Ella propuso un restaurante de costillas.

—Demasiada grasa y colesterol.

¿Desde cuándo le preocupaban la grasa y el colesterol?

Se pusieron de acuerdo para ir al cine, pero esa noche Alex llamó y dijo que tenía que trabajar. Ella le pidió que reservara la noche del viernes para cenar afuera con los niños, pero él llamó desde la oficina a última hora del viernes y dijo que tenía una reunión importante a la que no podía faltar.

Decidió no hacer más planes.

Ahora parecía que no la consideraba capaz de decorar apropiadamente su casa.

El zumbido de la puerta del garaje cerrándose y el estruendo del Mercedes de cuando Alex lo aceleró para irse a su trabajo trajeron a Sierra de vuelta de su sombría ensoñación. Necesitaba despertar a los niños para que tuvieran el tiempo suficiente para estar listos para la escuela.

Este fin de semana, Carolyn tenía una invitación para una fiesta de cumpleaños. Su amiguita, Pamela, vivía en alguna parte en Studio City. Sierra volvió a la cocina y anotó el recordatorio de comprar un regalo de cumpleaños.

Miró rápidamente el trozo de papel que Alex le había dado: *Bruce Davies, Diseñador*. Lo metió en la libreta que tenía junto al teléfono. No lo llamó hasta la tarde, después de que Alex llamó y le preguntó si ya lo había hecho.

La recepcionista del diseñador tenía una voz intensa y aterciopelada, con un fuerte acento de Nueva Inglaterra.

—Tengo órdenes de mi esposo de contratar a un decorador —dijo Sierra.

La mujer fue amable y eficiente, no le prometió nada e insinuó que Bruce tenía mucha demanda y estaba terriblemente ocupado. Demasiado ocupado, esperaba Sierra.

—Por favor, espere. —Sierra podía escuchar la música de Yanni mientras esperaba. La recepcionista volvió a la línea—. ¿Su esposo es empleado de Beyond Tomorrow?

—Sí, lo es. —¿Ya había llamado Alex?

—Un momento, por favor —dijo la recepcionista, y Sierra volvió a escuchar a Yanni. Tomando un lápiz del cajón de la cocina, dibujó flores y hojas en la parte superior de la lista de las compras. Pero apenas había comenzado cuando volvió a escuchar a la recepcionista.

—Le pido disculpas por la espera, señora Madrid. Al señor Davies le agradaría mucho hablar con usted.

Antes de que Sierra pudiera contestar, Bruce Davies estaba saludándola con la confianza de un viejo amigo.

—Sierra, me alegra *tanto* que por fin hayas llamado. Sabía que cualquier persona con un nombre tan encantador no me defraudaría. Desde luego, esperaba tu llamada hace varios días, pero ya estamos en contacto. Acabo de terminar una casa deslumbrante a pocas cuadras de la tuya, ¡y estoy listo para algo nuevo y emocionante! Y, créeme, en definitiva, ¡las ideas que tengo para tu casa son así!

Luego de dos minutos de conversar con Bruce, Sierra sentía que había sido arrollada por una aplanadora. Él dispuso una cita para la última hora de la tarde del jueves y le informó que llevaría a un asistente consigo. Sabía quién era

Alex porque Audra Silverman le había faxeado un artículo de una muy conocida revista de videojuegos.

—Decorar para un diseñador de juegos será un desafío —dijo, notablemente entusiasmado.

—No estoy segura de que Alex quiera involucrarse demasiado, señor Davies.

—Ah, pero debe hacerlo. *Insisto.*

Sorprendentemente, Alex no puso ninguna objeción y le aseguró que el jueves llegaría temprano a la casa.

Bruce Davies resultó ser un hombre atractivo, de unos cuarenta y tantos años, arreglado y vestido con ropa elegante, quien emanaba energía rotundamente. Su asistente lo seguía en silencio, tomando notas, mientras recorrían la casa, Alex junto a Bruce.

A Sierra le pareció rápidamente que ella tendría poco que opinar sobre lo que se le haría a la casa. El estilo *country*, informó Bruce, era definitivamente mal visto, y cualquier cosa que fuera remotamente victoriana no tenía «nada que ver, querida». Bruce estaba interesado en la arquitectura, hizo sugerencias para algunos cambios y ofreció muchas ideas de decoración. Alex tenía las suyas y Bruce lo escuchaba como si cada palabra fuera genial.

—El hombre que cambiará el futuro de los videojuegos debe tener una casa que refleje su creatividad —dijo Bruce con ojos chispeantes mientras inspeccionaba la entrada.

Para cuando Bruce y su asistente se fueron, Sierra estaba convencida de que la casa llevaría el sello de Bruce Davies, Diseñador, una mínima marca de Alejandro Madrid y absolutamente nada de ella.

—Va a ser caro —dijo Alex, sin verse muy preocupado al respecto—, pero valdrá la pena. Bruce dijo que tendrá los bocetos listos dentro de una semana, y entonces podremos tomar decisiones.

Ella sabía quién tomaría las decisiones.

Al día siguiente, luego de dejar a los niños en el colegio privado, Sierra fue al centro comercial más cercano a buscar un obsequio para la nueva amiga de Carolyn. Nada le parecía adecuado: la selección era demasiado amplia y los precios, carísimos.

Deprimida, compró un café capuchino y se sentó a observar a la gente que iba y venía en el centro comercial. La mayoría eran mujeres. Algunas caminaban a un ritmo relajado, con un aspecto solitario y aburrido mientras se detenían frente a las vidrieras. Otras andaban con rápida eficiencia, viéndose como si supieran exactamente dónde iban y qué estaban haciendo.

Sierra añoraba su casa. Deseaba estar sentada frente a su madre para poder desahogar su corazón y pedirle consejo. Pero últimamente lo había hecho bastante por teléfono. Las últimas palabras de su madre al final de su última conversación todavía sonaban en sus oídos: «Recuerda, cariño, Dios tiene todo bajo control».

Si era cierto, ¿por qué se sentía tan desesperada?

Sacudiendo la cabeza, volvió a pensar en el asunto en cuestión. ¿Qué iba a hacer con el dichoso regalo de cumpleaños? Cuando tenía la edad de Carolyn, nada le gustaba más que llevar a sus amigas al ático para que pasaran horas disfrazándose con los viejos atuendos de su madre y de su abuela, con zapatos de taco alto, sombreros y alhajas: los accesorios perfectos para jugar a ser Cenicienta, Blancanieves o algún otro personaje de los cuentos de hadas.

¿Las niñas ya no hacían esa clase de cosas? Las únicas veces que Carolyn se había disfrazado eran cuando estaba en el preescolar. La Escuela Windsor tenía todo tipo de trajes para elegir: uniformes de médico, de enfermera, chaquetas y maletines, un casco de bombero, un uniforme de policía.

Nada frívolo ni fantasioso. Todo estaba orientado a responder esa pregunta sumamente importante: *¿Qué vas a ser cuando seas grande?* Sierra todavía recordaba la frustración que sintió cuando descubrió que la maestra estaba preguntándoles esto a Carolyn y a sus compañeros. ¿Era realmente necesario saber a los cuatro o a los cinco años de edad qué iba a ser uno el resto de su vida? Parecía tan lejano. Ahora se lo preguntaba. ¿Acaso ya no era suficiente ser esposa y madre?

Sintiéndose desafiante, Sierra terminó su café y condujo hasta Cost Plus, el almacén de la zona. Caminando por la tienda, encontró una caja intrincadamente tallada, importada de la India. Era bonita y barata. La compró y condujo hasta Kmart, donde compró tres collares con cuentas, un encantador brazalete dorado con animales africanos y dos prendedores de diamantes de imitación, así como una chalina larga multicolor. Satisfecha con lo que había elegido, se fue a casa.

Mientras miraba la telenovela, usó la chalina para envolver el regalo. Girando las puntas atadas las enrolló hasta que quedaron como una flor mullida sobre la tapa de la caja. Durante un comercial, rebuscó en la caja de los papeles de regalo que tenía en el clóset del pasillo y encontró un poco de cinta dorada. Cortó una tira larga y la envolvió alrededor de la flor de tela y escribió en las puntas: «Feliz cumpleaños, Pamela. De: Carolyn». Se recostó hacia atrás y sonrió, perfectamente satisfecha con el obsequio.

Luego, el sábado, llevó a Carolyn a la fiesta de cumpleaños.

La casa de Pamela quedaba cerca de la cima de las colinas y tenía un portón de hierro en el frente. El portón estaba abierto, pero había un guardia uniformado de servicio. Les preguntó sus nombres y verificó su lista, antes de indicarles que entraran haciendo un gesto con la cabeza. Otros carros ya estaban estacionados: dos Cadillac, tres Mercedes y un pequeño carro rojo deportivo. Todo olía a dinero.

Sierra acompañó a Carolyn hasta la puerta principal, donde una sirvienta las atendió cuando tocaron el timbre. Era española y vestía un impecable uniforme negro con el cuello blanco y un delantal.

Carolyn le apretó más fuerte la mano.

—No te vayas, mami. Por favor. —Sierra forzó una sonrisa alentadora, pero su hija no le soltó la mano hasta que entraron a una sala enorme, con ventanas tipo catedral en la parte de atrás, y vio a Pamela acompañada de otras niñas. Sierra divisó a las madres.

Todas estaban paradas cerca de los ventanales que les daban una vista panorámica del Valle de San Fernando. Cada una parecía haber salido de una revista de modas. Sierra se avergonzó internamente, preguntándose qué pensarían de ella, que estaba vestida con una camiseta descolorida, unos pantalones negros y unas zapatillas deportivas gastadas. *Ay, Dios*, pensó, *por favor, no dejes que Carolyn pase vergüenza por mí*. Una de las mujeres miró a Sierra y a Carolyn. Sonriendo, les dijo unas palabras a las otras y las dejó.

—Ustedes deben ser Sierra y Carolyn Madrid —dijo con un tono cordial y agradable—. Me alegra que hayan venido. —Tocó levemente el cabello de Carolyn—. Pamela casi no habla de nada más desde que llegaste a la escuela, Carolyn. Insiste en que ustedes son almas gemelas, como las niñas de *Ana de las Tejas Verdes*.

Marcia Burton tenía clase y gracia y disolvió completamente la timidez de Carolyn. Sonriente, la pequeña le entregó su regalo a Marcia.

—¡Vaya! Es perfectamente encantador —dijo.

—Mi madre lo envolvió —le dijo Carolyn, orgullosa, y Sierra sintió que se sonrojaba. Vio los otros regalos sobre una mesa de centro de caoba lustrada que había cerca, obviamente todos de tiendas caras y envueltos profesionalmente.

Pensó en la caja de madera y en las baratijas que contenía. Deseó poder recuperarla y huir.

Mientras Carolyn se sumaba a las demás niñas, Sierra le agradeció a Marcia por invitarla y presentó sus excusas para irse.

—Ah, quédate, por favor —dijo Marcia, y sonó como si realmente lo deseara—. Pamela me contó que tu hijo juega en el equipo escolar de béisbol y sé que hoy tienen práctica.

Tenía razón. Sierra había dejado a Clanton antes de llevar a Carolyn a la fiesta. El entrenador había invitado a todos los chicos para que fueran después a su casa para una barbacoa y a ver una película.

Marcia sonrió y, mirándola divertida con sus ojos azules, le confesó rápidamente que creía que Pamela estaba enamorada de Clanton.

—Dice que es el chico más guapo de la escuela.

Sierra no se sorprendió de que su hijo hiciera vibrar los corazones femeninos. Clanton tenía los rasgos y el color de Alex y los ojos verde claro de ella. Era una combinación atractiva que siempre había llamado la atención desde que era un bebé.

—Realmente debo irme —dijo Sierra.

—Al menos quédate un ratito como para conocer a las otras madres.

Cuando Marcia Burton apoyó apenas una mano sobre su codo, Sierra se resignó a que siguieran las humillaciones.

Todas las mujeres fueron amables. Solo una la inspeccionó como si tuviera la convicción de que Sierra acababa de escaparse de un refugio para indigentes. Marcia, aparentando no notarlo, se mantuvo cálida y amigable con todas, quedándose siempre cerca de Sierra.

A pesar de los esfuerzos de la mujer, no logró relajar la incomodidad de Sierra. Luego de lo que pareció un intervalo educado de una charla corta y forzada, pidió disculpas y se fue.

Una vez que salió con su carro por el portón y se alejó por

el camino sinuoso fuera del aire enrarecido de las colinas de Studio City rumbo al banco de esmog de la llanura de North Hollywood, pudo respirar mejor. De algo estaba segura: no volvería a traspasar el umbral de la casa cuando regresara a recoger a Carolyn.

Suspirando, Sierra volvió a enfocarse en Alex. Sorprendentemente, él tenía la tarde libre e iban a pasarla juntos. Cuando le preguntó si le gustaría hacerlo, ella sintió que unas súbitas lágrimas de gratitud afloraban en sus ojos. Había pasado mucho tiempo desde la última vez que estuvieron juntos, solo ellos dos. Tal vez sería una oportunidad para que superaran el abismo que se había abierto entre ellos. Sierra no estaba segura de que podrían hacerlo, pero lo deseaba. Ah, cómo lo deseaba.

Cuando abrió la puerta y entró, se sintió casi alegre.

—¿Alex? Estoy en casa —llamó.

Solo respondió el silencio.

—¿Alex? —dijo otra vez, entrando en la cocina. La habitación estaba vacía, pero había una nota en el refrigerador. Los dedos helados de la desilusión le apretaron el corazón a medida que se acercaba para tomarla.

Sierra:
Steve llamó. Un cliente importante, que no esperábamos, está en la ciudad. Así que lo llevaremos a cenar. Es probable que llegue tarde a casa.

Eso era todo. *Me fui; llegaré tarde.* Sin disculparse. Sin remordimientos por no poder pasar un rato con ella.

Furiosa, Sierra arrugó la nota y la arrojó al cesto de la basura. Pasó la aspiradora, limpió los muebles y empezó a preparar la cena para tres. Pensó en cambiarse de ropa antes de ir a recoger a Carolyn, pero se rebeló contra la idea. Ella era quien era. Además, aunque se vistiera elegante, no encajaría en ese grupo.

Se armó de valor y volvió a Studio City. Mientras se estacionaba frente a la espléndida casa, vio que todos los carros estaban exactamente donde habían estado cuando se marchó, tres horas antes. Al parecer, todas se habían quedado durante la fiesta a compartir los bocadillos servidos en bandejas, la merienda y el pastel de cumpleaños hermosamente decorado, y a disfrutar del mago que había ido para que las niñas estuvieran debidamente entretenidas. Bajó de su carro mientras varias mujeres y sus hijitas salían de la casa, cada niña con su bolsa de recuerditos.

—Nuestras niñas están jugando en la sala —dijo Marcia, saludándola en la puerta delantera.

—Discúlpame si llego tarde.

—No, para nada. Pasa, por favor. ¿Te gustaría un café?

—Gracias, pero no puedo. Tengo algo de prisa. Necesito ir a recoger a Clanton dentro de poco.

Marcia parpadeó con una expresión comprensiva y desilusionada; era una excusa, y ambas lo sabían.

—Te indico el camino —dijo en voz baja—. A Pamela le encantó la caja de tesoros y la chalina.

Amable hasta el final, pensó Sierra con sarcasmo; luego sintió una punzada de vergüenza por su actitud crítica. *Arpía*, se criticó a sí misma, *Marcia no ha sido más que amable contigo. Al fin y al cabo, quizás ya no sepas cómo reaccionar a la amabilidad...*

Las niñas estaban inclinadas una frente a la otra, hablando como si fueran pequeñas conspiradoras. Para Sierra fue una sorpresa agradable ver que Pamela tenía puestas la chalina y las alhajas. Carolyn reía alegremente de lo que estaba diciendo su amiga, cuando notó su presencia.

—Ay, mami... —dijo, obviamente decepcionada—. ¿No puedo quedarme un poco más? ¿Por favor?

—Tenemos que irnos, Carolyn.

—Clanton está en...

—*Ahora*, Carolyn.

Carolyn se levantó obedientemente. Recordando sus buenos modales, les agradeció a Pamela y a su madre por el agradable rato y por la bolsa con recuerditos y golosinas.

—¿Por qué no nos ponemos de acuerdo para reunirnos alguna vez? —dijo Marcia mientras bajaban la escalera.

—Sería lindo —dijo Sierra, ofreciendo la inofensiva respuesta correspondiente. Ella sabía que alguna vez quería decir nunca. Las niñas estaban conversando de nuevo y se les habían adelantado, saliendo por la puerta delantera y obviamente buscando otra manera de retrasar lo inevitable.

—¿Estás libre el lunes? —dijo Marcia.

Sorprendida, Sierra la miró.

—¿El lunes?

—Para ir a tomar un café —dijo Marcia, sonriente—. O té. O agua. No importa. —Se rio de la expresión de Sierra; luego se estiró y le apretó amablemente la mano—. Lo que realmente quiero hacer es conocerte mejor.

Lo dijo con tanta sinceridad que Sierra no dudó de ella. Sintió que las lágrimas ardían en sus ojos y se preguntó por qué una invitación tan superficial para tomar un café podía afectarla tan profundamente.

—El lunes me parece perfecto.

El señor Grayson bino hoy a la casa, furioso como un oso pardo.

Dijo que Matthew se casará con Sally Mae, o él lo matará de un tiro. Papá dijo que ningún hijo suyo se casará con una ramera. Matthew dijo que Sally Mae no es ninguna ramera y que ya están casados ante los ojos de Dios.

Lucas se rio y dijo que Matthew era un tonto. Matthew lo golpeó en la boca y lo derribó al piso. Se subió encima de él y siguió golpeándolo hasta que papá los separó.

Mamá lloró dos días seguidos.

Papá dijo que el señor Grayson está mandando un jinete para que le diga a todas las personas que van a la reunión del campamento que su hija va a casarse con Matthew Benjamin McMurray. Papá dice que está orgulloso de eso.

Mamá dijo que algunas personas no tienen sentido de la vergüenza.

Hoy, Matthew se casó con Sally Mae. Ella usó el vestido blanco de bodas de su madre. Nunca vi tan feliz a Matthew como cuando puso el anillo de mamá en su dedo.

Sally Mae estuvo a punto de no recibir ningún anillo. Papá no queria dejar que Matthew tuviera el anillo de la abuela McMurray. Oí que papá y Matthew discutían a gritos en el granero. Matthew dijo que amaba a Sally Mae. Papá le dijo que nadie como Sally Mae usaría jamás el anillo de su madre. Dijo que lamentava haberle hecho caso a mamá. Dijo que deberia haber llevado a Matthew a Fever River hase mucho, para que aprendiera algo de la realidad sobre las mujeres y, quizás así, no habria caído víctima de una.

Así que mamá le dio a Matthew su propio anillo de bodas. Papá no ha vuelto a dirigirle la palabra desde entonces.

Me pregunto si James aún está en Fever River y qué está haciendo ahí.

No tengo tiempo para escribir en este diario, pero es el único lugar donde puedo apuntar mis sentimientos. ¡Y qué sentimientos! A veces, creo que voy a explotar.

Mamá está enferma, enferma de verdad. Sally Mae no hase

nada para ayudar. Ella y Matt pelean todo el tiempo. O, más bien, Sally Mae es la que pelea siempre. Él es quien acepta todo. Dice que está aburrida de su vida y aburrida de él. Lo único que hase él es trabajar en el campo con papá y no hase nada divertido con ella. A veces la odio tanto que quisiera que se muriera. Entonces, llora y me dice que ella ama a Matthew y que quiere ser una buena esposa, y me siento culpable. Es solo que ella no sabe cómo ser buena porque nunca tuvo una mamá como la mía, que no la dejaría ser ninguna otra coza.

Mamá tosió sangre hoy. No sé qué haser. Papá no pasa mucho tiempo con ella porque llora cada vez que lo hase. Dijo que no soporta verla sufrir. Le dijo que no sabria qué haser sin ella. Él no cree en Dios. No cree en nada sino en lo que pueda haser por sí mismo, y él no puede haser nada por mamá.

Mamá dijo hoy que no tiene miedo de morir y que yo no deberia tener miedo de dejarla. Cuando me siento junto a ella sonríe. Dice que a cada minuto está más cerca de Dios. Le digo que nosotros la necesitamos más que Dios, pero dice que quizás esté en el camino. En el camino de qué, le pregunté, pero tosió tanto tiempo y tan fuerte, que no tuvo fuerzas para decirme.

Mamá murió hoy. Dijo que sentía el olor de las lilas a través de la ventana. Quería tener algunas. Así que fui afuera y corté algunas para ella. Cuando volví, estaba muerta.

Estuve tres días con ella sabiendo que su hora estaba cerca. ¿Por qué me hiso salir justo en ese momento?

Papá y Matthew sepultaron a mamá ayer por la mañana. No pudimos esperar otro día a que Lucas yegara de cazar. A veces se va toda una semana.

El sol está poniéndose otra vez y papá aún está sentado al lado de la tumba, con su jarro.

No me parece que Sally Mae sea la mujer de la casa. No cocina. No hase la limpieza. Solo dice lo que yo tengo que haser. Matt dice que ella es la mayor y que tiene el derecho porque Sally Mae es su esposa. Le dije que eso no la convierte en mi madre. Nunca antes me había abofeteado. Le dije que más vale que no vuelva a haserlo.

Papá pasa todo el tiempo en el campo y no sabe lo que está pasando en esta casa. El único momento que viene es cuando cae el sol. Entonces solo se sienta junto a la chimenea, con su jarro de güisqui, y bebe asta que de cualquier modo ya no reconoce nada más.

Matt se fue de cazería con Lucas. Escuché a Lucas hablando con Sally Mae antes de que se fueran. Dijo que quizás yevaria a su hermano a Fever River para mostrarle las atracciones. Se fueron hase cinco días. Sally Mae no habla mucho. Papá no dice nada. A veces siento como si yo fuera el viejo búho que ulula y que este diario es mi única compañía.

Matt y Lucas llegaron a casa hoy. No trajeron nada de carne. Sally Mae no dijo nada. Así que yo le pregunté a Matt si fueron a Fever River. Dijo que sí. Le pregunté si vio a James. Dijo que no. Le pregunté cómo era Fever River y dijo que había demasiada gente. No dijo nada después de eso. Lucas le sonreía burlonamente a Sally Mae. Dijo que aprendieron mucho mientras estuvieron en Fever River, pero no dijo lo que habían aprendido. Sally Mae no tenía buen aspecto. Dijo que saldría a tomar aire. Matt se fue al campo a ayudar a papá.

Cuando salí a lavar la ropa, vi a Lucas hablando con Sally Mae. Él se rió de ella y Sally Mae le dio una bofetada. Él le devolvió la bofetada y ella se fue corriendo y llorando.

Papá mandó a Lucas a Fever River con el maíz. Matt no fue con él esta vez, porque Sally Mae quiso que se quedara en casa.

Papá dijo que abrá sufisiente dinero para pagar los impuestos, comprar las provisiones y guardar un poco para las épocas difíciles.

Tengo un mal precentimiento, pero papá no quiere escuchar.

Lucas volvió hoy de Fever River mientras yo estaba trabajando en el huerto. Él y papá discutieron. Lucas dijo que el maíz no se vendió bien este año. Que pagó los impuestos pero que no quedó mucho para las provisiones. Papá dijo que está mintiendo. Dijo que Lucas debe haber gastado el dinero en el juego o en mujeres. Lucas dijo que es lamentable que un padre no confie en alguien de su propia sangre.

Lucas se fue. Se llevo el mejor caballo y la mejor arma de papá y partió antes de que saliera el sol. Jamás escuché tantos inzultos como los que dijo papá cuando se enteró de lo que hiso. Matt dice que no cree que Lucas vuelva esta vez. Papá dijo que lo mataria si lo hase. Papá no dijo nada después de eso. No comió su desayuno ni su cena. Lo único que hase es trabajar en el campo y beber.

No me daria lástima no ver nunca más a Lucas. Desde que tengo memoria, tiene un lado cruel que papá nunca pudo quitarle a golpes. Mamá trató de convencerlo. Pero no creo que Lucas haya oido una palabra de lo que le decía. Mamá creía que debemos tratar a los demás como queremos ser tratados. Lucas decia que así piensan los tontos. Dice toma lo que quieres, o no recibirás nada.

Así que supongo que Lucas tomó lo que quería. Se llevó el dinero e' papá. Se llevó el caballo e' papá. Se llevó el arma e' papá. Lo único que no se llevó fue la tierra e' papá y la casa e' papá. Y se las habría llevado si hubiera podido guardarlas en sus alforjas.

Sally Mae va a tener un bebe el invierno que viene. Matt está feliz. Es lindo oirlo reír otra vez.

Papá no dice mucho del tema. No dice mucho de nada por estos días.

Hoy es mi cumpleaños. Tengo catorce años. Ni siquiera Matt lo mencionó. Supongo que lo olvidó, igual que papá.

CAPÍTULO 7

Sierra lanzó la pelota al otro lado de la red; la pelota pasó zumbando, rebotó bien a la derecha de donde Marcia la esperaba y le dio el punto ganador.

—¡Sí! —gritó y saltó en el aire, levantando su raqueta, triunfante.

—Qué astuta —dijo Marcia de buen humor—. Ya que ganaste, tienes que saltar la red.

—De ninguna manera —dijo Sierra, riendo. Se acercó al banco y tomó su toalla. Secándose la transpiración del rostro, le dedicó una gran sonrisa a Marcia y se acercó a beber de una botella de agua Calistoga—. Quizás ahora sea una verdadera rival para ti.

—Cada vez juegas mejor —dijo Marcia con un tono enigmático.

—Eres una buena maestra. —Sierra se agachó para doblar la camisola que había dejado sobre el banco. La metió en su bolso de lona y puso encima la raqueta.

—Bueno, ya no estoy enseñándote —rio Marcia.

Dos hombres entraron en la cancha, uno mayor que el otro, ambos vestidos con camisetas y pantaloncitos blancos de tenis, ambos exudando riqueza.

—Es la primera vez que te veo perder, Marcia —dijo el más joven y atractivo de los dos.

—Ella entregó el juego —dijo Sierra, riéndose.

—No lo creo —le dijo él con una sonrisa que lo hacía parecer aún más apuesto—. Marcia da todo de sí en todo lo que hace. —Le guiñó un ojo a Marcia y miró determinadamente a Sierra—. ¿No nos vas a presentar?

—Sierra, te presento a Ronal Peirozo —Marcia se puso la toalla alrededor del cuello—, un viejo amigo de la familia. Ron, ella es Sierra Madrid. Está casada con Alex Madrid, el diseñador de videojuegos de Beyond Tomorrow.

—Encantado —dijo él, extendiendo su mano.

—Mucho gusto. —Sierra sintió una fuerza fría en sus dedos cuando se cerraron firmemente alrededor de su mano. Sus ojos eran intensamente azules y la manera en que se posaron en ella fue decididamente inquietante. Él le presentó al hombre mayor que lo acompañaba, pero, poniéndose nerviosa, Sierra no logró registrar su nombre.

Marcia sonrió mientras caminaban por el sendero hacia el comedor.

—No sientas vergüenza. Ron tiene ese efecto en la mayoría de las mujeres.

—¿Qué efecto?

Marcia se rio.

—Está bien. Juguemos tu juego.

Cuando Alex recibió una membresía para el club como bono navideño, Sierra se resistió a ir al Club de campo Lakeside. Recién cuando Marcia la invitó un día a almorzar ahí, admitió que ya era miembro.

—¿Estás bromeando? ¿Y no vas?

—No. No voy.

—¡Por todos los cielos, Sierra! ¿Qué vas a hacer? ¿Sentarte a ver telenovelas en tu casa el resto de tu vida? Nunca conocí a nadie que se resistiera tanto al éxito y a los beneficios que trae.

Resignada, Sierra la acompañó al club. Se divirtió tanto cuando conoció a las amigas de Marcia, que se convirtió en parte de su rutina diaria. Se encontraba con Marcia para jugar al tenis, al golf o al ráquetbol, dependiendo del clima, hasta quedar sudorosas, se duchaban, y luego se relajaban varias horas. A veces, iban al salón de belleza y les hacían manicuras y pedicuras. La mayoría de las veces se juntaban con otras mujeres en el salón de damas para tomar unas copas y almorzar.

Cuando llegaron al patio externo del salón comedor, Sierra vio que Nancy Berne y Edie Redmond ya estaban sentadas en la mesa que ellas solían ocupar. Era un lugar de primera porque estaba ubicado cerca de los ventanales que tenían vista al campo de golf, pero, por otra parte, tener lo mejor era normal para estas mujeres. Ambas estaban casadas con ejecutivos importantes. Junto a ellas, Ashley Worrell, quien hacía poco se había divorciado de su marido sumamente rico, un cirujano plástico muy famoso, bebía delicadamente su agua mineral. Lorraine Sheedy, una íntima amiga de Ashley, estaba sentada junto a ella y parecía deprimida. El esposo de Lorraine era un abogado que había hecho su fortuna llevando los divorcios de varias estrellas de cine. La última de las que Marcia llamaba jocosamente «la pandilla de ratas» era Meredith Schneider, la adinerada heredera cuatro veces divorciada y cinco veces casada.

Sierra se ubicó en su asiento habitual, cerca de los helechos altos, y saludó a las demás con una camaradería relajada.

Wylie, el camarero que siempre tomaba sus pedidos, vino a la mesa. Recogió la copa vacía de martini de Meredith, reemplazó la servilleta y puso un martini fresco frente a ella.

—Gracias, Wylie —dijo Meredith, y Sierra se dio cuenta de que ya había estado bebiendo desde hacía un rato. Meredith dirigió una sonrisa benévola y general a la mesa—. Ustedes, chicas, ¿van a tomar algo? Les invito.

—Ni siquiera es mediodía, Merry —dijo Marcia, echando un vistazo a su reloj—. ¿No empezaste un poquito temprano hoy?

—Llegas una hora tarde con tu advertencia, querida. —Miró su Rolex—. Las once y cuarenta y cinco. Si tienes ganas de ser legalista, espera quince minutos. Entonces podrás pedir un trago.

Marcia ordenó un *gin-tonic* con un toque de lima.

Nancy y Edie pidieron un expreso. Ashley hizo gestos con delicadeza.

—Chicas, ¿cuántas veces tengo que decirles lo que le hace la cafeína a la piel? —dijo y ordenó ponche de ron.

—¿Y el ron le hace bien? —dijo Nancy, divertida.

—El ron está hecho de caña de azúcar y melaza; ambas son sustancias naturales. Agrégale un poco de jugo de frutas y tendrás una bebida nutritiva para el mediodía.

—Y un mareo —dijo Edie secamente.

Lorraine pidió discretamente un escocés doble con hielo. Todas las mujeres de la mesa la miraron sorprendidas. Nunca bebía otra cosa más que vino blanco zinfandel. Meredith metió la aceituna verde en su boca con una mirada divertida.

Sierra pidió un té helado. Desde muy joven, supo que no le agradaba el sabor del alcohol ni sus efectos vertiginosos.

Hablaron de trivialidades hasta que les sirvieron las bebidas. Lorraine acabó su escocés doble en dos tragos. Temblando, apoyó el vaso vacío en la mesa antes de que Wylie se hubiera alejado tres pasos de la misma.

—¿Te sientes mejor? —dijo Marcia en voz baja, asombrada.

—Wylie —dijo Lorraine con voz firme—, tráeme otro, por favor.

—Sí, señora —dijo él levantando las cejas, sorprendido.

—Hoy sí que estamos bebiendo en serio, ¿verdad? —susurró Meredith.

Lorraine soltó una risa malhumorada, con los ojos relucientes.

—Frank tiene una amante.

Ashley apoyó ruidosamente el ponche con ron y soltó un insulto corto y excesivamente sucio.

—¡Lo juro! Todos los hombres son unos cerdos.

—Querida —dijo Meredith, demasiado ebria para consternarse por nada—, estás analizando mal toda la situación. ¿Acaso no leíste el libro que dice que los hombres son solo postres? —Miró a Lorraine—. ¿Te lo confesó, encanto, o tuviste que sacarle la información a la fuerza con una palanca?

—Se lo pregunté directamente. Trató de eludir el tema a su manera, con su terminología legal de siempre. Podrá engañar a todo el mundo en la sala del tribunal, pero yo siempre sé cuándo está mintiendo.

—¿Vas a pedirle el divorcio? —dijo Ashley, cuyo divorcio había concluido recientemente.

—En realidad, estaba pensando en la castración.

—Toma —dijo Meredith, encantada—. Aquí tienes el cuchillo de mantequilla.

Marcia ignoró a Meredith y apoyó su mano sobre la de Lorraine.

—No tomes ninguna decisión precipitada, Lorry. Trata de solucionarlo.

—¡Solucionarlo! —Los ojos oscuros de Lorraine se llenaron de lágrimas—. Yo le pagué los estudios de derecho al desgraciado. Durante cuatro años trabajé en dos empleos a la vez para que pudiera estudiar. ¿Saben quién es la mujer? Esa Barbie rubia cabeza hueca que les conté, la del último divorcio que manejó él.

—Agradece que, al menos, no sea el marido —dijo Meredith.

Nancy lanzó una carcajada antes de poder reprimirla. Avergonzada, pidió disculpas rápidamente.

—Deja de hacer chistes, Meredith —susurró—. No es gracioso.

—Por *supuesto* que es gracioso. ¡Es divertidísimo! —dijo Meredith. Levantó su martini como saludo—. Por el matrimonio, la broma más grande que los hombres le han hecho al género femenino. Yo debería saberlo. He estado en el carrusel con bastante frecuencia. —Bebió todo el martini con un movimiento rápido de su muñeca.

—Por lo menos Eric te es fiel —dijo Lorraine con amargura.

—Ah, desde luego que lo es, querida. Siempre y cuando le dé todo lo que quiere, se comporta como un perro adiestrado; aunque me atrevería a decir que un perro tiene más lealtad que él. —Su boca dibujó una sonrisa cínica—. Ese pequeño carro deportivo que maneja Eric me costó ciento cincuenta y siete mil dólares. —Soltó una risa desolada—. La fidelidad cuesta caro en estos tiempos.

Sierra vio el destello de lágrimas en los ojos de Meredith.

—Yo me mataría si John me engañara —dijo Edie.

—Ah, esas sí que son palabras sabias y reconfortantes —dijo Meredith en un tono áspero y burlón. Le hizo señas a Wylie para que le trajera otro martini—. Una idea para nada original. Tratar de suicidarte y que tu esposo infiel se sienta miserablemente culpable. Yo lo intenté con el segundo. Charles llamó a una ambulancia y me hicieron un lavado de estómago. Una experiencia completamente desagradable, te lo aseguro. ¿Acaso me suplicó perdón, me dijo cuánto me amaba y confesó que se había equivocado? ¡Ja! Se fue de la casa mientras yo estaba en el hospital. —El dolor volvió a su rostro mientras daba a conocer esta vieja herida que, claramente, todavía no había cicatrizado.

—Hace mucho tiempo le dije a Frank que lo que vale para él, vale para todos —dijo Lorraine cuando el camarero se retiró.

—¿Y qué significa eso? —dijo Edie—. ¿Ahora tú vas a engañarlo a *él*?

—¿Por qué no? —dijo Lorraine furiosa con los ojos llenos de lágrimas—. Que sepa cómo se siente ser traicionado.

—¡Esa es la actitud! —dijo Meredith con una risa chillona—. Y yo conozco al tipo indicado para darle celos a cualquier esposo. ¡James! Ven aquí ahora mismo, cariño.

Lorraine, plenamente consciente de lo escandalosa que podía ser Meredith cuando bebía, se sonrojó cuando el camarero joven y apuesto se dio vuelta para mirarlas.

—¡No te atrevas, Meredith! —dijo entre dientes.

—¡No me digas que no es un bombón! —dijo Meredith, moviendo sus dedos llenos de joyas hacia él, juguetonamente—. Hermoso, ambicioso y tiene la *mitad* de la edad de Frank. Y, además, está mucho mejor físicamente.

—Si da un solo paso hacia aquí, me iré.

Meredith miró al hombre joven y se encogió de hombros exageradamente.

—En otro momento, guapo. Lorraine cambió de parecer.

—Lo juro, Meredith. Eres completamente incorregible —dijo Lorraine.

—Viene en el mismo paquete —dijo Meredith, y la desolación se filtró en sus ojos azules. Rápidamente trató de ocultarla con una sonrisa alegre y frágil.

Ashley ojeó su reloj de pulsera.

—Tengo que ir al gimnasio.

—Tiene que bajar el ron —dijo Meredith con indiferencia.

Ashley ejercitaba una hora todas las mañanas en su casa y, luego, pasaba otra hora en el club con un entrenador personal especializado en modelar el cuerpo. Ya tenía el cuerpo perfecto, pero estaba convencida de que si no hacía ejercicios un día, explotaría como un globo. A veces no comía más que una ensalada sin aderezos; mientras que, en otras ocasiones, devoraba alegremente cada postre que había en el menú. Sierra nunca había conocido a nadie tan obsesionado con su cuerpo y con la ingesta de calorías.

—¿No puedes dejarlo aunque sea una vez? —dijo Lorraine, enojada.

—¿Por qué no me acompañas? Una buena sesión de ejercicios te haría mucho bien.

Meredith sonrió divertida.

—Las cintas caminadoras son maravillosas, ¿no es cierto? Reducen al ser humano normal a la mentalidad de un hámster en una rueda.

Ashley le dirigió una mirada mordaz.

—Una buena sesión de entrenamiento sería mejor para ella que obsesionarse con Frank y emborracharse como *tú*.

—La gatita está mostrando las garras hoy —dijo Meredith, arqueando una de sus cejas elegantes.

Ignorándola, Ashley se levantó.

—¿Vienes conmigo, Lorry?

—No. Ya me duele el corazón. No necesito que también me duela el cuerpo.

—Está bien. —Ashley se dio vuelta, cruzó rápidamente el salón y salió al vestíbulo.

—Esa muchacha está tan nerviosa que podría convertir el carbón en diamantes —dijo Meredith, sacudiendo la cabeza—. Propongo que agreguemos alcohol en su agua mineral. Tal vez así disfrute la vida un poco más.

Sierra se llevó el té helado a la boca y bebió un sorbo, preguntándose si alguna de estas mujeres disfrutaba la vida en lo más mínimo. Tenían todo lo que el mundo consideraba importante, pero no veía ninguna muestra de *alegría* en sus vidas. Todas ansiaban algo más.

Igual que tú..., le recordó una voz dentro de su cabeza. Incómoda, cambió de posición, sabiendo que era verdad. Las mismas ansias la carcomían y la dejaban preocupada e insegura.

Le faltaba algo, pero no sabía qué era.

—¿Qué te pasa hoy? —dijo Marcia, poniendo una mano sobre la de Meredith.

Meredith soltó una risa desapacible.

—Nada que no me pase de por sí en mi vida diaria. —Le dirigió una sonrisa radiante al camarero cuando dejó otro martini frente a ella—. Gracias, Wylie. —Levantó la bebida mirando a Marcia—. Salud, cariño.

—¿Visitaste alguna vez al doctor Worth? —dijo Marcia.

Meredith se rio burlonamente.

—No necesito un psiquiatra.

Sierra se sorprendió mucho cuando se enteró de que la tan centrada Marcia había ido alguna vez a un psiquiatra; más aún, cuando le contó que había mantenido una terapia durante diez años. Marcia aseguraba que por eso se sentía tan en paz consigo misma. El doctor Worth la había guiado a un viaje retrospectivo en el cual ella enfrentó las causas de los problemas que tenía en el presente. Al parecer, sus padres habían dicho y hecho cosas, poco importantes en ese momento, que tuvieron profundos efectos en su funcionamiento como adulta.

—Una vez que descubrí qué, y quién, era responsable, entendí que era libre para seguir adelante —le dijo a Sierra con su típica sonrisa apacible en el rostro.

Cada vez que surgían dificultades en su matrimonio o en

su vida, Marcia volvía a los consejos y al cómodo diván del doctor Worth. Una vez allí, recibía un refuerzo de autoestima, absolución y orientación.

—¿No te das cuenta, Meredith? —continuó Marcia—. Nunca serás verdaderamente feliz hasta...

—No creo que ponerme en contacto con mi «niña interior» me ayude mucho —dijo Meredith rotundamente, cortándola.

—Sí te ayudaría. Te lo garantizo. A mí me ayudó tremendamente.

—¿De verdad? —Meredith rio sin alegría—. Si te ayuda tanto, ¿por qué vuelves a terapia cada dos meses?

—El doctor Worth me da una visión renovada.

—Querida, yo podría darte una visión renovada y no te cobraría doscientos cincuenta la hora.

Marcia se reclinó hacia atrás, con calma y gracia. Suspiró lentamente, señal de que estaba tratando de tener paciencia.

—¿Por qué no pedimos el almuerzo?

—Ah, ah, ah... Estoy segura de que cualquier psiquiatra que se precie de tal, como el doctor Worth, te diría que sustituir un buen altercado con comida es taponar tus sentimientos y que es contraproducente para tu salud mental y emocional.

—Tengo hambre —dijo Marcia con una sonrisa beatífica.

—No es cierto. Estás *enfadada*.

—No, no lo estoy.

Aunque Marcia estaba sentada con su habitual pose elegante y relajada, Sierra sentía la tensión que irradiaba. Antes había visto lo mismo cuando Marcia era confrontada con una pregunta difícil.

—Te estás enojando. —Meredith le dirigió una sonrisa franca.

—Estoy segura de que te gustaría verme enojada —dijo Marcia fríamente—, pero no es constructivo.

—¿Constructivo? —Sonrió Meredith; su rostro encantador y perfectamente maquillado no dejaba entrever para nada la tempestad interior que, claramente, se estaba desatando—. Siempre me da curiosidad ver hasta dónde llega tu serenidad, Marcia. Sospecho que no es tan profunda.

Marcia levantó una ceja.

—¿Qué quieres decir?

—Que, pese a las apariencias, no eres serena en absoluto. Admiro tu dominio. Realmente lo admiro. Siempre estás tranquila y calmada. Tu esposo nunca se descarría. Tus hijos son una dama en miniatura y un perfecto caballerito. En el río de tu vida no existen los rápidos, ¿verdad, querida? Es decir, ninguno que alguien pueda notar. —Meredith giró en el aire su bella mano aristocrática llena de joyas, y agregó con sarcasmo—: Y todo porque acogiste la luz, te hiciste una con el universo y vives en un plano de conciencia superior al resto de nosotros, los pobres mortales. —Su mano descansó junto al martini; tenía una mirada sagaz en los ojos—. Dime, querida, ¿ayuda el Valium?

Dos manchas de color aparecieron en las mejillas de Marcia.

—Yo enfrento mis problemas sin rodeos, Meredith.

—Oh, sí; los aplastas y los ahogas con tu enorme fuerza de voluntad. Lo *sé* —dijo Meredith—. He visto la mirada atormentada en el rostro de Tom. Supongo que si el pobre hombre tuviera la libertad suficiente para usar una camisa con el cuello abierto veríamos las mordeduras en su garganta.

El rostro de Marcia se ruborizó hasta quedar color remolacha. Por un momento se puso rígida, luego soltó la respiración lenta y audiblemente, una técnica de yoga que Sierra reconoció.

—Prefiero tu compañía cuando estás sobria —dijo con una calma glacial.

—¿Y menos sincera, también, quizás? —Los ojos de Meredith destellaron con desdén—. Amorcito, resuelve tus problemas antes de tratar de arreglar los míos.

Marcia se puso de pie regiamente y lanzó una sonrisa rígida a las otras mujeres sentadas alrededor de la mesa.

—Señoras, ¿por qué no entramos todas a almorzar?

—Me parece una excelente idea —dijo Edie, quien detestaba el conflicto, y se levantó rápidamente.

—Nos encantaría que nos acompañaras, Merry —dijo Marcia, mientras recogía el suéter blanco de tenis y el bolso de lona.

—Qué mentirosa —dijo Meredith y levantó su martini a modo de saludo burlón.

Sierra siguió a Marcia al restaurante. Nancy y Edie las acompañaron; Lorraine, prefiriendo el humor cáustico de la heredera, pidió otro escocés doble y se quedó atrás.

—Te digo que Merry está convirtiéndose en una alcohólica —dijo Nancy, sentándose a la mesa.

—¿Qué crees que hará Lorraine? —dijo Edie, aceptando el menú que le entregó el camarero.

—Enfermarse y llorar a mares —dijo Nancy, mirando con tristeza hacia el patio—. Terminar un matrimonio es algo muy malo, si es que llega a eso. Si resulta que estabas casada con uno de los mejores abogados expertos en divorcios del país, lo más probable es que pierdas todo, incluidos tus hijos.

—Si es que quiere quedarse con ellos —dijo Marcia débilmente—. Habrás escuchado que Lorry dice bastante seguido que Frank no ha mostrado ningún interés en los niños desde el día en que nacieron.

Sierra pensó qué poco tiempo tenía Alex para los niños últimamente. ¿Cuándo fue la última vez que había jugado béisbol con Clanton o conversado con Carolyn? Desde que se habían mudado a Los Ángeles, ella cargaba con toda la responsabilidad de criarlos. Cuando las cosas no iban bien, como cuando Clanton traía notas bajas en el boletín de calificaciones, Alex siempre le echaba la culpa a ella.

—¿Y qué les parece la situación de Ashley? —dijo Edie—. Gerry reclamó la custodia compartida con el solo fin de hacerla infeliz.

—No creo que sea cierto —dijo Marcia, cerrando el menú y dejándolo a un lado—. Gerry se preocupa por los hijos, y con toda razón. Ashley está demasiado obsesionada por el peso y la pobre Verónica está atravesando su etapa de rellenita. ¿Se imaginan lo que debe ser para una niña de diez años ser arrastrada a clases de aeróbicos todas las tardes cuando vuelve de la escuela? Eso es lo que estaba pasando, hasta que Gerry intervino.

—Una hora de ejercicio físico al día no le hará daño, ¿cierto? —dijo Edie, mirando a Marcia a la espera de alguna respuesta. Sus propios hijos estaban inscritos en varios programas deportivos y se resistían a asistir.

—Lo malo no es el ejercicio, Edie —dijo Marcia como si estuviera explicándole una ecuación básica a una alumna de pocas luces—. Es la experiencia de que se vea *forzada* a hacer algo que no quiere hacer. Eso le dejará marcas terribles en su psiquis.

Sierra podía imaginar a una Verónica adulta pasando dos horas semanales en el consultorio del doctor Worth en la exploración de su «niña interior». Sin embargo, ¿qué niño hacía algo si no lo obligaban? ¿Acaso Marcia no presionaba a sus propios hijos para que sobresalieran? ¿Cuál era la diferencia?

—¿Han *visto* a Verónica? —dijo Nancy, meneando la cabeza con tristeza—. Lo único que hace esa niña es pasársela sentada, comiendo bocadillos frente al televisor. No habla; lloriquea.

Incómoda con el rumbo de la conversación, Sierra se dedicó a leer el menú. No pudo evitar preguntarse si las mujeres hablarían de ella y de sus hijos cuando no estaba presente. Pidió langosta termidor y dejó que la charla siguiera su curso sin intervenir.

—Estás muy callada —dijo finalmente Marcia.

Durante la última media hora, Sierra había escuchado a sus tres acompañantes mientras diseccionaban las vidas de Meredith, de Lorraine y de Ashley. Dejaban al descubierto cada trastorno, pecado del pasado y angustia íntima, y parecían disfrutarlo mucho más que su propia comida.

Se encontró con la mirada tranquila de Marcia.

—Tengo tantos problemas en mi vida que siento que no tengo ningún derecho a hablar de los de ellas.

Se produjo un silencio en la mesa y sintió que las tres mujeres la miraban con una mezcla de expresiones.

Marcia parpadeó luego de abrir muy grandes los ojos, sorprendida.

—Crees que estamos *chismoseando* —dijo en un tono discreto de acusación.

Sierra miró a Marcia y a Nancy, cuyos ojos estaban encendidos por la indignación. Edie, por otro lado, parecía avergonzada.

Sierra se sintió rodeada. A veces sus amigas se comportaban como una jauría de perros. Tenían una fachada de sofisticación, pero muchas veces demostraban lo salvajes que eran bajo la superficie. No usaban los dientes para despedazar a las personas; no era necesario. Sus palabras susurrantes eran incisivas, mordaces y, habitualmente, cumplían el objetivo de destrozar a los demás. ¿No se daban cuenta de lo que hacían?

—Me parece que están preocupadas —dijo Sierra, preguntándose si sería el único pretexto que usaban para esconder motivos mucho menos altruistas.

—Por supuesto que estamos preocupadas —dijo Marcia—. Nosotras *queremos* a Meredith.

—Y a Ashley —dijo Nancy.

—Y a Lorraine —agregó Edie—. Sabes que las queremos.

—Sí, lo sé —aceptó Sierra, con la esperanza de que no la quisieran a ella de la misma manera—. Solo que esta forma de hablar de los problemas de ellas no cambiará nada.

—Entonces ¿qué lo hará? —dijo Nancy.

—Ojalá lo supiera. —Las miró a todas sin saber qué más decir. Viendo sus ojos tristes y su postura a la defensiva, de pronto deseó parecerse más a su madre. Habría tenido algo que ofrecer, un comentario sabio o alentador.

Desde el principio, la compañía de estas mujeres le había resultado estimulante y desafiante. La hacían reír. La ayudaban a pensar. Le abrieron los ojos a cómo era el mundo. Ya no era la chica inocente y pueblerina que Alex había traído a Los Ángeles un año atrás. Y les estaba agradecida por eso. Sin embargo, a veces sentía que, a pesar de la sofisticación, el conocimiento y el sentido común sobre la vida que parecían tener estas mujeres, realmente no sabían nada de nada. Nada que fuera importante. Nada que cambiara nada. Si lo supieran, ¿no lo reflejaría su vida?

«El temor del Señor es la base de la sabiduría, Sierra».

Frunció el entrecejo al recordar las palabras que su madre citaba a menudo. Volvió a mirar a las mujeres alrededor de la mesa. Ya era suficientemente malo que sus palabras hubieran puesto fin a la conversación. ¡No había manera de tratar de introducir a Dios en esto! Eso podía funcionarle a su madre, pero Sierra no tenía la misma certeza que ella de que Dios tenía todas las respuestas. Si las tenía, sin duda, no parecía muy dispuesto a compartirlas con ellas.

En todo caso, no con ella.

Volvió a moverse en su silla y se preguntó por qué, de

pronto, se sentía tan deprimida. Tal vez fuera porque la discusión había girado en torno a tres mujeres que le caían bien y a quienes admiraba, cuyas vidas estaban desintegrándose. Quizás fuera porque muchas personas que la rodeaban parecían estar sufriendo.

Tal vez fuera porque sentía que su propia vida estaba vacía y fuera de control.

—¿Qué te perturba? —dijo Marcia, sensible a su cambio de humor. Nancy y Edie también la estaban mirando.

¿Qué tan sincera podía ser con estas mujeres? ¿Era la única que luchaba con esta sensación de desesperanza?

—No lo sé. Muchas cosas, supongo. Ni siquiera estoy segura de poder explicarlo.

Se quedaron esperando.

Sierra se arriesgó y se lanzó:

—Estoy súper *ocupada* todo el tiempo... Sin embargo, al final del día, me siento... vacía, como si el tiempo hubiera pasado sin que lograra hacer algo importante.

—¿Qué esperas de ti misma? —dijo Nancy—. ¿Encontrar la cura para el cáncer?

—No. Solo *algo*.

—Lo mejor que podemos hacer es ser felices —dijo Edie.

—En nuestro interior —dijo Marcia como una exhortación amable—. Si no podemos manejar nuestra propia vida, ¿cómo esperamos manejar las de nuestra familia?

Manejar. La palabra la estremeció. Era discordante. Sierra imaginó al director de una empresa emitiendo memorandos para sus empleados. Las palabras de Meredith volvieron a su mente; eran duras, pero reales. Sierra había visto la dinámica de la familia de Marcia. Verla interactuar con Tom y con sus hijos era como observar a un titiritero manipulando a sus marionetas. Marcia siempre parecía saber exactamente qué decir y qué hacer para lograr que los miembros de su familia hicieran lo que esperaba de ellos. Sus hijos eran alumnos sobresalientes en sus estudios, practicaban deportes activamente y eran populares. Su marido trabajaba mucho, ganaba buen dinero y todas las tardes volvía del trabajo exactamente a las cinco y media. La vida de Marcia parecía funcionar sin problemas.

¿Era ese el secreto para tener una familia feliz? ¿Una mujer que podía *manejar* todo?

Si así eran las cosas, ella estaba destinada al fracaso perpetuo.

¿Manejar a Alex? ¡Qué risa! Ya ni siquiera lograba que su esposo se sentara el tiempo suficiente para conversar. Cuando lo hacía, terminaban peleando. Él tenía una voluntad de hierro. En el último año, esa voluntad la había arrollado como una aplanadora apisonando macadán.

Edie cambió de tema. Mencionó una obra que había visto y Nancy intervino en la conversación coincidiendo en que era maravillosa. Marcia mencionó que tenía planes de acompañar a Tom a una convención de negocios en Detroit. Cuando Nancy se lo preguntó, reconoció que la mayoría de los otros hombres de la empresa de su marido no iban a llevar a sus esposas. Sonriente, dijo que Tom había estado de acuerdo en que sería una buena escapada para pasarla a solas.

—¿Ustedes solos? —dijo Nancy—. ¿Con Tom en sus reuniones la mayor parte del día? ¿Qué vas a hacer *tú*?

—Voy a relajarme, a leer y almorzaré y cenaré con Tom. Supongo que habrá tiempo para disfrutar de un par de museos entre las reuniones.

—¿Hay museos en Detroit? —dijo Nancy.

—Está el museo de la propiedad Fair Lane de Henry Ford —dijo Marcia con una risa radiante, pero Sierra no pudo evitar preguntarse si el verdadero motivo de su amiga para viajar con Tom no sería mantenerlo bajo su mirada siempre vigilante.

Bien, ¿y qué si es así? Se preguntó, casi desafiante. *¿Acaso* *es una idea terrible en estos tiempos en que los matrimonios se deshacen y fracasan?*

Clavó el tenedor en su langosta termidor y recordó que, el año pasado, Alex le había pedido que lo acompañara a la Feria de Electrónica de Consumo en Las Vegas.

—¿Y qué haré con mi madre? —le había dicho ella.

—¿Qué tiene que ver tu madre con la FEC?

—Vendrá a visitarnos. ¡Lo sabías! Te lo dije hace semanas.

—¡Tú también sabías de la FEC! —Maldijo en español—. Te di las fechas.

—*¡No* me las diste!

—Llama a tu mamá y pídele que posponga la visita una semana.

—¿Se supone que ella debe hacer malabares con sus compromisos solo para agradarte?

—Está *jubilada*. ¿Con cuáles compromisos tendría que hacer malabares?

Al final, no fue a la FEC, aunque sí llamó a su madre y hubo un cambio de planes. En lugar de que su madre viajara al sur, Sierra manejó hacia el norte con los niños y pasó ocho días en Healdsburg. Su madre había bajado de peso y parecía cansada, pero, por lo demás, estaba de buen ánimo. Mantuvieron largas conversaciones sentadas en Memorial Beach, mientras observaban a los niños que nadaban en el río Ruso. Sierra regresó arrepentida a North Hollywood, casi con temor a cómo la recibiría Alex. Sus conversaciones telefónicas habían sido forzadas e incómodas mientras estuvo en Healdsburg. Ella le pidió perdón y las cosas fueron un poco más fáciles para ellos durante un tiempo.

Más fáciles, pero no iguales.

Audra había mencionado la FEC el fin de semana anterior, durante la cena en la que estuvieron todos en la casa de Matt y Laura. Steve dijo que varios miembros nuevos del equipo irían este año. Alex ni siquiera la miró mientras bebía su vino, y dijo que esperaba ansioso el viaje a Las Vegas.

Acuchillando un trozo de langosta, Sierra decidió que lo mejor para su matrimonio sería acompañarlo esta vez.

—No te interesaría —dijo Alex esa noche, cuando ella mencionó la idea.

—¿Por qué estás tan seguro?

—Es pura pompa y reuniones y un montón de gente que no conoces. Y a los que conoces, no los soportas.

—Supongo que quieres decir que irá Audra.

—Sí, Audra estará allí. Ella apoya incondicionalmente a Steve.

Escuchó lo que él no dijo: que ella no lo apoyaba. Se indignó en un instante; la ira siempre estaba a flor de piel últimamente. Pero ¿de quién era la culpa? Alex siempre la criticaba. Ella no lo apoyaba. No era buena madre, o sus hijos tendrían mejores calificaciones. No hacía otra cosa que gastar el dinero de él en el club. Pero ¿de quién había sido la idea de ir al club en un principio?

—Me gustaría acompañarte este año —insistió ella.

La miró enigmáticamente.

—Dijiste que odiabas Las Vegas.

Lo que ella realmente odiaba era la manera en que él recordaba cada palabra que ella había dicho alguna vez para poder echársela en cara. Tomando aire y respirando despacio, se aferró a su templanza.

—Nunca he estado en Las Vegas, Alex. Me gustaría conocer cómo es.

Él no dijo nada. Solo la miró. Ella se preguntó por qué le costaba tanto tomar la decisión. ¿Acaso el año anterior no había querido que lo acompañara? ¿Esta vez no quería que fuera con él?

—Está bien —dijo, y desvió la vista—, pero no quiero

que vengan los niños. Estas ferias son para trabajar, no para divertirse. Será mejor que tú también lo tengas presente. No tendré tiempo para entretenerte.

Amable hasta el último detalle.

—Le preguntaré a Marcia si no le molesta que los niños pasen el fin de semana en su casa.

—No esperes que haga turismo contigo —dijo él—. Asistiremos a un montón de cenas de negocios y fiestas de las empresas.

—¿Necesitaré llevar ropa nueva?

—Pregúntale a Audra.

Dios, ¿no escuchas cuando la jente ora?

¿No te importa? Mamá me decía que te importaba, pero no veo cómo, con el Problema Terrible que tenemos. Hasta dudo que estés en alguna parte.

A veces pienso que las cosas no podrian ser pior. Entonces empioran. Primero James se fue. Después Sally Mae vino aqui como la esposa de Matt. Después, mamá murió y papá se dio al güisqui. Como si todo eso no fuera baztante malo, Lucas tuvo que irse y se llevó el mejor caballo con él. Dios, ¿qué más te vas a yevar?

Mamá decía que Tú tenías todo bajo control. Así que lo que me gustaria preguntar es ¿por qué nos das todo este Dolor y esta Tristeza?

Sally Mae está enferma casi todo el tiempo. Tiene miedo todo el tiempo. Nada la hace feliz. Se la pasa llorando cuando Matt sale a trabajar, o gritandole cosas feas cuando está aquí. Dice que quiere ir a casa con su abuela, en Fever River. Matt no la quiere llevar y su papá se lavo las manos de ella desde el día en que se casó.

Papá trabaja todo el día y bebe toda la noche asta que se queda dormido. Y a pesar de tanto trabajo no parece que este será un buen año.

No hemos comido nada de carne en un mes y como Lucas se robó el arma de papá no hay manera de conzeguir nada.

Las cosas no pueden ir pior.

Estaba equibocada.

No pondre más mi esperanza en un dios. No existe ningún dios. Solo existe el infierno en la tierra. Mamá tubo suerte. Y Sally Mae también, ahora que está muerta. No tienen más preocupaciones. Los demás cargamos el pezo de lo que hicieron ellas. Mamá y sus esperanzas sobre el cielo. Y Sally Mae sabiendo que se iria al infierno.

No sé qué voy a hacer con este bebito.

Ayer Matt incendió los campos de papá. Tenía un buen motivo. Sally Mae le dijo que el bebito no era suyo. Ella sabía que se estaba muriendo y se volvió loca de miedo. Así que le dijo la orrorosa verdad. *¿Crees que el padre eres tú, Matthew? Tenías que irte a Fever River con Lucas, ¿no? Yo sabía lo que pensarías de mí cuando volbieras. Quise hacerte daño antes de que tú me lo hicieras a mí, y lo hice. Ah, vaya si lo hice. No te lo iba a decir, pero no puedo morirme con este pecado que hay en mi cabeza. No quiero ir al infierno. ¿Me estás escuchando?* Matt le dijo de qué estás hablando. Y Sally Mae le dijo *El bebito no es tuyo. Tu padre me lo hizo.* Matt la llamó mentirosa y ella dijo que fuera a preguntarle a él. Así que él fue y lo hizo.

Papá dijo que estaba borracho cuando ella fue a buscarlo y se acostó con él como lo hace una esposa. Él no sabía lo que estaba haciendo. Matt se volvió loco. Golpeó a papá hasta que crei que lo mataria. Me derrivó tres veces antes de que pudiera detenerlo. Y papá no hizo más que quedarse tirado en el suelo, sangrando. Matt quemó los campos. No lo e visto desde entonces.

Sally Mae gritaba algo terrible. Me ponía los pelos de punta. El bebito vino con el fuego. Habia tanto humo que me ardían los ojos. El fuego no llegó a la casa. El viento cambió y mandó las llamas atraves del campo, al bosque y al arroyo. Si no hubiera pasado eso, papá, Sally Mae, el bebito y yo estariamos todos muertos.

El bebito salio de ella cuando cayó la noche, y también salio sangre. Nunca había visto tanta. Empapó el colchón de paja y formó un charco en el piso. Luego ella dejó de gritar. Papá entro a la casa cuando lo llamé, pero solo se quedó parado en la puerta. Yo seguia gritandole que me ayudara. Él dijo deja que ese niño del demonio se muera con ella. Dijo que los dos podian ir a conocer al diablo juntos.

Yo no pude hacer eso. No puedo dejar que este bebito muera. Su madre era una inmoral y su padre un borracho tonto. ¿Pero acaso por eso él tiene que morir?

Papá dijo que no aceptará al engendro del demonio de Sally Mae en su casa. Le dije que no es ningún demonio, sino su propio hijo. Me maldijo. Dijo que ya no soy más su hija. Dijo que si no me iba de la casa, me mataria a mí y al bebito.

Puedo oir a papá mientras cava la tumba de Sally Mae. No habrá una ceremonia ni un poste indicador, y está quemando todas sus cosas y la cama que ella y Matthew compartían.

Debería quemarse él con todo eso.

He desidido llamar Joshua al bebito. No es un nombre de esta familia, como Matthew o Lucas. Pero ¿por qué alguien querría estar en esta familia? Me gusta como suena Joshua. Lo leí en la Biblia. Mamá cantaba una canción sobre Joshua, que hizo sonar un cuerno y los muros de Jericó se desplomaron.

Quizás el llanto de Joshua haga que los muros de papá se vengan abajo. Y que él nos deje volver a vivir en la casa antes de que llegue el invierno.

Quizás Joshua no sea un buen nombre para este bebito.

Él no vino a este mundo para llevar a su familia a la Tierra Promitida. No ha traído más que problemas desde el día que nació.

El pridicador vino hoy.

Dijo que una señora al otro lao del río quiere tener un bebito con todas sus ganas. Le dije que ella debería hablarle a su esposo sobre eso y no mandar al pridicador a hablar conmigo. El pridicador dijo que si yo entrego al bebito, papá podría perdonar mis pecados y dejarme regresar a la casa. Le pregunté al pridicador qué sabía sobre lo que había pasado y dijo que sabía todo lo que necesitaba saber. Le dije que él no sabía mucho. Se levantó hinchado como un sapo y se puso rojo. Dijo que una muchacha soltera con un bebito no debería dirigirse a sus mayores como yo estaba hablándole a él y que no era de extrañar que papá me hubiera echado. Dijo que papá hizo lo correcto. Dijo que en la antigüedad me habrian matado a pedradas por lo que hise. Así que no dije nada más hasta que se fue.

Nadie me quitará a Joshua.

Hoy traté de hablar con papá, pero pasó al lao mío como si yo no estuviera. Lo seguí hasta los campos carbonisados y le rogué, pero no dijo nada ni escuchó nada hasta que Joshua empezo a llorar. Entonces se dio vuelta y me miró. Nunca había visto esa mirada en sus ojos. Nunca había visto esa mirada en los ojos de nadie. Dijo que me aleje de él, o nos matará a los dos.

Le dije el invierno está llegando, papá. ¿Quieres que nos muramos?

Él dijo que sí.

Hoy llegó la primera nevada. La cabrita se está secando. Parece que al final no salvé a este bebito de la muerte. Nada mas lo hice sufrir.

El buen reverendo vino hoy otra vez. Dijo que si no le envío el bebe a esa señora al otro lao del río, papá me mandará a mí y al bebe adonde la hermana de mamá en Fever River con los Reinholtz, la familia alemana que se va de aquí. El pridicador dice que hace un mes perdieron dos hijos por la fiebre y que no soportan quedarse otro invierno. Sería un buen acto cristiano entregarles a mi bebito. Le dije que si pudieron tener dos bebitos propios, pueden tener más, pero que yo no iba a entregar a mi propia sangre por ninguna razón. Dijo que yo era impenitente y arrogante. Cuando no dije nada, me preguntó si sabía que significa arrogante. Le dije que es cuando alguien piensa que ya sabe todo lo que hay que saber y no sabe nada de nada.

Dijo que soy empecinada. Tal vez lo soy. De lo único que estoy segura es que a ese buen reverendo le costaría más tragar la verdad que las mentiras que está masticando.

No voy a decirle lo que pasó. Será mejor dejarlo creer que Joshua es mío, a que sepa de dónde salio. Ya es suficientemente malo que Dios lo sepa sin hacer que todo el condado lo sepa.

A Dios no le importa.

No creí que tía Martha me dejaría entrar en su hermosa casa. Los Reinholtz me dijeron que esperara una hora antes de entrar a Fever River. El pueblo ahora se llama Galena, luego del metal que extraen por aquí. Reinholtz no quiso que nadie se enterara que tenían algo que ver con la muchacha sin marido que tiene un bebito y que ni siquiera sabía adónde iba. Así que hice lo que me pidió y esperé hasta que se puso el sol antes de entrar al pueblo. Le pregunté a la primera persona que vi donde vivía Martha Werner. El muchacho me trajo direto aquí. Casi morí cuando vi la casa. Es tan grandiosa y está en lo alto de una calle que sube a una colina. Dos pisos de madera y adoquines, con una escalera a un costado.

Una mujer negra atendió cuando golpié la puerta. Pregunté

por Martha Werner. La mujer llamó a Clovis. Un hombre negro vino corriendo y empezó a desatar la soga que tenía alrededor de mi sintura. Me asusté y le dije que no dejaré que me quite mi cabrita. Mi bebito necesita leche, o se morirá. Me dijo que no se la llevaría lejos y que se ocuparía de que la cabrita coma y beba agua.

Tía Martha es la mujer más hermosa que haya visto en mi vida. Tenía puesto un vestido amarillo con encaje blanco. Me reconoció enceguida. Dijo que me parezco a mamá. Tomó a Joshua de mis brazos. Fue algo bueno porque yo no podía seguir parada. Es una larga caminata desde la casa hasta Fever River o Galena o comoquiera que se llame. Peor cuando vienes comiendo el polvo de la carreta. Yo no quería sentarme en sus muebles con mi ropa sucia, pero la mujer negra me levantó del lugar donde me desplomé y de todas maneras me puso en el sofá.

La mujer negra se llama Betsy. Me cargó hasta la cocina y me dejó cerca de la estufa. Tía Martha tenía a Joshua. Clovis trajo agua del pozo del pueblo y Betsy la calentó en ollas grandes. Pregunté por la cabra. Dijo que está bien, comiendo su alimento y volvió a salir para traer otra cubeta con agua. Betsy me desvistió y me metió en la bañera. Yo nunca había sentido nada tan bueno como esa agua caliente que me cubrió. Me lavó como a un bebito mientras tía Martha bañaba a Joshua y jugaba con él. Betsy dijo deja de preocuparte por esa cabra. Mi hombre Clovis la cuidará bien.

Cuando Joshua empezó a quejarse, Betsy fue al patio y ordeñó a la cabra. Tía Martha se sentó en una mecedora cerca de la estufa para alimentar a Joshua y cantó la canción de mamá. Me eché a llorar. No podía parar. Solo me quedé sentada en el agua caliente y las lágrimas siguieron cayendo.

Tía Martha me dio una cama de verdad para dormir y un cuarto para mí sola. Joshua durmió conmigo. Él nunca ha estado en una cama antes. En realidad, nunca vi una de este estilo yo tampoco. Es de bronce que brilla como el oro y tiene un toldo de encaje encima. Tía Martha dijo que era de mamá, antes de que se escapara con papá. Dijo que su propio papá la mandó a traer desde Nueva York.

Quiciera saber si James llegó a Nueva York, como quería. Incluso podría estar en China en este momento.

Tía Martha no me hace un montón de preguntas. Y no me mira como lo hace la mayoría de la jente. Hoy los Reinholtz estaban en la iglesia y ni siquiera me miraron. Mientras volvíamos a casa, le dije a tía Martha que Joshua es hijo de Sally Mae. Es la verdad a medias. Ella lloró y me dio un beso. Dijo que me ama y que puedo vivir con ella para siempre, si quiero. Dijo *No tienes que preocuparte por lo que digan los demás. La verdad siempre sale al final.*

Espero que esta verdad no salga.

Tía Martha piensa tanto en la educasión como lo hacía mamá. Dice que tengo una mente buena que necesita ser llenada con cosas buenas. Con ese fin, está enseniándome a leer, a escrivir, los números y me ensenia la Biblia. Dice que la única manera de hacer el bien en esta vida es conocer la palabra de Dios. Mamá conocía la Biblia de adelante para atrás y a ella no le hizo bien en absoluto. No le dije esto a tía Martha. Prefiriría comer piedras a herir sus sentimientos. La vida ya lo hace bastante por sí misma tal y como es.

CAPÍTULO 8

Sierra estaba paseando sola por los pasillos de la atestada Feria de Electrónica de Consumo. El centro de convenciones era una colmena en actividad. Le trajo recuerdos de la feria estatal con su ambiente carnavalesco, pero aquí había pocas personas de más de treinta años y todos vestían trajes de oficina.

Grandes cabinas se alineaban a ambos lados del pasillo alfombrado. Se estaban reproduciendo videos de los juegos nuevos. Por todas partes había ilustraciones de tipo dibujos animados en colores vibrantes y fluorescentes. Era vertiginoso para los ojos y para los oídos. Vio a un hombre bajito vestido con ropas novedosas y unos anteojos con marcos brillantes, hablando con varios hombres más altos y trajeados. Por la deferencia que le mostraban, se dio cuenta de que era alguien importante de la industria.

A veces se notaba quién era importante, a veces no. Alex le había presentado a un hombre la noche anterior, en una fiesta. Tenía el aspecto de alguien común y corriente hasta que los dejó; entonces Alex le informó que la empresa de ese hombre había montado en su casa un estudio de dos millones de dólares solamente para que pudiera trabajar en el sonido para los juegos electrónicos.

Alguien chocó con ella, miró rápidamente su tarjeta de identificación, farfulló una disculpa y siguió caminando. Todos miraban las identificaciones. Alex podía olfatear a los representantes de ventas y a los periodistas como un sabueso en una cacería. No es que tuviera que esforzarse mucho para lograrlo. Los periodistas de todas las revistas de videojuegos se peleaban por tener una cita con él.

Perdida en el laberinto de cabinas y público, Sierra trató de orientarse y descubrir cómo volver al pabellón de Beyond Tomorrow. Eran casi las cinco y Alex le había dicho que se encontrara allí con él. Tenían que subir a su habitación y cambiarse para una cena de negocios. El pabellón de Beyond Tomorrow estaba cerca del centro y tenía unas pantallas enormes que presentaban el nuevo juego de Alex: Camuflaje.

Cada vez que se daba vuelta, oía gente hablando en jerga técnica; no tenía ni la más mínima idea de qué estaban hablando todos.

Durante la cena, había escuchado a Alex hablar de su trabajo y de su videojuego nuevo. Cuando respondía preguntas y explicaba sus teorías y sus planes, transmitía confianza. Mantenía cautivada la atención de sus clientes avivando su interés. Este era un aspecto de su esposo que nunca antes había presenciado. Estaba orgullosa de él, de sus logros evidentes y de su habilidad para persuadir a los demás. No obstante, también se sentía apartada, como una especie de adorno bonito pero totalmente innecesario. Después de las presentaciones y de los cumplidos, se quedaba escuchando. La conversación se desarrollaba a su alrededor, pero casi ninguna palabra iba dirigida a ella.

—¿Juega el videojuego de su esposo, Sierra? —le preguntó uno de los jóvenes mientras les servían la cena.

—No. No soy muy dada a los videojuegos. Son demasiado rápidos y complicados para mí.

Alex se rio.

—Sierra prefiere las actividades físicas como jugar al tenis en el club, arreglarse las uñas e ir de compras.

Los otros hombres se rieron con él. Sierra también rio, fingiendo compartir el chiste, haciendo todo lo posible por ocultar la sorpresa y el dolor que había sentido por su comentario. Lo dijo a la ligera, en un tono cariñosamente divertido. Sin embargo, se sintió menospreciada.

¿Así era como la veía? ¿Como una mujer frívola que no tenía nada importante que hacer?

Ese pensamiento la había molestado toda la noche y la mayor parte del día.

Dios, ya ni siquiera sé quién soy.

Frente a ella había una gran pantalla con guerreros de colores vistosos que usaban armas medievales para darse hachazos unos a otros. Uno partió a otro a la mitad con un hacha, derramando chorros de sangre rojo fluorescente. Asqueada, Sierra miró hacia otra parte y siguió caminando. Al fin sabía dónde estaba. Beyond Tomorrow estaba a dos pasillos a la derecha.

Alex estaba conversando con dos hombres vestidos con trajes formales, mientras Elizabeth Langford, la directora estrella de comercialización, estaba junto a él con una carpeta en las manos. La joven vestía un traje de diseñador verde oscuro que se ajustaba a su cuerpo delgado como un guante. No había señales de arrugas ni dobleces, pese a que había pasado todo el día parada y charlando con vendedores. El cabello largo y rubio de Elizabeth estaba arreglado en rizos que caían sobre su espalda.

Sierra solo había visto a Elizabeth en algunas ocasiones y le había parecido fría y distante. Era muy atractiva, profesional y ambiciosa. Sierra se sentía intranquila cuando la tenía cerca, más aún cuando veía que Alex hablaba tan cómodamente con ella.

—Sí, es joven —dijo Audra esa noche en la fiesta. Sierra estaba parada al lado de ella, cerca de los aperitivos, bebiendo champán—. Acaba de cumplir veintiséis hace algunas semanas.

Alex y Steve estaban no muy lejos de allí, hablando de negocios con varios vendedores que parecían más interesados en admirar a Elizabeth, con su estilizado vestido negro escotado. El diseño simple, elegante y a la medida denotaba dinero. Una gran cantidad de dinero.

—Se graduó en Wellesley —dijo Audra, dejando su champán para servirse caviar en una tostadita—. Hizo su maestría en mercadotecnia en Columbia. —Sierra observó a la mujer más joven mientras se dirigía hacia la pista de baile con uno de los vendedores. Los contoneos agraciados de Elizabeth contrastaban marcadamente con los movimientos entusiastas de su compañero.

—Es muy bonita —dijo Sierra, notando cómo la observaban Alex y Steve.

—Ya lo creo que sí —dijo Audra en un tono enigmático—. Sabe cómo presentarse a sí misma. Terminó sus estudios universitarios en Suiza y fue una debutante. —Levantó su copa con champán—. Le pregunté al respecto, pero habla de todo eso con cierto desdén. La presión familiar. Es entendible.

—Comió la galletita con delicadeza—. Su padre es descendiente de uno de los tripulantes del *Mayflower*. —Miró a Sierra—. Trabaja muy cerca de Alex.

De alguna manera, percibió una advertencia en las palabras de Audra. Sembraron en ella duda y temor.

***

—¿Te gusta Elizabeth? —le preguntó Sierra a Alex más tarde en la habitación del hotel.

—Es buena en su trabajo —dijo él, aflojándose la corbata.

Colgando la chaqueta de su traje, Sierra esperó a que dijera algo más. Cuando no lo hizo, se dio vuelta para verlo parado cerca de las ventanas con vista a las luces de Las Vegas. Era tan guapo que le dolía el corazón. ¿Qué mujer no se sentiría atraída por él? Él levantó la camisa del pantalón del traje y se desabotonó el cuello.

Sierra sintió palpitaciones en el estómago. ¿Cuánto tiempo hacía que no se unían apasionadamente por mutua necesidad? ¿Cuánto hacía que no la besaba ni le decía que la amaba? Ella lo amaba con todo su corazón. Lo necesitaba. Pero él parecía tan distante, tan desatento. Era evidente que lo que fuera que estuviera pensando lo molestaba. ¿Las cosas no habían salido tan bien como lo esperaba esta noche? ¿O había algo más?

Se le cerró la garganta. Quería decir algo, pero no podía confiar en tener la firmeza para pronunciar las palabras. Últimamente habían peleado demasiado; generalmente por las cosas más triviales. No estaba segura de qué haría Alex si se acercaba a él. Deseaba volver a estar cerca, como solían estar cuando podían hablar de cualquier cosa, cuando el simple hecho de estar juntos y de tocar al otro era el paraíso. Ahora necesitó armarse de todo su valor para cruzar el cuarto.

Apartando las manos de él, ella desabotonó su camisa.

—Te amo, Alex. —Él no dijo nada. No la acarició. Pero tampoco se apartó de ella. Cuando terminó, lo miró—. Nunca dejaré de amarte.

Con el ceño fruncido, la miró intensamente a los ojos.

No pudo descifrar su expresión. De pronto, el miedo la abrumó y ni siquiera era capaz de decir por qué.

La miró de un modo más suave. Con un suspiro, tomó su rostro entre sus manos.

—Siempre me has vuelto loco, Sierra —dijo con una voz profunda y ronca, mientras acariciaba su piel con sus dedos. No parecía feliz al respecto.

—*Te amo muchísimo* —susurró ella.

Él desató su trenza francesa. Hundiendo los dedos entre su cabello, la besó.

Con un suspiro de alivio, ella se dejó dominar por la pasión.

Nada ha cambiado, no realmente, se dijo a sí misma, deseando creerlo desesperadamente.

Ha pasado mucho tiempo desde que escribí en este diario.

En los últimos meses, casi no he tenido tiempo para hacer nada, salvo realizar el trabajo que tía Martha me prepara. No me estoy quejando. Dice que tiene Grandes Expectativas para mí. Cuando hago las cosas bien, ella parece más complacida que yo. Aunque pareciera que todos en este pueblo me ven como a una María Magdalena poseída por los demonios, tía Martha me ve como una Delicia Pura. No entiendo por qué. Cuestiono todo lo que me enseña. Ella me escucha y no me condena, mientras que otros ni siquiera me dan la hora.

Tía Martha dice que soy un regalo de Dios para ella. Nunca

se casó y, por lo tanto, no tuvo hijos propios. Ahora tiene dos: Joshua y yo.

Joshua está creziendo rápidamente. A veces me asusta. Puedo ver a Sally Mae en él. Tiene sus ojos azules y su pelo dorado. También veo a papá. Pero lo que me inquieta son las otras cosas que veo en él. Tiene el carácter irascible de papá y la alegría de vivir de Sally Mae. Quiero mucho a Joshua. Pero me pregunto en qué se convertirá.

Todo el mundo en Galena piensa que Joshua es mi hijo. Está bien que lo hagan. Tienen una mala opinión de mí, pero a él lo tratan amablemente. Creo que lo hacen por consideración a tía Martha. Ella es una Fuerza Poderosa en esta comunidad. Todos la quieren y la respetan. Es la Dama más Bondadosa y es dada a las Buenas Obras. Ellos me toleran por amor a ella. Quieren a Joshua tal cual es. Es hermozo como Sally Mae, y tan encantador como era papá antes. Tía Martha dijo que el encanto y la buena apariencia de papá fueron lo que ganaron el corazón de mamá.

Esta noche estoy inquieta. No sé por qué. Tengo la rara sensación de que algo va a suceder. Bueno o malo, no lo sé.

Thomas Atwood Houghton es lo que estaba a punto de suceder. Es un viejo y querido amigo de tía Martha que vino de visita. Cuando fue a la iglesia, todo el mundo se puso a parlotear. Es muy Conocido porque tiene Dinero, Tierras y Contactos. Por qué está aquí, no lo sé. Le dijo a tía Martha que estaba en Galena por Negocios, pero no está Claro por qué tipo de Negocios.

Fui una sorpresa para él. Cuando nos conocimos, me miró de la manera más extraña. Con ojos de ternero, dijo tía Martha. Ella cree que está encantado conmigo y eso la complace mucho, pero tengo muchas Dudas.

Thomas es tan bondadoso como tía Martha. Joshua lo adora. Todos en Galena están encantados con Thomas. A mí también me agrada Thomas, pero él ha dejado en claro que piensa en términos de Matrimonio. Habló con tía Martha sobre el asunto y ella conversó conmigo. Por qué quiere casarse conmigo es algo que no comprendo. En este pueblo no hay una sola joven soltera que no esté encantada con la idea de ser la esposa de Thomas Atwood Houghton. Es un hombre terco al querer cortejar a una muchacha que no está interesada.

Me armé de valor y le pregunté directamente qué pensaba él. Dijo que no quiere una sirvienta boba, sino una muchacha que diga lo que piensa. Le dije que tía Martha dice lo que piensa. Dijo que Martha es su mejor y más querida amiga. Le dije que sería muy sensato si se casara con ella. Es más adecuada para él y tiene una edad parecida a la suya. Él dijo que es una cuestión de amor, no de sentido práctico.

Parece que mientras más me resisto, más decidido está él a convertirme en su esposa. Así que voy a sonreír con afectación y a suspirar. Quizás así me libre de él.

El anuncio de mi compromiso con Thomas ha cambiado mi vida completamente. Ahora, la gente me dirige la palabra. Incluso son Amables. Algunas fingen ser mis amigas. Elmira Standish *insistió* en que fuera a visitar a las damas de la Sociedad Femenina y tomar el té con ellas. Tía Martha es miembro de ella. No ha ido a ninguna de las reuniones desde que vine a vivir con ella, pero ayer fue conmigo. Le estoy agradecida por haberlo hecho.

Varias damas jóvenes hablaron conmigo, ahora que soy considerada una compañía *aceptable*. Sus mamás observaban, pero no las llamaron para que se apartaran. Las jóvenes tenían muchas preguntas, pero no sobre Thomas, sino sobre el padre de Joshua. Sentí que tenía el rostro completamente acalorado. Una de las muchachas dijo que había escuchado que el papá de mi niño era un montañés que pasó el invierno en nuestra granja.

Otra había oído que era un tamborilero. Una joven dijo que su mamá estaba muy Preocupada porque yo había hechizado a Thomas de la misma manera que Sally Mae Grayson había hembrujado a Noah Carnegie. Le pregunté sobre eso.

Aquí recuerdan bien a Sally Mae. Su pobre abuela murió antes de que yo llegara a este pueblo. Una chica dijo que la anciana Seniora Grayson feneció y se fue al cielo solo para no tener que padecer otra vez el infierno con Sally Mae. Le pregunté qué quería decir y otra dijo que Sally Mae era de la clase de chicas que hechizan a los hombres que son mejores que ellas. Lo dijo mirándome directamente a los ojos, y entendí bastante claro a qué se refería. Otra dijo que el último pretendiente de Sally Mae fue Noah, hijo de uno de los ancianos de la iglesia. Él fue a confesarle a la abuela de Sally Mae lo que hacían cuando salían a pasear los domingos. La otra joven, fulminándome con la mirada, dijo tú sabes lo que hace una muchacha como ella para conseguir un hombre. La otra dijo que Noah era un tonto y que quiso casarse con Sally Mae y hacer lo correcto. Pensé en el pobre Matthew, que hizo lo correcto. Pero Noah consiguió que la pobre Seniora Grayson lo rescatara. Mandó a freír espárragos a Sally Mae. Después de hacerlo, la Seniora Grayson no volvió a salir de su casa. El doctor iba a visitarla y la gente preguntaba por ella. Pero todos sabían perfectamente que la pobre mujer languidecía de pura vergüenza de tener como nieta a Sally Mae. En cuanto al desdichado Noah, finalmente recuperó la cordura y se dio cuenta de la clase de muchacha que era Sally Mae. Cuando lo hizo, se sintió tan abrumado por la vergüenza y el dolor, que se puso de pie en la iglesia y confesó sus pecados a toda la congregación. Así fue como todos en el pueblo se enteraron de todo.

Una dijo que se preguntaba si Sally Mae volvería alguna vez a Galena, después del Gran Escándalo que había causado. Tuve que refrenar mi lengua. En ese instante, mis sentimientos me superaron. Estuve a punto de contar que Sally Mae había destruido a mi familia. Pero si lo hubiera dicho, habrían caído sobre mí como una banda de cuervos para picotearme y queriendo conocer los detalles más cruentos de cómo y por qué lo hizo. Si lo hubiera hecho, habrían desparramado la Terrible Verdad por todo el pueblo, como estiércol sobre el campo.

Es mejor para Joshua que todos sigan creyendo que es mío, a que sepan que salió de Sally Mae Grayson.

Pobre Matthew. Cada vez que pienso en él, lloro. Lo extraño tremendamente. Así como extraño a mamá. Me pregunto adónde se habrá ido después de que le prendió fuego a los campos de papá. Me pregunto si alguna vez volveré a verlo. Y si lo viera, ¿qué me diría sobre Joshua? ¿Me odiaría como me odia papá? Creo que sí. Pero eso no cambiará lo que pienso sobre lo que hice ni sobre el motivo por el que lo hice.

Tía Martha siempre dice que Dios tiene todo bajo control. Si es así, él ha hecho un gran lío con todo este asunto. Tía Martha dice que hay una buena razón para todo lo que sucede. Dice que Dios tiene un plan para todo el mundo. Mientras lo decía, yo quería gritar. ¿Fue el plan de Dios que mamá muriera sola y ahogada en su propia sangre? ¿Fue el plan de Dios que papá se convirtiera en un borracho? ¿Fue el plan de Dios que Matthew se casara con Sally Mae, quien nos trajo aflicción a todos? ¿Fue el plan de Dios que papá fuera el padre del hijo de la mujer de su propio hijo? ¿Y qué hay del bueno, cariñoso y leal Matthew? ¿Qué hizo él para merecer lo que le tocó? ¿Qué buena razón hay para cualquiera de las cosas Terribles que han sucedido?

Tía Martha no sabe todo. Yo sería la última en contárselo. Ella es feliz en su Ignorancia. Espero que tía Martha mantenga su ceguera. No me gustaría que conociera la suciedad y la maldad de la vida. Prefiero morir a que se entere de la vergüenza que papá nos ha causado a todos. El Jesús de tía Martha sana a los enfermos, resucita a los muertos y alimenta a los cinco mil. Igual que el Jesús de mamá. Que siga aferrada a ese bonito cuento de hadas.

El Jesús que yo conozco se queda a un costado y no hace nada. No salva a nadie ni apaga incendios. Los causa. Quizás sea como los dioses del Olimpo sobre los que estuve leyendo. Ellos también disfrutan jugando con las personas. Cuando se cansan de alguien, lo descartan. Tal vez sea eso lo que Dios hizo. Se cansó de mamá, de Sally Mae, de Matthew y de papá. Quizás nuestro Padre que está en los cielos sea como esos otros dioses. No pude dejar de pensar que sería mejor que Jesús se sentara a ver la obra que se desarrolla a sus pies, pero sin participar en ella, para bien o para mal.

Y luego, a veces me pregunto si Jesús no es más que un hombre en un gran libro negro.

Ya no lo sé. No soporto pensar tanto en este tema.

Cuando era niña y mamá y yo recogíamos flores en la pradera, pensaba que Dios estaba allí, con nosotras. Lo amaba y le hablaba, como mamá me enseñaba. Creía que Dios estaba en todas partes, aun dentro de nosotros. Mamá siempre decía que así era. Y yo le creía. Siempre creí todo lo que desía mamá.

Ahora no creo en nada. Es menos doloroso.

CAPÍTULO 9

—Tendrás que buscar un empleo. —La mirada de Alex era seria.

—¿Un empleo? —dijo Sierra, asombrada. No había tenido un empleo desde que se casaron—. ¿Por qué?

—Porque las cuentas vienen acumulándose desde hace seis meses, y no le veo ninguna otra solución.

—Dijiste que teníamos dinero más que suficiente.

—Eso era antes de que empezaras a almorzar todos los días de la semana en el club. ¡La factura del mes pasado fue de mil cuatrocientos dólares! —La lanzó sobre el escritorio en el que había estado trabajando con sus cuentas.

—¿Mil cuatrocientos dólares? —dijo ella débilmente, sintiendo que se ponía pálida.

Alex dijo groserías en español.

—¿Ni siquiera te tomas la molestia de ver los recibos que firmas o de llevar la cuenta de lo que estás gastando? —dijo disgustado.

Con una mano temblorosa levantó la cuenta y la miró. Pasó un dedo por la columna de gastos y vio que la culpa no era completamente suya.

—Las cuotas del campo de golf y las cenas suman mucho más de la mitad de esta factura.

—¡Esos son gastos profesionales! —dijo él con vehemencia.

Seguirían pagándolos de su bolsillo hasta el final del año y la declaración de impuestos. El año anterior habían terminado pagando más. Eso los había sorprendido luego de diez años de recibir devoluciones.

—Alex, fuiste tú el que me alentó a ir y a reunirme...

—¡Pero no *todos* los días de la semana! Pensé que ir al club te daría algo *constructivo* que hacer con tu tiempo. Pasabas todos los días sentada, mirando telenovelas, leyendo historias de amor y sintiendo lástima de ti misma.

Sierra dejó caer la factura del club sobre el escritorio. Estaba acusándola de todos sus problemas económicos. Qué conveniente.

—No soy yo la que le dio carta blanca a Bruce Davies y terminó pagando ochenta y seis mil dólares por los gastos de la decoración. *Ahí* empezaron los problemas.

Un músculo se tensó en la mandíbula de Alex y sus ojos se ensombrecieron.

—El problema empezó cuando decidiste que necesitabas un armario lleno de ropa para poder seguirle el ritmo a Marcia Burton y a tus amigas burguesas.

—Si hay alguien burgués, somos *nosotros*.

El rostro de Alex se endureció.

—Tú me dijiste que comprara algo de ropa nueva —siguió ella, bajando la voz.

—Quiero tus tarjetas de crédito.

—¡No eres justo en nada de lo que dices! ¡Siempre me echas la culpa de todo! Tú sales a almorzar todos los días de la semana a restaurantes caros y pagas la cuenta de quienquiera que vaya contigo. La semana pasada compraste tres trajes nuevos y seis camisas. ¡Y después dices que *soy yo* quien gasta demasiado en ropa!

—Yo *trabajo* para ganarme la vida.

Se quedó helada al ver la expresión de desprecio que vio en su rostro.

Ella también trabajaba, aunque él no lo notara nunca. Llevaba y traía a los niños a la escuela, a sus actividades deportivas, a las consultas médicas y al dentista. Iba a las reuniones de padres y maestros y a los eventos de puertas abiertas en la escuela. Planificaba las comidas, hacía las compras y cocinaba la cena, aunque él rara vez estuviera en casa para disfrutarla. ¿Quién creía él que mantenía la casa limpia y ordenada durante la semana? ¿Una sirvienta? ¿Quién pensaba él que lavaba y planchaba la ropa de todos y se ocupaba de limpiar y colgar prolijamente sus trajes en el clóset? Ella hacía los cientos de trámites que él le encargaba todos los días de su miserable vida, ¡y ni siquiera se tomaba la molestia de darle las gracias!

Sus ojos se llenaron de lágrimas de indignación.

—De acuerdo. —Se fue llenando de enojo y de resentimiento, hasta que sintió que temblaba por dentro. Tomó su cartera, sacó la billetera y extrajo cuatro tarjetas de crédito. Las lanzó sobre el escritorio.

—¿Qué vas a hacer? —dijo Alex—. ¿*Llorar*? Eso resolverá todo, ¿verdad?

—No. Buscaré un empleo.

Frustrado, Alex se pasó una mano por el pelo.

—Conserva las tarjetas. Solo no las uses por un tiempo. Y olvídate de buscar empleo. No quiero que Steve se entere de este lío. —Se rio con desdén—. De todas maneras, ¿qué conseguirías? Solo cursaste unos meses de administración de empresas en la universidad. ¡Vaya estudios! Cualquier trabajo que consigas te pagará una miseria. —Soltó una grosería—. Solo aléjate del club por un tiempo, hasta que pueda descubrir cómo hacer malabares y pagar algunas de estas deudas.

Sierra se quedó callada. Cuando él se fue, cortó las tarjetas y las metió en la caja de recibos y facturas, donde seguramente él las encontraría. Luego, llamó a Marcia.

—¿Conoces a alguien que pueda tener un empleo disponible?

—¿Un empleo? —dijo Marcia, sorprendida.

—Estoy cansada de que me hagan sentir como un parásito —dijo con voz temblorosa.

—¿Acaso Alex y tú volvieron a discutir?

—¿Acaso los osos viven en el bosque?

—Lo lamento, Sierra.

—Estoy cansada de esto, Marcia. Estoy harta de esto. —Se contuvo, apretando el teléfono tan fuerte que le dolía la mano.

—Ron Peirozo estuvo aquí ayer y le contó a Tom que necesita conseguir una secretaria inmediatamente. El bebé de Judy nacerá a fin de mes. ¿Tienes alguna experiencia como secretaria?

—Estudié administración de empresas en la universidad antes de casarme con Alex, pero no terminé la carrera.

—Bueno, las organizaciones de beneficencia deberían ser caritativas.

—¿De beneficencia? ¿No me presentaste a Ron Peirozo hace algunos meses en el club? —dijo Sierra. Él no tenía el aspecto de alguien que trabajaba en una organización de beneficencia.

—De hecho, sí. Lo había olvidado. —Marcia se rio—. Puedo escuchar lo que estás pensando. No, no estaba gastando las donaciones benéficas. Tiene su propio dinero. Su abuelo murió y le dejó un montón de dinero, así como su amor por la filantropía. Lo primero que hizo Ron fue donar varios cientos de miles de dólares a su alma máter para becar a estudiantes de grupos minoritarios. Luego, creó el Alcance a la Comunidad. Desde que conozco a Ron, ha estado involucrado en algún tipo de obra para la comunidad. Es generoso y brillante. Además, los contactos que tiene gracias a su familia le permiten llegar a algunas de las personas más influyentes y ricas del país. Con su carisma, podría sacarles dinero a los avaros más miserables y hacerlos sentir bien a la hora de firmar el cheque.

—No creo que le interese alguien como yo —dijo Sierra, sabiendo que carecía de los requisitos para trabajar para un hombre como Ron Peirozo.

—Tonterías. Él está buscando a alguien que maneje los detalles de su oficina. Lo llamaré. Si el puesto todavía está vacante, te avisaré, y podrás arreglar una cita con él para una entrevista.

—No lo sé, Marcia.

—El que no arriesga, no gana. Tienes que tomar el control de tu vida.

Sierra hizo las compras del supermercado y recogió dos trajes de Alex de la tintorería. Volviendo a casa, se detuvo en la oficina de correos para comprar más estampillas. Esa mañana había usado la última en una carta para su madre.

Mientras entraba a la cocina desde la cochera, escuchó que el teléfono sonaba. Dejó los trajes sobre la encimera, depositó una bolsa de comestibles al lado y logró tomar el teléfono cuando volvió a sonar.

—¿Hola? —dijo jadeante, lanzando la cartera y las llaves sobre la encimera.

—¿Sierra? ¿Sierra Madrid?

—Sí —dijo ella, frunciendo un poco el ceño. La voz masculina le sonaba vagamente conocida, pero no ubicaba quién era—. Ella habla.

—Soy Ron Peirozo. Marcia dijo que podrías estar interesada en un trabajo.

Sintió que su rostro se acaloraba.

—Sí —dijo con simpleza, su corazón palpitaba nerviosamente—. Pensé que debo hacer algo más importante que jugar al tenis y beber té helado en el club.

—¿Sigues dándole palizas a Marcia? —Se rio él.

Se relajó un poco.

—Una vez cada tanto, cuando está con la guardia baja.

—¿Te parece conveniente venir mañana temprano a una entrevista?

—Eso estaría muy bien. ¿A qué hora?

—A las nueve, a menos que sea demasiado pronto con tan poco plazo de aviso.

—A las nueve está perfecto.

—Te daré una idea general del puesto. Una vez que lo haga, quizá cambies de opinión acerca de trabajar para mí.

—No lo creo, pero *tú* sí podrías cambiar de opinión. ¿Cuánta información te dio Marcia?

—Solamente que estabas buscando trabajo.

—Estudié administración de empresas, pero no me gradué. Básicamente, soy esposa y madre. Es todo.

Él se rio entre dientes.

—Me parece que esa es una responsabilidad bastante grande.

—Yo también pensaba así —dijo ella a secas—. Algunas personas parecen no estar de acuerdo.

—Muy bien —dijo él lentamente, meditando en su comentario—. ¿Estás dispuesta a trabajar duro?

—Sí.

—¿Estás dispuesta a aprender?

—Sí.

—¿Estás dispuesta a seguir instrucciones?

—Sí.

—¿Sabes escribir a máquina?

—Sí.

—¿Taquigrafía?

—Algo.

—Cumples los requisitos. Te veré a las nueve.

Esa tarde, Alex llamó a las seis.

—Llegaré tarde. —Qué novedad. La cena ya estaba en la mesa y los niños estaban comiendo—. Steve y yo estamos revisando el material de la nueva promoción —continuó él cuando ella no dijo nada.

—¿Quieres que te guarde la cena en el horno? —dijo, orgullosa de lo tranquila que sonaba.

—No, gracias. Pediremos que nos traigan algo.

A las diez y media desistió de seguir esperándolo y se fue a dormir. Se despertó a la una de la mañana, cuando oyó que se abría la puerta del garaje. Había dejado encendida la luz del baño para que él viera por dónde caminaba en el cuarto.

—¿Lograron terminar todo tú y Steve? —dijo, somnolienta, viéndolo entrar en el clóset para sacar su ropa.

—Perdón —murmuró—. No quise despertarte.

Se quitó el saco del traje, lo arrojó sobre una silla y fue hacia el baño. Lo escuchó abrir la ducha. La puerta de vidrio chasqueó al cerrarse. Él dejó correr el agua durante tanto tiempo que ella volvió a quedarse dormida y no se despertó hasta que sonó la alarma a las cinco y media.

—¿No reprogramaste la alarma? —dijo ella, adormecida.

—Voy a levantarme.

Sierra se retiró el cabello del rostro.

—Trabajaste hasta la una de la mañana, Alex. ¿Steve está convirtiéndose en un capataz de esclavos?

Él se incorporó y se pasó las manos por el cabello.

—Steve estará en la oficina a las seis y media —dijo, dándole la espalda.

Ella percibió que algo estaba mal. ¿Era por la pelea del día anterior? Ella había tenido tiempo para reflexionar y tranquilizarse. Estiró el brazo para tocarlo, pero antes de que pudiera hacerlo, él se levantó y salió de la habitación. Empujó el edredón y salió de la cama, se puso la bata y lo siguió. Lo encontró en la cocina, contemplando el chorro de café que llenaba la jarra. Notó que él sabía que estaba parada ahí, pero no la miró. Sacó la jarra y se sirvió una taza de café.

—¿Qué pasa, Alex?

—Nada —dijo él y un músculo se tensó en su mandíbula inferior.

—Si es por las cuentas, yo...

—Mira. Estoy cansado. No dormí mucho anoche.

—Todavía estás enojado conmigo. Sigues pensando que es mi culpa.

Él hizo un gesto apenado.

—No quiero hablar de eso, Sierra.

Ella sentía cómo él ponía un muro entre ambos.

—No quieres hablar de nada, ¿verdad?

La miró con ojos cabizbajos.

—Ahora no.

—Muy bien. Tal vez esto te alegre. Tengo una entrevista de trabajo esta mañana. Podrías desearme suerte. —Se dio vuelta y se dirigió a la habitación antes de que él pudiera ver las lágrimas en sus ojos.

Alex maldijo y con un golpe brusco puso la taza de café sobre la encimera.

—¡Te dije que *no* buscaras trabajo!

Cerró la puerta de la habitación de un golpe. Tomó una bocanada de aire y apretó los puños. Quería gritar y llorar al mismo tiempo. ¿Qué les estaba pasando? No podían decirse dos frases sin empezar otra pelea.

Alex entró en la habitación con aspecto de estar molesto.

—No tienes que ir a trabajar. Solo recortaremos los gastos hasta que podamos ponernos al día. Quiero que te quedes en casa.

—¿Por qué? ¿Para que tengas un chivo expiatorio cuando más te convenga? Me dijiste que las cuentas son por mi culpa, Alex. Dijiste que gasto demasiado en ropa. ¡Dijiste que cuando no estoy gastando todo tu dinero en el club, con mis amigas burguesas, me siento a ver telenovelas, a leer historias de amor y a sentir lástima de mí misma! —Tenía la vista nublada por sus lágrimas furiosas.

—Estaba enojado, Sierra. Dije un montón de cosas. ¡Igual que tú!

—¡Estoy harta de que me hagas sentir que vivo de la caridad! Tú crees que no hago nada aquí. Bien, ¡tú no estás aquí para ver lo que hago! Lo único que te importa ahora es cuánto dinero gana la gente. Y yo no gano nada, ¿verdad, Alex? Así que, ante tus ojos, eso me convierte en menos que nada.

Él hizo una mueca.

—Yo no dije eso.

—Lo dices todos los días, de cien maneras distintas. —Su voz se quebró. Cuando él dio un paso hacia ella, Sierra retrocedió dos—. Estabas muy preocupado por lo que pensaría Steve si tu esposa tuviera que conseguir un empleo. Bueno, si tengo la suerte de conseguir este empleo, podrás decirle que trabajo para una organización de beneficencia. A lo mejor pensará que lo hago como voluntaria. —Entró al baño y cerró la puerta con llave.

Paradójicamente, esperaba que él golpeara la puerta y le pidiera que saliera para que hablaran. Esperaba que dijera que se arrepentía de echarle la culpa por sus problemas económicos y reconociera que algunos los había provocado él mismo.

No hizo ninguna de las dos cosas.

—Más tarde hablaremos de esto —dijo él secamente. Ella oyó que las puertas del clóset se abrían y supo que estaba vistiéndose para ir a trabajar.

Sierra se sentó sobre la tapa del inodoro y lloró en silencio.

—Te llamo luego —dijo Alex.

Sonó a otra promesa en vano.

Cuando no le quedaban más lágrimas, se dio una larga ducha y decidió lo que se iba a poner para la entrevista de trabajo con Ronal Peirozo. De pronto, conseguir ese empleo le importaba más que cualquier otra cosa.

Clanton y Carolyn hablaron poco durante el desayuno. Sierra sabía que estaban conscientes de que algo no andaba bien y que no querían saber de qué se trataba. Intentó transmitirles tranquilidad, pero todo el tiempo estaba al borde de las lágrimas y de estallar de ira.

Ingresó por el portón de la escuela privada, se despidió de cada uno con un beso y les dijo que los vería más tarde.

Media hora después, cruzó la puerta principal de Alcance a la Comunidad de Los Ángeles. Según su reloj, eran las nueve en punto. Una señora de mediana edad con un vestido floreado estaba sentada en la recepción. Sin dejar de hablar por teléfono, levantó la vista y le sonrió cordialmente. Cuando volvió a poner el teléfono en el auricular, dijo vivazmente:

—¡Buen día! ¡Cielos, qué traje más bonito!

—Gracias —dijo Sierra, un poco más tranquila por la calidez de la mujer. Había elegido un costoso traje marrón dorado y una blusa de seda color crema. En la solapa, había sujetado un broche de tres niños tomados de la mano—. Soy Sierra Madrid. Tengo una cita con el señor Peirozo.

—Sí. Estábamos esperándola. —Se levantó y le tendió la mano—. Yo soy Arlene Whiting. Le mostraré el camino, señora Madrid. —Guio a Sierra por un vestíbulo y llamó a la puerta de una oficina. Cuando la abrió, Sierra vio que una mujer mucho más joven, obviamente embarazada, se levantaba de la silla frente al escritorio de Ron Peirozo. Le sonrió amablemente.

De inmediato, Sierra se sintió demasiado arreglada. Judy estaba vestida con un sencillo vestido de algodón de maternidad.

Ron tenía puesto unos Levi's, un suéter blanco ligero y una chaqueta azul marino.

—Ron, ella es Sierra Madrid —dijo Arlene, invitándola a entrar—. Sierra, le presento a Ron Peirozo y su secretaria, Judy Franklin. —Intercambiaron unas breves frases de cortesía y ambas mujeres salieron, dejándola a solas con Ron.

—Puntual —dijo él con una gran sonrisa—. Eso me gusta. Por favor, toma asiento.

—Gracias —dijo Sierra y se sentó en la silla que Judy acababa de desocupar. Cruzó las piernas con cuidado y apoyó las manos sobre su falda, deseando no parecer tan nerviosa como se sentía.

—Para empezar, déjame hablarte un poco de Alcance a la Comunidad —dijo Ron. Pasó la siguiente media hora explicando la misión de la organización que había fundado hacía menos de cinco años. El objetivo principal de Alcance a la Comunidad era ubicar a niños desamparados en viviendas seguras y apoyarlos para que se convirtieran en ciudadanos responsables y productivos para la comunidad. Ron recaudaba dinero y lo distribuía entre refugios y familias de acogida. Con la misma prioridad, mantenía un listado de consejeros profesionales que brindaban voluntariamente una parte de su tiempo como mediadores entre los padres y los niños que se fugaban.

—Siempre que sea posible, nuestro deseo es devolver a esos niños a su familia. A veces, eso lleva tiempo. A veces, necesitan protección.

También mantenía una extensa lista de agencias y de servicios disponibles para familias en problemas. Muchos de los niños que llegaban a Alcance a la Comunidad de Los Ángeles eran referidos a programas de rehabilitación para la adicción a las drogas, a tratamientos médicos y consejería por incesto, abusos físicos y emocionales, y otros muchos problemas graves.

En el programa estaban involucradas varias iglesias denominacionales importantes, que brindaban tutores voluntarios.

—Tuvimos buena suerte. El año pasado, veinte niños aprobaron sus exámenes de equivalencia de la preparatoria. El cuádruple de ese número ha regresado a escuelas primarias y preparatorias en todo el condado. Seis empezaron la universidad en septiembre. Doce están en escuelas de oficios. Veintisiete consiguieron empleo durante este año. Los números no son altos, lo sé, pero cada caso es importante.

A cada niño que ingresaba al programa de Alcance a la Comunidad se le pedía que dedicara dos horas diarias, de lunes a viernes, al servicio comunitario.

—Al principio se quejan, pero cooperan. Luego de un tiempo, aprenden que ayudar a otros los hace sentir mejor consigo mismos. Allí es cuando cambia el incentivo y las cosas se vuelven apasionantes.

Mientras hablaba, sus ojos resplandecían. No había dudas de su amor por su trabajo ni por los niños que tenía la esperanza de ayudar.

—Las iglesias son fundamentales por su ayuda con esta parte del programa. Estos niños no salen a recoger basura en una calle cualquiera; cortan el césped para los ancianos, ayudan en guarderías, sirven la comida a las personas recluidas voluntariamente, asisten en los hospitales para convalescientes y cualquier variante de cosas que los ponga en contacto con personas de la comunidad. —Sonrió—. Escucharás que algunos dicen que «van a UODA». Que no te confundan. Significa que van a «una obra de amor».

—¿Los niños vienen aquí para ingresar al programa?

—No muy a menudo. Lamentablemente. Para ser franco, encontrar a estos niños fue uno de nuestros principales problemas al principio. Solía ir al centro de la ciudad con un amigo mío para hablar con los niños que encontrábamos viviendo en la calle. Algunos no tenían ningún motivo para confiar en los adultos, mucho menos para escucharlos. Se está haciendo más fácil conforme pasamos más tiempo en los alrededores. Empleamos a seis chicos que completaron el programa para que vuelvan a la calle y hagan correr la voz de que estamos aquí y que estamos dispuestos a brindar ayuda a los que la quieran. Los niños escuchan mejor a los niños.

Ron se inclinó hacia adelante; sus ojos azules estaban llenos de un cariño acogedor y apasionado por lo que hacía.

—La idea integral del programa es lograr que la mayor cantidad posible de personas de la comunidad se involucre con estos niños —dijo—. Al mismo tiempo, tratamos de mantener un perfil bajo. Quiero personas que se muestren interesadas con sinceridad, no que salgan para recibir los aplausos. Tratamos caso por caso. Es personal. No enviamos cartas masivamente para pedir donaciones. No nos anunciamos en la radio ni en la televisión. No tenemos celebridades que lideren comités ni estrellas de cine como voceros. No entregamos placas ni felicitaciones públicas. Y no vamos de puerta en puerta pidiendo donaciones.

—¿Cómo recaudan el dinero para financiar todo esto?

—Mediante recaudadores de fondos. De boca en boca, mayormente. Algunos de mis amigos me ayudaron al principio. Hablo con diferentes congregaciones y grupos comunitarios. Las personas hicieron correr la voz. No siempre cumplimos con nuestro presupuesto, pero Dios siempre se asegura de que tengamos dinero suficiente para satisfacer nuestras necesidades.

Ron Peirozo mencionaba a Dios con la misma fluidez que su madre, como si el Todopoderoso estuviera personalmente involucrado en su vida y en su trabajo. Se sentía cada vez más relajada.

Él se reclinó lentamente hacia atrás y le sonrió.

—Al fin relajaste las manos.

—Esperaba que no te dieras cuenta. —Sierra se ruborizó.

—Me doy cuenta de un montón de cosas —dijo él enigmáticamente, estudiándola.

—No me has dicho qué tengo que hacer en el empleo que estoy solicitando.

—Es simple —dijo él, nuevamente muy serio—. Me ayudarías en todo lo que hago.

—Estoy segura de que es más complicado que eso, señor...

—Llámame Ron. Pienso llamarte Sierra. Aquí no somos formales.

A medida que él hablaba, se sentía cada vez más entusiasmada. Él tenía una obra importante por hacer y quería que ella lo ayudara. No recordaba la última vez que se había sentido tan bien. Sabía que iba a gustarle trabajar para Ron Peirozo. Si la contrataba.

—No tengo mucho que ofrecer en cuanto a calificaciones —dijo francamente, queriendo ir directo al grano. Quizás le dolería menos si se olvidaba completamente del tema.

Él sonrió y sus ojos se iluminaron.

—Creí que ya habíamos resuelto eso. Sabes escribir a máquina.

—Noventa palabras por minuto.

—Y tomar taquigrafía.

—Sí, pero hace años que no la uso.

—No te preocupes por eso. La mayoría de las cartas las

dicto mientras estoy atascado en el tráfico de las cinco de la tarde. Todas las mañanas encontrarás una grabadora en el cajón de tu escritorio.

Hablaba como si ya le hubiera dado el empleo.

Ron tomó un bolígrafo y lo golpeó ligeramente. Tenía unas manos fuertes y bien formadas. Sierra notó que no usaba anillo de casado.

—El sueldo no es mucho. Empezarás con mil cuatrocientos al mes.

Lo suficiente para pagar los gastos del club del mes pasado, pensó ella, aunque dudaba que Alex apreciaría el gesto.

—Entonces, ¿tengo el puesto?

—Si lo quieres.

Sierra se rio.

—¿Cuándo puedo empezar?

—¿Qué te parece mañana? —dijo él con una gran sonrisa.

—Mañana está bien —dijo, aliviada y eufórica—. ¿A las nueve?

—Que sea a las nueve. —Ron se puso de pie, al igual que ella.

—Gracias —dijo ella y le tendió la mano cuando Ron rodeó su escritorio. Él encerró su mano firmemente, pero no prolongó el momento como lo había hecho la primera vez cuando se conocieron en el club—. Agradezco la oportunidad que estás dándome, Ron. Espero no decepcionarte.

—No lo harás —dijo él con tanta certeza, que se sintió respaldada.

Sierra se quedó unos minutos charlando con Judy y con Arlene. Ambas parecían genuinamente contentas de que ella fuera a trabajar para Alcance a la Comunidad.

—Ron es un jefe excelente —dijo Judy.

Mientras Sierra caminaba hacia su BMW, se dio cuenta de qué era lo que tanto le gustaba de Ron Peirozo. Él la hacía sentirse una mujer atractiva. No solo eso, la hacía sentir que era útil, inteligente y capaz.

Hacía mucho, mucho tiempo que no se sentía así.

James Farr está en Galena.

Hoy lo vi en la tienda mercantil y casi me desmayo. Tía Martha me había mandado a comprar una cinta blanca. Thomas y Joshua me acompañaron. A Thomas le gusta pasear conmigo por el pueblo, llevándome del brazo. O eso dice él. Entramos a Coopers y llevó a Joshua al mostrador para comprarle una barra de caramelo. Yo estaba mirando unos rollos nuevos de tela.

Y luego apareció James, parado en la puerta. El corazón me latía muy rápido. Debe haber sentido que me quedé mirándolo porque se dio vuelta y me vio. Sonrió. Nunca antes me había sonreído de esa manera. Vino a saludarme. Cuando lo hizo, me quedé sin aire. Thomas lo vio y vino a pararse a mi lado. Cuando levantó a Joshua y me lo dio, James se dio un golpecito en el sombrero saludándonos y se fue de la tienda.

No creo que me haya reconocido.

James vino a la casa hoy. Tía Martha no estaba. Se había ido al mercado con Betsy. Clovis las llevó. Así que fui yo quien le abrió la puerta. Joshua se fue directo a sus brazos, como si James fuera un viejo amigo de la familia. James se rio y lo levantó. No te reconocí el otro día en la tienda, me dijo. La pequeña Mary Kathryn McMurray creció y es bonita como una princesa. Le dije que no podía invitarlo a pasar porque no había nadie en la casa y no sería apropiado, porque estoy prometida en matrimonio y todo eso. Es demasiado viejo para ti, Mary Kathryn, dijo. Ya está todo decidido, le dije. Quién lo decidió, quiso saber él.

Tomé a Joshua de sus brazos y le dije que sería mejor si volvía cuando tía Martha estuviera en casa. Dijo que lo haría.

Hoy Thomas se fue a su finca. Debe ocuparse de sus negocios. Me besó antes de partir. Fue el primer beso y fue casto. Me siento culpable por mi falta de sentimientos. Thomas me importa, pero me pregunto cómo nos irá juntos como marido y mujer. Le dijo a tía Martha que estuviera pendiente de mí. Le dije que no se preocupe, que puedo cuidarme sola. Me asombra que quiera que sea su esposa, cuando me trata como a una niña.

James vino hoy. Se lo presenté a tía Martha. Se quedó una hora completa hablando sobre mi casa, sobre Matthew, mamá y papá. Hizo tantas preguntas. Hubo muchas que no pude responder. Le di los hechos. Mamá murió de tuberculosis. Papá todavía la llora. Sally Mae y Matthew se casaron. Sally Mae murió dando a luz y Matthew se fue. No he visto a mi hermano desde entonces. James no hizo una sola pregunta sobre cómo llegué a tener a Joshua. Me pregunto qué pensará al respecto.

Tía Martha estuvo muy callada cuando James se fue. Le pregunté si pasaba algo malo. Me dijo que debo tener cuidado con James. No le pregunté por qué. Lo sé.

La sola mirada de James toca algo en lo profundo de mí. Cuando está cerca de mí, el corazón me late fuerte y apenas logro respirar. Thomas Atwood Houghton me ama y yo no siento absolutamente nada.

Estoy en un dilema terrible. No sé qué hacer.

Esta mañana me sentía muy inquieta. Quizás era un presagio de lo que iba a suceder. Joshua estaba haciendo berrinches y tía Martha necesitaba descansar. Así que lo saqué a caminar. Todo está lleno de flores. Creo que el perfume de la primavera se me fue directamente a la cabeza. Me alejé del camino y dejé que Joshua jugara en una pequeña pradera.

James me siguió. Al principio, pensé que lo había imaginado parado a las afueras del bosque, observándome. Últimamente lo tengo muy presente en mis pensamientos. No puedo sacármelo de la cabeza, no importa cuánto lo intente. Trato de pensar en Thomas y en nuestra próxima boda, pero mi corazón me traiciona y es James quien aparece en mi mente. Pero James no había sido conjurado por mi imaginación. Era real. Demasiado real, para como resultaron las cosas.

James se acercó a mí y, mientras Joshua jugaba, se sentó conmigo sobre la hierba suave que crece entre las flores. Al principio me habló de cosas triviales. No me detuve a pensar por qué se había acercado a mí como lo había hecho. Estaba tan feliz de verlo. Feliz y asustada. Sentía temblores en el estómago y mi corazón palpitaba fuertemente. Le pregunté por sus viajes a Nueva York, a las Carolinas y a Inglaterra. Me deleité con su voz y con la mirada en sus ojos mientras hablaba. En parte, también me sentí triste. No dejaba de preguntarme cuánto tiempo tardaría en irse otra vez, rompiéndome el corazón como lo había hecho antes.

James tomó mi mano.

Le dije que no era apropiado que hiciera eso. Él dijo que no le importaba lo que era apropiado. Dijo que no podía casarme con Thomas Atwood Houghton. Él nunca te hará feliz, dijo. Le dije que Thomas era un hombre bueno y amable. James dijo tal vez, Mary Kathryn, pero tú no estás enamorada de él. Le dije que el amor llegará con el tiempo. James dijo que a nosotros no tardó nada en llegarnos. Yo sabía que tenía que irme en ese preciso momento, pero en cambio dije que no sabía a qué se refería. Me dijo que no mintiera. Dijo que ambos lo supimos desde el instante en que nos vimos en la tienda mercantil. Dijo que Thomas también se dio cuenta. Le dije que no sabía de qué hablaba y él dijo que me lo mostraría.

James me besó. No fue un beso como el que me dio Thomas. No fue casto ni dulce. James me sacudió tanto por dentro que lo único que podía pensar era en irme de allí antes de que el fuego que sentía en mi interior me devorara. Lo aparté de un empujón y me levanté. Le dije que no podía cortejarme como a Sally Mae Grayson.

Corrí a agarrar a Joshua, pero James me alcanzó. Dijo que nunca quiso casarse con Sally Mae y que era una pena terrible que Matthew lo hubiera hecho. Le dije que me soltara. Dijo que se aferrará a mí mientras viva. Tú eres mía, Mary Kathryn McMurray. Desde que eras una niña y lo sabes bien. Le dije que era un mal negocio. Y él dijo lo que no valdrá la pena es casarte con un hombre que no amas. Debí haber huido en ese instante. Pero no lo hice, y él me besó otra vez. Cuando pude volver a respirar, le dije que se fuera de Galena. Me dijo que se iría cuando yo estuviera dispuesta a irme con él, no antes. Le dije que estaba loco. Se rio y dijo que lo estaba. Loco de amor.

Y ahora, aquí estoy, sentada en la quietud de mi habitación, tratando de pensar de qué manera salir de este lío en el que estoy.

Tía Martha ha llorado toda la tarde. Esta mañana Thomas vino de visita y le dije que no podía casarme con él. Le conté por qué. Dijo que me daría tiempo para que recuperara la sensatez. Le dije que debería haber mantenido la sensatez desde el principio y no haber aceptado casarme con él. También le dije que nunca había tenido la intención de lastimarlo ni de hacerlo enojar. Lo admiro y lo respeto como un amigo querido. Le dije que no lo amo. Dijo que lo que yo siento por James Farr no es amor. Dijo que debería casarme con él y desechar las fantasías y los arrebatos infantiles. Dijo que me dejaría tranquila para que reflexionara en lo que estoy a punto de renunciar.

Me siento culpable por romper la promesa que le hice. Sería

peor si me casara con él y, encima, rompiera mi corazón, el suyo
y el de James. Pero Thomas no ve las cosas como las veo yo.

Me arrodillé frente a tía Martha y traté de explicárselo.
Dijo que sabía muy bien lo que estaba sucediendo. Dijo eres
hija de tu madre, Mary Kathryn. Dijo que algunos hombres son
como el vino fuerte, que sube directo a la cabeza de las jóvenes,
y luego se pasan el resto de la vida pagando el precio del placer.
Si haces esto, Mary Kathryn, lo padecerás toda la vida. James
te llevará al desierto. Dijo que había anhelado y orado para que
a mí me fuera mejor que a mi madre.

James y yo estamos casados desde hace setenta y tres días,
nueve horas y quince minutos ¡y no he sufrido ni un instante!
Me ha hecho tan feliz que no he tenido tiempo para escribir.
Disfruto cada minuto que estoy con James.

Estuvimos a punto de no casarnos. Fue tía Martha quien
insistió en que el pastor oficiara la ceremonia. Él no quería hacerlo, pero tía Martha dijo que yo debía unirme con James ante
el Señor y que, si el pastor se negaba, pesaría sobre su cabeza si
nos desviábamos y nos íbamos a vivir juntos en pecado. Así que
hizo una ceremonia tan corta como pudo.

Tía Martha, Betsy y Clovis se pararon junto a nosotros. No
vino nadie más. He vuelto a ser una paria, pero no me importa.
Vivimos en una cabañita en las afueras del pueblo, cerca del
molino y, de todas maneras, veo a pocas personas. James dice
que iremos a vivir a Chicago tan pronto como tenga el dinero
suficiente para llevarnos.

Esta cabaña alquilada está bien. James me hace feliz.
Cuando me abraza, me olvido de todo, salvo cuánto lo amo. No
me interesa lo que digan todos los demás.

James empezó a trabajar en el aserradero. Se va temprano y no
regresa a casa hasta el atardecer.

Hay poco que hacer en esta cabañita y la única compañía que tengo es Joshua. Paso la mayor parte del día pensando en James y esperando a que llegue a casa. He empezado a cultivar un pequeño jardín.

James trajo a tía Martha. Está preocupado por mí porque últimamente estuve enferma. Tía Martha me hizo un té de manzanilla y hablamos durante un largo rato de muchas cosas. Me hizo Preguntas. Algunas me sorprendieron porque eran muy personales. Me dio un beso como solía hacerlo mamá y dijo que no tenía que preocuparme. Todo está bien, dijo. Llamó a James. Cuando él entró, tía Martha nos dijo qué es lo que estaba pasándome.

Voy a tener un bebé el próximo invierno.

O moriré en el intento.

Tengo miedo. Nunca había tenido tanto miedo antes. Ni cuando mamá murió. Ni siquiera cuando papá me echó de la casa antes de que llegara el invierno. No tuve tanto miedo ni cuando cuidé a Sally Mae durante sus últimas horas de vida en este mundo. Pero entonces, lo que le pasó a ella no me pasaba. Ahora me pregunto si me sucederá.

Sally Mae era buena en dejarse llevar por sus pasiones, y parece que yo también lo soy. James sabe cómo hacerme feliz. Dice que así supuestamente deben ser las cosas entre marido y mujer. Dice que está escrito en la Biblia. Le pregunté en qué parte. No pudo mostrarme, pero jura que es cierto. No me atrevo a preguntarle al pastor. Él piensa que soy una Jezabel y me trata de esa manera. Iré al infierno, si él tiene algo que decir al respecto y él habla con Dios todo el tiempo.

No puedo hablar con James acerca de mis temores. James sabe que algo anda mal, pero solamente se preocuparía. He aprendido que preocuparse antes de tiempo no cambia nada.

Ayer hablé con tía Martha. Tampoco pude contarle nada, me sentía tan avergonzada. Aceptó llevarse a Joshua cuando llegue mi hora. Dijo que lo cuidará hasta que me las arregle con mi nuevo bebé. Ahora sé que aun tía Martha cree que Joshua es mío. Deve aber pensado que mentí cuando le dije que Sally Mae lo parió. Me puse a llorar. No pude evitarlo. Ella me preguntó por qué, pero no quise decirle. Es doloroso cuando las personas piensan lo peor de uno. Le dije que si me muero, quiero que Joshua se quede con ella para siempre. Me dijo que soy fuerte y sana y que no debería tener ningún problema. Estuve a punto de decirle que Sally Mae también era fuerte y sana. Tía Martha dice que debo confiar en el Señor. Dijo Dios te ama, Mary Kathryn Farr.

No tengo ninguna razón para confiar en Dios y pocas pruebas de que me ame. Pero no podía decirle eso a tía Martha. Está demasiado *convencida* y me haría Preguntas. Aunque le contara toda la verdad, probablemente no la creería. De seguro pensaría que mentí sobre el problema como mentí sobre Joshua. A veces, me cuesta cuando pienso en el asunto. Cuando pienso en papá, recuerdo cómo solía ser cuando mamá vivía.

Escribí una carta para Thomas Atwood Houghton y le pedí que me perdone. Tal vez, mi mente esté en paz si lo hace. En este momento, siento que toda clase de demonios vienen a reposar sobre mi cabeza.

Ha pasado un mes y Thomas no ha respondido a mi carta. Ayer fui a Galena con James. Le pedí que me llevara a la iglesia con tía Martha. Y así lo hizo.

El único que nos habló fue el pastor. Brevemente. Sobre el clima.

Parece que Dios debe sentir lo mismo.

Las hojas de los árboles están poniéndose rojas y amarillas. Joshua es mi consuelo durante todo el día, mientras James no está.

Ayer, tía Martha vino a visitarme. Yo no estaba con ánimo para hablar mucho.

Tía Martha regresó esta mañana. Me trajo algunos libros. Dijo que el hecho de estar casada no significa que tenga que desperdiciar mi mente. Me alegro de tener su compañía. Mientras estudio y escribo mis lecciones, ella juega con Joshua.

Henry James Farr nació al amanecer del 11 de diciembre. Llegó al mundo con un par de pulmones bien fuertes.

James se desmayó antes de que naciera su hijo. Quedó tirado en el suelo de la cabaña y no me sirvió de ayuda. Yo lavé a Henry y lo envolví en la manta de algodón. Algo más salió de mí. Parecía que no se detendría. Nunca he estado tan débil. Cuando terminé de lavarme y me cambié el camisón, apenas tuve fuerzas para regresar arrastrándome a la cama. Me quedé dormida con mi hijo. Al día siguiente, cuando desperté, James estaba en la cama con nosotros, rodeándonos con su brazo.

Joshua vino a casa hoy. Lo extrañé terriblemente. Él es mi hijo. No importa cómo llegó a ser mío. Podrá parecerse a su padre y a su madre, pero no quiere decir que vaya a ser como ellos. Henry tiene una semana de vida y está bien; es un bebé fuerte. Cuando estoy dándole de comer, Joshua trata de treparse a mi regazo.

Esta noche estoy llena de alegría. James está durmiendo en nuestra cama. Nuestro bebé duerme tranquilamente en la cuna, cerca de la chimenea. Joshua duerme junto a ella, envuelto en sus mantas. Desprecia su cama porque quiere estar cerca de su hermanito. A veces, pienso que Joshua lo protege como Matthew me protegía a mí. Todo está muy tranquilo. Especialmente para mí.

Hoy tía Martha me trajo un paquete con una etiqueta que

decía Señorito Henry James Farr, por medio de Martha Werner. Era una hermosa cuchara de plata y una tacita. Y esta nota: *Mi estimada Mary Kathryn: Que Dios siempre te bendiga a ti y a tu familia. Siempre tu amigo, Tom.* Lloré cuando la leí. Tengo el corazón tan lleno que desborda.

Hoy Henry James cumplió cuatro meses. A fines del otoño tendrá una hermana o un hermano. James está contento. Tía Martha está mortificada. Se puso morada cuando se lo dije. Dijo que era demasiado pronto. ¿Qué hay de tu salud? Y piensa qué dirá la gente. Le dije que yo era más fuerte que la mayoría, y que ella puede decirles a todos que debe ser la voluntad de Dios que fructifiquemos y nos multipliquemos.

La verdad es que tengo pocos placeres en este mundo y ningún deseo de rechazar el acercamiento de James. Le conté lo que había dicho tía Martha. Se rio. Le dije que no era gracioso. Él dijo que ella es ingenua y modesta. En cuanto a los demás, son unos envidiosos. Dijo que todos tendrán que acostumbrarse a que tengamos un hijo por año y que no tienen nada que pensar sobre el asunto.

Martha Elizabeth nació el 20 de noviembre al mediodía. Es sana y hermosa. Tía Martha estuvo aquí cuando ella llegó al mundo. Fue la primera en cargarla. James dice que Beth tiene mis ojos azules y mi cabello rojo. El pequeño Henry James, o Hank, también tenía los ojos azules cuando nació. Ahora son marrón oscuro. Perdió completamente el cabello rubio apenas al mes de nacido. Tuve miedo de que se quedara calvo. Después le volvió a crecer tan negro como el de papá.

Betsy vino a la cabaña hoy. Dice que me veo hecha polvo. Me siento mejor por su visita. Una buena charla puede reafirmar el espíritu y renovar las fuerzas. Es un poco solitario cuando las únicas personas que tienes para conversar en todo el día son un niño de cinco años y dos bebés. Los amo con todo mi corazón, pero todavía no tienen madera para mantener una Conversación Estimulante. Y tía Martha suele estar demasiado ocupada con las Obras de Dios para pasar mucho tiempo conmigo. Cuando viene, son el pequeño Hank y Beth quienes reciben su atención. Betsy fue como una bocanada de aire primaveral, aunque me haya dado órdenes toda la hora que estuvo aquí.

Sé que no debería quejarme. Tía Martha siempre es bondadosa conmigo y con los míos. Siempre me recuerdo que soy más Afortunada que algunos.

Amo a James.

Él me ama.

Tengo tres hijos preciosos.

Estoy sana.

Tengo un techo sobre mi cabeza, que solo tiene algunas goteras.

Tengo comida sobre la mesa.

Sin embargo, hay veces que siento que falta algo. Me desespero. *Anhelo*. No puedo dar en el clavo de lo que anhelo o por qué. Simplemente, es un dolor interior que no se va.

Quizás solo estoy cansada. Estoy agotada de lavar pañales. Pienso en las mujeres africanas sobre las que leí en un libro que me trajo tía Martha. Ellas dejan que sus hijos crezcan desnudos. Tal vez su costumbre sea mejor. Me parece que me ahorraría tiempo para dedicarlo a otras cosas.

CAPÍTULO 10

Arlene Whiting llamó al escritorio de Sierra.

—Tienes una llamada en la línea. ¿Michael Clanton?

—Es mi hermano —dijo, sorprendida, y presionó el botón. Mike nunca llamaba. No le gustaba hablar por teléfono y dejaba que Melissa, su esposa, fuera la que se mantuviera en contacto. «¿Cómo va todo en el mundo de fantasía?», siempre decía Melissa y la hacía reír.

Nada que no fuera una emergencia lo haría levantar el auricular para hacer una llamada.

—¿Qué pasa, Mike?

—Mamá está enferma.

—¿Enferma? —dijo, sobresaltada.

—Tiene cáncer.

Sierra no podía creerlo.

—No puede tener cáncer. Apenas la vi hace pocos meses.

—En Navidad había notado que su madre estaba delgada.

Incluso, le había preguntado al respecto—. Ha bajado un poco de peso, pero dijo que estaba bien.

—No quería que lo supieras.

Sierra apretó el teléfono con más fuerza.

—¿Estás seguro?

—Hace tiempo que lo sabe —dijo su hermano con calma—. Se lo guardó para sí hasta hace poco.

—¿Qué quieres decir que lo sabía? ¿Cuándo se enteró?

Su hermano se quedó callado un instante.

—Le diagnosticaron cáncer de mama poco antes de que tú y Alex se mudaran al sur.

—¿Qué? —Sierra sintió que se le helaba la sangre—. Eso fue hace dos años, Mike. —En un destello cegador, recordó ciertos indicios de que había algo que no andaba bien. Se había preguntado por qué su madre estaba tan decidida a revisar todas las cosas del ático. ¿Qué le había dicho? No quería dejarles el caos a ella y a Mike. *Ay, Dios*. Los ojos de Sierra se llenaron de lágrimas—. ¿Por qué no dijo nada?

—Ya conoces a mamá, Sierra. No quiere que nadie se preocupe por ella.

—¿Qué le han hecho hasta ahora?

—Le hicieron primero una mastectomía cuando el médico la diagnosticó. En los estudios que le hicieron después, descubrieron que el cáncer ya había hecho metástasis en sus huesos.

—Ay, no —susurró Sierra—. ¿Y no te lo contó?

—No se lo contó a nadie hasta hace unos días.

Una señal de alarma la sacudió.

—¿Qué sucedió hace unos días?

—Le dolía tanto la pierna derecha que no podía conducir. Llamó a Brady y le preguntó si podía llevarla al consultorio del médico. —Se quedó callado unos segundos—. Le hicieron otra resonancia magnética. Se ve mal.

FRANCINE RIVERS

Sierra cerró los ojos; el pánico surgió atropelladamente en su interior. Su madre era su roca de fortaleza. ¡No podía perderla! Apenas tenía sesenta y cinco años. Siempre se habían divertido diciendo cómo celebrarían su centésimo cumpleaños cuando llegara.

—¿Va a tener quimioterapia?

—No.

—¿Cómo que *no*?

—Dijo que no la quiere.

—Pero...

—No le serviría de nada a estas alturas, Sierra.

—Tienen que hacer *algo*. ¿Y qué de la radiación? ¿No podrían hacerle eso?

—Ya había hecho metástasis en sus huesos cuando la diagnosticaron. Se propagó a su hígado.

Sierra bajó la cabeza y se cubrió la boca un momento, hasta que pudo dominar sus emociones.

Mike no dijo nada durante un minuto.

—Está bajo tratamientos paliativos —dijo con voz ronca.

—¿Qué es eso?

—Están dándole radiación para aliviar el dolor que tiene en la pierna derecha.

Las lágrimas corrieron por las mejillas de Sierra. Tragó con dificultad, tratando de mantener la voz firme.

—¿Está sufriendo mucho, Mike?

—Ella no habla del tema —dijo él con dificultad—. Ya conoces a mamá. —Se quedó callado un instante—. Me parece que está tomando medicamentos para el dolor desde hace meses. El otro día, Melissa estaba guardando los platos en la alacena y encontró un frasco de medicina en un rincón. —Maldijo en voz baja y ella se dio cuenta de que estaba llorando—. Te llamo de nuevo en unos minutos. —Colgó abruptamente.

Sierra puso el auricular en su base y se cubrió el rostro. Trató de contener el caudal de emociones: dolor, miedo, el deseo de subirse al carro y conducir al norte en ese instante. Temblaba y sentía frío.

—¿Malas noticias? —dijo Ron, parado en la puerta que comunicaba su gran oficina con la más pequeña de ella.

—Sí —dijo ella sin levantar la vista. Tenía miedo de que, si decía algo más, se desmoronaría.

Su intercomunicador zumbó. Levantó rápidamente el teléfono y presionó el botón de la línea uno.

—¿Mike?

—Disculpa —dijo él con voz ronca.

—Está bien —dijo ella, apretando fuerte el teléfono y manteniendo en alto la otra mano para ocultar su rostro de la mirada atenta de Ron. Sentía la garganta tan caliente y apretada que le costaba respirar—. ¿Cuánto tiempo nos queda?

—Un mes. Tal vez menos.

Tragó convulsivamente. Con los ojos borrosos por las lágrimas, miró el calendario. Si así eran las cosas, su madre no llegaría a su sexagésimo sexto cumpleaños. El miedo era tan agobiante que le dolía el pecho.

—¿Está en casa?

—No. Está en el hospital. Solo hasta que termine los tratamientos. Cinco días; tal vez, seis. Luego, irá a casa.

—¿En qué hospital?

—El de la Comunidad. —Le dio el número de teléfono.

—Te llamaré esta noche, Mike. —Con una mano temblorosa, colgó el teléfono. Ron todavía estaba parado en la puerta. No dijo nada, pero sentía su honda preocupación. En los cuatro meses que Sierra había trabajado para él, había aprendido que era un hombre perceptivo y afectuoso—. Mi madre tiene cáncer.

Él soltó lentamente la respiración.

—¿Cuán grave es?

—Está en su hígado —dijo ella con voz ronca y temiendo que si decía algo más se echaría a llorar. Sintió que la mano de Ron se deslizaba sobre su hombro y lo apretaba suavemente para darle consuelo.

—Cuánto lo lamento, Sierra.

Recordó cómo había visto a su madre seis meses atrás: delgada y con el cabello canoso. Le había preguntado sin rodeos si todo estaba bien y su madre le había dicho que estaba bien. ¿Bien? ¿Cómo había podido guardar semejante secreto?

—Jamás dijo una palabra, Ron.

—¿Qué quieres hacer?

Sus manos estaban heladas.

—Quiero ir a casa.

—Entonces ve —dijo él simplemente.

Pensó en el caos que dejaría si se iba. Tenía el escritorio apilado de trabajo. ¿Y sus hijos? ¿Quién cuidaría a Clanton y a Carolyn? ¿Quién los llevaría a la escuela? ¿Quién se ocuparía de que Clanton fuera a sus entrenamientos de béisbol y Carolyn a sus clases de piano? Alex se iba a las seis y media de la mañana y nunca volvía a casa antes de las siete.

Quizás tenía que sacar a los niños de la escuela y llevarlos con ella. Pero ¿cómo podía hacer eso, si ni siquiera sabía a qué se enfrentaría cuando llegara a su casa? ¿Qué harían mientras ella cuidaba a su madre?

—No sé qué hacer —dijo con voz temblorosa—. Ni siquiera sé por dónde empezar. —Las palabras de su hermano resonaban en sus oídos. Un mes. Tal vez, menos.

¡Ay, Dios! Dios, ¿dónde estás?

Quería estar con su madre. Quería eso con tanta desesperación que temblaba por el miedo de no poder hacerlo.

Ron se sentó en el borde de su escritorio.

—Llama a Alex.

Marcó el número de Beyond Tomorrow. La secretaria de Alex dijo que no estaba en la oficina.

—Tenía una reunión a la una.

—¿Puedes mandarle un mensaje?

—Me dijo que no lo...

—¡Esto es importante! Cuando te pongas en contacto con él, dile que me llame al trabajo. Por favor. —Colgó. Últimamente, cada vez que llamaba a Alex, no estaba.

Temblando, empezó a revolver los papeles sobre su escritorio, preguntándose cómo podría poner todo en orden y tenerlo resuelto para el final del día. ¿Y qué pasaría mañana? Tenía que escribir los programas. Debía hacer llamadas telefónicas. Tenía cartas por escribir.

No podía concentrarse.

La mano de Ron frenó sus movimientos agitados.

—Llamaré a Judy. Me dijo que ella y Max están ahorrando para entregar un anticipo por la casa. Estoy seguro de que aceptará reemplazarte mientras no estés.

—No puede, Ron. Está amamantando a Jason.

—Puede traer a su bebé aquí. A mí no me molesta. Y a Arlene le encanta tener en brazos a ese muchachito. Si la cosa se pone demasiado caótica, creo que podríamos encontrar a un par de adolescentes responsables que colaboren.

—Miranda —dijo Sierra inmediatamente, pensando en una muchacha de quince años que se había escapado de su casa y había ingresado en el programa al mismo tiempo que ella empezó a trabajar con Ron—. La guardería donde está dice que ella es maravillosa con los bebés.

Ron sonrió y rozó suavemente con sus dedos la mejilla de Sierra. Fue un gesto curiosamente íntimo y tierno que la hizo ruborizarse.

—Nosotros nos ocuparemos de las cosas por aquí. Tú ve a cuidar a tu madre. —Se levantó del escritorio.

Cuando Alex no le devolvió la llamada para la una y media, Sierra lo excluyó de sus preparativos. Marcia le dio el nombre de una niñera profesional. Sierra llamó a Dolores Huerta y le explicó la situación. Dolores aceptó encontrarse con ella en la casa esa tarde para que pudieran revisar los horarios de los niños, y los quehaceres y los gastos de la casa.

Sierra estaba empacando su maleta cuando Alex llegó a casa. Apenas puso un pie dentro de la habitación, se detuvo y se quedó mirando las dos maletas sobre la cama matrimonial.

—¿Qué está pasando? —dijo, pálido—. ¿Qué haces? ¿Adónde vas?

—Si te hubieras molestado en devolverme la llamada de esta mañana, lo sabrías. —Abrió el cajón de un tirón—. Me voy a casa.

Él dijo groserías en voz baja y entró a la habitación.

—Mira. Hablemos de...

—No hay nada de qué hablar —lo interrumpió ella—. Mi madre está internada en el hospital. Tiene cáncer. —Tragó convulsivamente, poniendo un pulóver sobre un par de pantalones gris oscuro.

Él soltó la respiración.

—Pensé... —Sacudió la cabeza—. Lo lamento —dijo resollando.

Se dio vuelta para mirarlo con sus facciones marcadas por el dolor.

—¿Qué lamentas, Alex? ¿Que ya nunca estás cuando te necesito? ¿Que mi madre tenga cáncer? ¿Que todo esto vaya a complicar tu valioso horario de trabajo?

Él no dijo nada.

Lo miró, herida y amargada.

—¿Dónde estabas? Tu secretaria dijo que te enviaría un mensaje. ¿Lo hizo?

—Sí.

—¿Por qué no me llamaste?

—Estaba ocupado. —Avanzó unos pasos dentro de la habitación—. Mira. Pensé que si era realmente importante volverías a llamar.

Frustrada, se dio vuelta hacia su maleta.

—Qué bueno saber qué lugar tengo en tu lista de prioridades.

—¿Quieres pelear antes de irte? ¿Es eso lo que realmente quieres?

Ella fue al clóset. Cuando salió con otro par de pantalones, Alex estaba parado en medio de la habitación, masajeándose el cuello. Temblorosa, dejó caer la ropa sobre la cama.

—Te necesitaba, Alex. ¿Dónde estabas?

Se dio vuelta y la miró. Ella vio algo en su expresión que le dio náuseas. Culpa. Vergüenza. Y no solo por no haberle devuelto la llamada. Había algo más, algo más profundo. Sus ojos pestañearon, dejando al desnudo su dolor, y entonces la expresión desapareció, quedó escondida.

—¿Qué puedo hacer para ayudar? —dijo secamente.

Quería decirle que podía abrazarla. Podía decirle que la amaba. Podía prometer que la llamaría y hablaría con ella todos los días. Podía tranquilizarla diciendo que todo estaría bien con los niños mientras ella no estuviera.

—No lo sé —dijo, amargamente—. ¿Orar por un milagro, tal vez?

¿Para quién, Sierra? preguntó una voz dentro de ella. *¿Para tu madre o para ti... y Alex?*

¿Qué los había llevado a este callejón sin salida? Ya no podían ni hablar. Era como si entre ellos hubiera una pared de un metro de espesor y treinta metros de altura. Y ella estaba cansada de tratar de atravesarla.

Él se quitó la chaqueta del traje y la arrojó sobre una silla.

—¿Qué vas a hacer con los niños?

El enojo surgió dentro de ella y le retorció el estómago en un nudo apretado. ¿Acaso no acababa de preguntarle qué podía hacer para *ayudar*? Qué risa. Lo único que le importaba a él era no sufrir ningún inconveniente.

—No te preocupes. Ya contraté una niñera. No tendrás que buscar una. Se llama Dolores Huerta. Todas las mañanas estará aquí a las siete. Supongo que no te molestará quedarte en casa *treinta* minutos más hasta que llegue. Dolores aceptó cocinar y lavar los platos y ocuparse de la casa. Sabe conducir, así que llevará a los niños a la escuela y los recogerá en la tarde. También se ocupará de que Clanton llegue a sus entrenamientos de béisbol y que Carolyn vaya a sus clases de piano. Yo sabía que no tendrías el tiempo ni la disposición para encargarte de los niños. Le di algo de dinero para el combustible y le ofrecí un sueldo generoso. Tendrás que pagarle los viernes. —Lo miró, esperando una respuesta.

El rostro de él estaba rígido.

—¿Cuánto tiempo crees que estarás allá?

Ella se mordió el labio, conteniendo sus lágrimas.

—El tiempo que sea necesario —logró decir sombríamente y se dio vuelta. No podía recordar lo que ya había empacado y qué más necesitaba.

—No puedes hacerte cargo de todo sola, Sierra.

Desearía poder creer que estaba preocupado por ella, pero no pudo. ¿Qué era lo que realmente le preocupaba a él?

—Mike me contó que el doctor le dijo a mamá que le queda un mes, tal vez menos. Quiero estar con ella cada minuto que pueda.

—¿Crees que no lo entiendo? Yo también amo a tu madre.

¿Sí? quería preguntar. Si así fuera, nunca habría mudado a la familia al sur de California. A veces se preguntaba si

él amaba aun a sus propios padres. ¿Cuándo había sido la última vez que los había llamado? Parecía resentir el tiempo que se tomaba para hacerle una breve visita a sus padres dos veces al año.

Lo que él amaba, aparentemente, lo único que realmente amaba, era su trabajo. Nada más parecía importarle ya, menos aún ella o los niños. Su madre ni siquiera entraba en la ecuación.

—¿No me crees, no? —dijo a la defensiva.

—¿Debería creerte? Espero que la llames y se lo digas mientras tengas la oportunidad. —Lo miró furiosa. El dolor y la indignación se derramaban uno sobre la otra, inundándola con el deseo de contraatacar—. Las personas *necesitan* amor cuando están sufriendo.

Los ojos de él se volvieron fríos.

—Te dejaré sola para que puedas empacar. —Salió de la habitación.

Hoy el buen reverendo vino a hablarme.

Parece que está en Galena pridicando en la plaza del mercado. Lo primero que hizo fue ver a mis bebés y mi vientre redondo y me preguntó desde cuándo estoy casada. Hace bastante, le dije. Me dijo que el señor Grayson murió la primavera pasada. Se cayó sobre el arado, se cortó y murió dos semanas después, con las mandíbulas apretadas y el cuerpo enroscado como un pretzel. Le pregunté si eso era de lo que había venido a hablar. Dijo que papá está enfermo y que la granja se vendrá abajo y que él pensó que yo debía saberlo para que pudiera hacer algo para ayudar. Le dije que lo más probable es que papá no esté enfermo sino ebrio. Dijo que en la época de la Biblia, papá podría haber hecho que me sacaran afuera de las murallas de la ciudad y me apedrearan. Le dije que, hasta donde yo sabía, los únicos tipos con los que se enfurecía Jesús era con los religiosos que estaban tan ocupados buscando la astilla en el ojo ajeno que no podían ver el tronco que tenían en su propio ojo. Se marchó no muy contento.

Ahora me pregunto qué debo hacer. Aun borracho, papá nunca descuidaba la tierra.

Estoy quedándome con tía Martha mientras James se fue a la granja para ver cómo está papá.

Había olvidado lo agradable que era dormir en una cama grande, con un dosel de encaje y bajo un techo que no gotea. El viento no sopla a través de las ventanas y las paredes están pintadas de blanco y tienen un cuadro de una niña griega que sirve agua con una jarra. Beth duerme conmigo en el colchón de plumas, mientras que Joshua y el pequeño Hank duermen en la habitación pequeña de al lado. Extraño a James.

Las personas van y vienen muy a menudo a la casa de tía Martha. Ella tiene las puertas abiertas para todo el mundo. Ayer invitó a cenar a un tamborilero. Parecía cansado y flaco hasta los huesos. Cuando se fue, tenía mejor cara. Ella le dio dinero para que pudiera pagar un cuarto en el hotel. Tía Martha y tres amigas suyas estuvieron haciendo una colcha toda la tarde. Me invitó para que las acompañara y lo hice. Betsy se ocupó de Joshua y de mis bebés. Estuvieron bien bajo su cuidado. Hizo un pastel para Joshua y puré de manzana para Hank. Las señoras disfrutaban de ver jugar a los niños. Los hijos de ellas ya son adultos y se marcharon a quién sabe dónde.

No creía que fuera posible disfrutar tanto de la compañía de otras mujeres, aunque siempre he disfrutado de la tía Martha. Pero ella no es como la mayoría de las que he conocido. Estas mujeres son como ella. Se reían de todo tipo de cosas pero no dijeron una palabra desagradable sobre nadie.

La vida es difícil y cruel.

James dijo que papá está enfermo, que tenemos que ir a casa y ocuparnos de las cosas por él. No me atreví a preguntarle si los sentimientos de papá han cambiado para conmigo. Muy pronto lo sabré.

La verdad es que estoy contenta de ir a casa, aunque extrañaré a tía Martha, y a Betsy y a Clovis.

CAPÍTULO 11

UN TANQUE DE METAL zumbaba en la habitación principal de la planta alta, la suave señal indicaba la afluencia de oxígeno que pasaba a través de un tubo transparente a la madre de Sierra. Sierra revisaba frecuentemente el tubo, asegurándose de que estuviera en su lugar, debajo de la nariz de su madre, para que el oxígeno puro se infundiera en sus pulmones deteriorados. El edema le dificultaba la respiración. En los últimos días el edema había disminuido. La respiración de su madre había mejorado y era más lenta. Así también, el goteo de orina que caía a la bolsa de drenaje sujeta al costado de la cama. La enfermera del servicio para pacientes terminales le había dicho que cambiaría de color a medida que estuviera más cerca de la muerte.

Sierra se levantó del sillón junto a la cama y revisó otra vez el tubo. Acarició el cabello de su madre, alguna vez suave y rojizo oscuro, ahora con mechas blancas y curiosamente áspero. La piel de su madre se sentía seca cuando la tocaba, como las hojas caídas. Estaba despierta.

—¿Puedo traerte un poco de sopa, mamá? —Estaba desesperada por hacer algo, lo que fuera, para hacerla sentir cómoda, para mantenerla viva.

—Puedes acercarme a las ventanas.

La cama de hospital alquilada tenía ruedas, pero Sierra sabía que si la desplazaba, sacudiría a su madre y le provocaría más dolor. Vaciló.

—Por favor —susurró su madre.

Sierra hizo lo que su madre le pidió, apretando los dientes cada vez que la cama se sacudía. Su madre no emitió sonido.

—¿Todo está bien, mamá?

—Ay... —dijo su madre mientras sus dedos delgados soltaban la almohada. Lentamente, su cuerpo volvió a relajarse—. ¿Puedes abrir la ventana?

—Hoy hace frío.

—Por favor.

Mientras lo hacía, Sierra no pudo dejar de angustiarse. ¿Y si se resfriaba? Incluso mientras lo pensaba, sabía que era irracional. El día anterior, la enfermera le había dicho que no le quedaba mucho tiempo.

—El vecino Brady está cortando el pasto de su patio trasero —dijo su madre, y Sierra notó que arrastraba las palabras al hablar. Los parches de morfina estaban haciendo efecto. También notó otras cosas. Los ojos castaño claro de su madre habían perdido su brillo. Su piel ya no tenía el bronceado de las largas horas que solía pasar cuidando su hermoso jardín.

—Siempre quise tener la piel blanca como el alabastro —había dicho su madre en broma unos días atrás. Sierra no había podido reírse con ella.

Blanco. El color de la pureza.

El color de la muerte.

—Siempre me ha gustado el olor a pasto cortado —dijo su madre en voz baja. Se estiró y agarró la mano de Sierra. Cuando la apretó, Sierra sintió que temblaba débilmente—. Esta es mi época favorita del año, cuando brotan los cerezos y salen los narcisos. Todo es tan verde y bonito. —Suspiró y fue un sonido de contentamiento, no de tristeza—. ¿Cómo es posible que alguien no vea la mano de Dios en todas las cosas?

A Sierra se le anudó la garganta. Se quedó mirando por la ventana cómo las nubes se deslizaban lentamente por el cielo azul. Su madre no querría verla llorar. Debía ser fuerte. Tenía que ser *valiente*. Pero por dentro sentía que se estaba desmoronando.

—Cada año, Jesús nos muestra la Resurrección —dijo su madre y le apretó ligeramente la mano.

—Es un día precioso —dijo Sierra automáticamente, pensando que era lo que su madre quería escuchar. No podía decir lo que realmente sentía. ¿Cómo podía su madre hablar de Jesús en este momento? ¡Ella quería maldecir a Dios, no alabarlo! Su madre había servido al Señor desde que tenía memoria, ¿y esta era su recompensa? ¿Morir lentamente, sufriendo? Su madre veía la mano de Dios en todo. Pero ¿dónde estaba la mano de Dios en *esto*?

—¿Podrías levantar la cama?

—Creo que sí —dijo Sierra y fue hacia los comandos. Presionó un botón y la cama subió. Cuando se detuvo, su madre tuvo una buena vista del jardín que estaba abajo.

—Ah, qué lindo —dijo, contenta.

Sierra revisó el tubo de oxígeno y reajustó las correas elásticas detrás de las orejas de su madre. Una había dejado una arruga en la mejilla de su madre.

—¿Irías a recoger unos jacintos para mí?

—¿Jacintos? —dijo Sierra lúgubremente.

—Puedo ver algunos junto al sendero, cerca del bebedero para pájaros. —Su mano tembló débilmente cuando trató de señalarlos—. La tijera está en el cubo, debajo de la escalera.

Sierra bajó aprisa la escalera y salió por la puerta de atrás al pórtico. Encontró la tijera exactamente donde su madre le dijo que estaría. Siempre había creído eso de un lugar para cada cosa y cada cosa en su lugar.

Caminó rápido por el sendero de ladrillos y se sintió consternada por el estado del jardín. Aun durante el invierno su madre quitaba la mala hierba y rastrillaba para mantener todo ordenado. Ahora, estaba visiblemente abandonado.

Sierra encontró un área de las bonitas flores azules cerca del fondo del jardín. Se agachó, eligió dos varas florecidas y perfectas y las cortó para su madre. Cuando regresó a la habitación principal en la planta alta, vio que su madre tenía los comandos en la mano. Había levantado el cabezal de la cama un poco más para tener una vista mejor.

¿Qué estaría sintiendo su madre al ver el jardín deplorable y abandonado allá abajo?

—Gracias, cariño. —Tocó las flores con la punta de los dedos. Se movió inquieta, un gesto de dolor pasó brevemente por su rostro—. Siempre me asombra cómo Dios creó el jardín y luego puso al hombre en él —dijo; sus palabras salieron lentamente, débiles—. Todo lo que él hizo, desde el fondo del mar hasta los cielos, fue para que nosotros lo disfrutáramos. Como los jacintos y los cerezos en flor y la luz del sol. Dulzura, esperanza, vida.

Esperanza, pensó Sierra. ¿Dónde estaba la esperanza cuando el cáncer de su madre avanzaba como un ejército vengador, devastando su cuerpo, debilitando sus fuerzas? ¿Dónde estaba la esperanza cuando la muerte era inminente?

Volvió a ajustar el tubo de oxígeno.

—¿Así está mejor? —dijo, acariciando con ternura el rostro de su madre.

—Está bien, cariño.

En la noche, cuando Sierra estaba acostada en el catre que había armado junto a la cama de su madre, la escuchaba respirar. Y contaba los segundos. Uno. Dos. Tres. Cuatro. Cinco. Su corazón se detenía después del seis y latía más rápido al séptimo. Ocho. Nueve. A veces, diez. Luego, su madre tomaba una profunda bocanada de preciado aire y Sierra se relajaba un instante, antes de comenzar a contar otra vez.

—La primavera está llegando —dijo su madre, mirando por la ventana—. El jardín siempre está tan bello.

Lo único que Sierra podía ver era la mala hierba que había surgido y los retoños que estaban brotando en la base de varios rosales sin podar. Las hojas caídas de los abedules no habían sido rastrilladas y yacían como un pesado manto negro sobre el césped sin cortar.

Durante todos los años en que la familia había vivido en esta hermosa casa, había sido su madre quien cuidaba las flores de los jardines, podaba los rosales y recortaba los arbustos y los árboles. Su madre era la jardinera que aflojaba la tierra, echaba el abono, plantaba las semillas y cuidaba las plántulas nuevas. Su madre había sido quien dispuso el diseño para que hubiera plantas que florecieran durante todo el año, llenando el patio de colores brillantes.

Sierra recordaba las horas que había pasado afuera con su madre, bajo los rayos del sol, jugando con un cubito y una palita de metal, mientras su mamá arrancaba la mala hierba, rebajaba las plántulas y cortaba las flores que se habían marchitado. Se acordaba del día que su madre había plantado la enredadera de trompeta, atando cuidadosamente los brotes verdes al enrejado. Ahora, la enredadera cubría la pared de atrás.

Sin su madre, todo se volvería salvaje.

Las nubes taparon el sol y arrojaron sombras sobre el patio trasero.

—Espero que no llueva otra vez —dijo suavemente.

—No puede haber luz del sol todo el tiempo, o las flores no crecerían por la falta de lluvia.

Incluso ahora, sufriendo y agonizante, su madre veía el lado positivo de las cosas. Sierra sintió ardor en sus ojos. Le dolía la garganta por contener el llanto. Se apretó una mano contra el pecho, anhelando poder aligerar la angustia, que cada día era más pesada. Se estaba ahogando con ella. Sofocando. Si era tan doloroso ver que perdía más a su madre con cada hora que pasaba, ¿cómo sería la vida cuando ya no estuviera?

—Sierra —murmuró su madre en voz baja.

Al ver que su mano se movía débilmente, Sierra la tomó.

—¿Qué, mamá? ¿Puedo traerte algo?

—Siéntate, cariño —dijo.

Sierra hizo lo que le pidió y forzó una sonrisa, mientras encerraba la mano de su madre entre las suyas.

—Quiero que hagas algo por mí —dijo su madre dulcemente.

—¿Qué, mamá? ¿Qué puedo hacer?

—Deja que me vaya.

Se le cerró la garganta. Tuvo que apretar los labios para no llorar. Necesitó de toda la fuerza de voluntad que tenía y, aún así, las lágrimas calientes aparecieron en sus ojos.

—Te amo —dijo entrecortadamente. Se inclinó hacia adelante, apoyó la cabeza contra el pecho de su madre y lloró.

Su madre acarició su cabello una vez y, luego, apoyó la mano débilmente sobre su cabeza.

—Yo también te amo. Siempre has sido una bendición de Dios para mí.

—Ojalá pudiera volver a cuando era pequeña y me sentaba en el patio, bajo el brillo del sol, mientras trabajabas en el jardín.

Su mano tembló débilmente.

—Cada etapa de la vida es preciosa, Sierra. Incluso esta. La puerta no se me está cerrando, cariño. Se abre de par en par cada vez que respiro.

—Pero tienes tanto dolor...

Su madre volvió a acariciarle el cabello y habló con ternura:

—Shhhh. No llores más. Quiero que recuerdes que Dios hace que todas las cosas cooperen para el bien de quienes lo aman y son llamados según el propósito que Él tiene para ellos.

Sierra había aprendido esas palabras cuando era pequeña y estaba en la escuela dominical. Su madre la había ayudado a memorizarlas mientras trabajaban en el jardín. Pero no tenían ningún significado. ¿Qué bien causaba el sufrimiento? Aspiró el olor de su madre y tuvo miedo. ¿No se suponía que Dios sanaba a los que tenían fe? Su madre tenía fe. Nunca había dudado. Entonces, ¿dónde estaba Dios en este momento? Quería agarrarla con fuerza y rogarle que peleara más fuerte, que se aferrara a la vida, pero sabía que no podía decir esas palabras en voz alta y aumentar la carga de dolor de su madre. Era egoísta siquiera pensar en pedirle a su madre que soportara más.

Se llenó de angustia. ¿Qué haría sin su madre? Perder a su padre había sido bastante malo, pero su mamá siempre había sido su consejera, su manantial. ¿Cuántas veces había acudido a ella en busca de ayuda? ¿Cuántas veces la había acompañado su madre a través de las dificultades, guiando dulcemente el camino y mostrándole cuál era el mejor?

Sierra escuchó los latidos del corazón de su madre. Nadie

en el mundo la conocía tanto ni la amaba como su madre. Ni siquiera Alex, su esposo, quien debería hacerlo. Sierra apretó los labios. Especialmente Alex, que ni se había molestado en llamarla los últimos tres días, los más difíciles de su vida.

—Ay, mamá, cuánto te voy a extrañar —murmuró, deseando poder acostarse a su lado y morir con ella. La vida era demasiado dolorosa; el futuro, tan desolador.

La mano de su madre se deslizó lentamente sobre su cabello.

—Dios tiene un plan para ti, Sierra, un plan para lo bueno y no para lo malo, un plan para darte un futuro y una esperanza. —Su voz sonaba muy débil, muy cansada—. ¿Recuerdas esas palabras?

—Sí —dijo Sierra obedientemente. También se las había enseñado su madre y, como las otras, no tenían ningún sentido. Su padre y su madre fueron quienes la cuidaron. Luego, Alex. Dios nunca había sido parte de la ecuación.

—Aférrate a ellas, cariño. Cuando lo hagas, sabrás que estoy muy cerca, en tu corazón.

Sierra pensó que su madre se había dormido. Todavía sentía el latido lento y regular de su corazón. Se quedó en el mismo lugar, con la cabeza apoyada sobre el pecho de su madre, consolándose con su cercanía y su calor. Exhausta, se estiró al lado de ella, la rodeó con un brazo y se durmió.

Se despertó cuando Mike llegó a la casa después del trabajo. Se paró junto a la cama.

—Su respiración suena distinta. —Su expresión era sombría y controlada—. Tiene las manos frías.

Sierra se dio cuenta de otras cosas. El nivel del líquido dentro de la bolsa de drenaje no había variado en horas. El color de la piel de su madre había cambiado.

Llamó al hospital y le mandaron una enfermera. Sierra la reconoció, pero no pudo recordar su nombre. Su madre lo habría recordado. Siempre se acordaba del nombre de todos. También recordaba cosas sobre ellos, preguntaba por los miembros de sus familias y por sus situaciones laborales. Detalles. Cosas personales.

—Ya queda poco —dijo la enfermera y Sierra supo que la mujer se refería a que su madre no volvería a despertarse. La enfermera acomodó las mantas y retiró suavemente el cabello de las sienes de su madre. Se incorporó y miró a Sierra.

—¿Le gustaría que me quede con usted?

Sierra no pudo emitir sonido alguno. Negó con la cabeza. Solo se quedó mirando el pecho de su madre, que subía y bajaba lentamente, y contó los segundos. Uno. Dos. Tres.

—Llamaré a Melissa —dijo Mike y salió de la habitación.

Poco después que llegó Melissa, entraron Luis y María Madrid. La madre de Alex abrazó a Sierra y lloró sin reserva, mientras su padre permanecía parado a los pies de la cama, con una dignidad grave y sin derramar lágrimas.

—¿Cuándo llega Alex? —preguntó él.

—No creo que venga —dijo Sierra sombríamente, parada junto a la ventana—. Hace algún tiempo que no hablo con él. —Escuchó el chasquido de la máquina de oxígeno y contó.

En este momento no quería pensar en Alex ni en nadie más. No quería pensar en nada.

Siete. Ocho.

El padre de Alex salió de la habitación.

Melissa entró unos minutos después y se paró al lado de Sierra. No dijo nada. Se limitó a agarrarle la mano y guardó silencio.

Dieciocho. Diecinueve. Veinte.

Melissa soltó su mano y se acercó al costado de la cama. Tocó con ternura a Mariana Clanton y revisó el pulso de su muñeca. Se agachó y la besó en la frente.

—Adiós, mamá.

Se incorporó y, lentamente, se dio vuelta hacia Sierra.

—Está con el Señor —susurró y las lágrimas corrieron por sus mejillas.

Sierra dejó de contar. Su corazón se sentía como una piedra fría dentro de su pecho. No dijo nada. No pudo. Solo se dio vuelta, miró el jardín iluminado por la luna y sintió la quietud cerrándose a su alrededor.

—Ya dejó de sufrir, Sierra.

¿Por qué era que las personas siempre sentían que tenían que decir algo? Sabía que Melissa tenía la intención de consolarla, pero no había palabras que pudieran hacerlo. Escuchó otro clic cuando la máquina de oxígeno se apagó.

Todo quedó en silencio. Todo era quietud... había tanta quietud que se preguntó si su propio corazón había dejado de latir. Deseaba que así fuera.

No podía pensar. Se sentía insensible, tan insensible que se preguntó si estaba convirtiéndose en la pequeña estatuilla de la Virgen María que su suegra había traído y había puesto en el alféizar. Sin sangre. Vacía.

Mike volvió a entrar a la habitación. No dijo una palabra. Al menos, su hermano entendía. Solo se quedó parado a los pies de la cama, mirando a su madre. Ella se veía en paz, con su cuerpo completamente relajado. Cuando él se dio vuelta, tocó el brazo de Sierra. Apenas la rozó con su mano, pero fue suficiente para hacerle saber que ella estaba ahí, viva.

Mike atravesó la habitación, se sentó en el sillón y se inclinó hacia adelante con las manos cruzadas ligeramente entre sus rodillas. ¿Estaba orando? Tenía la cabeza agachada. Si lloró, lo hizo en absoluto silencio. Y no dejó la habitación, ni a ella, hasta que llegaron los hombres de la funeraria.

Sierra siguió a los hombres hasta la planta baja mientras se llevaban a su madre. Se quedó parada en la puerta delantera, observando, hasta que se cerraron las puertas de la carroza.

Habría seguido parada en lo alto de la escalinata si Melissa no los hubiera llamado.

Dos años antes, su madre había hecho todos los arreglos sin que nadie lo supiera. Sin complicaciones. Sin molestias. Todo como un reloj. La cremarían a la mañana siguiente. No quedarían más que cenizas.

Sierra cerró la puerta delantera y apoyó su frente contra la madera fría. Estaba tan cansada que su mente zumbaba como un motor en punto neutro, sin ir a ningún lado.

El teléfono sonó. Oyó que Luis contestó. Después de la primera palabra, habló en un español acalorado y susurrante. Para lo que ella entendía de lo que estaba diciendo, bien podría haber estado hablando en griego, pero sabía que estaba hablando con su hijo.

Él entró en el recibidor, donde ella estaba sentada.

—Es Alex —dijo y le dio el teléfono—. Ha estado tratando de ponerse en contacto contigo.

Una mentira, amablemente ofrecida, pero poco convincente.

Tomó el teléfono y lo acercó a su oído.

—¿Sierra? Lamento lo de tu madre. —Se quedó callado, esperando. Ella cerró fuertemente los ojos. ¿Qué quería él que dijera? ¿Creía que una llamada y un poco de compasión lo absolverían de los días de abandono? Ella lo había necesitado—. Traté de llamarte ayer, pero el teléfono estaba ocupado. —Ella no podía hablar por el peso del dolor que la estaba aplastando—. ¿Sierra? —Si decía una palabra, se haría añicos. Peor aún, diría cosas de las que se arrepentiría.

—Reservaré el vuelo —dijo él por fin. En su voz no había ninguna entonación que revelara sus sentimientos—. Los niños y yo volaremos mañana a San Francisco. Alquilaré un carro. Deberíamos llegar a Healdsburg por la noche. —Sonaba como si estuviera haciendo los preparativos para un viaje de

negocios. Otra vez un silencio que se prolongó—. ¿Estás bien?
—Su voz era casi amable. La llenó de una tristeza infinita y de
recuerdos—. ¿Sierra?

Apretando la tecla de apagado, ella dejó el teléfono sobre
la mesita.

James trabaja tanto como lo hacía papá.

Sale al alba y regresa para la comida del mediodía. Luego vuelve a salir hasta el crepúsculo. Me quedo sola al cuidado de papá.

Papá cambió mucho en los cuatro años que me fui. Su cabello se ha vuelto blanco y está tan flaco y débil que no puede
levantarse de la cama. El primer día cuando llegamos pensé
que estaba ciego, pero cuando Joshua se paró en la puerta supe
que no lo estaba. El rostro se le puso rojo y horrible. Empezó
a gritar en una voz tan alta como para que tía Martha lo oyera
desde Galena.

Dijo: Mantén a ese niño diabólico lejos de mí, o juro delante
de Dios que lo mataré.

Joshua salió corriendo de la casa. Si no lo hubiera escuchado
llorando, nunca lo habría encontrado dentro del tronco hue-
co y quemado de un árbol. Estaba al borde de los campos que
Matthew quemó.

Cuando volví a la casa, James preguntó por qué papá diría
algo tan terrible. Le dije que está loco.

Sé qué es lo que está matando a papá. El odio. Se lo está
consumiendo vivo.

A veces desearía que papá se muriera y que hubiera un punto
final para todo su dolor. Y el mío.

Está tan débil y enfermo que no puede hacer nada por sí
mismo. Y nada de lo que hago por él sirve. Empeora las cosas.

No quiere mirarme ni hablarme. Ni siquiera quería aceptar
la comida que le daba con la mano, hasta que la necesidad y el
hambre lo obligaron. James no pide explicaciones. Él piensa
que Joshua es mi bebé, igual que todos los demás. Nunca le dije
lo contrario.

James llevó a papá al cuartito que está a la salida de la
cocina. Necesitamos la cama grande para nosotros. Papá no dijo
nada, pero vi las lágrimas en sus ojos.

Me siento rara durmiendo en la cama que papá compartía
con mamá. James quiso amarme la primera noche y no pude.
Lo único que hice fue llorar. Dijo que lo entendía, pero no creo
que lo hizo. Pensó que estaba cansada y triste. Lo que siento es
mucho peor que eso.

Papá y mamá hicieron a Lucas, a Matthew y a mí en la
cama que James y yo compartimos ahora. Papá y Sally Mae
hicieron a Joshua. Eso también estaba en mis pensamientos.
Pude verla escabulléndose en la noche mientras papá estaba
acostado ebrio y sin darse cuenta. Era igual que las hijas de
Lot. Y mira qué resultó de eso. Lo único que me consuela es
recordar que Rut era moabita.

Estoy completamente confundida. Papá me hiere con su
silencio y su maldad. Pero yo también estoy enojada. Y acon-
gojada. Me pregunto qué pensaría mamá de todo esto. Y de mí.
Me pregunto dónde está Matthew y qué está haciendo. Espero
que esté bien y sea feliz, dondequiera que esté. Pero lo dudo.
Matthew se tomaba todo muy a pecho.

Para mí, papá es quien debería pagar por todo el dolor que
causó. Sally Mae no hizo lo que hizo sin la ayuda de él. Estar
borracho no es excusa. No se lo dije así a papá. No serviría de
nada y él está Determinado en que yo me equivoqué al mantener vivo a Joshua. Papá no cree que él sea culpable de nada.
Todo fue culpa de Sally Mae. Y cuando murió, toda la culpa fue
de Joshua. Desde que yo lo adopté, todo es culpa mía.

Que así sea. Yo soy más fuerte que Joshua y puedo soportar la presión de la condenación silenciosa que papá descarga sobre mí. Como Dios. Puedo sentirlo cada vez que paso por su puerta. El odio es una cosa poderosa.

Joshua ni siquiera entra a la cocina porque sabe que papá está en el cuartito de atrás. Me alegro. Creo que papá lo asesinaría si tuviera la oportunidad. Y no tengo la intención de darle ninguna. Pero en la noche me quedo acostada y me pregunto qué resultará de todo esto.

Cuando Joshua crezca, querrá saber quién es su padre. ¿Qué le diré si me pregunta?

Una vez escuché decir que los pecados del padre afectan a los hijos. ¿Eso quiere decir que Joshua debe pagar por lo que hizo papá?

La vida no es justa.

Puse un marcador en la tumba de Sally Mae.

Papá está peor. Está perdiendo su mente. Hoy, cuando fui a limpiarlo y a cambiar otra vez la ropa de cama, pensó que yo era mamá. Dijo: ¿Dónde estabas, Katie mi amor? Te extrañé tanto.

Le agarré la mano y dije: He estado con Jesús todos estos largos años.

Y papá dijo en un tono muy dulce y con lágrimas en los ojos: Intercede por mí.

No puedo parar de llorar. Alguna vez fue un hombre bueno, a pesar de todas sus borracheras y sus costumbres desenfrenadas. Y amaba a mamá más que a su vida. Escucharlo hablar hoy me hizo recordar cómo era cuando mamá vivía. Y recordarla me hizo extrañarla tanto que me duele el cuerpo. Todo mi ser está contraído, siento dolor y soledad.

Me parece que cuando Dios nos quitó a mamá, Satanás se deslizó por la puerta y ha estado viviendo en esta casa desde entonces.

Papá se está apagando. No come. Duerme la mayor parte del día. Cuando está despierto, no habla. Mira hacia el rincón de su cuarto como si hubiera alguien de visita. A veces sonríe y murmura algo.

Tengo miedo. Su maldición todavía recae pesadamente sobre mí.

Papá murió esta mañana.

Anoche estuvo nervioso. No dejaba de moverse y de quejarse. Yo no sabía qué hacer para tranquilizarlo. No podía respirar con facilidad. Se puso mejor cuando lo levanté, me senté al lado de él y lo sostuve en mis brazos. Le acaricié el cabello de la misma manera que acaricio a mis bebés cuando están inquietos.

Entonces cerca del amanecer me vino a la cabeza un pensamiento tan poderoso y claro que era como una voz real que me hablaba. Supe cuál era el problema de papá y qué necesitaba. Luché contra eso pero era como si una mano me estuviera estrujando el corazón. Lo acosté de espaldas y me puse de rodillas junto a la cama.

Le dije: Papá te perdono. ¿Me escuchas papá? Yo te perdono.

Sus dedos se movieron. Apenas un poco. Así que tomé su mano y la besé. Le dije: Papá te amo. Y lo dije de verdad. Solo por ese instante, después de todo lo pasado y lo que sucedió hasta ahora. Lo dije en serio. Olvidé cuánto me había lastimado y vi cuánto estaba sufriendo. Quédate en paz, papá, le dije. No pude decir nada más que eso.

Y pareció hacerlo. No dijo nada. Ni una palabra. Solo dio un largo suspiro y se fue.

Enterramos a papá con el traje que usó James cuando nos casamos. Cosí a papá en la colcha de bodas que las amigas de mamá hicieron para ellos. Ahora que el señor Grayson está muerto, no había nadie que viniera a ayudar a llevar a papá a su reposo junto a mamá y a los bebés que perdieron. Solo estuvimos yo, cargando a Beth, y James que cargaba a Hank y se paró junto con Joshua al costado de la tumba. Leí palabras de la Biblia. A mamá le habría gustado.

Ha estado lloviendo desde entonces. El clima adecuado para mis sentimientos.

Ojalá papá me hubiera dicho algo antes de ir al encuentro de lo que fuera que estaba esperándolo. Solo oír mi nombre me habría bastado. O si me hubiera mirado antes de morir. Quizás entonces no habría sentido este dolor terrible que siento en mi interior.

Papá no me dijo una palabra. Desde el día que me echó hasta el día que murió. Pero al final, cuando no le quedaban fuerzas, creo que quiso hacerlo. De cualquier manera eso es lo que espero.

¡Ay, qué criaturas tan estúpidas somos! ¡Malditos por nuestro orgullo! ¡Malditos por nuestra terquedad!

Con razón Dios nos ha abandonado.

CAPÍTULO 12

Sɪᴇʀʀᴀ sᴇ sᴇɴᴛó en la primera banca de la iglesia con Alex a un lado, y Carolyn y Clanton al otro. Mike se sentó al otro lado del pasillo con Melissa a su lado y sus tres hijos junto a ella. La capilla estaba llena de gente. Mientras el pastor decía la elegía, Alex le tomó la mano. Apenas la había tocado desde su llegada, tres días antes. Se guardó las lágrimas para sí misma, reacia a compartirlas con él y con cualquier otra persona.

No podía dejar de pensar en la pequeña urna de madera lustrada que habían colocado en la lápida de su padre en el cementerio. ¿A eso se reducía el ser humano? ¿A una cajita con cenizas que pesaba menos que un bebé recién nacido? El pastor se encontró allí con ellos y dirigió una oración solemne pero breve. Solo los miembros de la familia estuvieron presentes: ella, Alex, sus hijos, Mike y Melissa y sus hijos, y Luis y María Madrid. Tan pocos. Demasiados.

Las cenizas de su madre se mezclarían con las de su padre;

en algunos días, un tallador de piedra vendría y agregaría la fecha de su muerte a la lápida que los cubriría a ambos.

Ahora, oyendo a medias la homilía del pastor, se preguntó si saldrían las semillas de nomeolvides que los niños habían sembrado alrededor de la tumba.

—Mariana Clanton caminó en el Espíritu —dijo el pastor, aprovechando la oportunidad para proclamar el evangelio. Al borde de las lágrimas, se regocijó por su amiga y miembro de la iglesia—. Extrañaremos mucho a Mariana, pero tenemos consuelo al saber que está en los brazos de su amado Salvador. Y los que compartimos sus creencias nos consolamos al saber que no la hemos perdido para siempre. Volveremos a verla.

Una de las señoras de la iglesia cantó: «Toma mi vida, Señor, consagrada te la doy...».

Aturdida por el dolor, Sierra se quedó mirando la fotografía de su madre sobre la mesa cubierta por un mantel en el frente del santuario. Ella habría elegido una foto distinta. A cada lado había jarrones llenos de narcisos de un amarillo brillante. A decir verdad, el santuario estaba lleno de flores; no de coronas funerarias, sino de adornos de flores primaverales que explotaban de colores y ánimo festivo.

—Era el deseo de tu madre —le explicó el pastor cuando llegaron y ella se lo preguntó—. Ella me trajo esta fotografía hace varios meses.

Lejos del retrato formal usado habitualmente para las ceremonias solemnes, su madre había elegido una de cuando era varios años más joven, riéndose, llevando en una mano enguantada un cubo lleno de flores del jardín y su tijera en la otra. También había dejado una nota: «Regocíjense conmigo».

Al finalizar su homilía, el pastor dispuso un tiempo para que las personas compartieran anécdotas. Uno por uno, los amigos se pusieron de pie y hablaron de Mariana Clanton y lo que había significado ella en sus vidas. Algunas historias eran graciosas e hicieron reír a la gente. Otras provocaron lágrimas silenciosas y tranquilas. Cuando hablaron todos los que deseaban hacerlo, Melissa pasó al frente y habló brevemente en representación de la familia. A continuación, todos cantaron más himnos. Los favoritos de su madre. «Sublime gracia». «Ave María». «Firme en las promesas». Y por último, y causando risas acompañadas por las lágrimas, «Nuestro Padre Abraham». Todos se pusieron de pie para agitar las manos y dar vueltas. Incluso Sierra fingió unirse al espíritu de regocijo.

—Estén siempre llenos de regocijo en el Señor —dijo el pastor como bendición—. Lo repito, ¡regocíjense! Que todo el mundo vea que son considerados en todo lo que hacen. Recuerden que el Señor vuelve pronto. —Sierra sintió que bajó la vista hacia ella y su voz se suavizó cuando la miró—. No se preocupen por nada, amados; en cambio, oren por todo. Díganle a Dios lo que necesitan y denle gracias por todo lo que él ha hecho. Así experimentarán la paz de Dios, que supera todo lo que podemos entender. La paz de Dios cuidará su corazón y su mente mientras vivan en Cristo Jesús.

A continuación hubo una recepción en el salón social.

Sierra se abstrajo de su agitación interna, sonrió y agradeció a todos los que se acercaron a ella en la fila de recepción. Las palabras amables resbalaban como el agua en la espalda de un pato. No podía darse el lujo de que penetraran en ella. Ahora no. No aquí, frente a todo el mundo. Más tarde, cuando estuviera sola, se bañaría en una piscina de lágrimas.

Alex estaba parado junto a ella, cerca pero sin hacer contacto. Con su traje negro, era como un apuesto desconocido: amable, distante, pero no indiferente. Todo el mundo estaba impresionado por su evidente éxito. No conocían el costo.

Clanton y Carolyn estaban con sus tres primos al otro lado del salón. Conversaban entre ellos y compartían refrescos.

Sierra estuvo lista para irse antes que los demás. Le

preguntó a Melissa si le molestaría cuidar a Clanton y a Carolyn. Sabía que los niños querían compartir con ellos el mayor tiempo posible.

—¿Por qué no los dejas que se queden esta noche? —dijo Melissa.

—No quise...

La interrumpió tocándole suavemente el brazo.

—Nos encantaría. Los vemos muy poco desde que Alex y tú se mudaron al sur. —Ni bien lo dijo, Sierra se dio cuenta de que se arrepintió de haberlo dicho—. No te preocupes por ellos. Necesitas descansar.

Alex había conducido un Cadillac alquilado al cementerio y a la iglesia. Dudó en pedirle que la llevara a su casa y decidió no hacerlo. Él parecía muy absorto en una conversación con su padre.

Habló brevemente con el pastor y se escurrió inadvertida por la puerta lateral del salón social. Afuera estaba hermoso, todo había florecido. A su madre le habría encantado un día como este.

A tres cuadras, Alex se estacionó al lado de ella.

—¿Por qué no me dijiste que te ibas?

En su tono de voz no había preocupación, sino impaciencia, enojo. No le preguntó si estaba bien.

—Estabas ocupado. —Siempre estaba demasiado ocupado.

Alex salió del carro. Cuando la tocó, lo hizo con delicadeza. Luego, apoyó una mano debajo de su codo con una expresión sombría por la tristeza.

—Entra en el carro, Sierra. Por favor.

Ella hizo lo que le pidió. Apoyando su cabeza contra el respaldo de cuero negro, cerró los ojos sintiéndose completamente abandonada.

—¿Qué crees que opina la gente de nosotros cuando simplemente sales por la puerta sin decirme una palabra?

Ella lo miró. ¿De eso se trataba? ¿Era por eso que había venido tras ella?

—¿Desde cuándo te preocupa lo que opinen *otras* personas?

—Te debería importar. Esas personas son nuestros parientes y amigos.

—No te preocupes, Alex. No le dije a nadie que me llamaste tres veces en el último mes. —Ron la había llamado más seguido que su propio esposo.

—El teléfono sirve para llamar y para recibir llamadas.

—Así es, ¿verdad? Por otro lado, cada vez que te llamé, no estabas en casa.

Un músculo se endureció en su mejilla y no dijo nada más. Cuando detuvo el carro a la entrada de la casa de la calle Mathesen, giró hacia ella para decirle:

—Lo siento. Sierra, yo...

—Olvídate de las excusas, Alex. —Salió del carro y caminó por la senda empedrada hasta la escalinata del frente. Buscó la llave a tientas, la metió en la cerradura y abrió la puerta.

Temblando, caminó por el pasillo hacia la cocina. Tal vez una taza de café la ayudaría a prepararse para lo que viniera.

La cocina olía a lasaña. El Pyrex todavía estaba sobre la tabla de cortar, donde ella la había colocado y olvidado esa mañana. Sally Endecott había pasado a dejar la lasaña, además de un recipiente cubierto con celofán que contenía ensalada con aderezo y un pastel de chocolate. Cada día, alguien de la iglesia venía a traer comida: un día, espaguetis; al día siguiente, un pavo para la cena con aderezos y salsa de arándanos. Otro había traído asado de carne de res y puré de patatas, crema de zanahorias y guisantes. Otros amigos trajeron pasteles caseros de manzana y galletas con chispas de chocolate.

Nadie quería que se preocupara por tener que cocinar. Nadie quería que se preocupara por nada.

Sin nada de hambre, midió la cantidad de café en el soporte con filtro y lo puso en su lugar. Mientras vertía el agua sobre la ranura de la cafetera, escuchó que Alex entraba a la cocina. Se detuvo un instante sin decir nada. Cuando se mantuvo de espaldas a él, caminó hacia el ventanal. Sabía que él estaba mirando hacia afuera, al pórtico y al jardín.

—La casa no se siente igual sin ella, ¿verdad? —dijo él en voz baja.

Sierra tragó con dificultad. No podía quitarse la sensación de que su madre estaba en la planta alta o en el recibidor. Si la llamaba en voz alta, su madre le contestaría.

Pero no era así. Tuvo que recordarse que su madre estaba muerta. La ceremonia que había presenciado esa mañana debería haber bastado para entenderlo. Polvo venimos y al polvo volvemos. Unos pocos kilos equivalían a una vida humana.

Por un momento se sentía insensible por dentro. Al siguiente, sentía una angustia y un temor que la dejaban sin fuerzas.

Apretó su rostro en sus manos y trató de no pensar en eso.

—¿Cuánto tiempo puedes quedarte? —dijo, esperando que Alex dijera que todo el tiempo que lo necesitara.

—Hice reservaciones para mañana.

Bajó las manos despacio, sintiéndose completamente desesperada. Alex le había regalado tres días de su precioso tiempo. Se suponía que debía estar agradecida.

—Los niños dicen que quieren quedarse contigo.

—Está bien —dijo ella con voz quebrantada. Bajó una taza de la alacena—. ¿Quieres café?

—*Sí*.

Se dio vuelta para mirarlo y vio que aún estaba mirando el patio de atrás. Quizás, después de todo, su madre había significado algo para él. Llenó otra taza y llevó ambas a la mesa que estaba cerca del ventanal.

—Mamá y yo nos sentamos juntas aquí hace pocas semanas, antes de que estuviera demasiado débil para salir de la cama. —Las tazas tintinearon un poco cuando Sierra las dejó en la mesa y se sentó—. Roy Lubbeck vendrá esta tarde a las cinco para revisar el testamento de mamá.

Alex se sentó frente a ella.

—Me quedaré uno o dos días más si quieres que lo haga, Sierra.

Seguro, pensó con amargura, se quedará y estará resentido cada minuto que lo haga. Ella negó con la cabeza.

—¿Qué harán con la casa?

—¿Hacer? —dijo ella, perpleja, y lo miró.

—Tendrán que alquilar la casa o venderla. No pueden dejarla desocupada. El lugar se vendrá abajo. Los jardines ya están abandonados.

Sintió que se ponía pálida.

—Yo crecí en esta casa.

—Sé cuánto significa este lugar para ti, Sierra, pero no tienes idea de cuánto cuesta mantener un lugar como este. Tu madre trabajaba en ella todo el tiempo.

—Acabo de enterrar a mi madre esta mañana, ¿y ahora quieres que entregue la casa?

—No lo digas como si fuera mi culpa que tu madre se haya muerto de cáncer —dijo él con ojos relucientes.

—No lo dije, ¡pero habría sido considerado de tu parte que esperaras algunos días antes de decirme que debo poner manos a la obra y disponer de la propiedad de mi madre!

—*Está bien, chiquita.* Tómate todo el tiempo que necesites. ¡Quédate otro mes! Conserva el lugar, si quieres. ¡No me interesa lo que hagas! —Empujó bruscamente la silla hacia atrás y dijo crispadamente—: Pero no esperes que yo pague las facturas del mantenimiento ¡ni los impuestos! —La dejó sentada a la mesa.

Un instante después, Sierra escuchó el rugido del motor

del Cadillac. Él lo aceleró ruidosamente y retrocedió a toda velocidad, desparramando la grava al marcharse.

Sierra movió de lugar la taza y la azucarera, y, apoyando la cabeza sobre los brazos, lloró.

Una hora después, Mike estacionó su camioneta en la entrada. Carolyn y Clanton bajaron con sus tres primos. Después de saludarla con un beso, fueron a la sala para mirar una película con sus primos. Melissa tocó ligeramente el hombro de Sierra, y luego sacó la lasaña del refrigerador y la puso en el horno para calentarla.

—Alex llevó a casa a su mamá y a su papá —dijo Mike, sirviéndose una taza de café—. Dijo que se quedará un rato visitándolos, pero que te avisara que volverá antes de las cinco. ¿Le dijiste que vendrá Roy?

—Sí. —Sierra mantuvo la mirada fija en su café frío—. Perdóname por haberme ido como lo hice.

—No te aflijas por eso. Todos lo entendieron.

Excepto Alex.

—Te ves cansada, Sierra. —Melissa volvió y se sentó en la silla que Alex había dejado vacía—. ¿Por qué no descansas un rato? Te avisaré cuando la cena esté lista.

Sierra asintió y se levantó. Sintió que su hermano la miraba y se preguntó si adivinaba qué tan mal estaban las cosas entre ella y Alex. Si lo percibía, tuvo la delicadeza suficiente de no decir nada.

Cuando subió la escalera y caminó por el pasillo de arriba, vio el estrecho pasadizo que iba al ático. Se acordó de que ahí había encontrado a su madre el día que Alex puso su vida al revés. Desde entonces no había vuelto a ponerla al derecho.

Subió la escalera y abrió la puerta. Parada en la entrada contempló el lugar, sorprendida por el cambio.

El ático estaba barrido y limpio, de las cuatro ventanitas colgaban cortinas de encaje estilo Nottingham. El viejo sofá tenía una nueva funda verde bosque y cuatro almohadones coloridos, dos en un amarillo dorado intenso, dos blancos con girasoles bordados y pliegues verdes. La mesita había sido barnizada. En ella había varios álbumes viejos de fotografías. La lámpara antigua de bronce, ahora pulida, se erguía entre el sofá y el viejo y gastado sillón reclinable de su padre.

Las paredes habían sido pintadas en un tono amarillo claro y el cielorraso con vigas a la vista, de blanco. En la pared sur había colgados una docena de cuadros y fotografías. Sierra bajó una. Al no reconocer el rostro, le dio vuelta y vio que su madre había escrito a mano la información histórica pertinente en una tarjeta y la había pegado al reverso recientemente forrado con papel. Sonrió. Su madre siempre había sido exigente con los detalles.

El librero que había almacenado los antiguos archivos de su padre ahora estaba lleno de libros viejos. Las tres repisas superiores habían sido designadas para Mike, entre los libros estaban *Robinson Crusoe*, *La isla del tesoro*, *Las obras de H. G. Wells*, *La tierra permanece*. Las tres de abajo eran para ella. Sacó un ejemplar gastado de *Mujercitas* y lo hojeó. Volvió a meterlo en la repisa y recorrió con sus dedos los lomos de *Ana de las Tejas Verdes*, *Papaíto piernas largas*, *El capitán de Castilla*, *La rosa negra* y desvió la mirada.

En el rincón más alejado del ático, de pie bajo un rayo de sol, estaba el espejo ovalado con marco de madera. El viejo tapete trenzado estaba limpio, el baúl de los disfraces había sido repintado de blanco y decorado con flores y hojas. Lo abrió y vio que todo había sido lavado, planchado y doblado prolijamente. Cerca había un pequeño librero con juegos y libros infantiles.

Cuando se dio vuelta, vio dos pilas distintas contra la pared oeste, una para Mike y otra para ella. El carrito Radio Flyer de su hermano estaba cuidadosamente empacado con otros recuerdos, libros favoritos, un viejo osito de peluche, un bate y un guante de béisbol. Cerca de eso había cajas prolijamente etiquetadas: «Textos escolares», «Trofeos», «Revistas de historietas», «Recuerdos de la preparatoria/Pulóveres rayados».

Sus propias cosas también estaban ordenadas, unificadas y etiquetadas: «Ropa/vestido de graduación», «Muñecas», «Álbumes de recortes/fotografías», «Animales de peluche». En un canasto, había ropa que ya no usaba, pero tampoco estaba dispuesta a regalar. El cofre de Mary Kathryn McMurray estaba junto a las cajas blancas nuevas, y encima de él había un sobre blanco pegado con cinta. Reconoció la caligrafía de su madre, quien había escrito *Sierra*.

Sierra lo tomó y lo abrió con cuidado para extraer la nota.

Mi amada Sierra:
Este baúl y todo lo que contiene fue preparado para ti. Leí el diario antes de mandártelo y no pude evitar pensar que tú y Mary Kathryn McMurray tienen mucho en común. La colcha tiene un mensaje para ti. Es posible que no lo veas ni lo entiendas ahora, pero un día te llegará como una estrella que estalla en los cielos. ¡Y qué inolvidable será ese día!

Te amo.
Mamá

Sierra se arrodilló y pasó las manos sobre la madera limpia y los tirantes metálicos del baúl. Podía oler el aceite de linaza que había usado su madre. Quitando el seguro de la tapa, abrió el baúl. El aroma de las bolsitas de mora subió y la envolvió. La hermosa colcha antigua estaba encima de todo, limpia y cuidadosamente doblada. Sierra la levantó y, debajo, vio unas cajas envueltas con papel de regalo. En una encontró la cesta india. En otra estaban los animalitos tallados en madera con la nota que decía que eran para Joshua. Un estuche de terciopelo azul guardaba seis anillos de boda, cada uno etiquetado con el nombre del pariente que lo había usado. Se le cerró la garganta cuando encontró dos anillos atados juntos con una etiquetita que decía: «Brian Philip Clanton, Mariana Lovell Edgeworth, casados el 21 de diciembre de 1958 en San Francisco».

Sierra volvió a poner todo como lo había encontrado. Dobló la nota y la dejó sobre la colcha. Cerró la tapa y pasó la punta de sus dedos sobre la superficie de madera y metal. Caminó hacia la ventanita del ático y la abrió. La vigorizante brisa primaveral agitó las cortinas de encaje.

«Estoy muy cerca, en tu corazón».

Sintiendo un dolor desgarrador en su corazón, Sierra volvió al sofá y se sentó. Abrió el álbum que estaba encima. En la primera página había dos fotografías de su padre cuando era joven. Una lo mostraba con el cabello largo hasta los hombros y vestido con unos Levi's gastados y botas. Al lado, había otra foto de él bien afeitado, con el pelo rapado y usando un uniforme de policía. Sonrió al ver el contraste. En la hoja siguiente había fotos de su madre. En una, parecía estar bailando en un prado. Tenía los brazos extendidos, la cabeza hacia atrás y el cabello hasta la cintura flotando en el aire. En otra, estaba sentada en la playa, mirando el oleaje, pensativa. Había fotografías de Mike: de bebé, envuelto y dormido sobre el hombro de su padre; jugando en su cuna; de niño, jugando en el cajón de arena en el patio de atrás. En la página siguiente, había fotos suyas, envuelta en una manta y en los brazos de su madre, otra de ella sentada en una sillita alta con el rostro cubierto de espaguetis y una más dando pasitos sobre el sendero empedrado del jardín trasero.

Cada año estaba documentado con fotografías. Estirándose en el sofá, Sierra hojeó los álbumes, donde vio a su madre y a su padre en sus primeros años de casados. Sonrió al ver las fotos de Mike, desde su infancia hasta su casamiento. Recorrió su álbum, reviviendo recuerdos a medida que se veía a sí misma en el jardín, con su madre, jugando con amigas en el ático, disfrazadas, nadando en la playa Memorial, jugando al béisbol, vestida con su uniforme de porrista. Encontró una fotografía de Alex con birrete y toga. Ella estaba parada junto a él y se miraban uno al otro con absoluta adoración. El amor juvenil completamente en flor. Había olvidado que su madre había ido a la ceremonia de graduación de la preparatoria. Su padre había ignorado la invitación. En la página siguiente, se vio en todo el esplendor de su primer embarazo. La fotografía siguiente la mostraba en una cama de hospital, cansada y feliz, con Clanton en sus brazos. María y Luis estaban a un costado de la cama, y su madre y su padre al otro. Debajo de la fotografía estaba escrito *La reconciliación*.

Afuera de la ventana del ático había un nido con pajaritos que gorjeaban animadamente. Sierra apoyó el álbum contra su pecho y escuchó. Supo cuándo la madre de los pajaritos estaba cerca y cuándo había levantado vuelo por el sonido de los pichones. Cerró los ojos y se dejó llevar.

«No puedes dejarlo pasar». Su madre le sonreía mientras ambas trabajaban arrodilladas en el jardín. «Tienes que prestarles atención todos los días. Mira cómo ya salieron. Si dejas pasar uno o dos días con esta maleza, empezará a ahogar a las flores». Se apoyó sobre sus talones y se retiró los mechones de cabello oscuro de las sienes. Parecía joven otra vez, sana y feliz. «Es lo mismo que con la vida, cielo».

Sierra se despertó abruptamente cuando alguien levantó el álbum de su pecho. Alex estaba parado frente a ella.

—Roy Lubbeck está abajo.

—Ah —dijo con voz somnolienta.

Alex cerró el álbum y volvió a ponerlo sobre la mesita. Se apartó un paso mientras ella se incorporaba y se acomodaba el cabello con los dedos. Se sintió desaliñada. El vestido con el que había ido a la iglesia estaba desarreglado y arrugado.

—Necesito arreglarme antes de bajar. —Se sentía muy cansada. Deseaba volver a acostarse y dormir aquí, en el ático, donde estaba rodeada de recuerdos felices. Tal vez volvería a soñar con su madre. El encuentro con Roy Lubbeck solo serviría para tomar consciencia de que ella ya no estaba.

Mirando afuera por la ventana, Alex se metió las manos en los bolsillos.

—Lamento lo que dije antes.

Sierra no quería hablar de eso.

—No puedo tomar ninguna decisión todavía, Alex.

—Lo entiendo.

—Crecí aquí.

—Lo sé.

Su respuesta fue breve y neutral. La muralla permanecía firmemente levantada entre ellos. El primer ladrillo se había puesto cuando él aceptó el empleo en Los Ángeles. A partir de entonces se fueron agregando otros, día tras día, mes tras mes, durante los últimos dos años. Ya ni siquiera sabía quién estaba dentro de la muralla y quién estaba afuera.

—Te extraño —ella dijo entrecortadamente y en voz baja—. Extraño las cosas como eran antes.

Él la miró con ojos sombríos. Ella sabía que estaba profundamente afligido, que quería decir algo significativo. Quizás estaba tan preocupado por su matrimonio como ella.

—Me iré mañana. Creo que será mejor así. Te daré la oportunidad de reflexionar sobre las cosas.

¿Qué cosas? ¿La casa? ¿O había algo más que no estaba diciéndole?

Él se apartó de la ventana.

—Bajaré a decirles a los demás que vendrás enseguida.

—¿Alex?

Cuando se dio vuelta, ella se levantó. Tratando de reunir coraje, se arriesgó y mostró sus sentimientos.

—¿Te importaría abrazarme? Solo un minuto. —Él se acercó a ella e hizo lo que le pidió, pero no se sintió reconfortada. Sus brazos la rodeaban, pero era como si se estuviera conteniendo a sí mismo, a su corazón.

¿Cómo podía estar parado ahí, abrazándola, y, sin embargo, parecer tan lejano?

Cuando se sumó a los demás en la sala, se sentó en el sillón cerca de la chimenea apagada. Alex ocupó el lugar correspondiente junto a ella. No hizo otro gesto que el de apoyar una mano consoladora sobre su hombro. Mike y Melissa se sentaron en el sofá tomados de la mano.

Mientras Roy Lubbeck hablaba, trató de escucharlo. Estaba explicando que, luego de la muerte de su padre, su madre había puesto todos los bienes familiares en un fideicomiso en vida para que, en caso de que ella muriera, la herencia no quedara atada a una sucesión.

Dos años atrás, su madre había puesto la casa a nombre de Mike y de ella. Los impuestos, que ascendían a una suma considerable, se pagaban a lo largo del año. Además, había abierto una cuenta destinada a atender todo tipo de problemas menores que pudieran surgir, como arreglos de plomería, reparaciones de los electrodomésticos y cosas por el estilo.

Sierra recordaba que, poco después de la muerte de su padre, su madre había llamado a un contratista para que cambiara todas las tejas del techo. Había gastado mucho dinero para que arrancaran y reconstruyeran los aleros del sector este y el pórtico trasero, luego de descubrir que tenían termitas. Roy siguió explicando que el resto de los bienes de su madre estaban en certificados de depósitos y en letras del Tesoro, incluidos los quince mil dólares destinados a cada nieto, dinero que estaría en un fideicomiso hasta que cumplieran dieciocho años.

Roy cerró su maletín y carraspeó. Miró a Mike, y luego a ella.

—Su madre fue una mujer extraordinaria. Me considero afortunado de haberlos tenido a ella y a su padre como amigos. —Empezó a decir algo más, pero no pudo seguir. Cuando se puso de pie, sacó un sobre de su traje y se lo entregó a Alex—. Mariana me pidió que te diera esto.

Alterado, Alex tomó la carta, la dobló a la mitad y la metió en el bolsillo delantero de su pantalón de vestir.

—Lo acompaño a la salida —dijo.

Sierra escuchó el murmullo de sus voces. Luego de unos momentos, la puerta delantera se cerró, pero Alex no volvió. Mirando a Mike y a Melissa, se levantó y fue al recibidor. Podía ver a través de las ventanas con cristales emplomados que había a cada lado de la puerta. Alex estaba parado afuera, en la escalinata del frente, con las manos en los bolsillos. Cuando el sedán de Roy Lubbeck se alejó de la vereda, Alex bajó los escalones. El corazón de Sierra empezó a latir violentamente por el miedo, pero él no se dirigió a su carro, que estaba estacionado en la entrada que había junto a la casa. Salió a la vereda y fue hacia la Plaza, el lugar donde solían sentarse y escuchar los conciertos de verano que se hacían en la glorieta. Aliviada, apoyó un instante su cabeza contra la puerta y volvió al saloncito.

—Nosotros ya comimos —le dijo Melissa—. ¿Quieres algo?

Sierra cerró los ojos, negando con la cabeza. La idea de comer bastaba para sacudirle el estómago.

—Trata de dormir un poco —dijo Melissa cuando el reloj de la repisa de la chimenea dio las once.

Sierra subió la escalera y fue a acostarse. Tendida en su cama con dosel, trató de pensar en tiempos más felices. Su mente se consumía con situaciones de qué habría pasado si... En la mañana, cuando se despertó, Alex no estaba a su lado.

Se puso la bata y bajó a la cocina, donde encontró a Melissa haciendo *waffles* para los niños.

—¿Han visto a Alex? —dijo.

—Papi se fue al aeropuerto —dijo Carolyn, vertiendo almíbar en su waffle.

—¿Cuándo? —dijo Sierra y se le encogió el corazón. ¿De verdad se había ido sin siquiera despedirse de ella?

—Hace una hora, más o menos. Vino y habló con Clanton y conmigo, mientras estábamos mirando televisión.

Se dio vuelta y parpadeó tratando de contener las lágrimas. Melissa vertió mezcla a la máquina para hacer waffles.

—Dijo que no quería despertarte —le dijo en voz baja—. Sentía que necesitabas dormir.

Cuando Melissa la miró, Sierra supo que Alex no había engañado a nadie con sus excusas. Sierra le dirigió una sonrisa cínica a su cuñada, se sirvió una taza de café y se sentó con los niños.

Si este bebé no nace pronto, explotaré como un melón maduro.

James está muy preocupado y me pone nerviosa. Aquí no hay ninguna partera y Galena o cualquier otro lugar queda

demasiado lejos para viajar en carreta. Así que nos las tendremos que arreglar nosotros solos. No puedo agacharme ni para
levantar a los niños que tengo y no hay ningún otro regazo al
que puedan subirse. Hay días que este bebé patea tanto que me
pregunto si habrá dos en mi vientre. Tal vez estén compitiendo
uno con el otro igual que Esaú y Jacob.

Matthew Lucas Farr nació a media mañana del 5 de mayo, más
o menos. Es tan fuerte y ruidoso como lo fue su hermano mayor.
Deborah Anne llegó a este mundo inmediatamente después de
su hermano. No se parecen en nada, pero suenan casi igual.
    James ha vuelto a trabajar en los campos. Está mucho más
aliviado de que ya esté levantada y caminando otra vez. No
tiene paciencia para ocuparse de los pequeños que se tambalean
ni de los bebés que gatean, aunque ha cargado en brazos a su
vástago durante tres días enteros. No pude evitar reírme de su
Frustración. Joshua tuvo que enseñarle cómo cambiar los pañales, pero James preferiría morir antes que lavar pañales sucios.
¿Creerá que a mí me gusta hacerlo?
    Estoy empezando a sentirme como nuestra pobre vaca lechera.

Han pasado dos años desde la última vez que escribí una
palabra en este diario. ¿Adónde se fue el tiempo? Allá en la
granja, cuando llega el final del día, estoy demasiado cansada
para elaborar dos pensamientos seguidos en mi cabeza y mucho
menos escribir algo sensato en el papel. Ahora estoy visitando a
tía Martha y mis Cargas se han levantado. Ella está embelesada
con los mellizos y Encantada de tener otra vez bajo su techo a
Joshua, Hank y Beth. Betsy y Clovis también están contentos.
Joshua es la sombra de Clovis. Hank y Beth pasan la mayor
parte del tiempo en la cocina con Betsy. Han descubierto sus
cualidades como cocinera. El único momento que tía Martha
me entrega a los mellizos es cuando tengo que amamantarlos.

Galena está mucho más grande que hace tres años. Tía Martha dijo que ahora hay más de diez mil almas viviendo aquí. Por lo que he visto, creo que lo más probable es que al menos cuatro mil de ellos no tienen alma alguna. El río está atestado de barcos del Misisipi. Los irlandeses y los alemanes andan en manada por los muelles, así como las negras. Betsy dice que hay una nueva Iglesia Episcopal Metodista Africana. Ella y Clovis van allí para adorar a Jesús. Hay tanto ruido ahora que uno no puede oír sus propios pensamientos.

Tía Martha tiene una cisterna nueva. Contó que en el pueblo había demasiadas personas usando el pozo y que había que esperar demasiado para tener agua.

Hoy James y yo vimos a un hombre que sacó un cajón y lo puso en la acera cerca del mercado. Se paró sobre el cajón y habló de Oregón. Habló sobre la Ley de Preferencia de 1841 que dice que cada jefe de familia puede poseer gratuitamente ochenta hectáreas de tierra de primera calidad en Oregón. James insistió en que nos quedáramos y escucháramos lo que tenía que decir. El hombre aseguró que Oregón es una tierra donde corren la leche y la miel, a orillas del Pacífico. Dijo que allá hay grandes cultivos de trigo que crecen hasta la altura de la cabeza de un hombre. Dijo que los cerdos corretean bajo los enormes árboles de bellotas, redondos y gordos, y que ya vienen cocidos y con cuchillo y tenedor prendidos en ellos para que uno pueda cortar una tajada en cualquier momento que se le ocurra. Algunos creyeron sus patrañas y estaban dispuestos a apuntarse e irse con él en ese mismo momento, en sus carretas. Me alegra que James tenga más sentido común.

James vendió nuestra cosecha de maíz hoy. Los precios están bajando. En los últimos años ha trabajado mucho para pagar las deudas de papá y para hacer mejoras en la granja. Si papá pudiera ver la granja hoy, estaría orgulloso de James.

Pronto nos iremos a casa. Extrañaré a tía Martha, a Betsy y a Clovis. Extrañaré la buena comida, la cama de plumas, el piano y a las damas del club de costura.

A pesar de todo eso, no veo la hora de estar en casa nuevamente.

James contrajo la fiebre del oeste. No habla de otra cosa que de Oregón.

¿Qué les pasa a los hombres que siempre piensan que la hierba es más verde del otro lado de la montaña? La hierba está suficientemente verde aquí. Le dije a James que tenemos la tierra que hemos pagado por completo, una casa firme, un granero, dos caballos, una vaca lechera, algunas cabras y una bandada de pollos. Tenemos nuestras riquezas, y nuestros hijos y nosotros somos felices.

Él dijo: Tú eres feliz, Mary Kathryn. Según lo veo yo, viviremos con lo justo toda la vida mientras sigamos quedándonos en Illinois. En Oregón hay una oportunidad. Una oportunidad para qué, quise saber. Para construir algo que dure, dijo. Y los inviernos son menos severos.

Le dije que cuando algo suena demasiado bueno para ser cierto, lo más probable es que lo sea.

Pero lo único que dijo fue: Tierra gratis, Mary Kathryn. Piénsalo.

Yo dije: Tierra gratis a tres mil doscientos kilómetros de distancia. Tierra gratis que no hemos visto y de la que no sabemos nada. Ya tenemos tierra aquí mismo.

Él dijo: Tierra mala, llena de piedras y raíces y aflicción.

A veces James dice las mismas cosas que cuando hablaba de irse a Nueva York, a Inglaterra y a China.

Estoy harta de oír hablar de Oregón.

TERCERA PARTE

LA ENTREGA

CAPÍTULO 13

La casa parecía vacía cuando Sierra abrió la cerradura de la puerta lateral del garaje. Carolyn y Clanton entraron después que ella, arrastrando sus maletas por la cocina y por el pasillo hasta sus habitaciones. Sierra puso las suyas en la sala y deambuló por la casa.

Tuvo la sensación de que algo no estaba bien. No sabía qué era exactamente, pero un presentimiento raro se apoderó de ella. Al principio se preguntó si la casa había sido desvalijada, pero no faltaba nada. Abrió las cortinas de la sala para que entrara la luz del sol de primavera, pero eso no ayudó a disipar la oscura atmósfera.

Levantando sus maletas, Sierra recorrió el pasillo hasta la habitación principal. Arqueó levemente las cejas cuando encontró la cama hecha. En los trece años que llevaban casados, Alex nunca había hecho la cama. Alguien había aspirado las alfombras. Unas toallas limpias colgaban en el baño. Puso su mano en el tirador del clóset y, entonces, dudó. Un temor irracional se apoderó de ella. Respiró hondo, abrió la puerta y dejó escapar un suspiro cuando vio los trajes de Alex colgados a la derecha. Las camisas estaban prolijamente apiladas en las repisas de la parte de atrás.

Volvió a la habitación, donde había dejado las maletas. Apoyó una sobre la cama, la abrió y comenzó a desempacar. Mientras volvía a meter su ropa en la cómoda y guardaba los artículos de aseo personal en el baño, no pudo quitarse de la cabeza las dudas y los temores que se habían estado acumulando desde que Alex se había ido de Healdsburg.

Los niños las habían aumentado.

En las últimas dos semanas, mientras permanecía en Healdsburg para tomar algunas decisiones con su hermano, habían surgido pequeñas cosas en conversaciones con los niños. Durante el tiempo que Sierra estuvo sola en Healdsburg, Dolores se había quedado cuatro noches en la casa para cuidarlos, y Clanton y Carolyn habían pasado un fin de semana en la casa de Marcia Burton.

—¡Papi! —gritó Carolyn en el otro cuarto, y Sierra escuchó que Clanton parloteaba con su padre, que había vuelto temprano del trabajo. El pulso de Sierra se descontroló. Volvió a inspeccionar el cuarto y se mordió el labio. ¿Había contratado a un servicio de limpieza? Si era así, ¿por qué ahora, cuando nunca antes lo había hecho? Cerró las maletas vacías, las levantó de la cama y las puso cerca de la puerta. Después las llevaría al garaje.

Se le hizo un nudo en el estómago por la tensión. Tratando de tranquilizarse, se sentó en el sillón junto a la ventana. Apoyó las manos sobre los brazos y esperó.

Pareció que había pasado una hora cuando Alex se paró en la puerta.

—Me alegro de que hayan vuelto sin problemas. —Su tono de voz y su expresión eran enigmáticos.

—Gracias. —Su corazón latió más fuerte, no como lo hacía cuando lo miraba, sino con algo más profundo, con una sensación primitiva—. ¿Dónde están Carolyn y Clanton? —dijo, manteniendo un tono de voz neutro.

—Carolyn está hablando por teléfono con Pamela y Clanton salió a la calle a jugar fútbol con algunos amigos. Volverá antes de que oscurezca. —Entrecerró un poco los ojos—. ¿Pasa algo?

—Dímelo tú, Alex —dijo ella sin inflexión en la voz. Cuando no dijo nada, ella tomó aire lentamente para no temblar—. Me enteré de que Dolores tuvo que pasar cuatro noches con los niños mientras no estuve. —La expresión de él cambió ligeramente—. Y estuvieron con Marcia un fin de semana. —Un tinte rosado subió desde el cuello de Alex y llenó su rostro.

Sierra cerró los ojos.

Escuchó que Alex entró en la habitación y cerró con suavidad la puerta detrás de él. Cuando habló, lo hizo en voz baja e intensa.

—No quería hablar de esto. No en el primer día que llegaras a la casa. —Se sentó en la cama—. Las cosas ya no funcionan entre nosotros.

Ella abrió los ojos y lo miró. Él la miró fugazmente y desvió la vista.

—Tú no entiendes lo que es importante para mí —dijo él.

—¿Qué es importante, Alex?

La miró con frialdad.

—Mi trabajo. Estás resentida con lo que hago desde el principio.

—¿Puedes decirme *sinceramente* que es el trabajo lo que te mantuvo lejos de la casa durante seis noches mientras yo no estaba?

Las arruguitas que rodeaban su boca se acentuaron.

—Ya no tenemos nada en común. Nuestro matrimonio empezó a desintegrarse hace mucho tiempo.

—Tenemos dos hijos en común —dijo ella con calma—. Estamos casados, uno con el otro. Eso tenemos en común.

—Entonces, déjame decirlo directamente: ya no estoy enamorado de ti.

Sierra no había advertido cuánto le dolería que Alex le dijera esas palabras directamente. Recordó haber escuchado a Meredith cuando hablaba de sus exmaridos. *«Siempre te dicen que nunca los entendiste, que ya no tienen nada en común. Pero, en general, todo se resume a una cosa. Otra mujer».*

Sintió que su corazón se desplomaba hasta la boca de su estómago.

—Lo siento, Sierra. Yo...

—¿Quién es ella, Alex?

Él desvió la mirada y suspiró. Se puso de pie y caminó, inquieto; finalmente, se detuvo cerca de su cómoda.

—¿Qué importancia tiene?

—Quisiera saber la noticia de tu boca, antes de enterarme a través de alguien más.

Alex se metió las manos en los bolsillos y le hizo recordar la noche en que Roy Lubbeck le había dado la carta de su madre. ¿Acaso se había tomado la molestia de leerla?

—Elizabeth.

—¿Elizabeth? —Su corazón se desplomó—. ¿Elizabeth Longford? —dijo débilmente, y la fría claridad le pasó por encima como un maremoto—. ¿La mujer de Connecticut?

—Sí.

—¿La que se graduó en Wellesley?

—Sí.

Alex había dicho que ella no lo entendía. Ah, pero estaba equivocado, muy equivocado. Lo conocía mejor que él a sí mismo. Lo vio claramente en ese instante. Fue como si hubieran arrancado completamente el velo, dejando su alma al desnudo para que ella la viera.

—Por fin lo lograste, ¿verdad? —dijo calladamente, con un dolor que sobrepasaba todo lo que hubiera creído posible.

Alex se dio vuelta lentamente y la miró. Sierra vio cómo se transformaba el rostro de su esposo. Sorpresa. Dolor. Ira. Ella supo que sus palabras habían acertado, directo al fondo de la cuestión. Él sabía exactamente a qué se refería ella. El hijo de un humilde peón de campo, quien nunca había sentido que daba la talla, finalmente había conseguido un trofeo digno. La hermosa, instruida y realizada Elizabeth Longford, hija de la Revolución estadounidense. Quizás no se daba cuenta del todo que ella siempre había comprendido sus inseguridades y que, de todas maneras, lo había amado. Ciertamente, ella nunca había esperado echárselas en cara. Por otro lado, jamás había esperado que él la traicionaría con otra mujer.

—*Bruja* —dijo él entre dientes.

—¿Y qué eres tú, Alex? Un traidor y un mentiroso.

Si Alex hubiera sido otra clase de hombre, la habría golpeado. Se dio cuenta de hasta qué punto él deseaba hacerlo. Casi deseaba que lo hiciera. Quizás así ella no sentiría esta angustia enfermiza. Se alegraría de verlo irse. No le importaría. No se sentiría como si estuviera arrancándole el corazón. Al mirarlo a los ojos, no vio ningún indicio de cariño ni de arrepentimiento. Vio a un hombre decidido a ser libre, ansioso por irse.

—¡Esta farsa de matrimonio se *terminó*! —dijo él, enfurecido.

El dolor se apoderó de Sierra al punto de que apenas podía respirar. Conocía muy bien a Alejandro Luis Madrid. Si le pedía perdón, no serviría de nada. Ella había hecho lo impensable al dejar al descubierto lo que lo hacía sufrir en secreto. Aunque le rogara, las cosas no cambiarían. Nunca la perdonaría. Su misma sangre clamaría contra eso.

—Para mí no se terminó, Alex. Nunca se terminará.

Atravesó la habitación y abrió la puerta.

—Ese es tu problema —dijo y salió.

Lucas regresó hoy.

Si pudiera desearle la muerte a alguien, sería a él. Desde que tengo memoria, ha sido una mala semilla y creció complicado y lleno de deslealtad.

Vino directo a la casa, montado en un animal de calidad, vestido con ropas elegantes, reclamando que la granja le pertenece. Le dije que es un ladrón y un mentiroso. Se rio y dijo que no le importa. Lo que importa es que él es el primogénito de papá y que yo estoy desheredada. Tiene una carta de Hiram Reinholtz que lo demuestra.

Y luego, ni corto ni perezoso, dijo: Pero, ya que James ha trabajado tan bien este lugar, seré generoso y les permitiré quedarse como aparceros. Y si no te gusta ese arreglo, Mary Kathryn, puedes empacar e irte derecho al infierno.

James dijo que no peleará con Lucas por la tierra. Sin importar lo que yo diga, no quiere escucharme. Esta tierra es mi hogar. Nací en esta casa. James ha trabajado más en estos campos que Lucas en toda su vida. Y ahora, el bueno para nada de mi hermano aparece después de todos estos años, y dice que la granja le pertenece. Tendrás que pelear por ella, digo yo.

James dice que no. Dice que nos iremos a Oregón.

Lucas vino hoy a la casa y trajo consigo a un hombre y a una mujer. Todos estaban en una carreta. Yo estaba parada en el pórtico delantero con un rifle, pero James me lo quitó antes de que matara de un tiro a mi hermano. Lucas trajo a Elder a mi casa. El hombre traía el sombrero en la mano y no quería mirarme. No sirvió de nada saber que le da vergüenza quitarme la casa. Lucas dijo que tiene un contrato con Elder. Elder labrará la tierra y compartirán las ganancias.

Estoy escribiendo esto en el granero, a la luz de una vela, ya que fui expulsada de mi propia casa y hasta mi esposo colaboró para que lo hicieran. Estoy durmiendo en el heno con mis bebés. Dónde está durmiendo James, no lo sé y no me interesa.

Tía Martha nos recibió con los brazos abiertos. Igual que Betsy y Clovis. No había llorado una lágrima hasta que los vi, y ahora no puedo parar.

El viaje desde la granja hasta aquí en la carreta de la granja fue largo. No por los kilómetros. Los niños estaban inquietos y preguntaban todo el tiempo cuánto faltaba para llegar a Galena. James estuvo de mal humor. Si se puso así en un viaje de dos días, ¿cómo cree que será un viaje de tres mil doscientos kilómetros a través de un desierto infestado de indios?

Él me dijo: Cuando lleguemos a Oregón verás que yo tengo razón, Mary Kathryn.

No le respondí ni lo miré.

En vano esperé que cuando llegáramos aquí él cambiara de parecer. Esperaba que se diera cuenta de que tengo razón y que diera la vuelta con la carreta para regresar y pelear por lo que nos pertenece.

No cambió de parecer respecto a nada. Está tan empecinado como lo estaba papá. Fue al mercado, vendió nuestra carreta y usó parte del dinero para comprar un pasaje en un barco de vapor. Dice que a fines de esta semana bajaremos por el Misisipi y desembarcaremos en Independence Landing.

Le dije: Adiós, James Farr. Fue un gusto conocerte.

Me dijo: ¡Vendrás conmigo aunque tenga que amarrarte y cargarte! Le dije que tendría que hacer precisamente eso. Entonces salió y se embriagó tanto que Clovis tuvo que traerlo a la casa. El pobre viejo Clovis tuvo que cargar a James sobre su hombro como si fuera un costal de granos. Le dije a Clovis que podía lanzar a James a la bodega de patatas y dejarlo allí hasta que le salgan hendiduras y raíces. No es bienvenido en mi cama.

Estimo que eso fue lo que hizo Clovis con él.

Me cuesta ver esta página por las lágrimas. ¿Cómo es posible que odie a un hombre que amo tanto?

Tía Martha dice que la mano de Dios está en esto. Si es así, pues tengo que ajustar cuentas con Dios. No es que Él vaya a escuchar. No es que Él lo haya hecho alguna vez.

Tía Martha y yo nos sentamos todo el día a conversar y a llorar. Le pregunté si alguno de mis hijos podía quedarse y vivir con ella cuando James se vaya a Oregón. Dijo que no. Dijo que ella no puede interponerse entre un hombre y su esposa. Dice que Dios nos unió y que ella no me ayudará a separarnos. Así que tengo que quedarme con James Addison Farr y sus sueños de Oregón.

Debería haberme casado con Thomas Atwood Houghton.

Tía Martha me compró un baúl. James nos conseguirá las provisiones en Independence. Así que por ahora, lo único que tengo es un botiquín con quinina, píldoras de mercurio, opio, láudano, güisqui, sal amoniaco para las mordeduras de serpientes y ácido cítrico para tratar el escorbuto, libros, pizarras, tizas y tinta en abundancia. No quiero que mis hijos crezcan y sean ignorantes como su padre. Las damas del círculo de costura empacaron trozos cuadrados de tela de todos los colores y estampados imaginables para que pueda hacer mi propia colcha algún día. Empaqué hilo grueso de lino, agujas largas, cera de abeja, botones, papeles de alfileres y dos dedales, y también empaqué la caja bonita de dulces que Thomas me regaló hace mucho tiempo.

Si me hubiera casado con Thomas no estaría yéndome a Oregón.

Empacar tres conjuntos
I vestido de tela de lino y lana
I vestido de lana
innombrables
4 pares de medias de lana
2 pares de zapatos para caminar
I chal bueno
I gorro
peine, cepillo y 2 cepillos de dientes

Empacar dos conjuntos
2 sobrecamisas de franela
2 camisetas de lana
2 pares de calzoncillos gruesos de algodón
4 pares de medias de lana
4 pañuelos de color
2 pares de zapatos para caminar
I par de botas
I poncho de gutapercha
I abrigo
peine, cepillo, 2 cepillos de dientes para cada uno

sartén
tetera
cafetera

molde para tartas
mantequera

2 sierras
2 palas
2 hachas
3 cuchillos para cinturón
1 piedra para afilar
1 rifle
1 pistola
municiones

James dice que tiene el dinero para comprar el resto de lo que necesitamos cuando lleguemos a Independence. Creo que sería más barato comprar las provisiones aquí, pero él dice que nos costaría demasiado caro enviarlas por carga río abajo. Así que saldremos con lo poco que tenemos, que no es mucho.

Tía Martha le ofreció dinero a James, pero él no quiso aceptarlo. Yo no fui tan orgullosa.

Me despedí de tía Martha esta mañana. Sentí que mi corazón estaba a punto de romperse. Creo que es lo que está sucediendo ahora, mientras voy sentada en este miserable barco de vapor de poca profundidad que navega por el Misisipi, alejándome de ella, de Betsy, de Clovis y de mi hogar. Tía Martha me dio un beso y se quitó el collar con la cruz y me lo puso. Es el más bonito, el de las amatistas que tanto admiré la primera vez que llegué a Galena cuando mi padre me echó. Ella lo usó todos los días de su vida desde que su papá se lo regaló para su decimocuarto cumpleaños. Dijo: Quiero que lo tengas para que te acuerdes de mí. Que sirva para recordarte que estoy orando por ti todos los días. Dijo: Dios está contigo, Mary Kathryn Farr. Nunca te olvides de eso.

No me sirvió de consuelo.

Nunca volveré a verlos. Ella dijo que sí lo haré, pero se refiere al cielo, y yo no iré al cielo. No iré a ninguna parte donde Dios esté.

Culpo a Dios y a James Addison Farr por toda esta aflicción.

Joshua me preguntó hoy por qué no quiero hablar con papá. Le dije que no es algo que deba preocupar su mente, pero de todas maneras se preocupa. Le dije que yo estaba cuidando de que Beth, Hank y los mellizos no cayeran por la borda al río. Pero él dijo que no es así, porque papá tiene a Matthew y a Hank con él, que Deborah está dormida y que Beth le tiene demasiado miedo al agua para asomarse al borde del barco.

Dijo: Verás que papá tiene razón cuando lleguemos a Oregón. Le dije que si volvía a escuchar esas palabras, su papá iría a parar al lodoso Misisipi. ¡Y no sabe nadar!

Hace dos días bajamos del barco en Independence Landing. El clima está nublado y frío. James encontró un lugar donde dejar nuestras pertenencias hasta que tengamos una carreta para guardarlas. Es bueno que no esté lloviendo, porque estamos acampando y no nos cubre otra cosa más que una tienda de campaña.

Independence es el lugar más salvaje que he visto en mi vida. Está lleno de gente de todos los caminos de la vida, la mayoría de los cuales no me arriesgaría a recorrer. Nunca había visto tanta gente. Todo el mundo compra y vende algo. Todos están apurados para prepararse para ir a Oregón, a California o a Santa Fe.

Es el anochecer y todavía puedo oír los martillos golpeando mientras hacen las carretas, y los bueyes que mugen y los caballos que relinchan. Es imposible dormir un poco en este punto de partida.

James me dejó con los niños para poder ir a caminar por la plaza del pueblo y «tener una idea de lo que está pasando», según sus palabras. Ya conozco lo suficiente con solo sentarme y observar. La mayoría de las personas que andan por aquí están tan locas como él. Los hombres, por lo menos. No he visto una sola mujer feliz desde que desembarcamos.

James habló todo el día con los hombres que acampan cerca de nosotros con sus esposas e hijos acerca de si es mejor comprar bueyes o mulas. Cuando volvió, expuso todo lo que se había enterado y luego dijo: ¿Qué piensas, Mary Kathryn?

No querría saber lo que pienso yo.

Dijo: Tendrás que hablarme alguna vez.

No en esta vida, no lo haré.

¡James compró hoy cuatro yuntas de bueyes a veinticinco dólares cada buey! Son animales buenos, fuertes y nobles, pero no valen tanto. Debería haber regateado más. James dijo que la próxima vez me mandará a mí. Dijo que si la cosa se pone fea durante el viaje, podremos comerlos. Me gustaría saber cómo podría hacer eso, ahora que Beth se ha encariñado tanto con estas bestias de carga.

Hoy conocí a Nellie Doane. Ella y su esposo Wells acampan cerca de nosotros. Estaba lavando la ropa en el arroyo al mismo tiempo que yo. No soy la única que lamenta tener que ir a Oregón. Lloramos juntas y también nos reímos un poco. A las dos se nos ocurrieron algunas buenas ideas de qué hacer con nuestros maridos. Dijo que se supone que tenemos que sacar el mayor provecho de lo que nos toque vivir. Tiene tres hijos muy ansiosos por ir al oeste. Joshua y su hijo Harlan ya se hicieron amigos.

Otras personas se están instalando cerca de nosotros. Virgil Boon por ejemplo. Es un tonelero de Pennsylvania ya entrado en años. Como mínimo, debe tener cuarenta años. También están el juez Skinner y su esposa. Él es aún mayor. Cuarenta y tres, dijo. Supone que se necesitarán la Ley y el Orden en Oregón. Su esposa no es amigable, por lo que no sé cómo se llama. Rockel Buckeye es de Kentucky y apenas tiene quince años. Le pregunté qué opina su madre de que él se vaya solo a Oregón y me contestó que le dijo que fuera y se forjara una vida mejor en el oeste. No puedo imaginar que una madre le diga a su hijo que la deje, sabiendo que nunca volverá a verlo. Debe ser una mujer fuerte.

Llueve casi todos los días. Nuestra ropa está tan fría como mi ánimo. Tengo que caminar por el lodo para llegar a la mercantil. James dijo que necesita que haga cuentas, o no tendremos dinero suficiente para hacer el viaje.

Dijo: Tendrás que ayudarme, a menos que quieras vivir en este lugar desolado por el resto de tus días, Mary Kathryn. Él no sabe escribir ni leer y hay hombres en este pueblo que te despellejarían por el mero placer de hacerlo. Dijo que tenemos $854.22 a nuestro nombre y que es el dinero que ahorró durante todos los años que trabajamos en la granja. Tía Martha me dio $120 que escondí en el baúl para mantenerlo seguro y en caso de que estemos en aprietos. No le hablé sobre ese dinero.

Hoy James trajo al señor Kavanaugh a nuestra fogata. Vi a este hombre hace dos días en la mercantil. O, más bien, él me vio a mí. Estaba parado ante el mostrador, comprando pólvora, plomo y perdigones, cuando yo entré con los niños. Es un hombre grande y es difícil no verlo. Parece salvaje como un indio vestido en pieles de ante. Tiene el cabello largo y oscuro y lo lleva atado a la espalda con un trozo de cuero crudo. Cargaba un rifle Sharp para búfalos y tenía los ojos más azules que he visto en mi vida y me miró directamente a mí desde el momento que entré por la puerta.

Joshua quería hablar con él, pero le dije que no se moviera

de mi lado y que vigilara que Hank y Beth no se alejaran. Un minuto les di la espalda, y lo próximo que supe fue que Joshua se acercó a él con Hank y con Beth. Yo debería haber estado prestando más atención, pero tenía a los mellizos y estaba regateando con MacDonald, que es un ladrón y hay que vigilarlo de cerca. Cuando volví a darme vuelta, ahí estaba Joshua haciéndole todo tipo de preguntas a este rudo desconocido, que me miraba con esos ojos azules que tiene. Ahuyenté a los niños de su lado, pedí disculpas y me fui lo más rápido que pude.

Sabía que volvería a verlo. No sabía cómo ni cuándo. Pero lo sabía. Cómo lo conoció James, es algo que no sé y no preguntaré. Le ofrecí sopa al señor Kavanaugh y aceptó. James fue quien más habló mientras comían. Yo no dije nada. Escuché y me enteré de que el señor Kavanaugh comerciaba con los kansas, los pawnees, los cheyenes y los siux. Vivió dos años con los cheyenes. Tiene mucho respeto por los indios y no tanto por aquellos que ha visto preparándose para ir al oeste. Dijo que la mayoría está mal preparados para lo que les espera.

Dije: ¿Se refiere a nosotros, señor Kavanaugh?

Y él dijo: Depende.

De qué, pregunté para saber. Él solo me miró y no dijo nada.

James, Wells y otros seis hombres se reunirán esta noche con John MacLeod. Redactarán un contrato, lo firmarán y acordarán un precio para contratarlo. James dijo que él Recomienda Enfáticamente a Kavanaugh como explorador, pero duda que el hombre acepte. Kavanaugh tiene afinidad por los indios y será de poca utilidad para los de su propia especie.

James dijo que Kavanaugh aceptó ir con nosotros a Oregón. Dijo que John MacLeod se sorprendió y que estaba contento. Dijo: Kavanaugh conoce este país como la palma de su propia mano.

Todas las señoras están impresionadas con él. Piensan que

es Muy Apuesto y Misterioso. Los hombres lo llenan de preguntas constantemente. A veces me pregunto si James y los demás estarán repensando esta locura de ir al oeste.

Hoy está lloviendo otra vez y nuestro campamento es un desastre. Anoche, el viento sopló lluvia dentro de la carreta. Está todo demasiado mojado para hacer una fogata. Desearía estar en casa con tía Martha y con mis hijos, acurrucados en esa cama enorme de metal.

Le pregunté a James qué haremos si los niños se enferman. Dijo que tenemos al Doc Murphy. ¿Y si la carreta se descompone? Dijo que tenemos partes de repuesto y que las ruedas son de madera de naranjo de Luisiana. ¿Qué hay de los indios? Él dice que Kavanaugh sabe qué hacer con los indios. James dice que me preocupo demasiado y yo le dije que él no se preocupa lo suficiente.

Esta noche comimos frijoles fríos y panecillos duros. No dejo de pensar en las comidas estupendas de Betsy y en esa cocina acogedora. Me pregunto si alguna vez volveré a conocer esas Comodidades. Para cuando lleguemos a Oregón, lo más probable es que sea demasiado tarde para sembrar trigo. Cuando llegue la primavera todos estaremos muertos de hambre.

Me pregunto si alguno de nosotros estará vivo dentro de un año.

GASTOS

Carreta con resortes Concord de roble blanco	$85.00
Fundas de algodón	100.00
4 yuntas de bueyes	200.00
Arneses	25.00
6 barriles de harina	25.00
270 kilos tocino	30.00
25 kilos lonjas de carne de buey	8.00
25 kilos grasa de cerdo	2.50
50 kilos fruta seca	6.00

25 kilos sal y pimienta 3.00
50 kilos café 9.00
90 kilos frijoles 8.00
35 kilos arroz 3.75
5 kilos bicarbonato de sodio I.00
2.5 kilos mostaza I.00
70 kilos azúcar 7.00
Pólvora, plomo, municiones 20.00
I5 kilos carpa 5.00
fósforos I.00
25 kilos velas 3.30
I.5 kilos jabón de Castilla 2.00
30 metros soga gruesa 4.00
20 kilos ropa de cama 22.50
Total $572.05
Ahorros 854.22
                                                          -572.05
                                                           282.I7

Porción para capitán/explorador
MacLeod y Kavanaugh . . . . -44.00
Ahorros 282.I7
                                                            -44.00
                                                           238.I7

MIEMBROS
Compañía de Carretas John MacLeod al Territorio de Oregón
Explorador: Señor Kavanaugh
James y Mary Kathryn Farr (Illinois/granjero)
    hijos: Joshua, Henry, Beth, Matt y Deborah
*Virgil Boon (*Pennsylvania/tonelero)
Juez Skinner y su esposa Mary (Carolina/abogado)
Reese Murphy (Nueva York/doctor)
    hermana: Susan

Cal Chaffey (Maine/granjero)

Mary y Marcus Sweeney (Ohio/herrero)

Mittie Catlow (Illinois/granjero)
   hijo: Calhoun

Franklin y Paralee Sinnott (Misuri/comerciante)
   hijos: Frank y Patricia

Werner Hoffman (Nueva York/granjero)
   hijo: Herbert

Kaiser Vandervert (Massachusetts/sastre)

Ernest y Winifred Holtz (Nueva York/carretero)
   hijos: Ernst, Louisa, Alicia, Gottlieb

Melzena y Arbozena Pratt (Alabama/costureras)
   sirviente negro: Homer

Wells y Nellie Doane (Misuri/panadero)
   hijos: Robert, Harlan, LeRoy

Lot Whimcomby (Massachusetts/dependiente)

Paul Colvigne (Delaware/maestro)

Binger Siddons (Indiana/granjero)

Oren y Aphie McKenzie (Virginia/granjero)

Dunham y Celia Banks (Connecticut/zapatero)
   hijo: la bebé Hortense

A. J. Wright (Tennessee/fabricante de arneses)

Wyatt Collins (Vermont/granjero)

Cage Baker (Kentucky/granjero)

Ruckel Buckeye (Ohio/cazador)

Artemesia y Athena Hendershott (Georgia/acarreadoras)
   hermano: Apollo

Stern Janssen (Suecia/marinero)

Matthew Odell (Illinois/armero)

Less Moore (Carolina del Sur/apostador)

Pago anticipado a John MacLeod: $800.00
Pago anticipado a Bogan Kavanaugh: $300.00

Al fin salió el sol. Estuvimos todo el día ocupados empacando de nuevo, según las órdenes de John MacLeod. Ahora nuestra harina está empacada en sacos de lona, en lugar de barriles, 45 kilos por saco. Nuestra provisión de tocino fue reempaquetada en cajas de 45 kilos cada una. Pusimos salvado alrededor del tocino. JM dice que eso impedirá que la grasa se derrita y evitará que el tocino se estropee.

Estoy demasiado cansada para seguir escribiendo.

Está lloviendo otra vez. Nos hemos mudado a un terreno más alto. Todos están Mojados, con Frío y Perturbados. JM dice que no nos iremos hasta que la hierba tenga diez centímetros de altura. En este momento, nuestro ganado come la hierba que hay, que no es mucha.

Nadie está contento, ni siquiera James, a quien se le ocurrió esta absurda idea de ir a Oregón.

Extraño mi casa. No puedo pensar en tía Martha, Betsy y Clovis sin llorar.

James compró una vaca lechera por $20. Beth se ocupará de ella. Joshua ayudará a arrear el ganado que compró la compañía del fondo común.

Hace tres días que estamos en camino. Salimos de la Plaza del Palacio de Justicia al alba del 12 de mayo. Hay veintiocho carretas en nuestra compañía y somos cincuenta y ocho almas viajando juntas. Cruzamos la frontera de Misuri y salimos de los Estados Unidos de América. La única ley y orden que tenemos ahora es lo que acordamos entre nosotros. Hemos viajado por caminos lodosos pasando una enorme colina azul y luego atravesamos Bull Creek. Al dirigirnos al oeste, vimos un letrero que decía «El Camino a Oregón». Nos costó mucho cruzar el Vermillion. A. J. Wright perdió una rueda mientras bajaba por la empinada orilla.

Cruzar los riachuelos siempre es un problema. Cerca de la misión, los indios shawnees me ayudaron mientras James ayudaba a A. J. Los niños y yo pudimos cruzar sin problemas, aunque todo el camino fui con el corazón en la garganta.

Franklin Sinnott tiene dos carretas, una para la familia y las provisiones, y otra cargada con las mercancías que se propone vender en Oregón. Él la conduce personalmente y deja que su esposa Paralee conduzca la otra. Ella tiene miedo de manejarla, y por una buena razón. No es muy buena en eso y es Muy Frágil. Cuando estábamos en el río Wakarusa, ella se salió de la fila y se quedó esperando. Franklin le gritó algo violento, pero ella no quiso volver a la caravana ni seguirlo para cruzar. No quería moverse. Él tuvo que volver y conducir la carreta por sí mismo. Estaba tan enojado que la hizo bajar y caminar. La pequeña Patricia llamó a gritos a su mami todo el tiempo mientras cruzaban el río. Paralee cruzó en una canoa con un shawnee.

Cruzamos el Kansas y hemos seguido el Little Blue durante tres días. James deja que Joshua maneje la carreta. Yo estoy agradecida. Para el cuerpo es más fácil caminar.

Alguien que lleva una carretilla nos siguió todo el día ayer y hoy. MacLeod dijo que probablemente era un mormón y fue a ver. Veo el resplandor de una fogata a la distancia.

Artemesia y Athena Hendershott le pidieron a Kavanaugh que cenara con ellas. Son damas muy amables. Quizás, termine gustándole alguna. Apollo estaría encantado de ver casada a una de sus hermanas.

John MacLeod acaba de regresar y le dijo a James que es una mujer la que está allá atrás. Le dijo que es una loca y que debería volver, pero ella dijo que este es un país libre y que puede ir donde le plazca.

No puedo ni pensar por qué alguna mujer elegiría ir a Oregón; mucho menos esforzarse tanto para llegar allá.

Me pregunto quién es y por qué está tan Determinada a dejar atrás la Civilización.

James dice que la mujer que nos sigue es francesa, que viene de Nueva Orleans y que no debo conversar con ella. Le pregunté por qué y no quiso decirme. Dije que hablaré con quien me plazca y él dijo que no lo haré. Le pregunté cómo sabe tanto sobre ella y dijo que Kavanaugh se lo contó. Le dije que era su turno de guardia y que debía ir. Ruckel Buckeye y Apollo Hendershott también están de guardia esta noche. Kavanaugh nos dijo desde el principio que los indios tienen debilidad por el ganado y que los hombres deben mantener los Ojos Abiertos. James estaba bastante enojado cuando se fue de la fogata, así que no tendrá problema para mantenerse despierto.

Hemos llegado a Alcove Springs. Había tantas carretas, que sentimos que estábamos de vuelta en Independence. Mañana seguiremos adelante en busca de mejor forraje para los animales. Pasé la tarde lavando ropa.

Escucho violines que suenan en el aire de la noche. James quiere bailar. No me lo ha dicho, pero lo sé porque está golpeteando con la punta del pie. Sigue mirándome y esperando que yo diga algo.

Me gustaría decir algo, pero a él no le gustaría escucharlo.

CAPÍTULO 14

EL INTERCOMUNICADOR SONÓ en el escritorio de Sierra. Apretó el botón.

—¿Sí, Arlene?

—Tienes una llamada en la línea dos.

—Gracias. —Sierra apretó la tecla de la línea dos pensando que era un terapeuta que había estado tratando de contactar—. Habla Sierra Madrid.

—Habla Alex.

Su corazón dio un brinco, pero se estrelló cuando le dijo directamente porqué llamaba.

—La casa es tuya. Mi abogado dice que estoy cometiendo un error, pero quiero que sea tuya. Ya cambié las escrituras para que estén a tu nombre. Lo mismo con tu BMW. Recibirás los papeles por correo certificado en un par de días.

Su voz era tan fría que sintió helados sus propios dedos sobre el auricular del teléfono.

—¿Ahora te sientes absuelto? ¿Crees que darme una casa y un carro hará que todo esté *bien*?

—Pienso que estoy siendo más que justo.

—¿Justo? —Se le hizo un nudo en la garganta—. Nunca me di cuenta de que considerabas que el adulterio y el abandono eran justos.

—Tan pronto como consigas un abogado, podremos establecer todos los detalles del divorcio. Cuanto antes se haga, será más fácil para todos.

No tenía ninguna intención de facilitarle las cosas. Temblando, apoyó una mano sobre sus ojos.

—No te daré el divorcio, Alex. Ya te lo dije.

Él maldijo en español.

—No voy a volver, Sierra. Será mejor que lo entiendas de una vez. ¡Quiero *separarme*!

—Ya te separaste. Solo que no tienes los documentos legales para demostrarlo. Y nunca los tendrás. —Colgó el teléfono de un golpe.

Temblaba violentamente, el corazón le martilleaba. Apretó los puños y los presionó contra sus ojos y trató de ahogar sus emociones en lo profundo de su ser.

—¿Estás bien? —dijo Ron desde la puerta.

No respondió. Respirando lentamente, escondió sus sentimientos en el fondo de su ser, hasta que sintió frío y calma por dentro. Ni siquiera podía sentir el latido de su corazón.

—Sí —dijo, se dio vuelta y encontró su lugar en el programa que había estado mecanografiando para la semana siguiente.

Ron se acercó a su escritorio y pulsó el botón del intercomunicador.

—No nos pases llamadas hasta que te avise, Arlene. Sierra y yo necesitamos tener una reunión. —Soltó el botón, apoyó sus manos sobre el respaldo de la silla de Sierra y la apartó unos centímetros del escritorio—. Hablemos de lo que está pasando.

Ella no se movió; era mejor si seguía dándole la espalda.

—Preferiría no hacerlo.

—Si sigues guardándote más cosas adentro, vas a explotar.

—Sí hablo del tema.

—Con Marcia —dijo él con sencillez—. No creo que ella esté ayudándote mucho.

—Y con algunas otras.

—¿Con Meredith?

—He conversado de la situación con su abogado —admitió Sierra—. Alex no podrá conseguir el divorcio, no sin mi cooperación, y yo no voy a dárselo.

—Bajaste de peso en el último mes, Sierra. Tienes aspecto de no estar durmiendo.

—Gracias, Ron. Necesitaba escuchar eso —dijo Sierra y miró hacia otra parte. La noche anterior, Carolyn se había metido en su cama. Parecía que lo hacía todas las noches, llorando por alguna nueva pesadilla.

Ella sintió su mano sobre su hombro.

—Me importas, Sierra. Odio verte sufrir de esta manera.

La ternura que había en su voz casi la destruyó.

—No creo que haya manera de evitarlo.

—Quiero ayudar.

Tal vez sí necesitaba hablar con otra persona que no fuera Marcia, que siempre estaba llena de ideas de cómo obligar a Alex a que volviera a la casa y asumiera sus responsabilidades como marido y como padre, ideas que Sierra sabía que serían una pérdida de tiempo. La manipulación no funcionaba con Alex.

No era la primera vez que Ron le ofrecía su hombro para llorar. Ella dudaba en aceptar su ofrecimiento porque no quería llevar sus problemas al trabajo. Pero ¿acaso no lo estaba haciendo ya? Ron se preocupaba por ella. Dios sabía que necesitaba alguien a quien le importara. A Alex, por cierto, no le importaba.

—Vamos —dijo Ron.

Soltando el aliento, se puso de pie y lo siguió a su oficina. Él cerró la puerta detrás de ella.

—¿No te llamó alguien de la escuela esta mañana? —Ron sirvió café en una taza y se la ofreció.

—Clanton tuvo otra pelea —dijo ella, aceptándola. Se sentó en el sillón frente al escritorio de él.

Ron se sirvió una taza con café y se apoyó en el escritorio, frente a ella.

—Ya son dos peleas esta semana, ¿cierto?

—La consejera escolar está al tanto de lo que está pasando. Dice que está expresando su enojo.

—¿Ha hablado Alex con él?

Ella soltó una risa lúgubre.

—Aunque Alex lo intentara, Clanton no hablaría con él.

—¿Por qué no?

Ella negó con la cabeza.

—Les dije a los niños porqué se había ido Alex. La primera vez que llamó, Clanton atendió el teléfono y dijo que lo odiaba y que no quería volver a verlo nunca más. Alex pidió hablar con Carolyn, pero ella lloraba tanto que no pudo hablar con él. —Sostuvo la taza de café entre ambas manos, deseando que su calor se filtrara a su cuerpo y la hiciera dejar de temblar—. Alex me echó la culpa a mí, desde luego. —Tomó aire despacio, tratando de dominar su voz—. Dijo que puse a sus hijos en su contra.

—¿Qué le dijiste?

—No me dio la oportunidad de agregar nada. Después de decir todo lo que quiso, colgó. —Antes de colgarle, Alex la había insultado en español—. Lo único que hice fue contarles la verdad. ¿Qué más podía decir cuando me preguntaron por qué su padre no había vuelto a la casa en tres días? Les dije que su padre había decidido vivir con otra mujer. Esos eran los hechos. Les dije que no fue porque ya no los quisiera a *ellos*. Es porque no me quiere a *mí*. Me gustaría saber de qué otra manera podría haberles dado la noticia.

—Tranquila —dijo Ron con una sonrisa compasiva—. No estoy criticándote.

—Lo siento, pero es que estoy harta y cansada de que Alex me culpe por todo. Dice que todos los problemas que los niños están teniendo ahora son por mi culpa. *Es él* el que tiene una aventura amorosa. *Es él* quien abandonó a su familia. Sin embargo, todo es culpa mía.

—Es parte de la naturaleza humana culpar a otros.

¿De la misma manera que ella culpaba a Alex por todo? ¿Era eso lo que estaba diciéndole? Ella apretó los labios. Y bien, ¿acaso no era culpa de Alex? Si no la hubiera dejado a ella y a sus hijos y no se hubiera mudado a vivir con su amante, todo estaría bien.

«Di la verdad, Sierra».

Su rostro se encendió al recordar la advertencia. Siempre que ella o Mike habían intentado justificar algo cuando eran niños, mamá los miraba a los ojos y decía esas palabras con tranquilidad.

Di la verdad...

La verdad. Las cosas no iban bien entre ella y Alex desde hacía mucho tiempo. Lo sabía, pero también sabía que no estaba dispuesta a enfrentarlo. Rápidamente desvió sus pensamientos de ese rumbo y, en cambio, se enfocó en los niños.

—No estoy segura de qué hacer con Clanton. En las últimas dos semanas ha estado cuatro veces en la oficina del director y su boletín de calificaciones es un desastre. Dejó de ir al béisbol sin avisarme. Cuando le pregunté por qué lo había hecho, dijo que ya no le interesaba. Era algo que le encantaba, Ron. Ahora, lo único que hace es sentarse en su cuarto a jugar videojuegos.

—¿Y cómo está Carolyn?

—Es exactamente lo opuesto. Todas las tardes, Clanton dice que no tiene tareas, mientras que ella hace sus deberes durante horas. El otro día estaba desolada porque se equivocó en una palabra en su examen de ortografía.

—¿Todavía tiene pesadillas?

Sierra asintió.

—Anoche tuvo otra. Vino a mi cuarto a la una de la mañana, llorando y diciendo que soñó que yo había muerto en un accidente automovilístico.

—Pobre niña.

—Marcia dice que es el miedo a perder a ambos padres. Ahora que Alex se fue, ella tiene miedo de que me pase algo a mí también.

—Marcia ha ido a tanta terapia que ya es una experta —dijo Ron con una sonrisa distante—. Mira, creo que todos necesitan un descanso. ¿Por qué no me acompañan tú y los niños el sábado a Catalina?

Sorprendida por la invitación, lo miró.

—¿A Catalina?

—Tendremos un clima estupendo para navegar.

—¿Navegar?

—Sí, navegar. No lo dudes tanto. Soy bueno en eso. Cuando tenía veintitrés años fui en barco yo solo a Fiji.

—No tenía idea —dijo ella para seguir la conversación. Su mente zumbaba. Se sentía un poco incómoda, pero no podía precisar por qué. A medida que él seguía estudiándola, sus mejillas se encendían.

—No estaba insinuando nada inapropiado —dijo en un tono sincero.

—¡Ah, lo sé! —dijo ella rápidamente, poniéndose roja como un tomate—. Pero...

—¿Pero qué?

—Eres mi jefe.

Él torció la boca.

—También soy tu amigo. —Se incorporó, rodeó el escritorio y se sentó en su silla giratoria. Sierra se preguntó si habría notado que ella necesitaba una distancia entre ambos para volver a sentirse cómoda con él—. Invitaré a Marcia, a Tom y a los niños para que vengan —dijo—. Ellos han ido varias veces conmigo a Catalina. Pamela y Reed son buenos marineritos. Pueden enseñarles a Clanton y a Carolyn cómo encargarse de las sogas.

Sierra sonrió desoladamente.

—Sería un alivio no quedarme de brazos cruzados en casa todo el fin de semana, obsesionada con Alex y Elizabeth Longford. —Apenas lo dijo, deseó no haberlo hecho. De alguna manera, decir sus nombres juntos y en voz alta revivió todo su dolor y su humillación. Sintió el escozor de las lágrimas a punto de salir y apartó la vista fugazmente—. Creo que los niños también lo disfrutarían —dijo cuando logró dominarse nuevamente.

—Bien. El sábado iré a buscarlos a las cinco.

—¿No es un poco tarde? —dijo ella, levantando su taza de café vacía. Las lavaría en la cocinita al otro lado del pasillo—. Solo tendríamos un par de horas antes de que oscurezca.

Él se rio.

—A las cinco de la *mañana*, Sierra.

—¡Debes estar bromeando!

—Estoy siendo amable contigo. Generalmente me gusta empezar más temprano. Le diré a Marcia que te llame. Ella podrá decirte qué ropa usar.

Llovió todo el día.

Aphie McKenzie tuvo un bebé varón mientras viajábamos.

El camino estaba enlodado y costaba avanzar. Los rebotes se lo hicieron aún más difícil a la pobre Aphie. No es una chica fuerte, fue un Parto Difícil y está en Muy Mal Estado. Mientras la ayudábamos, el viento soplaba lluvia sobre nosotros. El doc Murphy hizo lo que pudo para que estuviera cómoda. Oren le entregó el bebé a Winifred Holtz para que lo amamantara.

Nellie está orando fervientemente por Aphie, pero no creo que sirva de mucho.

Tuvimos una semana de buen clima. Nunca imaginé que la pradera fuera tan inmensa y hermosa. Se extiende hasta donde puedo ver y no hay ni un árbol a la vista. Las pasturas verdes ondean y brotan y en todas partes crecen flores silvestres, formando manchones de todos los colores del arcoíris hasta el horizonte. La gran distancia me asusta. Parece no tener fin.

El río Platte está frente a nosotros. He oído mucho acerca de este gran río que corre como una línea del este al oeste. Parece correr desde la parte inferior hacia arriba y es muy marrón. Las islas que están en el medio tienen sauces y álamos. Estamos escasos de leña. James y algunos de los hombres han cruzado para ir a buscar un poco. Otros se las están arreglando con lo que tienen. Ayer, Werner Hoffman quemó la biblioteca gótica de su esposa, quien todavía está triste por eso. No le sirvió de consuelo que Cal Chaffey deshiciera un escritorio de caoba que ha estado en su familia desde hace casi cien años. Su abuelo lo trajo en barco desde Inglaterra.

Binger Siddons encontró en el camino un piano que había sido desechado. Athena Hendershott pidió tocarlo antes de que los hombres lo hacharan. Lo hizo sonar de una manera celestial. Cal Chaffey la acompañó con su armónica. Yo canté «La niña huérfana» y «Dulce Charlotte». James le preguntó a Athena si podía tocar «¿Sigues enojada conmigo, querida?», y ella lo hizo. No me pareció gracioso. Athena tocó hasta el atardecer y entonces dejó que los hombres lo destruyeran. Kaiser Vandervert lloró cuando lo golpeó con su hacha.

Estamos acampando en el nuevo Fuerte Childs. Lleva su nombre en honor al coronel Thomas Childs. Algunos piensan que debería llamarse Fuerte Kearny en honor al general Stephen Watts Kearny y por el otro fuerte que antes estaba en Table Creek. A mí no me interesa de quién lleve el nombre ni dónde estaba antes. Me alegro de que el viejo Fuerte Kearny ahora esté aquí en Table Creek y que tengamos algún atisbo de civilización antes de que partamos hacia el Gran Desierto Americano para enfrentar Dios sabe qué.

Hay Grandes Islas en el centro del Platte y más de 170 militares Trabajando Diligentemente en el fuerte. Algunos refugios están terminados. Los precios en el puesto de comercio son Altos. Los soldados están haciendo ladrillos de adobe y hay mucha actividad de cortar y aserrar.

Hay una gran cantidad de indios aquí. Kavanaugh dijo que vienen a intercambiar cosas. Tienen casas cónicas hechas con postes y pieles. Kavanaugh dice que pueden desmontar los «tipis» y ponerse en marcha más rápido de lo que James tarda en aparejar una yunta de bueyes. Dice que los indios viven así porque persiguen a los búfalos. Le dije que aquí no hay búfalos, y él dijo que pronto habrá muchos de ellos.

Joshua se interesó mucho en los indios. Kavanaugh dijo que nosotros estamos atravesando su territorio, que comemos su caza y que no les dejamos nada en retribución. Llegará un día en el que no serán tan hospitalarios.

James encontró una cama tallada y la despedazó para usarla como combustible. No pude evitar preguntarme quién habrá dormido en ella. Tenía un cabezal estupendo, con hojas y vides.

Qué pena quemar algo tan costoso, pero tenemos que comer y necesitamos una fogata para cocinar.

Beth y mi dulce Deborah acaban de traer un manojo de flores al campamento. Ambas tienen el mismo amor por las flores que tenía mamá. Beth está ocupada entrelazando guirnaldas para nuestro cabello. ¡Pareciera que los niños creen que estamos en un largo picnic! Estoy tan cansada a la hora de la puesta del sol, que apenas puedo hilvanar dos palabras. James dijo que hoy viajamos casi 30 kilómetros. Para la hora que acampamos se sienten más como 100, pero él está contento. Dice que si mantenemos el paso, llegaremos a Oregón con tiempo de sobra antes de que llegue el invierno.

Anhelo darme un baño. Hace una semana estaba mojada hasta la piel por la lluvia y mi falda estaba cubierta de lodo. Ahora tengo la piel en carne viva y me pica por el polvo que se mete debajo de mi vestido. Mis zapatos ya están gastándose. Ansío el domingo en el que tendremos un día de descanso. Virgil Boon predicó la última vez. No estuve de acuerdo con una palabra de lo que dijo, pero fue entretenido.

La pobre y joven Aphie McKenzie murió anoche. Oren está Desconsolado.

Los hombres cavaron su sepultura justo en el camino para que las carretas pasen sobre ella. Kavanaugh dijo que de esa manera los lobos no percibirían el olor ni los indios verían los símbolos de una tumba. Me entristece que no quede ni una marca que lleve su nombre, pero me sentiría peor de pensar que los lobos podrían desenterrarla y devorarla, o que los indios le arrancaran el bonito vestido de boda que Oren insistió que ella usara para ir al encuentro de su Creador.

Oren apenas tiene diecinueve años. James dice que se recuperará, pero tengo miedo por él. Su hijo no le interesa para nada. Le pedí a James que vigile de cerca a Oren. James dijo que lo hará con gusto, siempre y cuando yo siga hablándole. Le dije que hablaría con el mismo demonio si aceptara ocuparse de que el muchacho no se ahorque a sí mismo en el primer árbol que encuentre.

El bebé parece estar bien bajo los cuidados de Winifred. Ella tiene leche en abundancia y un buen corazón. Quizás ella le dé un nombre.

Las últimas dos noches no vi encendida la fogata de la mujer francesa. Le pregunté a MacLeod qué fue de ella. Dijo que no lo sabe. Espero que los indios no se la hayan llevado.

Nunca creí que vería el día que tendría que cocinar sobre un fuego hecho con excremento de animal. Aún no vemos ningún búfalo, pero quemamos sus deshechos y estamos agradecidos de tenerlos. Kavanaugh dijo que el estiércol de búfalo es un buen combustible y tiene razón. La hoguera está caliente y no hiede. Joshua cazó dos conejos hoy. Los espeté y los asé. Las chispas que subían hicieron que tuvieran un ligero sabor a pimienta.

Harlan Doane murió hoy. Sucedió justo antes del mediodía. Estaba caluroso y él iba dormitando. Se cayó del asiento alto de la carreta y se rompió el cuello. Nadie se enteró de nada hasta que Nellie empezó a gritar.

Lo único que pude hacer fue abrazar a Nellie y llorar con ella. No sabía qué decir para consolarla. Si hubiera tenido una palabra de sabiduría, no me habría salido. Joshua está sentado contra la rueda de la carreta y no dice nada. Harlan era su mejor amigo.

La muerte llega de forma repentina y terrible en el camino. Tengo mucho miedo de perder a uno de los míos.

Llegamos a South Platte esta mañana. Kavanaugh fue a cruzarlo antes que nosotros y llevó postes largos para marcar el camino. Ruckel pensó que conocía un lugar mejor para atravesarlo y casi pierde su carreta en las arenas movedizas. MacLeod se enojó tanto que gritó tan fuerte como para que lo oyeran hasta Galena. Dijo que la próxima vez dejarían a Ruckel en el río, en lugar de arriesgar y jugarse la vida por un imbécil que no escuchaba a los que tenían más experiencia.

Kavanaugh volvió para acompañarnos durante el cruce. Le dijo a James que hiciera beber a los animales antes de empezar. Dijo que no les permitiera detenerse, o la carreta se hundiría en la arena. El Platte puede que sea poco profundo, pero es traicionero.

Todos pudimos cruzar sin Desastres. Nellie dio gracias a Dios desde el otro lado.

Beth y yo curamos a uno de nuestros bueyes durante el mediodía. El pobre animal tenía irritada la piel por usar el arnés. La herida estaba plagada de huevos de moscardón y de gusanos. La limpié y le puse corteza de tocino sobre la herida. MacLeod dijo que eso aliviará el roce y evitará que el arnés lo lastime más. Beth caminó al lado del animal hasta que acampamos. Esta tarde la pobre bestia parece estar mejor.

Anoche tuvimos una terrible tormenta con rayos y truenos. Todos los niños lloraban y hacían berrinches. Cayó tan cerca que se podía sentir el aliento de Hades.

Luego escuchamos un ruido como de un estruendo rodante que no paraba. La tierra empezó a sacudirse. Kavanaugh volvió cabalgando a toda velocidad y les gritó a los hombres que agarraran rápido sus armas. Una estampida de búfalos venía directo hacia nosotros.

Nunca he visto tantos animales. Son tan numerosos como las estrellas del cielo. Kavanaugh cabalgó junto con James y otros seis disparando sus armas para que la estampida cambiara de rumbo. Eso pasó hace horas, y los búfalos han estado corriendo junto a nosotros todo ese tiempo. El amanecer llegó hace una hora. El ruido de esas pezuñas es ensordecedor. No puedo mantener firme mi propia mano por cómo palpita mi propio corazón.

Joshua quiere ir a caballo con los hombres y yo no se lo voy a permitir. Está enojado conmigo. Le dije que tiene que quedarse. Me preguntó por qué y le dije que necesitamos que nos cuide. No se tranquilizó. MacLeod está aquí.

La verdad es que tengo miedo de que muera. Ya bastante me preocupo por James, como para tener que andar preguntándome qué pasa con mi hijo.

Los hombres estuvieron todo el día ocupados sacrificando a los búfalos que fueron alcanzados por los disparos durante la estampida. No hirieron a tantos porque la mayoría de los tiros fueron al aire para que cambiaran de rumbo. Le dije a Joshua que podía ir a ayudar a los hombres con eso, pero se fue pisando fuerte y haciendo pucheros. Kavanaugh nos trajo una giba, una lengua y algunos huesos de la médula ósea. La carne estuvo muy sabrosa y tierna. Me dijo que asara los huesos, lo hice y descubrí que el tuétano es delicioso. Kavanaugh es bueno con nosotros. Parece que está más atento y cuida más a mi familia que a las demás. A James le cae bien. Joshua piensa que está cerca del Dios Todopoderoso. Siempre invita a Kavanaugh a cenar con nosotros y entonces le hace cientos de preguntas.

Kavanaugh dice que los indios no desperdician nada. Usan la piel de búfalo para hacer sus casas. Comen la carne. Cortó cuadrados de piel y le enseñó a James cómo envolver las pezuñas de los bueyes. Beth está encantada. ¡Ahora nuestros animales usan zapatos! Yo misma podría usar un par nuevo, pero esperaré a que lleguemos al Fuerte Laramie.

Antes de salir de nuestro campamento, Kavanaugh apartó

a James de la fogata y lo llevó a conversar. No querían que yo escuchara. Por haber estado observando me he dado cuenta de que duplicaron la guardia. Hace unos minutos, James ensilló uno de los caballos y lo ató a la parte trasera de la carreta.

Kavanaugh cree que habrá problemas.

Los indios siux vinieron hoy. Dos de ellos usaban unos penachos magníficos. Casi muero de miedo cuando los vi venir a caballo hacia nosotros. MacLeod dio la voz de alarma y cerramos las carretas en círculo. Los hombres ocuparon sus puestos defensivos mientras Kavanaugh cabalgaba para ir a hablar con ellos. Estaba segura de que lo matarían, pero él no les mostró miedo y estuvo hablando con ellos largo rato. Joshua dijo que los jóvenes guerreros indios son peligrosos porque tienen que enfrentar a los enemigos y derrotarlos para ocupar un lugar en el consejo de la tribu. Le pregunté cómo sabía tanto y dijo que Kavanaugh se lo había contado. Cita a Kavanaugh por cualquier cosa como si fueran las Sagradas Escrituras. Joshua dice que Kavanaugh le contó que los indios de las praderas rara vez están en paz con sus vecinos. Eso no me dejó muy tranquila.

Kavanaugh trajo a los indios al campamento. Jamás he visto rostros más violentos. Kavanaugh dijo que estamos atravesando su tierra y comiendo sus búfalos.

Joshua no prestó atención a mis temores ni a mis advertencias. Me ignoró y se fue con Kavanaugh. Como si eso fuera poco, mientras estaba allá, ¡invitó a los siux a comer a nuestra fogata! Yo tenía miedo de que no les gustara lo que había cocinado. No les importó mucho la comida. Lo que los impresionó fue mi cabello rojo. Joshua me dijo que me quitara el sombrero y que dejara caer mi cabello para que pudieran verlo. Para qué, quise saber. ¿Para ver qué tan fino es mi cuero cabelludo? James se rio y dijo que mi temperamento combina con mi cabello. Kavanaugh tuvo que explicarlo para que los indios no pensaran que James estaba riéndose de ellos. Me enojé tanto que me solté el cabello. Parecían admirar el color. Entonces, corté seis rizos y le di uno a cada guerrero indio. Kavanaugh les dijo que es un medicamento fuerte. ¡Espero que hayan quedado satisfechos con lo que les di y que no vuelvan a buscar el resto! MacLeod les obsequió mantas, azúcar y tabaco de las provisiones que compró la compañía para tales fines. Los siux parecieron satisfechos con el arancel y se fueron.

Joshua acaba de decirme que los indios agregan una pluma a su penacho por cada enemigo que matan. ¡Me alegro de que no me lo haya dicho antes!

MacLeod ha puesto guardias extra para cuidar el ganado. Yo vigilo de cerca a mis hijos. Quiero que cada uno de ellos esté a la vista y a mi alcance. He oído que los indios roban niños más rápido que a los caballos o a las mulas, y Beth y Deborah tienen el mismo color de cabello que el mío.

Anoche, Kavanaugh me contó la cosa más alarmante. Dijo que uno de los indios preguntó cuántos caballos aceptaría James por mí. Le pregunté cuántos había dicho. Los suficientes para que no haga ninguna oferta, me dijo. También dijo que no salga a pasear lejos del campamento.

No sé si hablaba en serio, pero no me arriesgaré. Esta noche, James se sorprenderá cuando me vea durmiendo junto a él. Será la primera vez que lo haga desde que partimos de casa.

Hoy perdimos dos carretas.

Tuvimos un ascenso lento a una colina de California, hasta la cima de la meseta. Kavanaugh y MacLeod nos habían advertido del Descenso Difícil que vendría, pero nadie esperaba una bajada casi perpendicular. Las bandadas de pájaros subían y se hundían en el viento. Cuando vi esa montaña, deseé que nos salieran alas y pudiéramos bajarla volando. Lo mejor que pudieron hacer los hombres fue armar un cabrestante para bajar las carretas una por una.

Paul Colvigne fue mordido por una serpiente antes de que la primera llegara abajo. Ese Acontecimiento fue una señal de las otras catástrofes que vendrían. Las sogas se soltaron de la carreta de Matthew Odell y todo el conjunto cayó cuesta abajo y dejó un desastre lamentable al pie de la colina. El ruido asustó a los caballos. Quiso la suerte que Less Moore estuviera a cargo de cuidarlos. Él es mejor con las cartas que con los animales. Joshua y otros cuatro hombres todavía están tratando de acorralarlos.

Es casi el crepúsculo y los hombres están bajando la carreta de Stern Janssen. Es la última. Los demás hemos acampado en una hondonada que tiene muchos fresnos y agua dulce. Preparé la cena y colgué la ropa en la carreta para que se seque. Aquí hay poco viento, lo cual es un alivio después de los últimos días que pasamos arriba en la planicie. Estoy cansada de tener polvo en los ojos, en la boca y debajo de la ropa.

Esto solo fue una colina, y todavía nos falta enfrentar las Rocallosas.

Joshua ha regresado. Dice que encontraron a todos excepto tres caballos. Los Mejores. El árabe de Sinnott no pudieron recuperarlo. Se pondrá furioso por su pérdida. Los otros dos eran del ganado de primera que había comprado la compañía. Kavanaugh dijo que los arapajó son un poco más ricos gracias a nuestra necedad.

Las sales amoniaco que el Doc le dio a Paul no lo ayudaron. Luego, Kavanaugh le preparó una cataplasma de añil. Dijo que los indios usan esto para extraer las mordeduras de serpientes. Quizás sea demasiado tarde. Paul está débil y se siente muy mal. Le di güisqui para calmar su dolor.

Sepultamos a Paul Colvigne al amanecer. La compañía votó que le dieran su ropa a Matthew Odell.

CAPÍTULO 15

Sierra estaba sentada con las piernas descubiertas colgando sobre un costado del velero de Ron, observando a Clanton y a Carolyn que nadaban en la ensenada con Pamela y Reed. Era un día perfecto de comienzos del verano, el sol brillaba en lo alto, ni una nube en el cielo azul. Echó un vistazo atrás hacia tierra firme, y pudo ver la niebla de esmog suspendida sobre el área metropolitana de Los Ángeles. Aquí podía llenar sus pulmones con el aire puro del mar.

—Es el paraíso, ¿verdad? —dijo Marcia con un suspiro satisfecho, tendida sobre una tumbona.

—Ajá —dijo Sierra distraídamente. ¿Cuánto hacía que no veía reírse ni divertirse tanto a Clanton y a Carolyn? Clanton estaba tratando de atrapar a Ron. Cada vez que se acercaba, Ron desaparecía bajo la superficie y salía muy lejos de su alcance. Los cuatro niños trataban de lograrlo en conjunto y, sin embargo, no lograban atraparlo.

—Lo único que necesito es algo para comer —dijo Marcia.

Sierra giró la cabeza. Se estiró para alcanzar la baranda y se sujetó para levantarse.

—Si cuidas a los niños, yo voy a...

—No, no —dijo Marcia, ajustando sus anteojos oscuros mientras se levantaba—. Yo me ocupo de traer el almuerzo. Quédate donde estás. En la cocina no hay suficiente lugar para dos personas. Además, Ron no dejó mucho para hacer esta vez. Llamó a un proveedor de comida. Lo único que tengo que hacer es quitar la envoltura. Quédate y disfruta del sol. —Se puso una bata de toalla felpa que le llegaba a las caderas y le cubría el bikini—. Tom puede ayudarte a echarle un ojo a los niños. —Le arrebató el sombrero que le tapaba el rostro. Se despertó abruptamente y refunfuñó por el impacto del sol—. Dije que puedes ayudar a echarle un ojo a los niños —repitió Marcia—. Yo iré abajo.

—Bueno, bueno —dijo él.

—Vuelve a dormir, Tom —rio Sierra—. Yo los cuidaré.

—Gracias —dijo él y, luego de levantar el sombrero y volver a ponerlo sobre su rostro, se reclinó otra vez hacia atrás.

Ron apareció junto a la escalerilla que había colgado a un lado luego de bajar el ancla. Se sacudió el cabello rubio hacia atrás y empezó a subir. Sierra no pudo evitar fijarse en su cuerpo perfecto. Apartando la vista, se concentró en los niños.

—Estás quemándote —dijo Ron, secándose con una toalla a pocos centímetros de ella.

—Me puse bloqueador solar.

—Probablemente desapareció cuando bajaste a nadar ese par de minutos —dijo sonriendo.

Dos minutos en el Pacífico helado le habían bastado para saber que prefería tostarse sobre la cubierta.

—Tienes que untarte de nuevo. —Ron destapó un recipiente de loción que Marcia había dejado junto a su tumbona. Roció un poco en la palma de su mano, la frotó contra
la otra y se puso en cuclillas detrás de ella. El perfume a coco
y a frutas tropicales despertó sus sentidos mientras él aplicaba
la loción sobre su piel—. ¿Dónde está tu sombrero? —dijo,
presionando los dedos sobre sus hombros.

—Creo que lo dejé abajo.

—Desobediencia intencionada. —Se quitó la toalla que
había puesto alrededor de su cuello y le cubrió la cabeza con
ella—. No quiero que te dé una insolación el primer día que
navegas conmigo.

Riéndose, Sierra la dobló hacia arriba para poder ver.

—Eres peor que una madre, Ron.

Colocó la trenza de ella sobre su hombro derecho y terminó de esparcir la loción en su espalda y hombros.

—¿La estás pasando bien, verdad?

—Mucho.

Sus manos fueron más despacio. Sintió que los pulgares
de él ascendían por su columna. La tomó de los hombros.

—Qué bueno verte sonreír, y con ganas —dijo. Soltándola,
se incorporó.

Marcia llamó a Tom y empezó a pasar la comida. Había
una gran bandeja con vegetales cortados y aderezos, otra con
emparedados, recipientes con ensalada de papas y ensalada
de frutas, y bolsas con papitas fritas.

—¿Cómo estamos con las bebidas? —gritó desde abajo.

Tom abrió la nevera portátil que habían colocado en la
cubierta antes de que se pusieran en marcha.

—Nos vendrían bien algunas cervezas. Por lo demás,
tenemos de todo aquí.

Ron emitió un silbido agudo y llamó la atención de los
cuatro niños, quienes seguían chapoteando en la ensenada.

—¿Alguien tiene hambre?

Cuatro voces gritaron un corto *¡sí!* y comenzaron a nadar hacia el velero.

—Será mejor que escojan lo que quieran antes de que lleguen aquí —dijo Marcia—. El nadar y la brisa marina tienen algo que parece triplicar el apetito.

Riendo, Sierra se levantó de su lugar. El único que no se había servido comida era Ron. Le hizo un gesto con la cabeza para que ella se sirviera mientras él le echaba un ojo a los niños, que se acercaron como barracudas hambrientas.

Clanton fue el primero en subir a la cubierta. Tiritando, se envolvió con una toalla. Tomó un plato y lo llenó con dos emparedados y dos cucharadas de ensalada de papas. Metiéndose un refresco debajo del brazo, agarró una bolsa de papitas y se dirigió hacia la proa. Reed, Carolyn y Pamela aparecieron en la cubierta y corrieron a buscar comida.

—Es como ver a los tiburones frenéticos en busca de alimento —se rio Ron.

—Sírvete algunas verduras, Reed.

—Ay, mamá.

—Me escuchaste.

Mirándola con el ceño fruncido, Reed tomó un par de zanahorias y unos tallos de apio y los puso en su plato antes de irse a la proa.

Sacudiendo la cabeza, Marcia miró de reojo a su hija y notó que estaba a punto de servirse un puñado de papitas fritas.

—Pamela —dijo, hastiada—. Sabes muy bien lo que le hace la grasa a tu cutis. No, mejor sírvete un poco de ensalada de frutas.

Con las mejillas rojas por la humillación, Pamela dejó su plato y corrió hacia abajo.

—¡Ay, por favor! —dijo Marcia, enojada—. No sé qué le pasa últimamente.

—Quién sabe. —Con los labios apretados, Tom se agachó y tomó otra cerveza de la nevera portátil.

Marcia alzó una ceja.

—Ya tomaste cuatro, Tom.

—Entonces, supongo que esta será la quinta. —Se dirigió a su tumbona.

Marcia se quedó mirándolo, consternada. Carraspeando suavemente la garganta, miró a Ron y a Sierra.

—Bueno, supongo que será mejor que baje y vea qué alteró a Pamela *esta* vez. —Le dedicó una sonrisa suplicante a Ron y susurró—: ¿Podrías estar atento a Tom, por favor?

—Es un hombre adulto, Marcia.

—Sí, pero creo que ya ha bebido demasiado, ¿no te parece?

Sierra observó que ni bien Marcia bajó a la cubierta, Reed lanzó las verduras al agua y buscó la bolsa con papitas fritas que Clanton había incautado.

Ella y Ron compartieron un almuerzo tranquilo, conversando sobre Alcance a la Comunidad y algunos de los niños que estaban ayudando. Tom se quedó dormido en su tumbona, mientras los niños varones revisaban los juegos que Ron había traído en una caja impermeable. Carolyn se sentó con las piernas colgando sobre el agua a esperar que Pamela subiera. Cuando lo hizo, tenía el rostro hinchado de haber llorado.

—Mi madre dice que le duele mucho la cabeza —dijo como si repitiera un mensaje que había ensayado. Tomó su plato y, obedientemente, añadió una cucharada pequeña de ensalada de frutas antes de ir a sentarse en la proa con Carolyn.

Sierra bajó y encontró a Marcia rebuscando en su bolso de lona.

—Sé que las traje —dijo frustrada. Volcó todo en el sofá empotrado en el mamparo, desparramó las cosas y volvió a buscar. Dejando escapar un suspiro de alivio, sujetó un pequeño frasco de medicina y lo destapó. Sacó dos cápsulas, volvió a tapar el frasco y lo dejó caer en el sofá. Metiéndose las píldoras a la boca, caminó hacia la cocina. Sierra escuchó el siseo del agua tónica que se sirvió en un vaso.

—No sé qué hacer con esa niña —dijo Marcia desde la cocina. Sierra oyó el golpe de un vaso contra el mostrador—. Lo único que estoy tratando de hacer es protegerla. Los niños pueden ser muy crueles con alguien gordo y que tiene granitos. —Regresó al compartimiento y se sentó en el sofá. Empezó a recoger las cosas y a arrojarlas dentro de su bolso—. Entiende mal todo lo que le digo. A veces creo que lo hace a propósito para hacerme sentir mal. Es eso, o es tonta.

Dejó caer el bolso al suelo, se inclinó hacia adelante y, apoyando los codos en sus rodillas, se masajeó las sienes.

—Y ahora este dolor de cabeza...

—¿Puedo traerte una compresa fría? —dijo Sierra, sintiéndose triste por ella.

—Por favor —dijo y se extendió sobre el sofá.

Sierra entró a la cocina y mojó una toallita para ella.

—Gracias —dijo Marcia y la presionó sobre sus ojos y su frente—. Por favor, ¿le dirías a Tom que no me siento bien? Debo tener un poco de insolación.

—Dile que duerma una siesta —dijo Tom cuando Sierra le dio el mensaje. Bostezando, se ajustó el sombrero para cubrirse los ojos otra vez. Estaba claro que no tenía ninguna intención de bajar y hablar con su esposa.

Ron fue en lugar de él y habló con Marcia, mientras los niños fueron a nadar nuevamente. Sierra se apoyó en la baranda cerca de la proa y los observó.

Cuando Ron volvió a subir, le dirigió una sonrisa triste y sacudió la cabeza.

—Perdón por abandonarte.

Sierra había disfrutado la soledad. Le causaba un poco de remordimiento que los problemas de Marcia la hicieran sentir menos fracasada. Siempre había creído que la familia de Marcia era perfecta. Sabía que había momentos tensos, por supuesto. ¿En qué familia no los había? Pero lo que había visto hoy era la clara muestra de que no todo estaba bien.

—¿Se siente mejor?

—Se quedará abajo y descansará durante el camino de vuelta. —Ron silbó ruidosamente para llamar la atención de los niños—. Vayan terminando, amigos. Levantaremos el ancla en media hora.

Los cuatro niños se quejaron expresivamente y siguieron jugando a perseguirse en el agua.

Bajo su tutelaje y con la ayuda de Tom, los niños se encargaron de las velas. Cuando el viento hinchó las velas, el velero aceleró sobre el agua hacia el muelle de Long Beach. Cuando estaban cerca, cerraron las velas y Ron usó el motor para acercarlos al muelle.

—La pasamos de maravilla, Ron —dijo Marcia dándole un beso en la mejilla, mientras los niños recogían sus cosas. Tom y Ron se dieron la mano, Marcia se dio vuelta hacia Sierra y le dio un abrazo—. Lamento haber hecho esa escena —dijo y la besó en la mejilla—. Te llamaré mañana. —Cuando se dirigieron al estacionamiento, Sierra vio que tomaba las llaves del carro de la mano de Tom.

Ron llevó a Sierra y a los niños a un costoso restaurante de mariscos. Se rio cuando Clanton y Carolyn pidieron hamburguesas. Durante la cena, habló de que había navegado a los Mares del Sur y pasado dos años explorando islas que apenas eran una manchita en un mapa. Clanton estaba cautivado; Carolyn, callada.

Era tarde cuando Ron finalmente estacionó su carro frente a la casa de Sierra. Ella lamentó que el día llegara a su fin. Los niños se habían quedado dormidos en el asiento de atrás del Mercedes. Apenas quince minutos después de que salieron del restaurante, se quedaron dormidos y los dejaron conversar. Y hablaron de todo: desde los viajes de él hasta la infancia de ella en un pueblito tranquilo del interior, los prejuicios raciales, el ascenso social, la educación y la importancia de la familia. Él era el único hijo de un empresario griego y una actriz sueca. Su madre había muerto en un accidente automovilístico cuando él tenía apenas catorce años.

—Mi padre nunca superó su muerte —dijo él suavemente—. Ahora, él también se fue. Soy la única familia que me queda. Y me doy cuenta de que todo el tiempo estoy deseando tener la conexión de una familia. —Le sonrió en la oscuridad—. Todo será en el tiempo de Dios —dijo.

Sierra no pudo evitar una sensación de envidia. La mujer que se casara con él sería realmente muy afortunada. No conocía a nadie tan cariñoso y sensible con los demás como Ron Peirozo.

Él apagó el motor y echó un vistazo al asiento trasero. Se rio entre dientes.

—Si tienes una carretilla en el garaje, te ayudo a bajar a los niños.

Sierra se rio.

—Puede que tenga que aceptar tu oferta. —Estiró el brazo y le dio unos golpecitos a cada uno—. Vamos, dormilones. Estamos en casa.

Mientras abría la puerta delantera, escuchó que los niños le agradecían a Ron por haberlos llevado a navegar. Clanton preguntó si podían ir otra vez.

—Claro —dijo Ron, con una mano sobre su hombro—. Yo salgo cada vez que puedo cuando hay un clima como el de hoy.

Mientras los niños cargaban sus bolsos al hombro y se

marchaban a sus cuartos, Ron se dio vuelta hacia ella. Estiró su mano para acariciar ligeramente la mejilla de ella con sus nudillos y torció levemente la boca.

—Hoy te bronceaste un poco.

Ron siempre sabía qué decir para hacerla sentir mejor consigo misma.

—Tal vez parezca una verdadera californiana un día de estos. —Sonrió, atraída por él.

—Te ves bien tal como eres, Sierra.

No podría haber dicho nada más gentil. Dolida y maltratada por el abandono de Alex, se consideraba un fracaso absoluto como esposa, como madre y como mujer. Al mirar a Ron a los ojos, vio que él la valoraba. Quería agradecerle por todo: por llevarlos a navegar, por compartir tanto de sí mismo con ella, por escucharla, por cuidarla. Se sentía más cerca de él de lo que se había sentido con alguien en mucho tiempo.

Al darse cuenta de eso, se estremeció con un inexplicable escalofrío de alarma.

Él parpadeó, y el calor que la recorrió poco tenía que ver con su bronceado.

—Te veré el lunes en la mañana —dijo Ron con una sonrisa despreocupada y tierna y dio un paso atrás lentamente. Cuando salió, cerró la puerta detrás de él.

Perturbada, Sierra frunció el ceño, perpleja por sus sentimientos. ¿Qué acababa de pasar? ¿Tan desesperada estaba por volver a sentirse como una mujer que pudo imaginar que un hombre como Ronal Peirozo se sentía atraído por ella? ¡Qué ridiculez! El pobre hombre solo le había mostrado amabilidad y amistad. No había motivos para deducir nada más en eso.

Dio un paso hacia la puerta y la abrió.

—¡Ron!

Él se detuvo a la mitad del sendero.

—Gracias —dijo ella, sonriendo.

—De nada.

Sintiéndose un poco mejor, se quedó parada en la puerta hasta que él entró en su Mercedes. Arrancó el carro y le hizo adiós con la mano mientras se alejaba.

Cerró la puerta y corrió el pestillo. Recogiendo sus cosas, recorrió el pasillo para darles las buenas noches a los niños. Luego, tomó una ducha y se fue a la cama.

Deborah tiene fiebre y se queja de dolor de estómago.

Le pregunté si comió algo durante el camino y dijo que no. Suele padecer del estómago cuando come demasiadas bayas. El dolor parece ser más fuerte en el costado derecho. La acosté en la carreta, donde hay menos polvo, y me quedaré con ella hasta que la fiebre ceda. Reese Murphy volverá a verla en un ratito.

Tengo tanto miedo que ya no sé a qué le temo más. Al principio pensé que era solo la ira lo que me molestaba. Estaba equivocada. Debajo había miedo. Sabía lo que tenía en casa. Conocía el rostro de mi enemigo. Aquí, no sé de un día al otro dónde está el peligro. Podría ser una caída desde el asiento de la carreta, o la mordedura de una serpiente. Podrían ser los indios o una enfermedad. O morir de cansancio.

Por más cansada que esté, sé que los hombres llevan la peor parte. Son ellos los que tiran de las carretas para cruzar los ríos. Fueron ellos los que bajaron las carretas por esa colina espantosa. Son ellos quienes cavan las tumbas. Pero también son los hombres los que sueñan con ir a Oregón. Es como si los llamara el Cielo mismo, y todos debemos atravesar el infierno para llegar allí.

Aphie McKenzie. Harlan Doane. Paul Colvigne. Ya se fueron

tres. Pienso en el camino duro y en cuántas carretas pasarán sobre esas buenas personas y nunca sabrán de su existencia. ¿A cuántos más enterraremos antes de llegar a nuestro destino?

Tengo miedo por mi bebé.

Anoche soñé con tía Martha. Parecía estar tan cerca. Hablamos como acostumbrábamos hacerlo. Cuando me desperté, lloré. ¿Habrá muerto? ¿Por eso soñé con ella? ¿Es por eso que parecía tan cerca de mí? Ah, si ella estuviera conmigo en este momento... La idea de no volver a verla jamás me hace que me duela el corazón y se me haga un nudo en la garganta. Cuando mi padre me echó, ella me aceptó en su casa y me amó. Cuando dejé plantado a Thomas, ella siguió amándome. Incluso cuando dije que ya no creía en Dios, no me abandonó. Lloró, pero no me echó. Dijo que me amaba, sin importar lo que pasara. Nunca conocí a nadie tan bueno, amable y constante.

Dijo que oraría por mí todos los días. Sé que es una mujer de palabra. Pienso en ella todos los días y siento que, quizás en nuestros pensamientos, todavía estamos conectadas.

Ojalá pudiera pedirle ahora mismo que elevara algunas plegarias a favor de mi pequeña Deborah. Dios la escucharía.

Nuestra preciosa Deborah ha dejado esta vida. El doctor Murphy no sirvió para nada. Tampoco pudo ayudarla Kavanaugh con sus medicinas indias. Espero que la otra vida sea mejor. Falleció anoche, mientras el sol se ponía en los acantilados que están sobre nosotros. Parecen las antiguas ruinas de una ciudad que alguna vez fue asombrosa. Pensaré que ella está jugando allí arriba con los ángeles.

No puedo llorar. No puedo permitírmelo. Si lo hago, nunca podré parar.

CAPÍTULO 16

EL TELÉFONO SONÓ en el escritorio de Sierra. Dando vuelta a la página de su cuaderno, lo tomó.

—Buenas tardes, Alcance a la Comunidad de Los Ángeles —dijo amablemente, esperando que Arlene volviera pronto de su cita con el dentista. El teléfono no había dejado de sonar desde que se había ido, y Ron no veía la hora de empezar a dictarle algunas cosas.

—Sierra, soy Audra.

Sorprendida, tartamudeó un inocuo «hola» e inmediatamente, se sintió irritada. ¿Qué quería Audra?

—¿Cómo estás?

¿Cómo *estaba* ella?

—Tan bien como se puede esperar.

—¿Podemos ir a almorzar?

—No lo creo —dijo Sierra fríamente, sorprendida de que se lo preguntara. ¿De qué iban a hablar? ¿De compras? ¿De las organizaciones benéficas de Audra o de las obras teatrales que había visto? ¿De Beyond Tomorrow? ¿De Alex y Elizabeth Longford?

—¿De verdad vas a tirar la toalla? —dijo Audra.

El cuerpo de Sierra entró en calor.

—¿Disculpa? —¡Pero qué descarada!

—Tu matrimonio. ¿Vas a renunciar así no más?

—No creo que sea asunto tuyo.

—Steve me pidió que te llamara.

—¿Debería importarme eso?

—¡Las cosas por las que tengo que pasar para tratar de tener algún tipo de conversación razonable contigo! —El tono de voz de Audra denotaba tanta ira que Sierra no pudo colgar el teléfono—. ¿Crees que alguno de nosotros está contento con esta situación? ¡A mí me enferma! Steve y Matt están hartos. Es lo peor que puede suceder en una oficina.

¡Así que eso era!

—¿Cuál es el problema? ¿El trabajo está sufriendo?

—Te aseguro que sí. Todos están sufriendo.

—Quizás, deberías hablar con Elizabeth al respecto.

—¡Elizabeth no es el problema!

—Adiós. —Sierra colgó el teléfono de golpe, temblando de furia. Volvió a sonar en menos de diez segundos. Respiró hondo y se obligó a hablar en un tono tranquilo y profesional—. Alcance a la Comunidad de Los Ángeles. Buenas tardes.

—Bueno, eso sí que fue infantil —dijo Audra—. Pero entonces, es en eso en lo que te destacas, ¿verdad, Sierra?

El corazón de Sierra golpeaba como un tambor de guerra. Quería colgar de nuevo, pero eso era lo que Audra esperaba. Lo último que quería Sierra era hacer lo que Audra esperaba o quería. Tomando su lápiz, golpeteó con él la libreta tratando de tranquilizarse y escucharla hasta que terminara.

Audra suspiró pesadamente.

—Debí haber sabido que no querrías escuchar. Le dije a

Steve que no tenía sentido tratar de hablarte. Has sido hostil desde el primer momento que te conocí. Cada propuesta que hacía para ser tu amiga chocaba contra una pared de hielo. Siempre actuabas como si yo fuera menos que despreciable. Desde el día que llegaste, no hiciste más que criticarme a mí y a todo Beyond Tomorrow. ¿Y por qué? ¡Porque estabas totalmente decidida a quedarte en tu pequeña zona de comodidad!

»Tres años vi cómo te entregabas a la autocompasión y seguías con tus berrinches. Y vaya que ha sido algo digno de ver, Sierra. ¡Un verdadero espectáculo! ¡Perdí la cuenta de la cantidad de veces que hubiera querido sacudirte hasta que te castañetearan los dientes!

»Hiciste a Alex sentirse culpable por todo, especialmente por el crimen de usar sus talentos. ¡Dios no permita que sea feliz en su trabajo! No se te ocurrió ni una vez felicitarlo por lo que había logrado. Te compró una casa. Te compró un carro. ¿Alguna vez estuviste agradecida por alguna cosa que hizo él? ¿*Alguna* vez te diste cuenta de lo desesperado que estaba por hacerte feliz? Te molestaba cada cosa que él hacía que no te ponía a ti en el centro de atención. Hasta te molesta quién *es* él. ¡Y te sorprende que el hombre busque a otra mujer!

Sierra se quedó helada por el impacto del ataque verbal de Audra. No se le ocurría ni una palabra para decir en defensa propia.

Audra soltó un largo suspiro.

—Juré que no iba a perder los estribos, y acabo de hacerlo. Bien, que así sea. Llamé para darte un consejo, Sierra. Así que escúchame bien: *¡Madura de una vez!* —Sierra escuchó el clic cuando Audra cortó. Estupefacta, volvió a dejar el auricular silenciosamente en la base. Ron estaba parado en la puerta. Parecía tan alterado como se sentía ella.

—¿Por qué sigues reteniéndolo? —dijo suavemente.

Empezó a decirle que la llamada no era de Alex, pero él se acercó a su escritorio.

—Ya no estás enamorada de él, Sierra.

¿No lo estaba? ¿Había dejado de amar a Alex? No podía ni concebir la idea. Lo había amado desde siempre.

Ron se inclinó y apoyó una mano firme sobre su hombro.

—Dale el divorcio, Sierra. No lo necesitas. —Su mirada era intensa; sus sentimientos crudos y claros, tan claros que ella no pudo malinterpretar lo que estaba diciéndole.

—Volví —dijo Arlene desde la puerta que daba al pasillo. Su sonrisa radiante se esfumó cuando vio la mano de Ron sobre la de Sierra. Por su expresión, Arlene pareció conmocionada y avergonzada mientras miraba entre los dos—. Discúlpenme —dijo con una clara mirada inquisitiva en sus ojos—. No tenía intención de interrumpir...

—No lo hiciste —dijo Sierra, retirando su mano de abajo de la de Ron. Buscando a tientas abrió bruscamente el cajón de los archivos—. Es que acabo de recibir una llamada perturbadora —dijo, agarrando su bolso.

—Sierra —dijo Ron con una abundancia de sentimientos en su voz—. Espera un minuto. Hablemos...

—Debo irme —dijo Sierra y lo esquivó al pasar. No podía mirarlo a los ojos. Arlene retrocedió para que pudiera pasar al pasillo.

—¿Hay algo que pueda hacer para ayudarte? —dijo Arlene, siguiéndola—. No creo que debas conducir estando alterada.

—Estaré bien. De verdad. —Abrió de un empujón la puerta delantera de vidrio que tenía impresas en letras negras las palabras *Alcance a la Comunidad – Los Ángeles*. Mientras buscaba las llaves, corrió por el estacionamiento hacia su carro. El regalo de cumpleaños que Alex le había dado. Las palabras de Audra aún resonaban en sus oídos cuando abrió la puerta del carro. Se metió en él, lo cerró de golpe, encendió el motor, puso el carro en reversa y después avanzó hacia la salida. Tomó una bocanada de aire y ni siquiera se tomó la molestia de frenar a mirar antes de salir del estacionamiento. Alguien tocó la bocina con fuerza detrás de ella.

Pasó de largo la luz amarilla, dobló hacia la vía principal y se dirigió a la autopista. El BMW aceleró ruidosamente cuando arremetió por la rampa. Otra bocina estalló, pero para entonces lloraba demasiado para darse cuenta. Pasó a toda velocidad entre dos autos y se metió en el segundo carril; luego ingresó en el tercero, aceleró más aún y entró disparada en el carril rápido.

—Ay, Dios —dijo, aferrándose al volante—. ¡Ay, Dios, *Dios*! ¡No fue mi intención arruinarlo todo! —Ahogándose con un sollozo, clavó los frenos para no chocar contra el Mercedes que estaba delante de ella. Giró hacia la derecha, lo pasó y volvió rápidamente al carril rápido.

¿Adónde estaba yendo?

¿Qué importaba?

Tenía ganas de lanzarse por un acantilado. ¿Dónde quedaba el más cercano? ¿En Mulholland Drive? Tal vez los cañones sobre el camino a Malibú serían mejor.

Quería estar con su madre, pero entonces recordó con un dolor agudo que su madre estaba muerta. Necesitaba a Alex. No, a Alex no. Él también se había ido.

—Jesús, oh, Jesús —gritó y las lágrimas brotaron precipitadamente de sus ojos. Quería depositar todo a sus pies y darse por vencida. Pero ¿cómo podía hacerlo? ¿Qué derecho tenía a pedirle ayuda a Dios *ahora*?—. Ay, Jesús, ¿qué puedo hacer?

Oyó una sirena, pero no le prestó atención hasta que una patrulla blanca y negra de caminos se puso a la par de ella con las luces intermitentes encendidas. Se le paró el corazón cuando el agente le indicó con el dedo que se estacionara.

—¡Genial! ¡Justo lo que necesito!

El policía bajó la velocidad y se colocó detrás de ella. El tránsito cedió el paso mientras Sierra avanzaba entre los carriles hasta que condujo a baja velocidad junto al arcén. Se detuvo, puso el carro en punto muerto y apagó el motor. Luego, aferrándose al volante, apoyó la frente contra él y lloró.

El oficial dio unos golpecitos en su ventanilla. Sierra tuvo que girar la llave para poder bajarla. El estruendo del tránsito de la autopista era ensordecedor. Únicamente el carril más próximo a ellos había bajado la velocidad. Lo suficiente para que todo el mundo pudiera verla bien al pasar.

¿Podía una persona morir de humillación?

Agachándose un poco, el oficial la miró a la cara.

—Lamento haber excedido el límite de velocidad —dijo ella con las lágrimas corriéndole por el rostro. Tenía hipo, lo cual empeoraba las cosas. Él probablemente pensó que era una alcohólica con un ataque de llanto.

—Su licencia para conducir y el registro, por favor.

Hurgando en su bolso, encontró su licencia de conducir. El registro estaba en la guantera. Tan pronto como se los entregó, el oficial se alejó, con su mano casi casualmente apoyada sobre la empuñadura de su arma. ¿Pensaría que era peligrosa?

—Salga del carro, por favor, señora Madrid.

—No he bebido. Lo juro. No contrabandeo drogas ni armas de fuego...

—Salga del carro, señora Madrid.

Obedeció, tratando de tranquilizarse mientras lo hacía. No podía dejar de llorar. Cuando el oficial la tomó firmemente del codo mientras ella cerraba la puerta del carro, se preguntó qué pensaría él que iba a hacer. ¿Escaparse? ¿Adónde iría? ¿A un matorral? ¿O a la hiedra que crecía a lo largo de la autopista? No podía ver porque las lágrimas se lo impedían. Lo que fuera, era *verde*.

Sierra ya podía ver los titulares: «Mujer sufre ataque de nervios en la autopista Hollywood».

Podía ver que se la llevaban esposada.

Lloró más fuerte.

Abriendo la puerta trasera del vehículo policial, el policía le dijo que entrara. Sierra no creía que las cosas pudieran empeorar, pero ahora, encima de todo, ¡la estaba arrestando y llevándola a la cárcel por conducir imprudentemente! Entonces sí pensó en huir corriendo en medio del tráfico y terminar con todo. Los dedos del oficial la apretaron un poco, como si pudiera leer sus pensamientos y no tuviera ninguna intención de dejarla ir tan fácilmente.

—Entre al carro, señora.

Se desesperó por dentro ni bien entró al asiento de atrás. ¿Quién la rescataría? No podía llamar a Ron. ¿Quién se encargaría de los niños mientras ella se pudría en la cárcel? ¿Alex? ¡Ay, Elizabeth Longford no!

Encorvándose, se cubrió el rostro y sollozó entre los intervalos de hipo mientras el oficial se sentaba en el asiento delantero y tomaba su radio. Dijo su nombre y varios números, y luego devolvió el altavoz a su lugar. Mientras esperaba la respuesta, la hizo realizar la prueba del alcoholímetro.

—La fiché a ciento cincuenta kilómetros por hora —dijo, tomando nota de los resultados de la prueba en su portapapeles.

—Lo siento —gimió ella—. He tenido un día *muy* malo.

El oficial bajó sus anteojos de sol y la miró por encima del armazón.

—Lo sé —se quejó ella—. Probablemente haya escuchado esa excusa un millón de veces, pero es verdad. —Hablando sin parar, le contó todo. Habló de que había cuidado a su madre durante las últimas semanas del cáncer y de cuánto la extrañaba. Le contó que Alex la había dejado por otra mujer el día que volvió del norte de California. Le contó que Clanton peleaba en la escuela y que Carolyn estaba volviéndose un manojo de nervios por sus notas escolares. Le dijo que Audra la había llamado para decirle que todo era por su culpa.

—Ron fue la gota que derramó el vaso —dijo, sollozando.

Él no preguntó quién era Ron. De hecho, no dijo ni una palabra. Solo la miró y la escuchó con el ceño fruncido.

¿Qué sentido tenía? El patrullero de carretera sabía que no estaba ebria, pero ella lo había convencido de que estaba loca.

¿Llamaría a una ambulancia para que se la llevaran en una camisa de fuerza? ¿Adónde la llevarían? ¿A Bellevue? ¿Dónde *quedaba* Bellevue? La radio chasqueó. Él levantó el altavoz. Ella se sintió un poco más aliviada al escuchar la información que le dieron. Al menos, ahora él sabía que no tenía multas anteriores ni órdenes judiciales pendientes para arrestarla. No estaba armada ni era peligrosa, a menos que pudiera recriminarla por mojarle todo el interior de su patrulla.

Rebuscando en su cartera, trató de encontrar un *Kleenex* y masculló en voz baja cuando no encontró uno. Le chorreaba la nariz. Las lágrimas corrían a mares de sus ojos. Su rostro era un desastre húmedo. Desesperada, sacó su libreta, arrancó una hoja y con ella se sonó la nariz.

El policía hizo una mueca, sacó un pañuelo limpio de su bolsillo y se lo ofreció por encima del asiento.

—Gracias —murmuró Sierra, secándose los ojos y sonándose la nariz. Hizo el gesto de devolverle el pañuelo al hombre.

—Puede quedárselo —dijo él, torciendo la boca a un costado.

Ella se sonrojó.

—Lo lavaré y se lo devolveré. —Tal vez trabajaría en la lavandería de la prisión. ¿O se dedicaría a hacer matrículas? Se sentía mejor por haber purgado todo lo que le había pasado durante los últimos meses, pero dudaba que eso fuera a alterar las consecuencias de haber ido a gran velocidad por la autopista como un murciélago huyendo del infierno. Podría haber matado a alguien, por no mencionarse a sí misma—. Ya puede llevarme.

—¿Llevarla? —Él volvió a bajar sus anteojos de sol.

—A la cárcel.

—No la llevaré a la cárcel, señora Madrid —dijo él, torciendo la boca—. Solo pensé que sería prudente calmarla antes de liberarla para que volviera a la autopista.

—Pero *sí* me va a dar una multa.

—Sí, señora. Le daré una multa. —Le entregó el bloc y un bolígrafo. Suspirando apesadumbrada, firmó al pie y se lo devolvió. Él arrancó la copia amarilla y se la entregó—. Lamento sumarle un inconveniente.

—Mi primera multa —suspiró ella sombríamente, mirándola. Y le costaría mucho. La dobló y la guardó en su cartera.

—¿Se siente un poco mejor?

Suspiró, se encogió de hombros y sonrió.

—Sí, pero no es mucho decir. Me mantendré debajo del límite de velocidad. Lo prometo.

—Bien. —La estudió durante un momento más y salió de la patrulla. Le abrió la puerta trasera y le ofreció la mano para ayudarla a salir.

Sierra se colgó la cartera al hombro y lo miró. Era joven; probablemente no tenía más de treinta o treinta y cinco años. Sus ojos eran amables.

—¿Sabe lo que estaba haciendo cuando se puso detrás de mí, oficial? Estaba *orando*. Pues vaya intervención divina. —Meneando la cabeza, comenzó a volver a su carro.

Acababa de poner la llave en el punto de arranque, cuando el policía volvió a la ventanilla de su carro. Le entregó una hojita de papel doblada a la mitad.

—Encuéntrese con mi esposa y conmigo en la escalera del frente a las diez menos cuarto. Traiga a sus hijos. Ah, y entre despacio en el tránsito, señora Madrid. Encenderé las luces y le despejaré el camino.

—Gracias —dijo ella, confundida. Mientras él volvía a la patrulla, lo observó por el espejo retrovisor.

Cuando abrió la hojita de papel, leyó el nombre y la dirección de una iglesia.

El camino que tenemos por delante está claramente señalado por grandes formaciones rocosas.

Hace un día pasamos una que parecía un ayuntamiento con una prisión al lado. La que viene es como un embudo gigantesco puesto de cabeza en la llanura.

Comimos polvo todo el día. Era nuestro turno de ir atrás. Mañana iremos delante de todos.

Hay agua y pasto en abundancia. También mosquitos.

Hoy tuve una discusión con Oren McKenzie. Él estaba hablando de Aphie otra vez y lloraba cada vez que decía una palabra. Perdí la paciencia y le dije que no era el único que había perdido a un ser amado. Le dije que Aphie se avergonzaría mucho de él porque seguía llorando sin parar. Era una muchacha buena y sensible, ¡y no pensaría con bondad de él si supiera que ni siquiera se había molestado en ponerle un nombre a su hijo! Dijo que yo no comprendo lo mal que se siente y le dije que él no necesitaba comprensión. Lo que él necesita es que le den un buen puntapié en el trasero.

Cuando Oren abandonó nuestra fogata, James me miró y dijo: Es increíble, Mary Kathryn, cómo puedes ver con tanta claridad los pecados ajenos, y los tuyos no los ves para nada. Le pregunté qué quería decir. Dijo que Oren estaba de duelo por la muerte de su esposa y que apenas había llorado unas pocas semanas, mientras que yo me lamentaba desde hacía meses porque las cosas no habían salido como yo quería. Me dijo: Tú conoces solo una parte, no todo su dolor. Dijo que yo cierro mis oídos a cualquier cosa que no me acomode. Dijo: Dejaste de escucharme antes de que dijera la primera palabra sobre Oregón y por qué teníamos que irnos. Dijo: ¡Jamás se te ocurrió que este viaje es por tu propio bien!

Dije qué de bueno hubo en que Deborah hubiera muerto. Dije que deberíamos habernos quedado en Illinois. Dijo que ojalá me hubiera dejado allá. Dijo que prefería escuchar el llanto de Oren que oír mis interminables quejas.

Anoche David Alexander McKenzie fue bautizado por su padre y me siento dolida y avergonzada. James tenía razón. Le dije a Oren que yo no tenía derecho a hablarle como lo hice. Dijo que agradecía que lo hubiera hecho. Antes de hoy, él nunca había cargado a su hijo, y hacerlo calmó un poco el dolor que siente por la pérdida de Aphie. Dijo que David se parece a ella.

Nunca se me ocurrió que pudiera perder a James tan fácilmente como perdí a mi hija o como Oren perdió a su esposa. La vida es demasiado incierta. No sé adónde fue James a pasar la noche.

Esta mañana, cuando volvió, le dije que estaba arrepentida. No sirvió de nada. El muro que levanté todavía está entre nosotros.

Kavanaugh avistó búfalos que cruzaban el Platte hacia el norte. Joshua insistió que quería ir a cazar con los hombres. No se

dejó convencer por mis temores. Volvió hace poco. Sin decir
una palabra, bajó del caballo, caminó un par de pasos y cayó de
bruces en su cama. Estaba cubierto de tanta sangre que pensé
que le habían disparado y le quité la ropa como a un bebé para
ver si estaba herido. No me lo agradecerá cuando se entere.
Kavanaugh vino cabalgando mientras yo lo hacía y se rio.
No me pareció gracioso y se lo dije. Dijo Joshua está ileso. Le
pregunté qué le había hecho a mi hijo para que tuviera tanta
sangre. Dijo que lo había hecho ponerse encima de lo que mató.
Dijo que el muchacho tenía que aprender que cazar no es todo
gloria. Es un trabajo duro.

Podría poner su ropa un mes en remojo y no sacarle todas las
manchas.

Hoy estamos descansando más de lo normal por el terrible calor.
La tierra que estamos atravesando es fértil en piedras y ma-
torrales de artemisa, y no mucho más. Algunos animales están
enfermos por el calor.

MacLeod dijo que nos pondremos en marcha dentro de una
hora y que seguiremos hasta el anochecer. Tendremos suerte si
recorremos 25 kilómetros hoy.

Joshua cazó dos conejos. Los guisaré para la cena.

Kaiser Vandervert les dio güisqui a sus bueyes. Parece que
eso los reaviva. Si nos quedara algo de güisqui, yo misma proba-
ría un poco.

Cruzamos el río Laramie esta mañana y acampamos en el fuerte. Hay indios acampando en las inmediaciones. Kavanaugh
dijo que son cheyenes. Son personas bien parecidas, se visten
con pieles de ante, como Kavanaugh, y usan collares con garras
de oso y plumas de águila. El cacique es un tipo apuesto. Joshua
está impresionado con ellos. Kavanaugh los conoce bien y habla
su lengua. Se llevó a Joshua para ir a hablar con ellos. Cuando

volvió dijo que están en el fuerte para intercambiar cueros de búfalos y pieles por tabaco, azúcar y mantas. Nosotros no tenemos azúcar ni mantas de más.

Los soldados nos invitaron a un baile en el fuerte esta noche. Los hombres hicieron un sorteo para ver quién se quedará con las carretas y vigilará. Ruckel Buckeye, Wells Doane, Ernest Holtz y Werner Hoffman perdieron. Artemesia se siente mal y también se quedará. Nellie dijo que no se quedará por nada del mundo.

James dijo que no irá. Él sabe cuánto me gusta bailar. Esta es solo su manera de castigarme.

James ha vuelto a hablarme. Yo no esperaba que me perdonara hasta dentro de otros ochocientos kilómetros, teniendo en cuenta cuánto tardé en recapacitar. Cuando dijo que no quería ir al baile anoche, supe que quería decir que no deseaba bailar conmigo. Dije que por mí estaba bien y de todas maneras me fui. En el viaje hay muy poca diversión como para dejar pasar cualquier Oportunidad que aparezca porque un hombre está enfadado. James vino después. Por supuesto, no bailó conmigo porque todavía estaba enojado. Yo tenía cualquier cantidad de parejas entre los soldados, MacLeod y algunos de los hombres que viajan con nosotros. Incluso bailé con Oren McKenzie. No me había divertido tanto desde que me comprometí con Thomas Atwood Houghton y fui considerada una Compañía Aceptable en Galena. James intervino cuando salí a bailar por tercera vez con el teniente Heywood. Dijo que no era apropiado que bailara otra vez con ese soldado. Le dije que era tan apropiado como que él bailara cuatro veces con Nellie. Dijo que Nellie es buena y está casada. Le dije que yo también soy buena y estoy casada, aunque mi esposo parezca no darse cuenta. Me arrastró hacia afuera.

Le dije: ¿Qué crees que estás haciendo, James Farr? No quiero irme. Estaba divirtiéndome.

Me dijo que me callara y me besó como acostumbraba hacerlo. Fuimos hasta los árboles que están junto al río. Me alegro de que el fuego no se haya apagado en él ni en mí. Me sentía cariñosa y dije: Me alegra que me hayas perdonado, James Farr.

Cuando volvíamos, James dijo: Ya no extrañas tu hogar, ¿verdad, Mary Kathryn? Dije que estaría mintiendo si le dijera que no extraño a tía Martha y a los demás. También mentiría si dijera que me alegraba de cómo habían resultado las cosas en la granja. Le dije que acepto su decisión y que no me QUEJARÉ más. Esperaremos y veremos qué nos espera en Oregón.

James dijo que Oregón hablará por sí mismo cuando lleguemos. Y luego dijo en voz baja: O tal vez California. Le dije: ¿Qué quieres decir con California? Dijo que tal vez habrá demasiada gente en Oregón dentro de pocos años con todos los que están yendo y que en cambio deberíamos pensar en California. No pude tomar aire para decir nada, pero él siguió hablando muy rápido y dijo que otros están hablando del tema. Dije como quién. Él dijo que Ernst Holtz, Wells Doane, Binger Siddons y Stern Janssen han estado dándole vueltas al asunto. Me pregunto si Nellie sabe lo que hay en la cabeza de Wells.

James dijo que Kavanaugh nunca ha visto el océano Pacífico y que tiene deseos de hacerlo. Ah fantástico, dije. Esa sí que es una buena razón para ir a alguna parte. Solo porque nunca estuviste ahí. ¡Seguir adelante hasta los confines de la tierra hasta que lo hayas visto todo! A continuación ¡querrá ver China!

James dijo: Deja de hablar, Mary Kathryn. Pero yo tenía mucho más que decir. Entonces me besó otra vez. Me besó fuerte y por tanto tiempo que olvidé por qué estaba enojada hasta ahora que estoy escribiendo mis pensamientos en este diario. Cuando todos regresamos a las carretas después del baile acostamos a los niños en la tienda para que James y yo pudiéramos dormir juntos debajo de la carreta. Anoche dormimos como dos cucharas en un cajón, como hacíamos antes.

No tengo una casa ni tierras. Pero tengo de vuelta a mi James y a mis hijos. Ellos son todo el hogar que necesito.

Todos bajamos a los acantilados de tiza. James no sabe escribir, así que yo tallé su nombre junto al mío y luego puse Henry, Beth y Matthew debajo. Finalmente, tallé Deborah y una cruz junto al nombre. Nadie la olvidará.

Joshua me ignoró cuando lo llamé y subió a tallar su nombre. Estaba segura de que se caería, pero no quiso escuchar ni bajar. Kavanaugh dijo que el niño tiene el pie firme como el una cabra montañesa.

Joshua se ha puesto difícil últimamente. Siento que se aleja de mí y que está fascinado con Kavanaugh. Kavanaugh lo anima. El otro día me contó que no era mucho mayor que Joshua cuando se fue de su casa y se marchó al oeste por primera vez. Le pregunté por qué se había ido tan joven. Lo único que dijo fue que tenía razones.

Yo no estoy lista para dejar que mi hijo se vaya.

James no se alejó de mi lado en todo el día. Caminamos juntos mientras Joshua conducía la carreta. Extrañaba conversar con James. Tiene muchos sueños. Nunca creí que alguno de ellos llegaría a nada, pero este de ir al oeste lo logró. Veremos qué sucede con los otros.

Mientras tenga a James estoy segura y feliz.

Hace un calor terrible. El polvo nos cubre a todos. El suelo es arenoso y cuesta mucho hacer andar a los bueyes. Beth está enferma. Le hicimos una cama en la carreta y ahora duerme. Le pedí a Nellie que ore por ella.

Dunham Banks sufrió un grave accidente hoy. Una

serpiente de cascabel espantó a los caballos. El suyo lo lanzó al suelo y se golpeó la cabeza contra una piedra. El Doc Reese dijo que no tiene buen pronóstico. Celia preparó un soporte e hizo que dos de los hombres la ayudaran a armar una gran hamaca dentro de su carreta. La pequeña Hortense y Dunham fueron meciéndose todo el día, mientras ella conducía. Celia es una joven fuerte y buena y es de buen juicio. Necesitará todo eso para el largo viaje que tienen por delante.

Nos persigue la Tragedia. Hoy por la tarde, la pequeña Patricia Sinnott se alejó y no pudieron encontrarla. Paralee está enloquecida de miedo de que los indios la hayan robado. Frank Sinnott, James y cuatro hombres más fueron en busca de la pequeña Patty. Tengo a mis hijos cerca de la fogata, donde puedo verlos. Joshua no está contento con quedarse aquí a cuidarnos. Dijo que podría haber ido a buscar a caballo a Kavanaugh. El explorador sabría qué hacer. Le dije que Kavanaugh y Ruckel Buckeye salieron de cacería y que no hay forma de saber hacia dónde fueron.

Kavanaugh y Ruckel regresaron y volvieron a salir con los hombres. Buscaron todo el día a la pequeña Patty y no encontraron rastros de ella. MacLeod dijo que no podemos quedarnos otro día. Paralee dice que no se irá sin su hijita. Franklin dijo que era su culpa que la niña se haya perdido. Sus palabras fueron duras y crueles, no muy distintas a lo que le dije a James no hace mucho. Me estremezco de pensarlo. El hijo de Sinnott es de su primera esposa, que murió. Paralee es su segunda esposa. Hace algunas noches me contó que Franklin gastó todo el dinero de la herencia de ella en lo que llevan en esas dos carretas. Dos de sus bueyes ya han muerto por llevar tanta carga. Me parece que Franklin Sinnott está más preocupado porque sus cosas lleguen a Oregón que por encontrar a la pequeña Patty, quien está perdida en el desierto.

Hoy recorrimos 35 kilómetros. Paralee no salió de su carreta
ni para el descanso del mediodía. Todos pensaron que estaba llorando en silencio. No supieron hasta que acampamos
que Franklin la había atado para que no pudiera soltarse y la
amordazó para que no gritara. MacLeod está que echa chispas
por los ojos ahora que sabe lo que le hizo el hombre a su esposa.
Franklin insiste que lo hizo por el bien de ella. Dijo que si no lo
hubiera hecho, ella habría salido corriendo a buscar a la pequeña Patty. Ayer Kavanaugh les dijo a Franklin y a Paralee que los
cheyenes no tienen a su hijita. Me senté dentro de mi carreta y
lloré. Lo que me entristeció fue lo que no les dijo. La pequeña
Patricia Sinnott está muerta. Todos lo saben, menos Paralee.
Las noches son muy frías y de día hace calor y está muy seco.
La niña no tenía abrigo ni agua. Y hay coyotes, pumas, osos y
lobos. Ninguna criatura de tres años podría haber sobrevivido
una noche a la intemperie.

   Nellie me pidió que oráramos juntas para que la pequeña
Patty haya sido llevada al cielo rápidamente y que no haya
sufrido mucho. Le dije que no recuerdo una vez en la que Dios
haya escuchado nada de lo que le dije. La última vez que lo
intenté fue por Deborah y ya se vio cuál fue el resultado. Nellie
quedó estupefacta y dijo: Dios te ama, Mary Kathryn Farr, y
tienes que creerlo. Le dije que Dios ama a los que quiere amar
y que yo no soy parte de su pueblo escogido. Le dije que no hay
problema con eso porque yo tampoco tengo amor por él.

   No tenía la intención de hacerla llorar.

Estamos acampando cerca de una roca enorme que parece una
tortuga gigantesca. Casi todos tallaron sus nombres en ella,
incluso yo. Joshua y algunos más han escalado hasta la cima.

   La Puerta del Diablo no está lejos de aquí. Joshua cabalgó
hasta allá para verla de cerca. Puedo verla bien desde donde
estoy sentada escribiendo en mi diario. Parece como si un hacha

gigante hubiera partido una montaña de roca para permitir que pase el río Sweetwater. Y el agua es dulce después del turbio Platte. Sabe muy rica. Seguiremos el río hacia el oeste.

James tuvo que pegarle un tiro a uno de nuestros bueyes porque estaba sufriendo mucho. Beth está muy triste por eso. Preguntó por qué todo tiene que morir. No tuve una buena respuesta para darle. Nellie estaba sentada con nosotras y dijo que la muerte solo es una puerta por la que pasan los creyentes para estar con Jesús. Sus palabras no le levantaron el ánimo a Beth ni a mí. ¿Por qué tiene que seguir hablando de Jesús? Sus palabras solo provocan un embrollo de preguntas y mucho dolor. Beth dijo que el Viejo Tom solo era un buey y cómo podía saber en qué creer. Nellie sabía que había causado un problema. Beth dijo que no es justo que las personas vayan al cielo y que los animales no porque los animales son más buenos que muchas personas. Tiene razón respecto a eso pero yo no podía dejar que siguiera adelante con esa manera de pensar. Una niña necesita tener un poco de esperanza en este mundo.

Le dije a Beth que una vez tía Martha leyó acerca del cielo y recuerdo que allí decía que el león se echará con el cordero. Nellie dijo que eso era así. Lo buscó en su Biblia ahí mismo. Y dije que recordaba que tía Martha leyó que Jesús vendrá a la tierra montado en un caballo. Nellie también encontró eso. Le dije a Beth que en el cielo tendría que haber animales para que suceda eso. Tal vez haya leones, corderos y caballos, dijo Beth. Quiso saber si Werner Hoffman volvería a ver a su perro en el cielo. Le dije que es probable que sí, si Werner logra ir al cielo.

Hoy enterramos a Dunham Banks. Celia no quiso dejar que lo enterráramos en el camino. Los hombres cavaron lo más profundo que pudieron, pero estamos yendo por un suelo de piedras duras. MacLeod dijo unas palabras sobre él. Celia le dio a la pequeña Hortense a Beth para que la cargara y empezó a juntar piedras para apilar sobre la tumba del pobre Dunham. Yo la ayudé hasta que la tarea quedó terminada. Lo mismo hizo Nellie.

Ahora está oscuro y Celia sigue sentada junto al montículo.

CAPÍTULO 17

Sierra reconoció al patrullero de carretera a pesar de que estaba vestido con su traje de domingo, en lugar del uniforme negro. Estaba esperando en la escalera del frente, tal como había dicho, y a su costado había una mujer joven que tenía en brazos a un bebé. Él le sonrió cuando la vio.

—Sean educados —les dijo Sierra a sus hijos, que estaban de pie junto a ella con aire sombrío y molesto porque los había arrastrado a la iglesia. Su padre no los había llevado a misa más de tres veces en tres años. De hecho, la última vez que estuvieron dentro de una iglesia fue para el funeral de su abuela.

—Bienvenida, señora Madrid —dijo el oficial, tendiéndole la mano—. Olvidé decirle mi nombre. Soy Dennis O'Malley, y ella es mi esposa, Noreen. El paquetito que tiene en los brazos es nuestro hijo, Sean.

Mientras la gente se movía alrededor de ellos para entrar a la iglesia, Sierra se presentó y luego presentó a sus hijos. En lugar de molestarse porque ellos estaban bloqueando una parte de la escalera, las personas sonreían amigablemente.

En los últimos días, desde la experiencia en la autopista, ella había tenido una creciente sensación de... algo. Todo el dolor y lo mucho que había llorado, la habían dejado sintiéndose vacía. Exhausta. Había llegado al límite de lo que podía resistir, al máximo de su capacidad para lidiar con el desastre en el que se había convertido su vida. Sin embargo, y para su sorpresa, no estaba deprimida ni desesperada, ni cualquier otra cosa que pudiera esperar. Más bien, se sentía... *dirigida*; como si una mano suave reposara sobre su hombro y la guiara. Con amor. Ella sabía de quién era el toque que sentía. Había escuchado a su madre hablar de la «presencia de Dios» más veces de lo que hubiera querido. Pero ahora la entendía. No sabía exactamente qué significaba todo esto, pero estaba lista. Ya había pasado suficiente tiempo tratando de resolver las cosas por sí misma y lo que había logrado era obvio. Ahora quería respuestas. Respuestas verdaderas.

Y, por alguna razón, sentía la certeza de que este era el lugar donde las encontraría.

Los O'Malley los acompañaron a entrar a la iglesia y eligieron una banca cerca de la parte de atrás. Clanton se sentó junto a Sierra, murmurando: «Qué aburrido». Carolyn se sentó al otro lado. Dennis ocupó el asiento más cercano al pasillo, mientras que Noreen se sentó en el otro extremo del banco, cerca de Carolyn y del pasillo externo.

—Por si tengo que salir —dijo Noreen, sonriendo—. A veces, Sean se despierta con hambre. Es pequeño, pero hace mucho ruido. —Sus ojos azules estaban llenos de calidez. Al ver la expresión de Carolyn, sonrió—. ¿Te gustaría cargarlo?

—¿Puedo?

Unas personas se dieron vuelta en el banco frente a ellos. Dennis los presentó. Todos eran muy amigables. Parecían felices de ver a Sierra y a sus niños, y ella tuvo una extraña sensación de conexión, como si finalmente hubiera llegado a casa. La sensación fue más conmovedora cuando empezó el servicio. Todo le parecía muy familiar, pero a la vez diferente. El pastor no dijo nada que no hubiera escuchado antes. Había oído el evangelio de parte de su madre desde que tenía memoria. No obstante ahora, inexplicablemente, todo tenía sentido. Llenaba los huecos de su vida. *¡Oh!* Suspiraba su alma. *Ohhhh.*

El pastor habló y las palabras la atravesaron. Su garganta se cerró mientras su corazón se abría de par en par. Sedienta después de haber deambulado por el desierto, bebió del agua viva de la Palabra.

—¿Por qué lloras? —susurró Clanton, avergonzado y preocupado.

Se encogió de hombros y le sonrió. En ese momento, no había tiempo para explicar cómo se sentía. *Conectada.* Parte de algo tremendo y vivificante. *Plena.* Trataba de contener las lágrimas, pero fluían como un bálsamo limpiador. El dolor se desbordó y la atravesó, la llenó y le provocó una profunda necesidad del Señor. Como consecuencia, vino la esperanza y el consuelo de que todo se resolvería.

Perdóname, Padre, porque he pecado tremendamente contra Ti. Mea culpa, mea culpa. ¡Ay, Dios mío! ¡Ay, Dios mío!

¿Cómo era posible que se sintiera tan *viva* hoy, cuando apenas dos días antes había anhelado morirse?

La congregación se puso de pie para cantar, y ella se puso de pie con ellos, hojeando el himnario y gesticulando las palabras con la boca cuando la emoción la dejaba muda. No podía leer las palabras ni emitir un sonido, pero no importaba. Su corazón *cantaba*. Carolyn estaba parada junto a ella, distraída y embelesada con el bebé Sean en brazos de su madre, mientras que Clanton, al otro lado, parecía preocupado y convencido de que estaba volviéndose loca. Ella dejó escapar una risa suave y pasó un brazo alrededor de él.

—Te amo —susurró ella.

—*Vámonos* —dijo él entre dientes.

—No, nos quedaremos. —Para siempre.

Fue Dennis quien le sirvió la Comunión. Lo miró y le sonrió, recordando lo que le había dicho mientras el tráfico pasaba a raudales al lado de ellos en la autopista Hollywood. *«¿Sabe lo que estaba haciendo cuando se puso detrás de mí, oficial? Estaba orando. Pues vaya intervención divina».*

Dios había estado interviniendo, definitivamente. Poderosamente. La había hecho frenar en un arcén polvoriento de la autopista de Los Ángeles, en lugar de dejar que se arrojara por el precipicio más cercano. Y lo hizo porque la amaba y no la soltaría.

Casi se rio al darse cuenta y se llenó de gozo. ¡Había estado parada sobre terreno sagrado y ni siquiera lo había sabido!

—Bendice, alma mía, al Señor, y bendiga todo mi ser Su santo nombre... —cantó la congregación, y Sierra cantó con ellos, incapaz de recordar un momento en el que se hubiera sentido tan feliz.

—¡Uf! Me alegro que se haya terminado —dijo Clanton de camino a casa.

—Será mejor que te acostumbres a esto. Vamos a volver.

—¡Qué bien! —dijo Carolyn.

Se ganó una mirada fulminante de su hermano.

—¿Quieres que mamá vuelva a lloriquear?

Sierra le sonrió.

—Trataré de contenerme.

Esa noche, acostada en su cama, Sierra supo que necesitaba

hacer algunos cambios en su vida. Cambios inmediatos. En primer lugar, no podía seguir trabajando para Ron e ignorar lo que él sentía por ella. Se daba cuenta de que sus propios sentimientos hacia él eran confusos. Siempre le había parecido sumamente atractivo. Varias veces había pensado cuánto mejor sería su vida si se hubiera casado con Ron, en lugar de Alex. Eso la frenó.

Estaba demasiado vulnerable ahora para pensar racionalmente. Desde que Alex se había ido, estaba necesitada de afecto. Tenía miedo de muchas cosas. Ron era fuerte y seguro de sí mismo. Sería demasiado fácil acercarse a él en busca de consuelo. Y buscar consuelo podría llevarla a un amorío.

Todavía estaba casada. Necesitaba recordarlo, pese a las circunstancias actuales. Para bien o para mal, Alex era su esposo. Hasta que la muerte los separara. En ese preciso instante podía imaginar a Alex deseando la suya. Tampoco era que ella se sintiera particularmente encariñada con él. Pero los sentimientos no cambiaban los hechos.

No quería pensar en Alex ahora. No podía hacerlo y seguir sintiendo la sensación reconfortante que había experimentado esa mañana. «No se preocupen por el mañana», había leído el pastor a la congregación, pero ahí estaba ella obsesionándose otra vez. No podía hacer nada por Alex ni por su matrimonio. Pero podía hacer algo por sí misma y por sus circunstancias.

Ron parecía enfermo cuando llegó el lunes por la mañana. Tenía los ojos opacos.

—¿Podemos hablar? —dijo, antes de que él entrara a su oficina. Ron hizo una pausa y la miró desoladamente. Sierra no tuvo que decir una palabra. Él lo sabía.

—Decidiste renunciar.

—Lo lamento —dijo, ruborizándose—. Me quedaré hasta que encuentres alguien que me reemplace.

—Y te sentirás incómoda cada minuto que te quedes —dijo con una expresión sombría. Qué extraño que este hombre, después de solo unos meses, la conociera mejor que Alex luego de trece años de matrimonio. Ron la conocía mejor que nadie, excepto su madre.

—Cuando te fuiste el viernes, supe que sucedería esto. Hablé con Judy. Ella puede sustituirte hasta que encuentre un reemplazo permanente. ¿Qué vas a hacer?

—Todavía no lo sé con seguridad. Creo que voy a vender la casa. —Era algo que no se le había ocurrido hasta ese instante.

—¿Volverás a tu casa de Healdsburg?

—No —dijo ella, sorprendiéndose a sí misma nuevamente—. No estoy segura de lo que haré. Ni siquiera lo había pensado hasta ahora.

—Nunca adivinaste lo que sentía por ti, ¿verdad?

—Un poco, pero pensé que estaba siendo una tonta.

—Debí haber esperado un poco más.

Ella lo miró a los ojos, llena de compasión.

—Las cosas no habrían sido distintas, Ron.

—Todo habría sido completamente distinto.

Al mirar sus ojos profundamente azules, supo que él tenía razón. *Gracias, Dios*, suspiró su corazón. *Gracias porque Ron esperó hasta ese momento. Gracias por evitarnos a Ron y a mí lo que habría sido un error terrible. Y perdóname. Al mismo tiempo que le lanzaba piedras a Alex, yo estaba cayendo al abismo.*

—Estoy casada, Ron.

—Hasta que Alex encuentre una salida.

Sus palabras fueron dolorosas, porque sabía que Alex estaba haciendo todo lo posible para conseguirlo. Cada vez que hablaba con ella, necesitaba dejarle en claro dos hechos: que él no iba a volver y que ya no la amaba.

El rostro de Ron mostró cuánto se arrepentía de haberlo dicho.

—No lo dije para lastimarte, Sierra.

—Lo sé, pero duele.

—Te llamaré cuando se termine. —Se fue a su oficina y cerró la puerta.

Sierra recogió sus cosas y se fue. Al salir le regaló la hiedra a Arlene y le dio un abrazo.

En lugar de ir a su casa, fue al centro comercial. Compró un capuchino, se sentó en un banco cerca de un gran helecho y se dedicó a mirar el ajetreo de la gente haciendo sus compras. Suponía que tenía las calificaciones para ser una oficinista, pero ¿era eso lo que deseaba hacer? Alex le enviaba un cheque al mes para cubrir los gastos y, cada vez que abría el sobre, se desanimaba al ver su firma decidida. Instintivamente, sabía que ese cheque la descartaba.

No se había mantenido a sí misma nunca en la vida. *Padre, ¿podré hacer esto?*, oró, sintiéndose abrumada.

Pide y recibirás, hija.

La invadió una sensación de seguridad y, poniéndose cómoda, bebió su capuchino. Le había dicho a Ron que iba a poner la casa en venta. No sabía por qué lo había dicho en ese momento, pero, ahora que lo consideraba, le parecía una buena idea. Si se quedaba en ese lugar, seguramente nunca iba a poder afrontar los gastos sola. Ya era suficientemente malo afrontar los pagos de la casa, pero debía sumarles los pagos del BMW y la escuela privada de los niños, y la suma superaba cualquier expectativa de sueldo que ella pudiera tener.

Sierra pudo verse el resto de su vida esperando junto al buzón la llegada de cada dólar que Alex le dispensara. Podía imaginar su indignación. Él adoraba a sus hijos y no les escatimaría ni un centavo, pero cada dólar que mandara para mantenerla a ella sería otra cuestión.

Se pasó el día dando vueltas por el centro comercial, pensando. Cuando fue a recoger a los niños, los llevó a su restaurante favorito de comida rápida.

—Tomé la decisión de vender la casa —les dijo, sabiendo que su anuncio era abrupto, pero no podía imaginar otra manera de darles la noticia de su decisión.

—¿Volveremos a casa, a Windsor? —dijo Clanton.

—No. Buscaremos algo en los alrededores del Valle de San Fernando y veremos qué hay cerca de la iglesia. Quizás incluso podríamos buscar condominios. Hay un complejo justo en la misma cuadra de la iglesia. Vi una piscina y canchas de tenis. Tendremos que ver qué podemos comprar.

—¿Podremos seguir yendo a la misma escuela? —dijo Carolyn.

—No, cariño. Es demasiado cara. —No quería pedirle a Alex más dinero que el necesario—. Tiene más sentido ir a una escuela en nuestro propio vecindario.

—¿Entonces no podré ver a Pamela?

—Puedes ver a Pamela tantas veces como podamos arreglarlo, y llamarla cada vez que quieras.

Sierra oró esa noche, asustada por la velocidad a la que estaba cambiando su vida, pero, a la mañana siguiente, salió en fe y llamó a Roberta Folse. Le explicó que Alex le había cedido la casa antes de dejarla. Roberta se mostró comprensiva, pero le advirtió que no esperara ganar dinero al venderla.

—No ha estado en la casa el tiempo suficiente para incrementar el capital inmobiliario, Sierra.

—La decoramos. Tal vez eso sirva.

—Siéntase afortunada si no pierde dinero. Y después tendrá que pagar el impuesto a las ganancias de capital si no invierte en algo de un valor equivalente o superior dentro de dieciocho meses. ¿Existe alguna posibilidad de que Alex regrese?

—No.

—Si él se mantiene al día con los pagos, quizás a usted le convenga quedarse donde está. Me encantaría ganar la comisión, Sierra, pero no a costa de su bienestar. ¿Por qué no se toma unos días más para pensar mejor las cosas y me llama en un par de semanas?

Efectivamente, Sierra se tomó unos días más. Oró por el tema. Habló con Dennis y con Noreen y aceptó su opinión. La respuesta parecía clara. Tenía que valerse por sí misma, confiar en el Señor y dejar de depender de Alex. Volvió a llamar a Roberta.

Roberta fue a su casa a la tarde siguiente.

—¡Vaya! —dijo al entrar en la casa—. No me dijo que Bruce Davies había decorado su sala.

El comentario de Roberta absolvió cualquier duda que Sierra hubiera tenido alguna vez de que Bruce Davies dejara su propio sello en todo lo que hizo.

—No solo la sala, Roberta. Toda la casa.

—¿*Toda* la casa?

—Sí.

—Eso debe haberles costado un dineral. —Roberta se sentó en el sofá de piel marrón oscuro y apoyó con cuidado su maletín en la mesa de cristal grueso.

Sierra hizo una mueca al ver cómo Roberta se quedaba mirando el mural de la pared con una expresión perpleja. Ese era uno de los motivos por los que ella solía evitar la sala.

—Es uno de los videojuegos de Alex —dijo.

—Juraría que hay alguien observándome.

—Así es. En realidad, si lo mira durante un rato, verá seis hombres y una mujer escondidos en esa jungla. Se llama

Camuflaje. Si apago las luces, verá que los ojos brillan en color rojo.

—¿Cuánto gastaron en decorar la casa?

Sierra se lo dijo.

—Agregaremos diez mil dólares a esa suma y veremos qué pasa.

Roberta la llamó el sábado en la mañana.

—Asegúrese de echarle un vistazo al *Los Angeles Times* mañana temprano.

Sierra se olvidó completamente del tema hasta que Carolyn entró al día siguiente mientras estaba secándose el cabello.

—Papá al teléfono —dijo y le entregó el aparato.

Sorprendida, Sierra apagó la secadora y tomó el teléfono, preguntándose por qué la llamaría tan temprano un domingo.

—¿Sí?

—¿Es nuestra casa la que está en la portada de la sección inmobiliaria?

Ella sintió el calor de su furia a través del auricular. Casi se le derritió el teléfono en la mano. Se puso en guardia. Estuvo a punto de recordarle que él le había cedido la casa, así que ya no era *su* propiedad. Era la casa *de ella*. En cambio, logró decir un apacible:

—Sí, así es.

—¿Qué crees que estás haciendo?

—No puedo quedarme aquí, Alex. Es demasiado...

—No vas a vender esa casa.

—Tengo que mudarme, Alex. Lo pensé muy bien y...

—¿Adónde tienes que mudarte? —se burló él—. ¡A Healdsburg, para que nunca más vuelva a ver a mis hijos!

¡Sobre mi cadáver, Sierra! ¿Me escuchas? —Maldijo en español. Usó una palabra tan sucia que ella se puso colorada.

—Te escucho, Alex, pero no voy...

No le dio oportunidad de decir más que eso. Maldiciedo otra vez, la reprendió con las mismas acusaciones que Audra le había lanzado unas semanas antes, solo añadiéndole algunas faltas personales y privadas. Si las palabras de Audra la habían sacudido, las de Alex la apalearon y la hirieron. Tenía la intención de aniquilarla, y estaba lográndolo. Hablaba en español, lo cual empeoraba las cosas. Nunca usaba el español, a menos que sus emociones estuvieran fuera de control. Lamentablemente, ella entendió cada palabra que dijo.

—Llamé a mi abogado —dijo él, volviendo a su impecable inglés—. Voy a derrotarte, Sierra. No importa lo que tenga que hacer, no dejaré que te marches con mis hijos. Estoy harto de esta situación. ¡Estoy harto de *ti*! —Le dijo que podía esperar sentada a que el infierno se congelara antes de que él volviera a enviarle un centavo—. Ya bastante tengo con que Clanton no quiera hablarme. ¡Ahora crees que puedes alejarme cientos de kilómetros de mi hija!

Él tomó aire y, en ese pequeño lapso de tiempo, Sierra dijo con una calma milagrosa:

—No nos mudaremos al norte, Alex.

—¿Adónde, entonces? ¿Al este? ¿A Nueva York, tal vez? Son cinco mil kilómetros, en lugar de seiscientos cincuenta. O a Hawái. ¡Increíble! Hawái. Eso es. ¡Eso sería poner un océano entre nosotros!

El vendaval de su ira se había desatado sobre ella como un tornado alrededor de una caña magullada.

—Espero poder comprar un condominio en Northridge.

Silencio.

Se miró al espejo y se preguntó cuánto maquillaje necesitaría usar para devolverle un poco de color al rostro de esa desconocida. Miró hacia otra parte y tragó con dificultad, antes de intentar decir algo más.

—Tengo que irme —dijo con tranquilidad y tratando de mantener la voz firme—. La iglesia empieza en menos de una hora. —Tomó aire lentamente, sofocando sus ganas de llorar. En los últimos años había llorado lo suficiente. Ríos de lágrimas. La mayoría, por ella misma—. Alex, te prometo que te enterarás de todo a medida que vaya sucediendo. Clanton y Carolyn nunca estarán fuera de tu alcance. Lo prometo.

Apretando el botón, dejó el teléfono sobre el mostrador del baño. Con náuseas, pensó en volver a la cama y taparse con las mantas hasta la cabeza. Pero ¿de qué le serviría?

«Tres años vi cómo te entregabas a la autocompasión y seguías con tus berrinches. Y vaya que ha sido algo digno de ver, Sierra. ¡Un verdadero espectáculo!».

Estremeciéndose, pensó en Dennis, en Noreen y en varias personas más que la recibían muy bien a ella y a sus hijos cada domingo. Tenía una alternativa. Podía quedarse en casa y hacer exactamente lo que Audra y Alex esperaban que hiciera, o podía terminar de prepararse e ir a la iglesia. Podría aprender algo y, con la ayuda de Dios, empezar a poner su propia vida en orden.

La casa se vendió en la primera semana. Sin descuento.

Treinta días después, cuando se concretó el depósito, el cheque que recibió Sierra parecía una suma obscena de dinero. Se redujo rápidamente cuando le envió la mitad a Alex, pagó el anticipo del veinte por ciento de un modesto condominio de tres habitaciones en Northridge y pagó el impuesto de plusvalía. En primer lugar, si no fuera por su herencia, no habría calificado para un préstamo. Así como estaban las cosas, la mayoría de sus activos estaban atados a la casa de la calle Mathesen en Healdsburg.

El teléfono sonó mientras Sierra estaba en la cocina empacando cajas. Siempre que podía evitaba contestar el teléfono. Durante el último mes Alex había llamado varias veces. Afortunadamente, Carolyn volaba al teléfono cuando sonaba, esperando que fuera su padre. Clanton nunca atendía, por el mismo motivo. Carolyn pasaba dos sábados al mes con Alex, pero nunca contaba demasiado sobre lo que hacían durante ese día. Y Sierra no hacía ninguna pregunta.

—Es papá —dijo Carolyn, entregándole el teléfono—. Quiere hablar contigo.

La esperanza que Sierra vio en sus ojos le dio ganas de llorar.

—Gracias, cariño. —Tomó el teléfono sabiendo exactamente por qué había llamado. No hablaba con él desde que la llamó para descargar toda su furia por poner la casa en venta, y esta conversación no estaba destinada a ser más agradable.

—¿Por qué me mandaste este cheque? —dijo Alex acaloradamente.

Se sobresaltó al escuchar su voz.

—Es la mitad que te corresponde de las ganancias de la casa.

—Yo te cedí la casa. ¿Lo recuerdas? —Sonaba amargado al respecto.

—Lo recuerdo, pero no me pareció bien quedarme con todo el dinero.

—Qué gran sorpresa. Antes, nunca te molestaba quedarte con todo mi dinero. ¿Por qué cambiar ahora? Y ya que estamos hablando del tema, ¿por qué me devolviste el cheque la semana pasada?

—Porque dijiste que nunca me mandarías un centavo más, y pensé que tenía que hacerte cumplir tu palabra.

Él lanzó una palabrota breve e infame.

—Entonces, ¿qué vas a hacer, Sierra? ¿Harás que los niños coman en la misión del barrio?

—Tengo un empleo.

—Sí, claro. Trabajas para Ron Peirozo en Alcance a la Comunidad de Los Ángeles. No creo que te pague mucho.

—Ya no trabajo allí.

—¿Te despidió, verdad? Bueno, seis meses es algo, supongo. Es más de lo que duraste en cualquier otro empleo que hayas tenido en tu vida.

Presionada al límite por su sarcasmo mordaz y su desdén, estuvo a punto de soltarle la verdad. *Me fui porque Ron está enamorado de mí y quiere que me olvide de ti, ¡que te deje como tú me abandonaste a mí! ¡Él quiere estar conmigo! Quiere casarse conmigo, Alex. ¡Es millonario y me desea! ¡Me fui porque era lo correcto, aunque no te interese!*

Pero no lo hizo. De todas maneras, no le creería. Así como la odiaba, le parecía imposible pensar que algún otro hombre pudiera encontrarla atractiva o interesante. Y no iba a humillarse a sí misma para tratar de convencerlo.

¿Qué requiere el Señor de ti?

Ahora podía oír el versículo con la misma claridad que lo había escuchado el domingo cuando lo leyó el pastor, e hizo que sus pensamientos se frenaran abruptamente. ¿Qué requiere el Señor? Justicia, bondad, humildad... sin embargo, aquí estaba ella, transitando otra vez por la vieja senda conocida de amargura y autocompasión.

Tomó aire para tranquilizarse. *Señor, yo lo lastimé. Sé que lo hice. Por favor, perdóname. No puedo decirle ahora que lo lamento, porque no me escucharía, pero Tú sabes cómo me siento. Tú sabes lo que hice yo para empezar esta guerra. Ya no quiero seguir siendo parte de ella.*

—Entonces, ¿qué vas a hacer? —exigió Alex cuando ella no respondió a su último insulto.

—Trabajaré como secretaria en una aseguradora.

—Durarás dos semanas, como mucho.

—¿Eso lo estimas basándote en mis capacidades o en cuán aburrida es la industria? —dijo ella, tratando de transmitir un poco de desenfado a su voz.

—Adivina.

Su significado no podía ser más claro.

—Te mandaré otro cheque, Sierra. Será mejor que lo tomes. Lo necesitarás.

Una ira caliente y amarga se apoderó de ella sobrepasando el dolor y el sentido común.

—Tengo una idea mejor, Alex. No mandes el cheque. *¡Cómetelo!*

Las palabras se le escaparon antes de darse cuenta de que estaban a punto de salir. Pasaron a través de sus labios y salieron volando de su corazón y se posaron como buitres en el aire cargado, picoteando su cabeza. Colgó el teléfono bruscamente, más enojada consigo misma por su falta de dominio propio que con la risotada despectiva de Alex.

Dos días después, cuando efectivamente recibió un cheque en su buzón, llegó en un sobre con la dirección del remitente grabada, en la que se leía Madrid/Longford. Rompió el sobre con el cheque y los lanzó al inodoro. Prefería pararse en una esquina sosteniendo un cartel de Hambrienta y Sin Hogar antes que aceptar otra moneda de Alejandro Luis Madrid.

Ella también tenía su orgullo, ¿verdad? ¿Qué acababa de aprender en el último estudio bíblico? *«Los que no están dispuestos a trabajar que tampoco coman».* Pues bien, ella trabajaría y comería. Igual que sus hijos. Todo el dinero que Alex enviara iría a parar a sus fondos universitarios.

Dennis y varios hombres más de la iglesia la ayudaron a mudarse al condominio. El complejo quedaba a poca distancia de la iglesia y Dennis invitó a Clanton a jugar béisbol cuando terminaron de descargar las camionetas.

—Tenemos un equipo, pero nos faltan jardineros. ¿Crees que podrías darnos una mano?

—Por supuesto. ¡Es fácil! —Clanton parecía más entusiasmado de lo que Sierra lo había visto en mucho tiempo.

—Ni bien terminemos de meter todo esto adentro, iremos al campo de juego. ¿Puede quedarse hasta las nueve, mamá? —dijo Dennis, guiñándole un ojo sobre el respaldo de un sofá que estaba cargando.

—Tendré que prepararle la cena primero.

—Podemos comprar algo en McDonald's.

—¡Genial! —dijo Clanton antes de que ella pudiera responder. Descargó sobre una mesita la caja que estaba cargando y corrió a buscar otra.

—¡*Mamá!* —dijo Carolyn mientras entraba corriendo a la casa con el rostro enrojecido por la emoción—. Susan vive aquí. ¡Susan de la iglesia! Vive en el condominio que está sobre este mismo pasillo. ¡Mira! Justo ahí. ¿Lo puedes creer? ¿Puedo ir a jugar con ella? *Por favor.*

Una hora después vino la madre de Susan, Frances. Clanton y los hombres se habían ido, y Sierra había quedado rodeada de cajas. Frances examinó el caos.

—¿Por qué no vienes a cenar con nosotros?

Sierra quitó el papel de periódico que envolvía un plato y lo metió en el lavavajilla. Empujó hacia atrás los mechones húmedos que tenía en la cara y echó un vistazo a las cajas sin abrir, el baúl de Mary Kathryn, los muebles dejados por aquí y por allá. Tardaría toda la noche en terminar de desempacar la mitad.

—Créeme —rio Frances—. Todo estará aquí cuando vuelvas. Susan y yo podemos ayudarte.

❊

Para cuando Sierra terminó de comer sus espaguetis, Frances ya la había convencido de que se uniera al coro.

—Es muy conveniente —dijo Frances—. Nos reunimos la misma noche que el grupo de jóvenes. Podemos ir caminando con los niños, quedarnos al ensayo y volver con ellos a las nueve.

—¿Y si no logro cantar afinadamente? —Se rio Sierra.

—¡Entonces, lo único que tendrás que hacer será un ruido alegre!

Más tarde esa noche, mientras sacaba la llave de la puerta principal y encendía las luces, escuchó que el teléfono sonaba. Carolyn corrió a la cocina y contestó. Por la expresión en el rostro de su hija, Sierra sabía que era Alex. Vio que Carolyn se subía a un banco y empezaba a contarle a su padre todo lo que había pasado ese día. Sonaba feliz y emocionada.

—Ah, mamá entrará al coro. Va a ensayar la misma noche que Susan y yo vamos al grupo de jóvenes. ¿Susan? Es una amiga de la iglesia. Vive en un condominio en este mismo piso. —Escuchó un momento y su excitación disminuyó un poco—. No está aquí, papi. Está jugando béisbol con el señor O'Malley. ¡Dennis es genial! Lidera el grupo de jóvenes y es un patrullero de carretera. Conoció a mamá cuando la hizo detenerse en la autopista por exceso de velocidad. Deberías ver a su bebé. Sean es adorable y Noreen me deja cargarlo en la iglesia.

Sierra entró en la habitación de Carolyn. De nada había valido guardar algunos secretos, pensó, sacando las sábanas de una caja. Tendió la cama de Carolyn; luego fue al cuarto de Clanton e hizo lo mismo. Carolyn todavía estaba hablando cuando Sierra entró en su propia habitación y empezó a tender su cama, la misma que había usado durante los años de su infancia en Healdsburg. Alisó el edredón y esponjó las almohadas. Apoyada en una columna de la cama, miró alrededor del cuarto.

Había tenido que deshacerse de la cama extragrande que había compartido con Alex. Después de medir la habitación principal, se había dado cuenta de que había lugar para ella, pero que le quedaría poco espacio para todo lo demás. Renunciar a ella le había costado. Se lo había mencionado a Melissa durante la última conversación telefónica que tuvieron y, dos días después, su hermano la llamó y dijo que le estaba enviando su cama con dosel desde su casa en Healdsburg.

Tocó el encaje que su madre había hecho en crochet para ella; había tardado un año para terminarla. Sierra recordó la alegría que sintió cuando abrió la gran caja de regalo aquella mañana de Navidad y encontró adentro el encaje doblado entre pliegos de papel de seda color lavanda. Tenía dieciséis años y estaba locamente enamorada de Alex.

Las lágrimas inundaron sus ojos. ¿Cuántas noches se había acostado en esta cama para soñar cómo sería estar casada con Alejandro Luis Madrid? Él había sido su príncipe azul. Durante diez años había sabido cómo era ser amada y satisfecha por un hombre apasionado. Diez años celestiales, seguidos de tres años de descenso al infierno.

Que Dios la perdonara: ella había sido quien dio el primer paso hacia abajo.

Sonó el timbre de la puerta delantera.

—¡Mamá! ¿Puedes ir a abrir? —gritó Carolyn, que no quería dejar el teléfono.

Cuando abrió la puerta, Sierra encontró a Clanton, cubierto de la cabeza a los pies con manchas de pasto y tierra y sonriendo de oreja a oreja.

—¡Bateé un jonrón, mamá! ¡Vaya, deberías haber visto cómo voló esa pelota!

Dennis estaba detrás de él y parecía contento.

—Si no hubiera tropezado con mis propios pies, no habría sido un jonrón —dijo fingiendo estar enojado—, y si tú no hubieras corrido como un conejo.

—El sábado jugaremos contra la Iglesia Bautista —dijo Clanton, entrando a la sala y lanzando su guante sucio sobre una pila de ropa limpia que todavía estaba para guardar—. Seré el parador en corto.

—Se supone que tienes que pedirle permiso a tu madre —dijo Dennis, quitándole la gorra a Clanton—. ¿Lo recuerdas?

—Madre, ¿me lo permites? —dijo Clanton, sonriente.

—Sí, te lo *permito* —rio ella.

Carolyn se bajó del banco.

—Papá quiere hablar contigo —dijo, tendiéndole el auricular del teléfono a Clanton.

La expresión de Clanton cambió inmediatamente. Se quedó mirando el teléfono como si fuera una cucaracha a la que quería aplastar.

—¡Dile que estoy en la ducha! —lo dijo en voz alta como para que Alex lo escuchara y se fue airado por el pasillo. Entró en el baño y cerró la puerta de un golpe. Sierra oyó el clic cuando le echó llave.

Dennis le dirigió una mirada sombría mientras Carolyn transmitía el mensaje.

—Veo que tenemos algo de trabajo por hacer —dijo suavemente. Arrojó la gorra de Clanton sobre un banco.

—Mucho trabajo.

—Será mejor que me vaya a casa antes de que Noreen mande un equipo de búsqueda.

Sierra lo acompañó a la puerta y le dio las gracias por incluir a Clanton en la práctica de béisbol de los adultos.

—Es un gran chico, Sierra —dijo Dennis.

—Es un chico enojado.

—Tiene razón para estarlo. Muchas veces no tenemos el

poder para perdonar a alguien que nos lastimó. Tenemos que pedirle ayuda a Dios.

Eran palabras para que ella también meditara, pensó mientras cerraba la puerta.

Trató de hablar con Clanton cuando él se acostó.

—Por favor, ¿podrías hablar con tu padre la próxima vez que llame?

—¿Por qué debería hacerlo?

—Porque eso me haría más fáciles las cosas a mí —dijo, esperando que eso significara algo—. Cree que yo te puse en su contra.

—Hablaré con él —dijo Clanton con unos ojos que resplandecían con el mismo enojo feroz que había visto en los de Alex la última vez que había hablado cara a cara con ella antes de marcharse—. Le diré que está lleno de...

Ella apoyó su mano suavemente sobre los labios de él para frenar el caudal de palabras airadas. Era claro que Clanton tenía algunos de sus defectos así como de los de Alex.

—Por favor —susurró—. No estoy libre de culpa en todo esto, Clanton. Trata de entender. —Se mordió el labio, tratando de encontrar las palabras para explicarse. Si lloraba, solo empeoraría las cosas. Le acarició tiernamente la mejilla—. Tu padre te ama mucho.

Los labios de Clanton se movieron.

—Si me amara, no se habría ido —dijo y se puso de costado para que ella no pudiera ver su rostro. No necesitaba hacerlo. Sierra sentía que el corazón le pesaba como una bola caliente de dolor en el pecho.

—Su partida no tuvo nada que ver contigo, cariño. Yo estuve enojada mucho tiempo por haber tenido que mudarnos y me desquité con papá. Él se cansó de eso.

Clanton giró un poco la cabeza y la miró.

—¿Todavía lo amas?

Las lágrimas aparecieron en ese momento, pero sonrió, retirándole el cabello de la frente. El mismo cabello oscuro de Alex.

—Es tu padre, cariño. ¿Cómo podría no hacerlo? —Le tomó la mano—. Lo que él hizo no está bien, Clanton, pero yo tampoco estuve bien. Si miro hacia atrás, puedo ver muchísimas cosas que yo hice mal.

—Tú nunca hiciste nada malo.

—Sí, lo hice. Quería que las cosas fueran a *mi* manera. —Acarició su mejilla, sufriendo por el dolor que veía en los ojos de su hijo. El odio y el amor estaban estrechamente enlazados—. Si no puedes perdonarlo por tu bien, cielo, ¿lo harías por el mío?

Clanton se dio vuelta otra vez. Siempre había sido terco. Igual que ella. Igual que Alex.

Con el corazón dolido, se levantó y lo arropó hasta los hombros.

—Te amo, Clanton. —Se agachó hacia adelante y lo besó en la cabeza—. Y tu padre también.

¡Estamos en la cima de las Montañas Rocosas!

Ni siquiera lo sabíamos, hasta que vimos que la vertiente corría hacia el oeste. El ascenso fue muy lento y gradual, y luego apareció esta gran extensión frente a uno para que uno sepa que está en la cima de una gran cordillera. En este momento, el clima es frío, seco y ventoso. Pero fue un largo y duro día de viaje.

Kavanaugh y Joshua les dispararon a tres antílopes. Son una buena comida. ¡Estoy tan orgullosa de él!

Cruzamos el río Big Sandy y nos tendimos para que descansen los bueyes. Lavé la ropa. Artemisia me acompañó a la orilla del río. Era una mujer robusta cuando comenzamos y ahora está tan flaca que una brisa podría derribarla. Dice que se siente mucho mejor. No lo parece.

La última semana ha sido difícil porque hemos atravesado colinas tenebrosas, quebradas profundas y desfiladeros. Cruzamos arroyos y arreglamos las carretas averiadas. Anoche, uno de los bueyes murió y los lobos aullaron toda la noche. No dormí mucho. Esta noche no es mucho mejor con el zumbido de los mosquitos y Henry y Matthew peleándose entre ellos. Necesito sentarme un rato y escribir algo o les romperé la cabeza a los dos juntos.

Beth se sintió mal otra vez hoy. La fiebre va y viene. Le di un poco de quinina y la envolví en mantas para que pase la noche.

Estoy usando mocasines nuevos y me agrada mucho cómo se sienten. Mis zapatos estaban gastados y Henry está usando mis botas. Kavanaugh los intercambió con una mujer cheyene y se los dio a James para que me los diera. James quiso darle un dólar por ellos, pero él no quiso aceptarlo. Dijo que era un pago por las cenas que ha compartido con nosotros.

James ha enviado a los niños a la cama. La quietud es agradable con el canto de los grillos y el cielo tan estrellado. James está en la primera guardia esta noche.

Cal Chaffey está tocando su armónica otra vez. Esta noche, es una melodía triste. A los lobos les gusta. Ellos se han unido con sus aullidos.

Paralee Sinnott ha perdido la cordura.

Esta mañana no se sentía bien, pero Franklin la hizo conducir la carreta de todos modos. Se salió de la fila dos veces. Al final del día, iba en la parte de atrás tragando polvo. Ya habíamos acampado cuando llegó con la carreta. Cuando entró, Franklin le preguntó dónde estaba su hijo y ella dijo que le había disparado en el camino y lo dejó por muerto. Franklin Sinnott salió a caballo lo más rápido que pudo para ir a buscarlo. Ni bien se perdió de vista, Paralee bajó tranquilamente como si nada y le prendió fuego a la carreta de él llena de cosas para vender. Se quemó tan rápido que lo único que pudimos hacer fue retirar del círculo las dos carretas más cercanas para que no se quemaran también. Paralee no hizo más que quedarse parada, con los brazos cruzados, contemplando cómo todo se convertía en cenizas.

Franklin volvió rápido cuando vio el humo. Cuando vio lo que ella había hecho, bajó de su caballo como un lunático y la golpeó dos veces, antes de que MacLeod lo noqueara como se debe. Franklin estaba tendido ahí, llorando por su nariz rota y por su hijo muerto, gritándole que era una loca.

Y en ese momento el joven Frank llegó a caballo con un cordel lleno de truchas colgando de su montura. Dijo que Paralee lo había mandado a pescar.

Estamos parando en Soda Springs y nos quedaremos hasta el domingo. Todos han bebido de los manantiales. A algunos les parece bien tal como está. A mí no me gustó hasta que le agregué azúcar. Entonces fue bastante tolerable.

Todos necesitamos descansar urgentemente. Fue difícil pasar por las montañas y cruzar riachuelos. Aquí hay pasturas y árboles en abundancia. Kavanaugh se llevó a Joshua a cazar. James está enojado. Necesitaba a Joshua para que lo ayudara con las reparaciones de la carreta, pero Joshua desapareció antes de que supiéramos que se iba. Joshua prefiere adelantarse e irse de cacería que manejar nuestra carreta o repararla. Así que Hank y Matthew están ayudando.

Es muy bonito este lugar. Me conformaría con quedarnos y echar raíces aquí. James dijo que me gustará más California.

Estoy llena de tristeza. Cuando nos separemos pasado mañana, tomaremos el camino a California. La mayoría irá a Oregón. Agradezco que Wells and Nellie vayan con nosotros. Nellie es lo más cercano que tengo a una hermana y me recuerda a tía Martha.

Oren McKenzie y Celia Banks se aliaron. Celia le metió la idea en la cabeza a Oren y él estuvo de acuerdo. Ella tiene leche suficiente para el pequeño David y para su pequeña Hortense y necesita un hombre que la ayude a trabajar la tierra que reclamará en Oregón. No se casarán hasta que tengan sus parcelas. Una vez que reclamen sus 65 hectáreas, se casarán y juntos tendrán 130 hectáreas. Es una muchacha inteligente.

Winifred Holtz está sufriendo por algo terrible. Ama al pequeño David como si fuera de ella. Celia lloró con ella y le dijo que no se lo quitará hasta que todo esté resuelto en Oregón.

Esta mañana MacLeod dirigió a las carretas al norte, hacia el río Snake. Nosotros, los Doane, Stern Janssen, Ernst Holtz y Binger Siddons partimos a la misma hora rumbo al sur. Nellie ha llorado todo el día. Sigue llorando mientras estoy sentada, escribiendo en mi diario. Wells no deja de decirle que la marcha hacia California será más fácil, pero por la cara de Kavanaugh sé que no será así. Robert y LeRoy se alegraron de no tener que separarse de Henry y de Matthew. Beth está sufriendo porque no volverá a ver a la pequeña Hortense. Casi le dije que yo tendré un bebé en la primavera pero pensé que es mejor no hacerlo. Me siento muy mal y puede que lo pierda. Y debería decírselo a James antes que a cualquier otra persona.

Kavanaugh vendrá a California con nosotros. Me alegra su compañía. Dijo que nunca ha estado en esa tierra, pero que ha oído mucho sobre ella. Dice que los próximos mil trecientos kilómetros serán más difíciles que todo lo que hemos viajado hasta ahora.

James dice que eso significa que vendrá menos gente.

Cruzamos el río Raft y hemos llegado hasta Ciudad de las Rocas. Descansaremos un día aquí antes de continuar. Beth y yo inventamos un juego de ver cosas en las formaciones rocosas. Algunas tienen cientos de metros de altura. Distinguimos siluetas de tortugas y de conejos. Henry señaló un grupo de rocas que parecen un águila.

Joshua dijo que no le interesa jugar juegos de niños y se fue cabalgando. Ahora veo que ha subido a un sector y está pintando su nombre muy arriba con grasa de animal para que todos lo vean.

Desde que salimos de Ciudad de las Rocas la marcha ha sido difícil. Kavanaugh dijo que todavía estamos a un día de distancia de Humboldt Wells.

Desearía que hubiéramos ido a Oregón.

Este mediodía descansaremos tres horas durante el momento más caluroso del día y luego viajaremos hasta la puesta del sol. El polvo es un gran problema. Nos abanicamos, pero los vientos no nos permiten huir de él. Nellie está harta del polvo alcalino. Yo estoy tan bronceada por el sol que parezco una india.

Los niños siguen preguntando cuánto falta para llegar a California. James perdió la paciencia y dijo que llegaremos cuando lleguemos y que si vuelven a preguntar eso, les pegará con su correa. Él no tiene paciencia con este Calor y el Trabajo Duro. Los caminos son muy pesados.

Creo que él desearía que hubiéramos ido a Oregón.

Hoy pasamos por caminos montañosos y llegamos al valle Thousand Springs. Acampamos junto a agua dulce. Joshua llevó a los caballos a unas buenas pasturas. Henry se fue con él para cortar un fardo de pasto para llevar con nosotros. Estoy demasiado cansada para seguir escribiendo.

Estamos descansando en Humboldt Wells. Nos quedaremos un día más aquí. Los animales necesitan descansar. Y todos nosotros también. Hay abundancia de agua y de hierba. Es un lugar bonito y hay sombra.

Kavanaugh no habla mucho de lo que nos espera. Su silencio me llena de intranquilidad. Si el camino fuera más fácil, él nos lo diría. El verano está muy pesado.

Joshua me preguntó quién es su padre. Dije que James pero dijo que se refiere a su Verdadero padre. Le pregunté por qué quería saberlo y dijo que hace mucho tiempo que se lo pregunta. Dijo que Clovis le dijo que yo lo había llevado conmigo cuando fui a vivir con tía Martha. Le dije que James es el único padre que ha tenido. No se quedó conforme. Dijo que un hombre tiene que saber de dónde viene. Entonces le dije que mi hermano Matthew McMurray se casó con Sally Mae Grayson y que él es su hijo. Quiso saber qué pasó con ella y le dije que murió durante el parto. Luego quiso saber qué le sucedió a su padre. Le dije que también murió. Quiso saber cómo y yo dije qué diferencia hace. Está muerto. Joshua se puso furioso y quiso saber por qué me cuesta tanto decir la verdad. Dije que nunca le había mentido a él ni a nadie. Dije que me costaba hablar de las personas a quienes amé y ya no están. Dije que el pasado no tenía ninguna importancia de todas maneras porque él es tan hijo mío como Henry y como Matthew. Él dijo que no lo es. Nunca pensé que las palabras pudieran doler tanto. Le dije que lo he amado desde el momento que ayudé a traerlo a este mundo.

No preguntó nada más después de eso. Solo me miró como si supiera que hay algo más que no le estoy diciendo.

Joshua se adelantó cabalgando. Tengo miedo por él. James dice que tiene sentido común y que Kavanaugh lo vigilará. Tengo miedo por otras razones.

Stern Janssen perdió una rueda hoy. La madera se había secado tanto que se le cayeron los rayos. James está ayudando a repararla. Han sacado las ruedas y las pondrán en remojo durante la noche en el Humboldt.

Joshua no ha regresado. Kavanaugh dijo que lo vio y que está bien, pero que no está listo para volver.

Hemos tomado la costumbre de reunirnos y cenar juntos. Nellie se siente mal desde hace días y yo soy la que cocina. Los hombres me dan de sus provisiones lo que necesito para que la comida alcance para todos. Mientras yo cocino, Nellie lee la Biblia y los hombres reparan lo que hace falta en las carretas. Los niños están demasiado cansados y de mal humor para meterse en problemas.

Joshua mató a dos serpientes de cascabel aún antes de desenganchar a los bueyes. Kavanaugh dijo que son buen alimento. Le dije que podía freírlas y comérselas con mis mejores deseos. Fue exactamente lo que hizo, y Joshua lo acompañó.

Los bueyes estaban demasiado agotados para asustarse por las serpientes, pero Beth está en la carreta y lo más probable es que se quede ahí hasta que lleguemos a California. Es posible que yo la acompañe. Los niños están acostados debajo de la carreta con James.

Cenamos truchas. Binger pescó suficientes para todos nosotros.

Joshua está de guardia esta noche con Wells.

Hoy pasamos más ganado muerto. Estamos usando salvia como combustible.

Kavanaugh dijo que hay otra compañía de carretas a unos veinte kilómetros más adelante. Me alegra saber que hay otros más
adelante y que están sobreviviendo.

Hoy pasamos dos bueyes muertos.
    La arena es profunda y es muy pesada para nuestras
yuntas.

Wells se quedó atascado y tuvimos que usar nuestros bueyes
para liberarlo. Hay muy poca hierba, pero el agua es abundante. El cielo se está nublando. Puedo oír retumbar los truenos a
la distancia.
    Sería agradable tener un descanso de este calor espantoso.

Nuestros bueyes olieron el agua y se volvieron locos tratando
de llegar a ella. Los hicimos volver a todos, pero uno bebió agua
alcalina. James y yo lo atendimos. James sostenía al animal,
mientras yo le aplicaba grasa en el pescuezo. Beth está cuidándolo ahora y orando para que sobreviva.

La vaca lechera se quedó sin leche. Es probable que tengamos
que usarla para jalar si perdemos otro buey. Es de esperar que
suceda porque hemos pasado varios animales muertos en los
últimos cuatro días.

Hoy pasamos junto a una tumba. Tobías Wentworth.
    Binger perdió otro buey.

Nellie dijo que estamos deambulando como los israelitas en el
desierto. La tierra es cruel y el calor es implacable. Salimos
con la primera luz del día y paramos cuando el sol está alto.
Esperamos un par de horas en cualquier sombra que podamos
encontrar y después seguimos hasta el atardecer. Pero aun así

la marcha es tan difícil que a veces tengo ganas de acostarme y morir y terminar de una vez con esto.

Quizás seamos como los israelitas. Dios los miró morir en el límite con la Tierra Prometida.

El Humboldt se secó hasta quedar en nada. Kavanaugh acaba de decirnos que tenemos sesenta y cinco kilómetros de desierto por delante.

No creo que pueda lograrlo.

La carreta de Stern Janssen se quedó tan atascada en la arena que tuvimos que soltar a los bueyes y dejarla. Sacamos a tres bueyes, pero el otro simplemente se acostó y murió.

Nellie está tan enferma por el calor que viaja dentro de su carreta. Wells tiene miedo de que muera.

Si este desierto no nos mata a todos, las montañas que veo por delante seguramente lo harán.

CAPÍTULO 18

Sierra balanceó el bate y sintió el fuerte impacto de la bola. Arrojó el bate y corrió a la primera base.

—¡Vamos! ¡Vamos! —dijo el entrenador de primera base, alentándola.

—¡Corre, Sierra! *¡Corre!* —gritaron otros desde la tribuna mientras ella cruzaba la segunda.

—¡Vamos, mamá! —gritó Clanton, brincando cerca de la tercera y haciéndole señas para que siguiera adelante—. ¡Hazlo! ¡Hazlo!

Rodeó la tercera y corrió hacia la base. El de la segunda base atrapó la bola del centro campista y estaba girando para lanzarla hacia la meta. Ella sabía que nunca llegaría antes que la pelota.

—¡Ay, Señor, ayúdame! —dijo. Clanton nunca la perdonaría si perdían por su culpa. Dándolo todo, siguió adelante a toda prisa y cayó en el último segundo, justo cuando el receptor atrapaba la bola. Chocó directamente contra él y lo derribó. La bola rebotó en su casco cuando él cayó encima de ella.

—¡*Safe!* —gritó el árbitro entre las carcajadas de todo el mundo.

—¡Así se hace! —Dennis rio mientras corría desde su puesto de entrenador.

Ella y el receptor se desenredaron.

—¿Qué crees que es esto, Madrid? ¿La Serie Mundial? ¿O lucha libre profesional, tal vez?

Se dio vuelta y se apoyó sobre sus manos y sus rodillas.

—Perdóname, Harry. ¿Estás bien?

—Lo estaré en un minuto —dijo él, dejándose caer de espaldas con los brazos y las piernas extendidos.

—No te preocupes por Harry. —Se rio Dennis, dándole una mano para levantarla—. Es más fuerte de lo que parece. Solo le gusta buscar compasión.

Harry levantó la cabeza del suelo y lo miró frunciendo el ceño.

—Tú le enseñaste a deslizarse, ¿verdad, O'Malley?

—Mi padre me enseñó —le informó Sierra, riendo. Se sacudió mientras su equipo la rodeaba y empezaban a quitarle la tierra con sus gorras y a palmearle la espalda felicitándola.

Harry se levantó y se quitó la máscara de receptor.

—Me parece que el reglamento debería prohibir derribar a tus mayores como si fueran pinos de bolos.

—¡Te toca batear! —gritó el árbitro.

Cuando Sierra se dirigió a la banca con sus compañeros de equipo, escuchó que Carolyn la llamaba:

—¡Mamá! ¡Mamá!

Se dio vuelta, retrocedió y saludó con la mano. Su corazón dio un salto cuando vio a Alex sentado en la tribuna junto a Carolyn. ¿De dónde había salido?

La última entrada del partido pasó volando ante sus ojos. No podía prestar atención. Hacía seis meses que no veía a Alex y dos que no hablaba con él. Su corazón palpitaba fuertemente. Las palmas de sus manos transpiraban.

Sintió mucha vergüenza. Él no podía pasar por el condominio, ¿cierto? No. Claro que no. Tenía que venir al partido de béisbol como si acabara de salir de la revista *GQ* y verla vestida con sus Levi's desteñidos y toda cubierta de tierra y de manchas de pasto. Sin maquillaje. Con el cabello hecho un desastre. Las uñas y los dientes con tierra después haberse deslizado al plato. El momento perfecto. Sopló un mechón de cabello para quitárselo de los ojos.

—¿Estás bien? —dijo Dennis, apoyando su mano sobre las suyas.

—Alex está aquí.

—Me preguntaba quién era ese tipo que estaba sentado al lado de Carolyn.

—¿Por casualidad, viste cuándo llegó?

—Un par de minutos antes de que entraras a batear.

—Qué bien —murmuró, pensando en cómo debía haberse visto cuando barrió al pobre Harry del plato.

—¿Clanton sabía que él iba a venir? —dijo Dennis echando un vistazo a la tribuna.

—*Yo* no sabía que vendría. —Respiró hondo y soltó el aire a través de sus labios fruncidos, tratando de desacelerar su descontrolado pulso—. Dame una patada si lloro, Dennis. Patéame *fuerte*.

—Si lloras te llevaré a la cárcel.

Ella se rio.

El equipo se reunió en un círculo y echaron una porra para los luteranos contra quienes habían jugado.

—Solo perdimos por dos carreras —dijo Clanton mientras Sierra rodeaba sus hombros con un brazo—. Ya les ganaremos... —Ella se dio cuenta del momento preciso en que él divisó a su padre. Todo su cuerpo se puso rígido.

—Tranquilo —dijo ella en voz baja.

Alex se acercó a ellos caminando con Carolyn de la mano. Miraba directo hacia su hijo. Ni siquiera la miró fugazmente a ella.

Sierra notó que él había bajado de peso, pero a ella le había sucedido lo mismo en los últimos seis meses. Siete kilos, para ser exacta. Afortunadamente, en todos los lugares debidos.

—Iré a ayudar a Dennis a guardar las cosas —dijo Clanton y comenzó a darse vuelta.

Ella lo agarró de la manga de la camiseta.

—No, no irás.

—No tengo nada que decirle.

—Entonces, escucharás.

Alex los obvervó mientras se acercaba. Era difícil no notar que Sierra y su hijo estaban teniendo una ligera diferencia de opinión. En ese momento, la miró con ojos entrecerrados y suspicaces. ¿Qué pensaría que estaba haciendo? Cuando se detuvo frente a ellos, parpadeó y miró de arriba abajo el cabello revuelto de Sierra, su camiseta y sus pantalones llenos de polvo y sus zapatillas raspadas. Ella sintió el rostro acalorado.

—Buen batazo —dijo él con la boca torcida.

—Gracias —logró decir ella, sintiéndose rechazada.

Poniendo fin a la cortesía, miró a su hijo:

—Jugaste bien en el campo, hijo. —Cuando Clanton no dijo nada, ella vio que un músculo se tensaba en la mejilla de Alex. Pero no era de enojo. Era por dolor. Nunca lo había visto tan vulnerable antes.

Dios, por favor, no permitas que Clanton diga nada cruel. Por favor.

Clanton no dijo nada. Solo se paró junto a ella, rígido y callado, su defensor.

—¿Qué te parece si vamos a comer una hamburguesa? —dijo Alex.

Clanton profirió una risa en voz baja y miró furioso a su padre.

—El equipo irá a comer pizza —dijo fríamente y desvió la vista.

—¿Por qué no nos acompañas? —dijo Sierra impulsivamente.

Clanton le lanzó una mirada que hubiera bastado para marchitar un roble.

—Él no juega béisbol —dijo Clanton. Volvió a mirar a Alex—. Juega con otras mujeres.

El rostro de Alex se puso de color rojo oscuro.

Sierra no sabía si él estaba avergonzado o a punto de explotar de ira.

—¡Eres un grosero, Clanton! —dijo Carolyn con labios temblorosos.

—¡Cállate! ¿Qué sabes tú?

—¡Sé más que tú! —dijo ella con sus ojos azules llenos de lágrimas—. Elizabeth dijo... —Se interrumpió y empalideció al ver el rostro de Clanton.

—¡Ah, eres una pequeña Judas!

Sierra sintió que se ponía pálida. *¿Ahí* era donde él llevaba a su hija los sábados? ¿A pasear con su amante?

Clanton avanzó un paso hacia su hermana.

—¿Por qué no te mudas con *ellos*, pequeña...?

—Basta, Clanton —dijo Alex con una voz de acero. Apenas le echó un vistazo a Sierra, y ella se alegró por eso. Lo último que quería era que él viera cuánto le dolía saber que Carolyn había pasado tiempo con Elizabeth Longford—. Será mejor que aprendas a aceptar las cosas como son.

—No tengo que *aceptar* nada, mucho menos a *ti*. Eres un traidor y un mentiroso. ¡Ojalá tú y tu novia se *mueran*!

—Se marchó y atravesó el campo de béisbol hasta alcanzar a Dennis y a los otros miembros del equipo.

—¿Mamá? —dijo Carolyn, mientras las lágrimas corrían por sus mejillas.

—Iré a buscarlo —dijo ella en voz baja, ansiosa por escapar antes de ponerse en ridículo o decir algo que lamentaría. Caminó hacia sus compañeros de equipo tragándose las lágrimas calientes que la estaban ahogando.

—¡Mamá! —gritó Carolyn. Quería seguir a Sierra, pero Alex la sujetó de la mano—. ¡Suéltame! —dijo sollozando y se liberó de su padre para correr hasta Sierra—. ¿Estás enojada conmigo, mamá? —Las lágrimas caían por su rostro—. ¿Me odias?

—No —dijo Sierra, arrodillándose y acercándola a su cuerpo. Le acarició el cabello y la besó en la frente—. Solo desearía que las cosas fueran de otra manera; eso es todo.

—No quise lastimarte. Solamente hablé una vez con ella. Yo...

—Shhh... Yo te amo mucho y nada va a cambiar eso jamás. —Tomó el mentón de su hija y la miró con una sonrisa trémula—. Ve a divertirte con tu padre mientras hablo con Clanton. Te veré luego en casa. —Le dio un beso.

—Clanton es tan odioso.

—No, cielo. Está dolido. Las personas dicen cosas horribles cuando están dolidas. —Como ella lo había hecho. Como Alex lo había hecho. Pobre Clanton. ¿Qué posibilidad tenía él de ser mejor que ellos?— Dile a tu padre cuánto lo amas. Él necesita escuchar eso. Ahora, vete.

—Sierra —la llamó Alex—. Espera un minuto. —Ella reconoció ese tono y deseó poder seguir caminando. Si no hubiera sido por lo que acababa de decirle a Carolyn, habría huido. Temblaba por dentro, el estómago se le contraía, los ojos le ardían por las lágrimas. No necesitaba un sermón de

Alex diciéndole lo pésima que era como madre o la pésima esposa que había sido.

Él la miró y Sierra vio que algo destelló en sus ojos.

—¿Adónde irá el equipo? Nos encontraremos ahí con ustedes.

No había paz para los impíos. Ni siquiera un poco de privacidad para llorar un buen rato.

—A tres cuadras, en el centro comercial —dijo ella, haciendo un esfuerzo por hablar con normalidad—. Haré lo que pueda, Alex, pero no puedo prometerte... —Sacudió la cabeza y se alejó, resignándose a una noche dolorosa.

Dennis tuvo una charla larga y difícil con Clanton antes de que llegaran a la pizzería. Sabía cómo se sentía Clanton; su propio padre había abandonado a su familia cuando él era un adolescente.

—Lo vi una vez después de que se fue y le dije que lo odiaba. Nunca más lo vi. Murió cuando yo tenía veintitrés.

Sierra se dio cuenta de cuánto le costó esa confesión a Dennis, así como el impacto que causó en Clanton.

—Él lastimó a mi madre —dijo Clanton—. Cada vez que llama, la hace sufrir.

Sierra parpadeó tratando de contener las lágrimas.

—Yo también lo lastimé, Clanton.

—No como lo hizo él. —Clanton luchó por controlar sus emociones, dudando entre el amor y la lealtad hacia ella y el amor por su padre.

Dennis puso una mano sobre el hombro de Clanton.

—Tu padre se lastima a sí mismo más que a nadie. Está distanciado de ti y de tu hermana. ¿Recuerdas lo que hablábamos el otro día en el grupo de jóvenes? Todos pecan. Nadie es perfecto. Y ningún pecado es más grande que otro. Cuando crees en Jesús, te confiesas, te arrepientes y él te limpia. Él te pone en el buen camino. ¿Qué pasa cuando no tienes esa fe que te sostiene? Te desconectas del amor mismo.

—Él no está arrepentido —dijo Clanton.

—¿Tú lo estás?

—¡Él sigue viviendo con ella! —Clanton luchaba por contener sus lágrimas.

—Y tú sigues aferrado a la ira que tienes contra él. Acabas de desearle que se muera.

Clanton se encorvó y lloró, murmurando palabras incoherentes. Dennis tomó entre sus manos la cabeza del niño y la acercó a su pecho.

—Entrégalo al Señor, Clanton. No cometas el mismo error que yo. Es algo que todavía me persigue. —Miró a Sierra y ella vio las lágrimas en sus ojos. También se dio cuenta de que su hijo necesitaba tener un momento a solas con este hombre de Dios.

—Te veré adentro —dijo, acariciando a su hijo, y salió de la camioneta. Sabía que Clanton se abriría más si ella no estaba presente.

Apenas entró a la pizzería, vio a Alex; su mecanismo instintivo de búsqueda todavía funcionaba. Podía sentir su presencia en cualquier parte. Estaba sentado con Carolyn en una mesa en la esquina de atrás. Quiso fingir que no los había visto y caminó hacia los demás. Lo último que quería hacer era hablar con Alex o pensar en que Carolyn estaba desarrollando una relación con una futura madrastra.

Alex estaba mirándola fijamente, y ella supo que lo único que lograría sería enfurecerlo más si no le decía dónde estaba Clanton.

Alguien del grupo la llamó. Ella los miró, se obligó a sonreír y los saludó con la mano.

—Estaré con ustedes enseguida. —Primero lo primero. Tenía que tranquilizar a Alex. Se acercó a la mesa y le sonrió a Carolyn—. ¿Ya ordenaste tu pizza?

—¡De *pepperoni*! —Sonrió feliz y bebió un poco de su refresco.

Sierra miró a Alex.

—Dennis está conversando con él. Entrarán enseguida. —Los ojos de él se encontraron con los suyos y Sierra sintió su dolor. Qué complicado desastre habían hecho de sus vidas; y habían arrastrado a sus hijos al atolladero con ellos—. Si no sucede esta noche, Alex, seguiremos intentándolo. ¿Está bien? No te des por vencido con él. Por favor.

Otra vez esa mirada que no podía descifrar.

—No lo haré —dijo, con aire sombrío.

Sonriendo trémulamente, se apartó de la mesa y se unió a los otros.

Cuando Clanton entró, Carolyn dejó la mesa para que su padre pudiera hablar con él a solas. Fue directamente hacia Sierra.

—Papi dijo que nos llevará al cine y después a cenar. —Siguió soltando un torrente de palabras acerca de su padre, mientras Sierra observaba que Dennis y Clanton se sentaban a la mesa con Alex.

Dennis sonrió y habló durante unos minutos, indudablemente tratando de hacer sentir más cómodos a sus acompañantes. Alex respondió. Sierra lo vio sonreír. Fue raro cuánto le dolió ese gesto. Cuando Dennis los dejó solos, Alex miró de frente a su hijo y empezó a hablar. Habló durante un largo tiempo. Clanton solo miraba fijamente el vaso vacío del refresco de Carolyn. Luego de un rato, Alex no dijo nada más. Solo se quedó mirando a su hijo, con sus ojos enmarcados por unas nuevas arrugas de dolor y remordimiento. Dijo algunas palabras más. Clanton se puso de pie y dejó la mesa. Alex se pasó una mano por el cabello y miró hacia otro lado.

Por primera vez desde que la dejó, Sierra sintió compasión por su esposo.

Carolyn se fue con su padre. Clanton pasó la mayor parte de la tarde hablando con Dennis. Noreen llegó y se sentó con Sierra.

—Los niños ven las cosas en blanco o negro —dijo Noreen—. Correcto o incorrecto. Bueno o malo. Son sumamente sensibles a esas cosas. Cuanto más grandes somos, más tonos de gris vemos.

—No sé qué hacer. Gran parte de esto es mi culpa. Quiere el divorcio.

—¿Todavía estás enamorada de él? —dijo Noreen, poniendo una mano sobre su hombro.

—Estuve enamorada de Alex desde que tengo memoria —dijo Sierra con una sonrisa triste—, y probablemente lo amaré hasta el día que muera. Pero eso no cambia nada, ¿verdad? Dijo que está harto de mí y que está enamorado de otra. Ha hecho todo lo posible para que acceda a divorciarme de él. Al principio, creo que me negaba porque quería lastimarlo tanto como él me estaba lastimando a mí. Luego, fue por la abominable obstinación. Pero ¿y ahora? Ya no lo sé. Sencillamente, no lo sé.

Noreen le apretó la mano.

—No sé si esto te ayudará o no, pero, cuando era niña, mis padres peleaban todo el tiempo. Solía llorar hasta quedarme dormida, escuchando cómo se gritaban el uno al otro. Decían que seguían juntos por nosotros, mi hermano y yo. Recuerdo que deseaba que se divorciaran.

—¿Lo hicieron?

—No. Nunca. Todavía están juntos y siguen peleando. Ahora tienen otras excusas, y todavía hacen sentir incómodo a cualquiera que esté a cuatro metros de ellos. Yo no voy muy seguido a visitarlos.

Sierra recordó las peleas que había tenido con Alex. No se gritaban el uno al otro, pero la guerra fría había durado meses. ¿A qué costo para sus hijos? Estaba tan enredada en su propio dolor, que había estado ciega al de ellos. Y al de Alex.

Las palabras de Audra volvieron para atormentarla. «*Tres años vi cómo te entregabas a la autocompasión y seguías con tus berrinches. Y vaya que ha sido algo digno de ver, Sierra. ¡Un verdadero espectáculo!*».

Sierra cerró los ojos. *Dios, perdóname. Ella tenía razón. Me porté tan mal, Señor. ¿Qué puedo hacer para hacer bien las cosas otra vez? ¿Cómo puedo reparar el daño?*

Y la respuesta llegó, y trajo una oleada de dolor.

Déjalo ir.

Clanton dijo que le dolía el estómago y se fueron a casa temprano. Mientras él se daba un largo baño con agua caliente, ella se sentó en la sala a orar. Sabía lo que tenía que hacer. Cuando arropó a Clanton en su cama, le retiró cariñosamente el cabello negro de la frente.

—Te amo mucho y me arrepiento de haber hecho un desastre de las cosas.

—No lo hiciste.

—Ay, Clanton, hay muchas cosas que no entiendes. Yo presioné. Presioné mucho y durante mucho tiempo para lograr lo que *yo* quería. Nunca me detuve a tener en cuenta lo que necesitaba tu padre. Por favor, no hagas lo mismo. Terminarás perdiéndolo como lo perdí yo. Él te *necesita*, Clanton. Necesita poder amarte.

—¿Qué hay de ti, mamá?

—Yo los tengo a ti y a Carolyn. Tengo a Michael y a su familia. Tengo al Señor. ¿Qué tiene tu padre, Clanton? Y en parte soy culpable de eso. Quiero hacer las cosas más fáciles para todos nosotros.

Conversaron durante casi una hora y Clanton accedió a hablar con su padre la próxima vez que llamara. Aliviada, Sierra tomó una larga ducha y se puso unas mallas negras y una túnica larga verde oscuro. Estaba cepillándose el cabello cuando sonó el timbre de la puerta.

Alex estaba parado bajo la luz del pórtico, con su hija profundamente dormida en brazos.

—¿Dónde está su cuarto?

—Es la segunda puerta a la derecha —dijo ella y retrocedió. Lo vio llevar a Carolyn por el pasillo y lo siguió para encender la luz. Retiró el edredón hacia atrás. Alex acostó a Carolyn con suavidad para que no se despertara. Desató los cordones de sus zapatillas y se los quitó de los pies. Sierra salió de la habitación mientras él acomodaba el edredón sobre su hija y se despedía de ella con un beso.

Cuando Alex entró a la sala, el corazón de Sierra latía como un martillo. Él miró alrededor.

—No trajiste ninguno de los muebles de la otra casa.

No podía descifrar nada especial en su tono de voz, pero se le ocurrió que, tal vez, Alex habría querido algunas de las cosas que Bruce Davies había llevado a la casa que compartieron. Descubrió otro error contundente, otro acto egoísta de su parte.

—Roberta sugirió que vendiera... —Agitó la cabeza, avergonzada. No podía culpar a Roberta. Había sido su propia decisión, otro acto desafiante—. Disculpa, Alex. Ni siquiera consideré preguntarte si querías los muebles que Bruce Davies...

—No dije que los quisiera —dijo abruptamente. Dejó

de mirarla y recorrió la sala con la vista—. Me recuerda a la casa de Windsor.

Las palabras que él había dicho alguna vez volvieron a acosarla: «*Hay una manera correcta y una incorrecta de decorar*». Ella miró alrededor, tratando de ver las cosas desde su perspectiva. Seguía teniendo el mismo sofá que compraron durante el primer año de casados, aunque el mes anterior lo había retapizado con pana verde. Había encontrado en oferta los coloridos almohadones decorativos en una tienda de artículos importados. Todavía conservaba la mesa de madera tipo escotilla. Sobre ella estaba la fuente de vidrio de plomo con las piedras que los niños habían recolectado en un paseo reciente por la playa. Las lámparas antiguas de bronce que Alex había descrito como ridículas estaban sobre unas mesitas modernas que había a cada lado del sofá. Sierra las había pulido hasta lograr un brillo dorado y había comprado cortinas nuevas. En el rincón cerca de la ventana del frente, había un helecho alto y saludable.

Era lo más alejado al tipo de decoración de Bruce Davies. Nada combinaba con nada, pero, de algún modo, la mezcla causaba que todo aquel que entrara en la casa se sintiera cómodo. Al menos, eso era lo que decían. Dos personas incluso le habían pedido que las ayudara a decorar su casa.

¿Pero cómo hacía sentir a Alex?

—¿Te gustaría que haga un poco de café? —dijo ella a falta de cualquier otro comentario.

—Es un poco tarde para un café.

Era un poco tarde para todo. Reconociéndolo, ella asintió con tristeza.

—Supongo que así es. —Tomó el largo sobre blanco de la encimera de la cocina—. Esta noche tuve una larga conversación con Clanton cuando volvimos. Creo que ahora entiende las cosas un poco mejor.

—¿Qué entiende? —dijo Alex con una mirada oscura.

—Que la ruptura de nuestro matrimonio no fue únicamente culpa tuya. Él hablará contigo la próxima vez que llames. —Tomando aire, caminó dos pasos hacia él y le entregó
el sobre.

—¿Qué es esto? —dijo él, entrecerrando los ojos y
agarrándolo.

—Los papeles del divorcio que me diste. Los firmé esta
noche. Ya tienes tu divorcio, Alex. No pelearé más contigo.
—No se había dado cuenta del costo de esas palabras ni esperaba ver la mirada que descubrió en sus ojos. No parecía
aliviado. Mientras la miraba fijamente, ella tuvo que hacer
un gran esfuerzo físico para contener sus lágrimas y aparentar
calma y tolerancia.

*Ay, Dios, quédate conmigo. Tú eres mi escondite. Eres mi
escudo, siempre estás dispuesto a ayudarme en tiempos de dificultad. Y esto me duele más de lo que hubiera creído posible.*

—¿Por qué ahora? —dijo Alex bruscamente.

—Porque ya es tiempo. —Un tiempo para todas las cosas.
Un tiempo para amar. Un tiempo para dejar ir. Un tiempo
para seguir adelante con su vida y dejar que Alex continuara
con la suya—. Habría sido más fácil para todos si yo hubiera
hecho lo que me pediste desde el principio. Me aferré a mi
ira. Y a falsas esperanzas. Ahora me doy cuenta de que eso
solo empeoró las cosas. Para todos.

Él la miró por un largo rato.

—Has cambiado.

—Eso espero.

Metió el sobre en el bolsillo de su chaqueta. Nunca lo
había visto tan triste. Él empezó a decir algo, pero sacudió la
cabeza. Caminó hacia la puerta, la abrió y salió sin decir una
palabra. Ella cerró la puerta despacio detrás de él y apoyó su
cabeza en ella.

*Confiaré en Ti, Señor, sin importar cuánto me duela.
Confiaré en Ti.*

La próxima vez que Alex llamó, Clanton contestó. Alex
pasó a recogerlo el sábado y pasaron juntos todo el día, por
primera vez desde que Alex se había ido.

Estamos descansando en Ragtown con otras veinte carretas.

Aquí hay agua y buenos pastos para los animales. James está
dejando que me ocupe de reponer las provisiones mientras él
hace reparar la carreta. Y estoy lavando la ropa. El lugar lleva
ese nombre por toda la ropa que cuelga de los arbustos. Hasta
las prendas innombrables. ¡Un paisaje digno de ver!

La caravana Randolph partirá mañana a lo largo del río
Truckee. Están ansiosos por llegar al Fuerte de Sutter. Están
respondiendo al llamado de Sutter para que vayan colonos.
Varios hombres son granjeros de Ohio. El herrero que viaja
con ellos reparó los aros de nuestra carreta y nos vendió algunos
tornillos que le sobraban.

Tenía esperanzas de que viajáramos con la caravana
Randolph. En mi opinión, cuantas más personas, menos posibilidades de problemas, pero James piensa de otra manera.
Quiere esperar y darles tiempo a los bueyes para que engorden
para el difícil camino en las Sierras. Los demás están de acuerdo. Kavanaugh no opina ni a favor ni en contra. Creo que si
fuera una mala idea él diría algo. Así que eso me da un poco de
consuelo. Joshua está enojado. Está impaciente por ver qué hay
en las montañas. Supongo que es bueno que esperemos uno o
dos días más. Nellie debería estar más fuerte para entonces. Si
hubiéramos pasado otro día en ese desierto, ya la habríamos en-
terrado. Nellie me pidió que orara por ella. Lo único que pude
hacer fue tomarla de la mano y decir Dios Ayúdanos. Pareció

quedarse conforme con eso. Sigue recordándome que Dios nos
ha ayudado hasta ahora. Y yo sigo diciéndole que aún no llegamos al final del camino.

Nuestros bueyes tienen buen alimento aquí. James está
cortando hierba y haciendo fardos de forraje. Fue bueno que lo
hiciera a lo largo del Humboldt, o los animales nunca habrían
podido recorrer esos últimos sesenta y cinco kilómetros.

Levanto mi vista hacia las montañas y me pregunto si llegaremos antes de que llegue el invierno. El encargado de la caravana Randolph nos dijo que no esperemos más de una semana.
Dijo que una caravana las cruzó hace dos años y quedó atrapada
en las nieves invernales. Muchos de ellos murieron, y los que no,
tuvieron que sobrevivir comiendo a sus semejantes. Después de
escuchar esa historia, estuve lista para empacar nuestras cosas
y partir en ese mismo momento.

Kavanaugh se adelantó a caballo para buscar una ruta más fácil
en las montañas.

Joshua se fue con él. Hace cuatro días que salieron. Tengo
miedo de que les haya pasado algo. James dijo que seguiremos el
rastro dejado por la caravana Randolph hasta nuevo aviso.

El camino es muy duro. Cruzamos cuatro veces el Truckee y
ahora tenemos que desarmar la carreta y acarrearla montaña
arriba. Binger se fracturó dos costillas cuando se soltó el cabrestante, pero no perdió su carreta. Bastante leña para una fogata.
El aire está frío en la noche y los días se están acortando.
Joshua nos mantiene con comida fresca. Mató un ciervo. Tengo
tiras de carne secándose en la carreta mientras viajamos.

Anoche escuché el ruido más aterrador. Kavanaugh dijo que
era un puma. Le pregunté qué era un puma y dijo que es un
león de montaña. Esta mañana James avistó un oso que cruzaba

el prado. Yo sabía que había algo en el aire, porque los bueyes estaban nerviosos. Kavanaugh se interpuso entre las carretas y el oso y preparó su rifle. Esa inmensa bestia se irguió sobre sus patas traseras y olfateó el viento. Me alegro de que se haya dado cuenta que era mejor no acercarse.

Kavanaugh acaba de decirme que envuelva la carne seca y la guarde, o el oso volverá a buscarla. Eso hice.

James está de guardia. Stern tomará la vigilia en un par de horas. Los niños están acostados debajo de la carreta y duermen profundamente. Yo no puedo pegar un ojo por miedo a ese oso.

Hace tanto tiempo que no me siento a salvo. La última vez que recuerdo algo así fue cuando era niña y mi mamá aún estaba viva y sana. Nunca supe de los peligros que me rodeaban mientras ella vivía. Ni siquiera tenía mucho miedo cuando los indios siux y los fox estuvieron en guerra. Siempre decía que Dios estaba con nosotros. Recuerdo que la gente hablaba de Halcón Negro, pero nunca tuve miedo. Sabía que mamá y papá me cuidarían. Y sabía que Dios también lo haría. Recuerdo que creía que papá era el hombre más fuerte del mundo. Todo eso cambió muy rápido cuando mamá murió. La familia McMurray se desmoronó.

A veces me pregunto cómo se sentía mamá por estar tan lejos de Galena y de su amada hermana. Perdió tres hijos en esa granja. No recuerdo cómo murieron o cuándo porque era muy pequeña. Pero recuerdo los marcadores. Mamá nunca habló de ellos más que para decir que, algún día, conocería a mis dos hermanas y a mi hermano en el cielo. También me acuerdo de que mamá hablaba de tía Martha, pero no recuerdo una sola vez que haya hablado de la vida que dejó atrás en Galena. Y debe haber sido una vida encantadora, con tantas reuniones en la iglesia, las tertulias de costura y los tés vespertinos. Nunca hablaba mucho de mi abuela ni de mi abuelo, salvo para contarme que ambos creían en Jesús, que estaban en el cielo y que algún día también los conocería. Tía Martha me dijo que mi abuelo hizo su dinero trabajando como fundidor y que la abuela era una Buena Cristiana. Murió de tuberculosis, igual que mamá, y mi abuelo murió de fiebre cerebral.

Nunca pensé en preguntar algo más. Era muy joven y nunca me pareció importante.

Ahora tengo muchas preguntas y nunca sabré las respuestas al menos de algunas.

El clima está poniéndose frío. Beth ha caído otra vez con fiebre. Ojalá el Doc estuviera aquí para decirme qué hacer. No quiero perderla como perdí a mi pequeña Deborah.

Beth parece mejor. Hoy nevó. No duró mucho tiempo sobre el suelo que nos rodea, pero de todas maneras fue preocupante. Podemos ver que las montañas sobre nosotros están blancas. Nunca vi algo tan majestuoso y bello, ni tan aterrador. Kavanaugh dijo que tenemos que esforzarnos más y llegar al pie de las montañas antes de que caiga la nieve.

James está enfermo con fiebre de montaña. Matthew y yo conducimos la carreta, mientras Hank cuida el poco ganado que nos queda y Beth se ocupa de su padre. Nellie está débil por la disentería.

Kavanaugh le pidió a Joshua que se adelantara con Binger Siddons y Ernst Holtz. Ellos pueden avanzar más rápido sin nosotros y traernos ayuda.

No pude contener el llanto cuando Joshua se perdió de vista en su caballo. Cada día se aleja un poco más de mí y no sé cómo retenerlo. James dice que tengo que dejar ir al muchacho. Mi cabeza lo sabe, pero mi corazón dice otra cosa.

Yo tenía su edad cuando Sally Mae lo trajo al mundo. Ella murió sin siquiera mirarlo. Toda su vida lo he amado. De una manera extraña, él es más parte de mí que mis propios hijos. Quizás lo amo tanto porque tuve que luchar con todas mis fuerzas para mantenerlo vivo. A veces sueño con él, acostado en la sangre de su madre, llorando. En ese momento lo adopté de corazón y lo llevaré allí hasta que terminen mis días. Se aferró a la vida cuando a su madre no le importó y su padre le deseaba la muerte. Ahora anhela más de la vida y yo tengo miedo de dejarlo ir y que lo encuentre. Lo que más temo es que se marche muy lejos y nunca regrese. Como hizo Matthew.

Kavanaugh me tocó anoche. Solo rozó mi cabello con su mano mientras estaba sentada cerca de la fogata, preocupada por James. Sé que no quiso que me diera cuenta de que me había tocado. Pero igual lo sentí. Dentro de mí surgieron unas sensaciones que no puedo describir.

No lo miré por temor a lo que vería en sus ojos, o lo que él vería en los míos.

En algunas ocasiones me he preguntado por qué aceptó ser nuestro explorador y después por qué decidió acompañarnos a California. Ahora lo sé. Tal vez lo supe desde el instante que me miró en esa mercantil en Independence, y simplemente he estado engañándome a mí misma.

Y James también lo sabe, o no habría dicho que si él muere, estaré a salvo con Kavanaugh.

James está durmiendo mejor desde que la fiebre cedió y yo estoy mucho más aliviada, aunque todavía me preocupa mucho. Lentamente va recuperando sus fuerzas. Beth está mejor que su padre. El aire de montaña parece sentarle bien. Hoy recogió flores y me hizo una corona. Es una niña amorosa y considerada, que siempre quiere agradar a los demás. Ella cuidó a Deborah. Ahora parece cuidarme a mí.

A Matthew le gusta contar cuentos. Es bueno para eso.

Estará feliz cuando lleguemos a nuestra tierra y yo pueda revisar el baúl que tía Martha me compró. Sus libros están ahí.

Nellie me deja leer de su Biblia en la noche. Siempre hay mucho ruido cuando comienzo a leer porque todos quieren oír su historia favorita. A Beth le gusta más la historia de Rut. La preferida de Nellie es la de Ester. Los niños prefieren escuchar las batallas del rey David. A Wells le gusta la historia de Gedeón. Dice que demuestra cómo Dios puede tomar a un granjero cobarde y convertirlo en un guerrero poderoso, capaz de salvar de la destrucción a todo un pueblo. James dice que simplemente le gusta escucharme leer.

Un gran valle se extiende ante nosotros y la tierra parece fértil y verde por la lluvia que cae. Joshua ha vuelto con nosotros y dice que estamos a tres días del Fuerte de Sutter.

Estamos agradecidos de que el viaje esté llegando a su fin.

Cuando llegamos al Fuerte de Sutter tuvimos gratas sorpresas. Virgil Boon y Ruckel Buckeye están aquí. Tuvieron una discusión con MacLeod y abandonaron la caravana en el Fuerte Hall. Siguieron el Snake hacia el sur y siguieron el Humboldt por la misma ruta que nosotros, pero tomaron la ruta del río Carson por las montañas. Dijeron que pasaron por uno de los lagos más bellos de la creación de Dios.

Llegaron al fuerte dos días antes que nosotros.

Wells y Nellie van a tomar tierras al norte del Fuerte de Sutter. Mañana abordarán el transbordador que cruza el río.

Estoy muy afligida. Pensé que viviríamos cerca de los Doane, que han llegado a ser unos amigos maravillosos. Pero James me dijo esta mañana que ha decidido que iremos directo al Pacífico. Sutter les compró Fuerte Ruso a los rusos y dice que ahí la tierra es fértil para cultivarla.

Si hay un barco esperando allí, ¡mi esposo querrá subir y navegar hasta que lleguemos a China! Y si lo hace, viajará solo.

Esta mañana nos despedimos de los Doane. He llorado todo el día. James no habla mucho. Me parece sensato que se quede callado.

Joshua y Kavanaugh se han adelantado para ver la disposición de la tierra.

Hoy vimos indios. Son del mismo tipo que vimos trabajando en el Fuerte de Sutter. Estaban cosechando grano y raíces en los pantanos.

El viento y la lluvia son helados. Hemos atravesado una cadena montañosa y llegamos a otro valle. Los mexicanos se nos acercaron y dijeron que las tierras le pertenecen a Mariano Vallejo. Dijeron que somos bienvenidos a pasar el invierno en su rancho. James les aseguró que solo estamos pasando por aquí y les agradeció la invitación. Les dijo que nos dirigimos al norte, hasta que encontremos el río Ruso. Preguntó dónde podemos cruzarlo bien y se lo dijeron. Sutter dijo que el río estará suficientemente bajo para cruzarlo sin dificultades si llegamos allí antes de que caigan fuertes lluvias. Joshua se adelantó para ver si es así.

El río Ruso era ancho pero no demasiado profundo para vadearlo. Un día después de cruzarlo, los cielos se abrieron y ha estado lloviendo copiosamente sobre nosotros desde entonces. El río creció tan rápido que apenas podía creerlo. Nellie diría que Dios estaba con nosotros y que por eso pudimos cruzarlo.

Matthew está enfermo con fiebre. Yo también tengo un poco.

Cada día se hace más difícil.

Estamos invernando en un valle al noroeste del río Ruso. El Fuerte Ruso está a varios días de distancia, pero no puedo ir más allá. El día que tomaron la decisión de quedarnos aquí, yo estaba enferma en la carreta. Tenía contracciones tan seguidas que estaba segura de que iba a perder al bebé. Paramos medio día para dejarme descansar. Cuando volvimos a partir a la mañana siguiente, hubo un chasquido y la carreta se cayó. Cuando lo hizo, se partieron dos ruedas.

Se rompió nuestro eje y faltan dos pernos. James y los niños los han buscado todo el día y no pueden encontrarlos y no tenemos otros de repuesto.

No lo dije, pero me alivia que no podamos continuar. Si el eje no se hubiera roto, todavía estaríamos viajando hacia el oeste. Es como una fiebre que tiene James. Cree que lo que está más allá de la próxima montaña será mejor que lo que hay aquí. Esta es una buena tierra, tiene madera para construir y agua en abundancia. ¿Qué más quiere?

Kavanaugh se fue. Él y James tuvieron una discusión. Casi terminaron a los golpes. Todo empezó porque James quiere ir al Fuerte Ruso. Estaba a favor de dejar la carreta y cargar los paquetes el resto del camino, pero Kavanaugh no lo dejó. Dijo: Mary Kathryn ha llegado tan lejos como pudo, hombre. ¿Acaso no tienes ojos en la cabeza? El rostro de James se puso completamente rojo y le dijo que yo no era asunto suyo. Kavanaugh dijo que tal vez era así, pero que era tiempo de hacer un refugio y esperar que pase el invierno. James lo acusó de hacerle algo a la carreta. Kavanaugh no dijo nada sobre eso. James le ordenó que se marchara. Y lo hizo. Montó su caballo y se marchó sin más ni más.

Me pregunto si hizo lo que dice James. Si fue así, le estoy agradecida. Este niño me presiona hacia abajo como nunca lo hicieron los anteriores. Un día más y lo habría perdido, y quizás yo también habría muerto.

James está hablando de construir una cabaña. Será mucho trabajo, pero estoy deseosa de volver a tener un techo sobre mi cabeza. No quiero que este bebé nazca en una carreta cubierta.

Me siento mucho más fuerte. Quedarse en un lugar obra maravillas en el cuerpo. James sigue hablando de seguir adelante después de que nazca el bebé. Espero que cambie de idea.

Sigo diciéndole que esta tierra es buena, fértil y oscura, con muchas lombrices de tierra y pocas piedras. No encontraremos una mejor para construir nuestro hogar.

James ha comenzado a desarmar la carreta. Va a reconstruirla en dos carretillas como las que usan los mormones. Dijo que todavía nos quedan dos ruedas buenas y que no queda mucho para cargar. Supongo que volveré a caminar otra vez.

No vamos a ir a ninguna parte. Parece que moriremos aquí mismo. Uno por uno.

James ha muerto.

No sé qué hacer.

No le encuentro sentido a nada. Ni siquiera puedo pensar.

Dios, ¿por qué me odias tanto?

CAPÍTULO 19

—Estoy esperando a alguien —le dijo Sierra a la mesera—. Mientras ella llega, un vaso con agua estaría bien.
—Siempre y cuando Audra llegara.

Sierra necesitó casi dos días completos para armarse de valor y llamar a Audra para invitarla a almorzar. Esperaba que Audra la rechazara o le dijera algo hiriente. Sin embargo, dijo simplemente:

—¿Dónde?

Sierra no estaba preparada para eso.

—Donde quieras.

—En el club. El jueves a la una de la tarde. ¿Está bien?

—A las once y media sería mejor para mí, Audra. Ese es mi horario de almuerzo.

—De acuerdo —dijo ella con voz entrecortada—. Ahí estaré.

Sierra llegó temprano y vio a Meredith sentada sola en el salón. La acompañó unos minutos, compartiendo recuerdos y poniéndose al día con las noticias.

—Ya somos tres —dijo Meredith cuando Sierra le contó que ella y Alex estaban divorciándose—. Eric me dejó por una modelo más joven y más rica, y Lorraine finalmente se divorció de Frank. Afortunadamente se consiguió un abogado de primera línea. En este preciso instante está en un crucero por el Caribe. ¿Y adivina quién lo pagó?

—¿Cómo está Ashley? —dijo Sierra, afligida por escuchar noticias tan tristes.

—Bulímica. Hace unas semanas se desmayó y ahora está yendo a terapia. Parece una sobreviviente del Holocausto.

Un par de minutos antes de que llegara Audra, Sierra anotó su dirección y número telefónico nuevos.

—Por favor, llámame. Me encantaría que vinieras a cenar. Los lunes y los viernes estoy libre. Elige una fecha y avísame.

Meredith la miró con una sonrisa desconcertada.

—Mira que podría sorprenderte y aceptar tu invitación.

Sierra se inclinó y le dio un beso en la mejilla.

Estaba comprobando su reservación cuando llegó Audra. Ruborizándose, le extendió la mano.

—Hola, Audra.

Después de dudar un instante, Audra le dio la mano.

—Qué bueno verte otra vez, Sierra.

—Su mesa está lista, señora Madrid. Por aquí, por favor.

Se sentaron en un rincón tranquilo, entre helechos. Sierra había pedido una mesa privada y le había dado a la joven una propina sustanciosa para asegurarse de que se la asignara. Luego de ordenar vino blanco, Audra se quedó en silencio. Sierra ordenó una lima-limón. Quizás eso calmaría su estómago.

Tomó aire, lo soltó lentamente y levantó la cabeza.

—He tenido mucho tiempo para reflexionar, Audra. Tenías razón en todo. Entre otras cosas, tenías razón en la manera en que te traté. Quería pedirte perdón en persona.

Audra se quedó mirándola un rato largo.

—Bueno... —dijo despacio—. Vine preparada para defenderme. En los últimos días repasé cientos de veces mi parte de la conversación. Si decías una palabra condenatoria, podría haberte colgado de las orejas a la pared. Y aquí estás tú, bajándome los humos. —Levantó su copa de vino—. ¡Felicidades!

Sierra no tenía idea de cómo interpretar sus palabras. Sabía que esta reunión sería difícil. Apretando juntas las manos, se preparó para lo que Audra tuviera que decir. Se mantendría callada y *escucharía*, aunque muriera en el intento.

—*Soy* una esnob, Sierra. —Audra dejó escapar una risa sin alegría—. *Soy* una trepadora social. Lo único que siempre he querido, y que me parece absolutamente imposible, es encajar. La única persona en el mundo que realmente me ama es Stephen. Dios sabe por qué. Desde mi infancia, he tenido un único y gran talento: alejar a las personas.

Tocó torpemente los cubiertos y, entonces, como si se hubiera descubierto dando un paso en falso, apoyó las manos sobre su regazo. La miró de frente, directo a los ojos, e inclinó la barbilla.

—A veces veía una expresión en tu rostro que me hacía sentir vergüenza por dentro. Por ejemplo, esa vez en Rodeo Drive, cuando compré aquel vestido absurdamente caro y te pregunté por qué no te comprabas algo tú también. No sé por qué lo hice. Para ponerte en tu lugar, supongo. Pero me miraste y, por un instante, me vi a mí misma en tus ojos. No fue agradable. —Cuando levantó la copa con vino blanco otra vez, su mano temblaba ligeramente—. Así que, si de algo vale la pena, Sierra, yo también te pido perdón. ¿Hacemos una tregua?

Sierra sintió una súbita oleada de afecto por esta mujer a quien siempre había visto como su enemiga. Vislumbró las inseguridades y la soledad de Audra, y se entristeció por ella. Levantando su vaso con lima-limón, sonrió.

—Creo que podemos hacer más que eso, Audra. Podemos ser amigas.

Cuando Audra dijo que Alex y Elizabeth no parecían llevarse bien, Sierra le pidió que Alex fuera considerado un tema prohibido.

—Se terminó, Audra. Está con otra. Me duele hablar de él.

—No se ha terminado hasta que estén divorciados.

—Le firmé los papeles la semana pasada. Es solo cuestión de tiempo.

Una expresión extraña apareció en el rostro de Audra. Por un momento pareció desesperada por darle algún consejo. Entonces, en una muestra de delicadeza atípica, cambió de tema.

Se separaron amistosamente. Audra dijo que la próxima vez ella invitaría el almuerzo.

—Te llevaré a La Serre.

—No, no lo creo —dijo Sierra, riendo—. Una de las cosas que más me molestaba era saber que no podría reciprocar la invitación. Así que, si quieres, puedes invitarme la próxima vez, pero cada quien pagará lo suyo e iremos a algún lugar que pueda pagar una persona común y corriente, o no iremos a ningún lado.

—Ah, está bien —dijo Audra, fingiendo estar enojada.

Sierra volvió a trabajar sintiéndose eufórica. Había ido a almorzar con la expectativa de enfrentar el desdén y la condena de Audra. En vez de eso, había conseguido una nueva amiga, una que podría haber tenido tres años antes si no hubiera estado tan absorta en sí misma.

Cuando llegó a la casa, los niños ya estaban ahí, Clanton haciendo sus ejercicios de matemáticas en la mesa de la cocina, mientras Carolyn hablaba por teléfono con Pamela.

—Marcia dice que te saluda, mamá.

—Dile que yo también le mando saludos y recuérdale que iremos de compras este sábado. —Alex llevaría a Clanton a Magic Mountain otra vez. Los viernes en la tarde siempre pasaba a recoger a Carolyn y pasaba toda la tarde con ella.

Dejando su cartera en la encimera, Sierra se sentó en un banco de la cocina y empezó a abrir la correspondencia. En la pila había un catálogo de una universidad de dos años. Explorándolo, vio varios cursos de negocios que la ayudarían en su trabajo. Si bien eran prácticos, ninguno le pareció tan interesante como uno que se llamaba: «Decoración creativa para presupuestos limitados».

Se rio entre dientes. Ahora había un curso que parecía perfecto para ella. Pero ya había hecho todos los gastos en decoración que podía pagar por el momento y tenía varios proyectos que aún tenía que concluir. El viejo armario que había pertenecido a los padres de Alex estaba desmontado y listo para ser pintado, y tenía la tela que quería para cubrir unas butacas. También había comprado los acrílicos para ponerse a pintar con flores y hojas las molduras que había dibujado para el cuarto de Carolyn.

Dejó de lado el catálogo y alzó la factura del seguro de su carro. Desde que había cambiado el BMW por un Saturn, sus tarifas habían bajado drásticamente.

Carolyn colgó y se bajó del taburete para abrir el refrigerador.

—Tengo hambre. ¿Qué hay para cenar?

—¿Qué te parecen unos hot dogs y macarrones con queso, para variar? —dijo Sierra con una sonrisa.

—Ay, mamá. ¿No podemos pedir comida china esta noche?

—Esta noche, no, cariño —dijo, abriendo una carta de los padres de Alex. Les escribía una vez por semana, como lo había hecho siempre. Estaban invitándola a ella y a los niños a pasar Acción de Gracias con ellos. María mencionaba discretamente que, este año, Alex tenía planes de viajar al este. Cuando terminó la carta, la dejó afuera para que los niños pudieran leerla.

Ir a Healdsburg en carro era un largo viaje, pero ya era hora. No había ido a casa desde la muerte de su madre.

El teléfono volvió a sonar.

—Es para ti, mamá.

—¿Hola? —dijo ella, tomándolo.

—Marcia dijo que firmaste los papeles del divorcio.

Su corazón saltó al oír la voz de Ron.

—Las noticias vuelan —dijo, manteniendo un tono neutral.

—Me enteré el mismo día que Marcia. Esperé hasta ahora para que tuvieras tiempo para acostumbrarte.

Se bajó del taburete y puso agua a calentar. Audra decía que para calmar los nervios alterados no había nada mejor que una taza de té de hierbas. Ron preguntó por los niños y por la casa nueva. No tuvo que preguntarle dónde había conseguido el número nuevo. Marcia se lo había dado tres semanas atrás junto con la noticia de su divorcio.

—¿Ves a Alex muy seguido?

—Cuando pasa por aquí a recoger a los niños —dijo, percibiendo lo prudente que era con ella. Era lo suficientemente sensible como para no preguntar si Alex tenía planes de casarse con Elizabeth Longford.

Ron le contó que el bebé de Judy ya gateaba y que Arlene se había tomado dos semanas de vacaciones en Baja.

—Volvió bronceada y atrevida.

Sierra se rio. Había olvidado lo fácil que era conversar con él. Relajándose, preguntó por varios de los adolescentes con los que había trabajado en Alcance. Él le contó que uno había vuelto a la preparatoria y que otro se había mudado a Kansas a vivir con su abuela. La puso al día sobre otros que habían ingresado al programa. Hablaron casi una hora, antes de que Ron dijera:

—Me gustaría llevarte a cenar el viernes en la noche. —Y arrasó con la sensación de seguridad y tranquilidad que Sierra sentía.

—No lo sé, Ron. No estoy segura de estar lista.

—Estoy invitándote a cenar, Sierra. No te estoy pidiendo que te cases conmigo.

—Lo sé, pero me parece que una cosa podría llevar a la otra.

Él se rio suavemente.

—Eso sí que fue sincero. ¿Tan transparente soy?

—Eres abierto y honesto, Ron. Yo fui ciega y tonta.

—Estabas tratando de tomar el control de tu vida.

—Todavía estoy tratando de hacerlo.

—Bienvenida a la raza humana —dijo él—. Mira, ¿qué te parece si prometo que ni siquiera trataré de agarrarte la mano durante seis meses? A menos que tú me des permiso de hacerlo, claro está.

Ella se rio.

—Sería un alivio *enorme* no tener que luchar con los hombres —dijo secamente. Él bromeó con ella los cinco minutos siguientes, tomando a la ligera las preocupaciones de Sierra con el fin de aliviarlas—. Dame un tiempo para pensarlo —dijo finalmente, dándose cuenta de cómo la miraban los niños. Sabían que no era su padre quien hablaba por teléfono.

—Te llamaré el viernes.

Tuvo la sensación de que Ron sabía que los viernes en la noche y los sábados era cuando Alex estaba con los niños, y cuando ella tenía tiempo a solas para pensar. Marcia lo sabía y, cualquier cosa que ella supiera, llegaba a Ron.

—¿Quién era? —dijo Clanton cuando ella colgó.

—Ron Peirozo.

—¡Hurra! ¿Iremos a navegar otra vez?

Ella miró a sus dos hijos y vio que la idea no parecía molestarles en lo más mínimo.

—Tal vez.

Lo he repasado en mi mente una y otra vez.

Quiero comprender qué pudo haber sucedido. James dijo que bajaría al arroyo para tratar de pescar algo para la cena. Cuando no volvió para el anochecer, mandé a Hank a buscarlo. Hank volvió corriendo y gritando: Papá está en el arroyo y no se levanta. Cuando llegué a él, estaba muerto.

Entre los dos tuvimos que arrastrar a James para subirlo a la orilla. Estaba blanco e hinchado y tenía un corte en la frente. Debe haberse resbalado en una piedra, se cayó y se golpeó la cabeza. El golpe debe haberlo dejado inconsciente. De qué otra manera se habría ahogado en menos de treinta centímetros de agua.

Estoy atormentada por los acontecimientos. No puedo pensar en nada más que la Cosa Horrible que le hice a James.

Tuve que usar el caballo para arrastrar el cuerpo de James hasta aquí. Lo lavé y lo vestí con ropa limpia para prepararlo para su entierro. Cuando terminé de hacerlo, estaba tan cansada que no pude hacer nada más hasta la mañana.

Joshua cavó la tumba, pero tuvimos que trabajar todos

juntos para cargarlo a medias y también arrastrarlo hasta su lugar de descanso. Yo sabía que sería algo aterrador llevarlo allí y no quería que los niños lo vieran. Lo peor de todo es que no podía dejar a James envuelto en la manta. No nos sobra ninguna y ya tenemos el invierno encima. Así que le dije a Joshua que los llevara de vuelta a la carreta.

Desenvolví a James de la manta y él rodó hacia su fosa y cayó con un golpe terrible. Y entonces lo maldije. Estaba tan enojada con él que tenía que hacerlo. Lo maldije por morirse y dejarnos. Lo maldije y lloré y lo cubrí con tierra.

Y ahora no puedo dejar de pensar en él ahí abajo en el frío.

¿Cómo pudiste dejarme así, James? ¿Cómo pudiste traernos a mí y a nuestros hijos a más de tres mil kilómetros y morirte al final del viaje? Debería haber escuchado a tía Martha y casarme con Thomas Atwood Houghton. Estaría viviendo en una casa bonita y abrigada y con comida en abundancia. Mis hijos estarían calentitos, alimentados y a salvo.

Jamás pensaste siquiera en construirnos una cabaña y ahora estamos a la intemperie temblando de frío en lo que queda de nuestra carreta. Nunca pensaste en las pocas provisiones que nos quedaban y con el invierno encima. Lo único que te importaba era seguir yendo al oeste, ¿verdad, James? Tenías que seguir preguntándote qué habría más allá de las colinas. ¡Jamás se te ocurrió, ni una vez, qué nos pasaría si te pasaba algo a ti! ¿Y qué les sucederá a nuestros hijos si muero dando a luz este bebé que pusiste en mí?

Te odio, James Addison Farr. Espero que te pudras en el infierno por lo que nos has hecho.

No quise decir eso. Tengo tanto miedo, James. ¿Qué voy a hacer sin ti? ¿Adónde voy a buscar ayuda? ¿Cómo vamos a sobrevivir en este lugar desolado?

Sin ti solo hay este terrible silencio, este dolor adentro que me pesa más cada día.

Habría sido mejor que muriera yo. Tú habrías sabido qué hacer para mantener vivos al resto.

Esta mañana usé lo último que nos quedaba de tocino y harina. La lluvia cae fuerte sobre nosotros. El frío se me mete en los huesos. Joshua dice que deberíamos seguir el viaje hasta el fuerte. Estoy demasiado enferma para lograrlo. Le dije que agarre a los niños y se vayan.

Esta noche comimos nuestros últimos frijoles. Joshua se irá al Fuerte Ruso en la mañana. Hank, Matthew y Beth no quieren dejarme. Joshua dijo que cabalgará al oeste hasta llegar al océano y luego hacia el norte. Usará el caballo de James y llevará el suyo para traer provisiones. Le di el dinero que nos quedaba para que compre comida. Fue lo último del que tía Martha me dio.

Dios, por favor, ayúdalo a encontrar su camino hasta allá y volver a nosotros.

Joshua se fue hace cuatro días. No tenemos comida ni municiones. Los peces no pican.

Dios, no te pido que me ayudes a mí. Pero por favor ayuda a mis hijos.

Debes estar cuidándonos, Dios. No se me ocurre otra razón para el Extraño Incidente.

Un oso pardo vino a nuestro territorio. Les grité a los niños para avisarles. Los muchachos pudieron volver a la carreta, pero Beth se quedó helada. Le dije que corriera, pero estaba demasiado asustada para moverse con esa criatura aterradora que iba directo hacia ella y haciendo un rugido como el infierno mismo. Nunca me detuve a pensar. Eché a correr hacia ella y empecé a orar. Oh, Dios, vaya si oré. En voz alta. Las palabras salían de mí a raudales de Puro Terror. No había orado tanto desde que mamá estaba enferma.

¡Y tú respondiste! Me dijiste que le cantara a esa bestia infernal y lo hice. Ah, sí que lo hice. Pensé que me estaba volviendo loca de miedo, pero igual lo hice. Recuerdo que MacLeod me contó que los hombres que cuidaban al ganado una vez tuvieron que cantarles a los animales durante una tormenta. Y nosotros estábamos en medio de una tormenta, llovía fuerte, habían truenos y relámpagos, y esa bestia Terrible que salió del bosque. Canté tan fuerte como para despertar a James. Canté todo lo que se me vino a la cabeza, mayormente himnos que tía Martha entonaba cuando tocaba el piano y que mamá me enseñó. Los himnos que no había cantado en años volvieron. El oso estaba parado en sus dos patas traseras y a poco más de ocho metros de nosotras. Creí que moriríamos con seguridad. El oso pardo estaba ansioso por descuartizarnos miembro por miembro y ahí estaba parada yo con Beth metida detrás de mí mientras cantaba como una loca.

¡Pero el oso no avanzó! Ay, Señor, ¡se quedó quieto! Bajó, agachó la cabeza y me miró. Yo no lo miré a los ojos sino al cielo, cantando con todas mis fuerzas. La bestia movía la cabeza adelante y atrás. Tuve miedo de que se me agotara la voz, pero no sucedió. Seguí recordando las letras, un himno tras otro. El oso se quedó ahí mismo ¡y me escuchó durante tanto tiempo que creí que me estaban saliendo canas! Y entonces se marchó pesadamente, tan tranquilo y callado como uno quisiera y desapareció en el bosque.

Caí de rodillas y me reí y lloré y abracé a Beth. Ella dijo: Mamá, eso fue un Milagro. Y lo único que pude decir fue: Sí, un Bendito Milagro.

Me siento cambiada en mi interior. Algo cedió o se rompió o algo.

¡Oh, Jesús, tú estás presente! Después de todo, mamá tenía razón.

CAPÍTULO 20

A SIERRA SIEMPRE LE HABÍA fascinado caminar por la calle Mathesen en otoño. Los árboles eran anaranjados y dorados, la brisa suave, fresca; el aire, puro. Había llevado a los niños a la Plaza y les había comprado rosquillas en la cafetería, mientras daban una vuelta, mirando las vidrieras de las tiendas.

Ahora, mientras subía la escalera de la vieja casa, volvió a sentir una punzada de dolor. La noche anterior, cuando llegaron en auto, había esperado entrar a una casa fría y vacía. En lugar de eso, alguien había encendido la calefacción. En la sala había un fuego encendido, la rejilla estaba en su lugar y había leña en la canasta. En la cocina había un recipiente Pyrex con enchiladas tibias y una nota de la madre de Alex.

Estamos ansiosos por verlos a ti y a nuestros nietos mañana. La cena es a las tres.

Cariños, María y Luis

Los llamó para avisarles que habían llegado bien y para agradecerles sus atenciones.

—Tu hermano nos dio la llave —dijo María—. La dejamos debajo de la alfombra del porche trasero.

Llamó a su hermano para decirles a él y a Melissa que habían llegado.

—Pasaremos por ahí mañana temprano —dijo Mike—. Hay algo que quiero hablar contigo. Es importante.

—¿A qué hora?

—A las once. Se supone que iremos a la casa de los padres de Melissa a cenar el pavo. Tendremos que irnos a la una para llegar a tiempo.

—Nos vemos a las once.

Sierra y los niños acababan de quitarse los abrigos cuando Mike abrió la puerta y su familia entró en la casa. Durante unos minutos, lo único que Sierra pudo escuchar fueron las voces alborotadas de los primos que volvían a encontrarse. Besó a sus sobrinos y anunció que había traído una bolsa con rosquillas de la cafetería.

Mike fue directo al punto:

—Una pareja quiere comprar la casa y convertirla en una posada.

Sierra sintió que se le encogía el estómago.

—¿Comprar la casa?

—Hace un año que están buscando una propiedad. Les gustó esta casa. Aparentemente, una vez se detuvieron y mamá los invitó a tomar un café. Les mostró toda la casa, pero les dijo que no estaba interesada en venderla. Les dijo que volvieran a preguntar en un año o dos. Le tomaron la palabra y volvieron hace una semana. Cuando se enteraron de que mamá había muerto, llegaron a mí a través del pastor de la iglesia.

—¿Les dijiste que no queremos vender? —dijo Sierra.

Mike intercambió miradas con Melissa. Se sentó y se inclinó hacia adelante con las manos juntas entre sus rodillas.

—No, no lo hice. Quería hablar contigo primero.

—Pensé que tú querías esta casa tanto como yo.

—Así es, hermanita, pero ya tengo una casa en Ukiah. Mi empresa está allí. Si tuviera la idea de vender y mudarme, iría más al norte, a Garberville. O a Oregón. No tengo dinero para conservar este lugar por motivos sentimentales.

Sierra se levantó y caminó hasta la chimenea. Pasó una mano por la repisa polvorienta y miró el antiguo reloj Seth Thomas que estaba allí. Se había descompuesto varios meses atrás. Aun con la calefacción, la casa tenía olor a humedad y a desuso.

—La única otra alternativa es alquilar el lugar y tampoco quiero hacer eso. He escuchado historias terribles de amigos que han alquilado sus propiedades y se las han destruido. Tal y como son las leyes, alguien puede mudarse y destrozar el lugar antes de que puedas sacarlo.

—Prepararé café —dijo Melissa, levantándose y saliendo de la sala. Sierra sabía que su cuñada estaba dejando en claro que ella no tenía nada que decir en su decisión. Dependía de ellos lo que hicieran con la casa.

Su familia había vivido en Sonoma County durante más de cien años. Mary Kathryn McMurray había sido la primera en echar raíces en la tierra fértil, ahora cubierta por casas en serie. ¡Sí, aquella Mary Kathryn McMurray que llegó con el mismo entusiasmo y la misma alegría que sintió ella cuando Alex la hizo mudarse a Los Ángeles!

—¿Tú quieres la casa, hermanita?

Ay, Dios, ¿tengo que renunciar a mi hogar? Tú sabes cuánto amo esta casa vieja. ¿Qué quieres que haga?

La respuesta volvió a ser clara: *Déjala ir.*

—¿Sierra?

Apoyó la cabeza contra el borde de la repisa de la chimenea. ¿Qué opción había?

—No importa cuánto la quiera, está fuera de mis posibilidades. No me queda suficiente de la herencia para comprar tu parte. Y, además, están los impuestos. —Bajó las manos y se dio vuelta—. Y acabo de comprar mi condominio. Si tratara de venderlo ahora, tal como está el mercado, terminaría perdiendo dinero. Por ese motivo lo conseguí a muy buen precio. Y, entonces, aunque lo vendiera, no tendría empleo aquí.

—¿Quieres la casa? —volvió a decir él.

Sabía que su hermano removería cielo y tierra para hacerle más fáciles las cosas a ella, aun a costa de la economía de su propia familia.

—Quiero lo que sea mejor para todos —dijo ella en voz baja.

—¿Y qué crees que significa eso?

Ella sonrió forzadamente.

—¿Qué te pareció esa pareja?

El rostro de su hermano se llenó de alivio y ella supo exactamente qué quería él. No llevar más cargas. ¿Acaso podía culparlo? Ella vivía en Los Ángeles, demasiado lejos para dar una mano y ayudar a mantener la casa. Él se había ocupado de todo desde que su madre había muerto.

—Son personas agradables, de cuarenta y tantos años, están bien económicamente. Han vivido en San José durante los últimos veintidós años. Tienen dos hijos, un varón y una mujer. El muchacho está en un instituto bíblico, estudiando para ser pastor. La hija está casada y tiene un bebé en camino. El pasatiempo de Jack son las artesanías en madera y el de Reka es la jardinería.

Sierra pensó en que el jardín trasero de su madre estaba descuidado. Sería lindo que alguien volviera a poner amor en él y que lo hiciera florecer nuevamente. ¿Acaso su madre no había invitado a esas personas a tomar un café y los había guiado por toda la casa? ¿No había sido ella quien les dijo que volvieran en uno o dos años? Sabía que, para entonces, ya no estaría. Darse cuenta de eso de lleno fue un golpe para ella y, con un nudo en la garganta, tuvo que contener sus lágrimas.

—Es muy típico de mamá haber atado todos los cabos sueltos, ¿verdad? —dijo sonriendo.

—Sí —dijo Mike con la voz ronca por la emoción.

—Bien —dijo ella más a la ligera—. ¿Tienes su número de teléfono?

Él asintió.

—¿Por qué no los llamas y preguntas si les gustaría venir el sábado para que hablemos en serio.

—Claro —rio él con los ojos húmedos.

Sierra estuvo analizando si debía contarles a María y a Luis al día siguiente. Ya estaban bastante preocupados por el matrimonio destruido de Alex como para sumarles la preocupación de no volver a ver jamás a sus nietos. Si decía una palabra sobre la venta de la casa de la calle Mathesen, le arruinaría la cena de Acción de Gracias a María, quien vivía para sus hijos y sus nietos.

Cuando Sierra llegó, había una docena correteando por todas partes. Clanton y Carolyn se abalanzaron fuera del Saturn y se sumaron a los juegos. Recordaron su español y lo recuperaron como si lo hubieran estado hablando sin parar en su casa.

Cuando Sierra entró a la casa, Luis la abrazó fuertemente y la besó en ambas mejillas. No lo había visto desde que Alex la dejó, y su saludo le causó un nudo en la garganta. María estaba parada detrás de él, llorando y hablando a gran velocidad en español.

Los hermanos y las hermanas de Alex la trataron con el cariño de siempre. Miguel, el hermano mayor, un viticultor de una de las bodegas de Sonoma, incluso coqueteó escandalosamente con ella. Su hermana Alma dijo sutilmente que Alex había llevado a Elizabeth Longford por unos días para que conociera a la familia.

—Papá no los dejó quedarse aquí. Dijo que Alex podía llevarla a un cuarto de motel, pero que no los dejaría dormir juntos bajo su techo. Alex reservó una suite en el Doubletree. Al día siguiente, ella no quiso acompañarlo aquí otra vez. Alex y papá tuvieron una discusión. Él ha llamado y hablado con mamá, pero no creo que papá y él hayan hablado desde entonces.

Abuelo. Padre. Hijo.

Sierra cambió de tema, pero el nombre de Alex seguía surgiendo. Y, entonces, llamó. Habló con su madre. Después, habló con Clanton y con Carolyn. El padre salió a caminar. Cuando volvió, hacía largo rato que Alex había colgado. Durante el resto de la noche, pudo sentir que Luis la observaba. María también.

Dios, cuánto hemos lastimado a otros sin siquiera pensarlo. Creemos que podemos tomar una decisión sin romper el corazón de otras personas.

Cuando tuvo la oportunidad, Sierra llevó aparte a Clanton y a Carolyn.

—¿Cómo se sentirían de venir el próximo verano a pasar algunas semanas con sus abuelos? —Por su reacción entusiasta, supo que podía abordar la idea con Luis y con María. Vio la oportunidad de hacerlo mientras ayudaba a María a lavar y guardar los platos.

—¿Les gustaría a ti y a Luis que Clanton y Carolyn pasaran algunas semanas con ustedes el próximo verano?

María se puso a llorar.

—*Sí, sí* —dijo—. Tan a menudo como sea posible. ¿Qué te parece para Navidad?

Sierra la abrazó.

—No podemos venir en Navidad, mamá. Haremos una obra en la iglesia. Para la Pascua. Vendremos para la Pascua, si ustedes están de acuerdo.

—*Sí*. Vengan a casa para la Pascua.

La mayoría de los familiares ya habían vuelto a casa a Santa Rosa, a Cloverdale o a Bay Area, donde vivían. Clanton y Carolyn eran los últimos de la generación más joven descansando en la pequeña y pulcra casa de campo al extremo del viñedo.

—La familia se está dispersando —dijo María, llorosa conforme cada uno se marchaba—. Alex en Connecticut...

—¡Mamá! —susurró Luis y miró a Sierra como pidiendo disculpas.

—Está bien, papá —dijo Sierra, tratando de aliviar su incomodidad—. Estoy al tanto de eso. —Los niños le contaban todo, aunque ella deseaba que no lo hicieran.

Luis la acompañó a su carro.

—¿Cuándo te irás con los *niños*?

—El domingo en la mañana. Temprano. Es un viaje largo.

—Voy a misa a las seis de la mañana. —Parecía viejo, viejo y dolido, y ella lo quería hasta lo indecible.

—Allá nos vemos —dijo y le dio un beso en la mejilla.

Él le acarició la mejilla.

—Mi hijo es un tonto.

Los ojos de Sierra se llenaron de lágrimas.

—No, papá. *Yo* fui la tonta.

Amado Señor: desde lo del oso, estuve pensando.

Y estuve mirando y considerando muchas cosas de una manera diferente. Es como que algo cambió dentro de mí. Ahora me parece que todo lo que me rodea clama que tú estás presente. Has puesto tu sello en cada cosa creada. Es como si pudiera escuchar a mamá, como lo hacía hace tanto tiempo atrás, señalando las flores, los árboles, los pájaros y los animales, y diciendo cómo todos son regalos Tuyos. Una vez me dijo que Tú adornaste el mundo desde las profundidades del mar hasta los cielos, solo para nosotros.

Quizás me equivoco, pero no creo que Tú hayas hecho todo eso puramente para nuestro placer. Ahora pienso que lo hiciste para que pudiéramos verte a Ti.

Señor, ahora veo las cosas de otra manera, y pasé una buena parte de mi día muda de aflicción por las cosas duras que he dicho sobre Ti.

Hoy llovió y yo seguía pensando en cómo la lluvia limpia todo y la tierra la bebe y se vuelve fértil. Tía Martha solía hablar mucho de que la Palabra es como una espada de doble filo que nos revela nuestros pecados para que podamos confesarlos, pedir perdón y recibir Tu Misericordia y Tu Gracia. La parte del *para qué* siempre se me escapó. Ahora, parece que resuena en mis oídos día y noche.

Y también estuve pensando en el tiempo. Supongo que Tú no tienes necesidad del tiempo, porque eres Dios y todo eso, pero yo estoy contenta por tener un poco más de tiempo.

La niebla de anoche me hizo reflexionar en hasta qué punto estaba empañado mi pensamiento en cuanto a Ti, Jesús. Podía sentir que los Temores opresivos que me han acompañado durante tanto tiempo volvían a asediarme como ese manto nebuloso y gris. Estuve despierta la mayor parte de la noche preocupándome por muchas cosas. Y entonces el Alba llegó en tonos rosados y naranjas y me dejó sin aliento y se llevó el temor. ¿Cómo pude pensar en morirme y que mis hijos murieran de hambre frente a semejante Gloria?

Dormir bien una noche es algo precioso, Señor. A veces estoy tan cansada que añoro descansar y hundirme en un lugar suave donde hasta el suelo duro se sienta como un colchón de plumas. Tal vez esta noche sea así, ahora que te conté lo que había en mi mente.

Supongo que si escuchaste mi oración por aquel oso, Señor, puedes escucharme sobre esto. Tenemos hambre, Jesús. Hoy nos conformamos con dos pescados que Hank pescó, y te estoy agradecida por ellos. Pero no es suficiente para salir adelante. Así que te pido nuevamente que nos salves de la muerte. Por favor, Señor, ayúdanos otra vez o moriremos de hambre igual que esa pobre gente que no pudo cruzar las montañas.

CAPÍTULO 21

—¿Qué pasó? —dijo Sierra cuando Clanton abrió la puerta de la casa y entró a las tres de la tarde del sábado, y no a las diez de la noche como Alex acostumbraba traerlo a casa.

—Él me trajo —dijo, arrojando la mochila en la silla que ella acababa de renovar.

—¿Te peleaste?

—No con él.

Se le hizo un nudo en el estómago al ver su mirada desafiante y la inflamación que surcaba su ojo izquierdo. ¿Lo había golpeado Alex?

—¿Le dijiste algo a Elizabeth?

—Sí, se podría decir que sí, pero primero ella me dijo algo a mí.

—¿Qué?

—Me dijo que sacara la basura. —Resopló de manera insolente—. Sí, claro, como si yo fuera el que vive ahí toda la semana. Le dije que ella podía sacar su propia basura. No soy su sirviente personal. Entonces empezó un sermón de cómo ella tiene que renunciar a sus sábados con *Alex* para que él pueda estar con su hijo rencoroso y engreído.

Sierra podía sentir cómo iba subiendo la temperatura de su enojo y luchó por mantener la calma.

—¿Esas fueron sus palabras exactas? —Elizabeth trabajaba con Alex todos los días de la semana. Pasaba todas las noches en su cama. Lo tenía solo para ella los domingos. ¿Y se quejaba por el *único* y mísero día que él pasaba con sus dos hijos?

¿Y tú no lo hacías?

—Casi —dijo Clanton y la miró de manera rara cuando ella se estremeció—. Me dijo «mestizo». Así que yo le dije lo que era ella.

—Ay, Señor —murmuró Sierra y se sentó en el sofá—. ¿Qué le dijiste?

—Tú sabes qué le dije. Lo dije en español, pero supongo que entendió. ¿Qué esperabas? Ella empezó *contigo*. —Sus ojos destellaron—. Dijo que la razón por la que papá se fue es porque tú eras una ama de casa aburrida sin cerebro y sin clase. Y que yo me parecía a ti. Entonces le dije que ella no era mejor que una prostituta cualquiera, solo que un poco más cara de mantener. Me dio una cachetada y me llamó: «indocumentado ordinario y malhablado».

Sus ojos perdieron el calor de la ira y relucieron con el dolor.

—No vi que papá estaba parado en la puerta. Nunca lo había visto tan enojado. Me dijo que recogiera mis cosas. Que me llevaría a casa. Y ella se quedó ahí, sonriendo de satisfacción.

Sierra sintió compasión por él. Recordó cómo la miraba Alex el día que se fue. Nunca había visto a un hombre con una mirada tan explosiva y fría a la vez.

—¿Te dijo algo camino a casa?

—Nada —dijo él suavemente. Se dio vuelta un poco, pero ella ya había visto sus lágrimas—. Iré a mi cuarto.

Sierra quería llamar a Alex y decirle tres o cuatro cosas de lo que pensaba sobre este desastre. Quería enfrentar a Elizabeth Longford en un cuadrilátero y pulverizarla.

¿Indocumentado?

¡Que le caiga una peste, Señor! Perdón por mi ira, Padre, ¡pero tengo ganas de arrancarle el corazón!

Si no *hacía* algo, explotaría.

—¿Clanton? Saldré a caminar. Vuelvo en un ratito.

En lugar de dar una caminata, echó a correr y, para cuando regresó, transpiraba a chorros, su respiración estaba muy agitada y su corazón latía como un timbal. Respirando con dificultad, se inclinó sobre el fregadero de la cocina y se mojó la cara acalorada. Bebió algunos sorbos de agua. Sonó el teléfono.

Agarrando rápidamente la toalla de la cocina del tirador del horno, se secó las manos. El teléfono volvió a sonar. Si era una llamada de ventas telefónicas, iban a desear haber elegido otro número. Al final resultó que a duras penas había dicho hola antes de que Alex empezara con sus demandas.

—Déjame hablar con Clanton.

¡Dios! ¡Ayúdame! Si puedes tranquilizarme, ¡hazlo rápido!

—¿Por qué? —dijo con la voz tensa. No estaba lista para volver a entregarle su hijo a Alex. Ni lo estaría por un tiempo muy, muy largo.

—¿Por qué estás respirando así?

—Porque salí a correr, ¿está bien? ¡Corrí un buen rato! ¡Era eso, o comprarme un arma e ir a dispararles a *dos* personas! —Colgó el teléfono con un golpe.

Sonó otra vez. Apretó los dientes. Al darse vuelta, vio su rostro en el vidrio frontal del microondas empotrado en el aparador. ¡Increíble! No le salía humo por las orejas, pero parecía suficientemente rabiosa como para empezar a echar espuma por la boca.

Clanton salió de su habitación.

—¿No vas a contestar el teléfono, mamá? Podría ser papá.

—*Es* papá. Si quieres hablar con él, contesta, porque si yo lo hago, le diré qué pueden hacer él y esa... esa *tipa* con la que está viviendo. —Se fue airada por el pasillo y se metió en su habitación.

El teléfono dejó de sonar. Pudo escuchar la voz de Clanton, sumisa, temerosa, su corazón en las manos de Alex. No dijo mucho más que hola. Al parecer, Alex quería ser el único en hablar. Apretó las manos con ganas de levantar la extensión y escuchar el otro lado de la conversación. En lugar de eso, se sentó en su cama y oró con los dientes apretados.

Pártelos con un rayo, Señor. Que se los trague la tierra.

Alex y Clanton no hablaron mucho.

Esperando tener que recoger los pedazos, Sierra salió y encontró a su hijo rebuscando en el refrigerador.

—¿Qué te dijo? —preguntó, sorprendida de que tuviera hambre. Ella perdía el apetito luego de una gran pelea.

Con una caja de leche en una mano y un recipiente Tupperware con enchiladas caseras frías en la otra, Clanton se enderezó.

—Dijo que no estaba enojado conmigo, pero que van a pasar una o dos semanas antes de que pueda volver a verme.

—¿Y?

—Y eso fue todo. —Se encogió de hombros, dejó la leche en la encimera y puso todo el recipiente Tupperware en el microondas.

Sierra se enteró por Audra antes de que Alex volviera a llamar.

—La dejó.

—¿Perdón? —dijo Sierra, sorprendida. Audra ni siquiera se había identificado antes de soltar la noticia.

—Alex dejó a Elizabeth —dijo Audra—. Empacó todas sus cosas y se fue el sábado pasado. Hubo un tremendo alboroto por algo, y esto después de la erupción del Vesubio en Connecticut.

¿Qué había pasado en Connecticut? No tuvo la oportunidad de preguntarlo antes de que Audra se precipitara a contarlo.

—Alex entró como un trueno el lunes en la mañana y le dijo a Steve que le asignara su trabajo a otra persona. No la quiere ni a tres metros de él. Elizabeth llegó una hora después. Steve habló brevemente con ella. No me contó qué se dijeron, excepto que presentó su renuncia y se fue.

—¿Dónde está viviendo Alex?

—En un hotel en Beverly Hills, creo. ¿Quieres su número? Podría conseguirlo.

Sierra lo pensó un momento.

—No. Ya telefoneará cuando esté listo. Le dijo a Clanton que se pondría en contacto con él y con Carolyn en una o dos de semanas.

—¿No quieres hablar con él?

—Ya dije lo suficiente. —Como siempre.

Alex no llamó. Fue a la casa. No el viernes en la noche, sino el sábado, durante una lluvia torrencial. Ella oyó el timbre de la puerta y que Carolyn y Clanton hablaban con alguien. Sabían que no tenían que dejar entrar a desconocidos, así que supuso que era uno de sus amigos que había pasado por ahí, o que era Frances, con otra sorpresa deliciosa que había preparado como experimento para su curso de cocina gourmet.

—Qué bien.

Su corazón se sobresaltó al escuchar su voz. Afortunadamente, estaba bien parada en la escalera, donde estaba aplicando los últimos toques de pintura acrílica dorada al diseño de un girasol que había dibujado a lo largo de la pared de su habitación. En las últimas dos semanas había completado la mitad.

Miró por encima de su hombro y vio a Alex apoyado contra el marco de la puerta.

—No te esperaba. —Era sorprendente lo calmada que sonaba.

—Lo sé. —Apenas la miró.

Suspirando por dentro, ella desvió la vista. Lo último que necesitaba era su desdén. ¿Por qué siempre tenía que encontrarla con la facha de alguien que había salido arrastrándose de una bolsa de artículos usados y rechazados en oferta? Se quitó de los ojos un mechón de cabello, preguntándose con cuánta pintura se habría manchado la cara. Tenía al menos una docena de manchas en su camiseta para pintar y sus Levi's recortados deberían haber sido descartados años atrás. Debajo del bolsillo derecho trasero había un agujero grande como para que se viera la trusa de algodón con florecitas que usaba debajo.

—¿Te llevarás a los niños? —dijo ella, simulando indiferencia. Quizás algún día su corazón no saltaría hasta su garganta de solo mirarlo.

Cuando no respondió nada, ella volvió a mirarlo y lo encontró mirando fijamente su cama con dosel. Sintió que las mejillas se le encendían cuando la miró nuevamente.

—¿Qué le sucedió a la nuestra?

—La vendí.

¿Había hecho él un gesto de dolor, o solo lo había imaginado? Alex echó un vistazo alrededor de la habitación.

—De todas maneras, supongo que no habría cabido aquí.

—Su recorrido se frenó abruptamente en el guardarropa viejo que ella había restaurado. Él lo había llevado al garaje mientras Bruce Davies reacondicionaba la casa, con la intención de llevarlo a la basura. Se había ido de la casa antes de tener la oportunidad.

Cuando volvió a mirarla, hubo un destello en su rostro; sus ojos apenas la rozaron.

—Necesito hablar contigo —dijo sombríamente y salió.

Cerró los ojos por un instante y juntó sus pinceles, afirmó el caballete y bajó la escalera. Apoyó todo sobre la lona protectora y entró al baño para lavarse las manos. Al levantar la vista al espejo, vio que mechones de cabello rubio como la arena se rizaban hacia todos lados. Tenía una mancha verde sobre una mejilla y un poco de color marrón en la nariz. Tomó el jabón y una toallita y se frotó el rostro. Cuando terminó con eso, pensó en ponerse ropa limpia, pero descartó la idea. Se arregló el cabello echándolo hacia atrás con los dedos y lo trenzó rápidamente.

Cuando entró a la sala, encontró a Alex observando la colcha de Mary Kathryn que ella había enmarcado y colgado en la pared. Unas semanas antes, Audra la había llevado a un museo y había visto una colcha enmarcada de la misma manera. Como le gustó el resultado, volvió inmediatamente a su casa, compró el material para hacer un refuerzo y una barra de madera para cortinas. Audra quedó impresionada cuando vio lo que Sierra había hecho. Lo mejor fue que pasaron casi una hora hablando sobre la colcha.

—Era de Mary Kathryn McMurray —le dijo a Alex—. Fue una antepasada mía que llegó a través de las llanuras, en una caravana. Se instaló en Sonoma County en 1848. Eso que está al final del sofá era su baúl. —Ahora servía como mesa auxiliar. Hizo una mueca al notar que las lámparas antiguas de bronce que tanto odiaba Alex estaban encima del baúl. Naturalmente, había tenido que llamar la atención de Alex sobre ellas.

Él no dijo una palabra. El silencio resonó en el condominio. Frunció el ceño dándose cuenta de qué estaba mal.

—¿Dónde están los niños?

—Les pedí que se esfumaran un rato. Clanton dijo que iría a jugar billar en el club y Carolyn dijo que no te molestaría que fuera a la casa de Susan.

Sierra se inquietó de inmediato. ¿Por qué haría salir a los niños, a menos que estuviera a punto de decir algo que sabía que a ella no le iba a gustar? ¿Qué podría querer?

Oh, Dios, *¡los niños!*

—No me mires así, Sierra.

—¿Así cómo?

—Como una gacela aterrada por los focos delanteros de un auto. No tengo planes de pasarte por encima.

Ella se dio vuelta y fue a la cocina.

—¿Quieres un poco de café? —Su mente corría a toda velocidad. Ni siquiera se dio cuenta si él respondió sí o no. Deseó haber leído más atentamente los documentos del divorcio. ¿Qué decían sobre la custodia de los niños?

—Ya no vivo con Elizabeth.

—Audra me lo dijo. —Buscó a tientas el café y el filtro en el gabinete.

—¿Audra? Creí que ni siquiera le hablabas.

—Nos reunimos para almorzar de vez en cuando.

—¿Desde cuándo? —dijo, sorprendido.

—Desde que la llevé a almorzar y me disculpé con ella —dijo Sierra, midiendo el café.

Alex se acercó y se sentó en un taburete al otro lado de la barra desayunadora. Sentía que la miraba. Como un bicho bajo una lupa. Puso agua en la cafetera automáticamente, sin querer darse vuelta a mirarlo.

—¿De qué hablaron tú y Audra? —dijo él con mucho tacto.

—No hablamos de ti, Alex. Esa fue una de las reglas básicas que puse. —Se encogió de hombros—. La semana pasada la incumplió.

—¿Te dijo lo que pasó?

—Dijo que Elizabeth renunció y que volvió al este.

—Me mudé después del pequeño altercado con Clanton.

—¿Podemos hablar de otra cosa, por favor? —dijo ella, incómoda. No quería escuchar sobre su amorío con Elizabeth Longford. No quería oírlo hablar de su corazón roto. No quería enterarse de qué tan difíciles eran las cosas para él. Quería que hablara de lo que había venido a hablar y luego se fuera para que ella pudiera respirar con normalidad.

—Quiero pasar más tiempo con mis hijos.

Ahí va, pensó ella.

—Estás temblando —dijo él suavemente.

—No voy a darte la custodia, Alex. Lo que sea que digan esos papeles que firmé y te di, no voy...

—Tranquila —dijo él, levantando las manos—. No estoy pidiéndote eso. No lo haría. Ellos son felices contigo. Solo quiero... —Su voz se apagó y profirió una débil grosería, pasándose las manos por el cabello. La miró otra vez y ella notó las arrugas que había alrededor de su boca, el dolor que revelaban sus ojos—. Solamente quiero una oportunidad para volver a ser parte de sus vidas. Un par de horas con Carolyn los viernes y algunas más con Clanton los sábados no alcanzan.

Estuvo a punto de recordarle que era más tiempo que el que pasaba con ellos *antes* de abandonarla y mudarse a vivir con Elizabeth.

Señor, haz que me quede callada. Haz que mis palabras sean dulces. Ayúdame a ver las cosas desde su perspectiva con mayor

claridad y con más compasión de la que tuve en el pasado. Dame
Tus ojos, Padre.

Cuando ella no dijo nada, Alex recorrió su rostro con la mirada. Sierra le dio la espalda, sacó dos tazas del gabinete y las llenó con café. No volvió a invitarlo a la sala. Prefería que la barra desayunadora estuviera entre ambos.

—Gracias —dijo él secamente y rodeó la taza con sus manos como si quisiera calentarlas. No recordaba haberlo visto tan nervioso antes.

—Puedes ver a los niños cada vez que quieras, Alex. Siempre y cuando no impidas que sigan haciendo su vida habitual.

—¿Como por ejemplo? —dijo él, entrecerrando un poco los ojos.

—Los dos van al grupo de jóvenes de la iglesia los miércoles en la noche.

—¿A cuál iglesia?

El tema de la religión nunca había sido importante para ninguno de ellos. Ahora, para ella era muy importante.

—La iglesia donde estábamos jugando béisbol.

Él lo pensó durante un minuto, inquieto.

—Mamá dijo que fueron a misa con mi padre.

—Los niños iban al catecismo en Windsor.

—Lo sé. ¿Siguen yendo?

Oh Dios, ayúdame. No quiero empezar una guerra con Alex,
pero quiero que mis hijos vivan una relación personal contigo.
No quiero que tengan que someterse a un sacerdote ni que los
llenen de culpas ni penitencias.

—No —dijo ella sujetando la taza con ambas manos como había hecho él—. Estamos felices en esta iglesia, Alex.

—¿No crees que Dios está en una iglesia católica?

Sintió el peso de la tradición familiar de los Madrid detrás de su pregunta. Estos eran sus hijos.

—Creo que Dios está en cualquier parte donde Él elija

estar, Alex. Católica o protestante, no importa. Cuando me siento con tu padre y con tu madre, sé que aman al Señor tanto como yo. Lo han amado desde hace más tiempo y con más devoción. Pero esta iglesia es donde encontré mi camino a casa, Alex. Es donde los niños están aprendiendo lo que significa el amor de Cristo. Esas personas no son solamente amigos. Son como nuestra familia. Especialmente Dennis. Yo estaría muerta y Clanton seguiría sin hablarte si no fuera por él.

Frunció el ceño marcadamente, con los ojos fijos en ella.

—¿A qué te refieres con que estarías *muerta*?

Sierra sonrió, sacudiendo la cabeza ante el recuerdo.

—Digamos que iba conduciendo un poquito rápido cuando Dennis me detuvo. Es patrullero de carretera. Me dio mi primera, y espero que la *última*, multa por exceso de velocidad.

Él la miró a los ojos intensamente, buscando algo.

—Lo lamento, Sierra.

Supo que él quería decir que lamentaba todo.

—No lo lamentes. Es lo mejor que me pasó en la vida. —Si no hubiera tocado fondo, ¿se habría dado cuenta alguna vez de cuánto necesitaba al Señor? ¿Habría sido tierra fértil y blanda para las semillas que habían sido sembradas a lo largo de toda su vida por muchas personas diferentes? ¿Habría entendido alguna vez el amor de Jesús por ella?

Alex se levantó y dejó la barra desayunadora. Lo observó caminar por la sala. Él se detuvo otra vez frente a la colcha y se frotó la nuca. Siempre hacía eso cuando estaba demasiado cansado o deprimido por algo. En sus primeros años juntos, ella le hacía masajes en el cuello y le decía cuánto lo amaba. A menudo, terminaban juntos en la cama, olvidándose de todo por el placer que se daban mutuamente.

Su cuerpo se calentó al recordarlo.

Era mejor no pensar en aquellos tiempos.

—¿Cómo te sentirías si alquilara un condominio en este complejo?

Su corazón se detuvo.

—¿Disculpa? —dijo débilmente.

Alex se dio vuelta y la miró.

—Dije que cómo te sentirías si alquilara un condominio en este complejo.

Reconoció esa mirada determinada y tajante. «¿*Tú* quieres vivir en un *condominio*?». No podía creer que lo hubiera insinuado. Ni siquiera quiso casarse con ella hasta que no encontró una pequeña casa para alquilar. «*No pienso compartir las paredes con otras personas*», había declarado él. Ella habría vivido en una choza con tal de poder estar con él.

Sus ojos no dejaron de mirarla mientras decía:

—Hay un condominio disponible para alquilar. Quería conversarlo contigo antes de firmar los papeles.

—Siempre juraste que no vivirías en un departamento ni en un condominio.

Alex recorrió la sala con la vista.

—Es más grande de lo que esperaba, y no he escuchado ningún ruido mientras he estado aquí hoy.

—Mis vecinos están trabajando. —Tampoco era que hicieran mucho ruido cuando estaban en casa.

—Entonces no estás de acuerdo.

—No dije eso. Yo... —Cerró la boca, sabiendo que era mejor pensar antes que seguir hablando. Sintió un dejo de pánico. Cada vez que lo veía, sentía dolor. ¿Iba a tener que verlo *todos* los días? ¿Y si encontraba otra mujer que se mudara a vivir con él? ¿O si empezaba a salir con alguna de las diez solteras atractivas que vivían en el complejo? ¿O...?

Una infinidad de posibilidades dolorosas la atacaron, lanzando astillas punzantes por todo su interior. ¿Qué pasaría si... y si... y si...?

Alex volvió a sentarse en el taburete y cruzó las manos sobre la barra.

—Quiero compartir contigo la responsabilidad de los niños nuevamente. Podría quedarme con ellos cuando quieras salir.

—¿Salir? —¿Como cuando uno tiene una cita? ¿Esperaba verla casada con alguien? Ron estaría encantado de saberlo.

—Clanton me contó que querías comenzar a estudiar algo, pero que no querías dejarlos solos en casa más de lo que ya tienes que hacerlo por tu trabajo. Si yo viviera a unas puertas de distancia, podrías dejar a los niños conmigo.

—Era una clase por la tarde, Alex. Estaba trabajando.

—No tienes que trabajar.

—Sí, tengo que trabajar.

La mirada de él se ensombreció.

—No si empezaras a aceptar el dinero que te he estado enviando, en lugar de hacer lo que estés haciendo con los cheques.

—¿Te refieres a que viva de la pensión alimenticia? No, gracias. Cada vez que me mandes un cheque de esos, ¡lo romperé en pedazos y lo arrojaré al inodoro!

—¿Por qué tienes que ser tan obstinada y cabeza dura?

—Mira quién habla. —Trató de calmarse—. Alex, he visto qué efecto tiene en otras mujeres vivir de la pensión alimenticia. Algunas no pueden arreglárselas sin ella. O sienten que merecen cada vez más. El aumento en el costo de vida. Una venganza mezquina. ¿Quieres tenerme colgada del cuello como una piedra de molino por el resto de tu vida? La pensión alimenticia es tan mala como la asistencia social, y yo deseo salir de todo este desastre con un poco de respeto por mí misma. Tal vez ya no viva en el vecindario lujoso donde vivíamos, pero me las arreglo. Aquí soy *feliz* y puedo pagar mis *propias* cuentas.

—Yo debería pagar tu manutención. Llevamos trece años de casados.

—*Estuvimos* casados, y puedes considerar perdonada esa deuda.

Él empezó a decir algo y se detuvo. Suspiró y se pasó la mano por el cabello.

—Mira, sé que es por lo que te dije ese día que llamé por teléfono después de ver la casa en el suplemento inmobiliario. Te lastimé. *Dios,* ¿no crees que lo sé?

—Quizás fue eso al principio —dijo ella con sinceridad—, pero ya no. —Cubriéndose el rostro, tomó aire y lo soltó despacio, tratando de controlar sus emociones. Bajó las manos a su regazo y lo miró a los ojos—. Cuando mencionas el dinero, Alex, me enfurezco. Era uno de los puntos con los que solías presionarme todo el tiempo.

—Yo también puedo mencionar algunas cosas que me molestan —dijo él con los ojos encendidos—. Una de ellas es el hecho de que no quieres aceptar ningún tipo de ayuda de mi parte. Antes te apoyabas en mí, Sierra.

—Sí, lo hacía. Y mira adónde nos llevó eso —dijo ella, sintiendo el escozor de las lágrimas. Tragó con dificultad y apretó los labios, tratando de pensar en palabras que fueran amables pero firmes para explicar su posición—. Has sido muy generoso con la manutención de los niños, Alex, y te estoy agradecida. Dejémoslo ahí.

—¿Usas algo del dinero? —dijo él amargamente.

Sintió que se le encendía el rostro. ¿Estaba acusándola de manejar mal su dinero?

—Lo deposito en sus cuentas de ahorro —dijo, herida y enojada—. Una parte lo uso para comprarles ropa. Tengo las facturas de cada centavo que mandaste para ellos.

—Sin duda, pero ¿qué pasó con la escuela privada? ¿Por qué ya no van ahí?

—¡Porque la odiaban! Porque a Clanton lo suspendieron dos veces y a Carolyn casi le salen úlceras en el estómago por tratar de sacar puras A.

—¿Por qué no me dijiste lo que estaba pasando?

—¿Y si lo hubiera hecho? ¿Qué habrías hecho?

—¡Habría tratado de ayudar!

Ella indagó sus ojos, preguntándose si realmente lo hubiera hecho.

—¿Qué pensabas que habría hecho, Sierra?

Se mordió el labio y no dijo nada. Había estado muy convencida de que la acusaría de ser una madre pésima de la misma manera que la había acusado de ser una esposa pésima. Había tenido miedo de decírselo por la vergüenza de no poder resolver las cosas por sí misma.

—Háblame, Sierra.

—Eso no importa ahora. Estabas ocupado todo el tiempo.

Se sonrojó y la miró con desolación.

—Ahora no estoy ocupado. Trabajaré mucho menos en la oficina. Ya he conversado de mis planes con Steve. Él va a aportar el dinero para el equipo. Ya está pedido. Lo único que necesito es un espacio para instalarlo.

¿Por qué no había hecho estos mismos arreglos un año antes? Tal vez así, su matrimonio se habría salvado.

Vio hacia dónde iba su pensamiento y le puso un freno. Si lo condenaba, tendría que condenarse a sí misma. Con el periódico de mañana, cualquiera podría saber cómo resolver las cosas. Podía ver sus propios errores con una claridad desgarradora.

—Te lo haré fácil, Sierra. Te pido simplemente un sí o un no. Sí: firmo el contrato de alquiler. No: no lo hago.

Ella quería decir que no. Quería evitar más dolor. Quería evitar verlo con otras mujeres. No quería verlo en absoluto. Sabía que eso era imposible. Y si decía que no, ¿cómo reaccionarían los niños cuando se enteraran? ¿Enojados? ¿Traicionados? Ellos lo amaban. Querían ver a su padre tan seguido como fuera posible. ¿Cómo podía ser egoísta y negarles ese derecho? Además, lo *necesitaban*.

—No les he dicho nada a los niños —dijo él en voz baja—, y no lo haré si dices que no.

Se sintió conmovida por su sensibilidad. Era una de las cosas que la habían hecho enamorarse de él al principio, eso y su machismo varonil, como lo había llamado su padre alguna vez.

—Adelante, firma el contrato.

Los ojos de Alex cobraron un brillo conocido antes de que desviara la vista.

—¿Puedo usar tu teléfono?

Ella frunció un poco el ceño, incómoda.

—Está ahí.

Él sacó una tarjeta comercial de su bolsillo y no perdió tiempo para marcar el número.

—Con Roberta Folse, por favor. ¿Roberta? Habla Alex Madrid. La respuesta es sí. ¿Qué tan rápido puede ocuparse de los detalles? Bien. —Miró su reloj—. La veré ahí en media hora. —Volvió a colocar delicadamente el receptor.

Giró la cabeza y le sonrió. Sierra tuvo la misma sensación de vértigo que la primera vez que la miró.

—*Gracias* —dijo él—. *Las cosas serán más fáciles.*

Ella se obligó a sonreír como respuesta, pensando en lo equivocado que estaba. Las cosas no serían más fáciles. Al menos, no para ella.

—Esta noche llamaré a los niños. Mientras tanto, puedes contarles que me mudaré al ciento dieciséis el miércoles temprano en la mañana.

Cuando se fue, ella gruñó en voz alta y hundió la cabeza entre sus brazos.

—Ay, Señor, esto va a ser cien veces peor de lo que pensé. Alex estaría a solo tres puertas de distancia.

Nunca esperé que Tú enviarías a un pagano para responder mi plegaria.

Pero estimo que haces las cosas de la manera que te agrada.

Hoy vino un indio al límite de nuestro prado. Beth lo vio primero y pensó que era un venado imponente de apariencia extraña. Bueno, yo me di cuenta de que no se parecía en nada a un venado, sino a un hombre vestido con pieles y con una máscara hecha con la cabeza de un venado. Tenía un arco y flechas y estaba parado mirándonos atentamente. Hank insistía en traer el arma, pero le dije que esperáramos a ver qué quería hacer. Además, ¿de qué sirve un arma sin municiones?

Recordé lo que nos dijo Kavanaugh de que el territorio les pertenece a los indios y que nosotros deberíamos devolverles algo por el privilegio de viajar a través de él. Bueno, nosotros no iremos a ninguna parte, Señor. Así que me pregunté qué pensaría ese indio mientras seguía mirándonos. Me pregunté si estaba enojado porque nos instalamos en su bonito valle sin pedir permiso primero. Así que les dije a los niños que se quedaran junto a la carreta mientras yo iba a ver si podía hacer las paces con él. Sé algunas señas de haber observado a Kavanaugh.

No podía ofrecerle al indio un bocado de comida ya que no tenemos nada para nosotros. El indio era de baja estatura, musculoso, y tenía el cabello y los ojos oscuros. No pude adivinar su edad. Él no sabía qué quería decirle con mis señas, así que le ofrecí la única cosa realmente valiosa que poseo: el collar bonito con la cruz que tía Martha me regaló cuando me fui de Galena. Se quedó muy complacido con el regalo pero no sabía cómo funcionaba la hebilla. Lo ayudé. Desapareció en el bosque y yo pensé que ahí se había terminado la cosa. No fue así.

Más tarde volvió y trajo un venado pequeño recién cazado. Lo tiró a mis pies y dejó en claro que era un regalo. Me eché a llorar mientras le daba las gracias. Antes de dejarnos, me hizo saber su nombre. Koxoenis. Por sus gestos y mímica, creo que significa Portador de Carne.

Estoy llorando otra vez. No soy nada merecedora y, sin embargo, tú proveíste comida para mí y para mi familia. No moriremos de hambre después de todo. En este momento los niños están dormidos, con la panza llena por primera vez en muchos, muchos días, y yo tengo que darte gracias a Ti. Tú mandaste a Koxoenis.

Toda esperanza estaba perdida y ahora ha vuelto a revivir en mí.

Joshua regresó hoy con frijoles, tocino, harina, café y perdigones de pólvora y de plomo. Estamos viviendo en la abundancia. Le conté sobre Koxoenis. Está muy ansioso por conocerlo. Le pregunté si había visto a Kavanaugh. Joshua dijo que no. Uno de los hombres le dijo que Kavanaugh se marchó al norte rumbo a Oregón.

Koxoenis volvió hoy. Me puse contenta al verlo. Se paró al borde del prado hasta que le hicimos una seña con la mano invitándolo a que viniera con nosotros. Creo que es tímido. Joshua le dijo con señas que era bienvenido a compartir nuestra comida. Comió con moderación de nuestro pan y no quiso aceptar ni una porción de la carne de venado que nos trajo. Cuando terminamos, nos indicó con gestos que lo siguiéramos. No habíamos caminado más de cien pasos de nuestra fogata, cuando usó un palo para cavar que llevaba y arrancó algunas plantas. Me las dio e hizo señas de que las raíces y las hojas son buenas para comer. Con una sonrisa tímida, volvió a irse corriendo al bosque.

Todo este tiempo tuvimos tanta hambre y el alimento estaba creciendo al alcance de la mano.

Señor, estoy teniendo un Problema Terrible con Joshua. ¡Está Decidido a Hacer Algo! No deja de hablar de buscar a Koxoenis, o de ir al Fuerte de Sutter o de bajar a Monterrey. Quiere seguir su propio camino, cualquiera que sea ese camino. No es el muchacho que sé que es ni el hombre que pienso que podría llegar a ser. Es un dolor terrible para mi corazón y para mis entrañas.

Me ha hecho pensar en qué Problema he sido yo para Ti. Estoy Realmente Arrepentida, Señor.

Recuerdo cuán lleno de Ira estabas contra esos Israelitas que sacaste de Egipto. Ellos seguían lloriqueando, haciendo berrinches y quejándose como hace Joshua ahora. Y como yo estaba haciendo el Día del Oso. También recuerdo cómo Tú quisiste borrar a los Israelitas de la faz de la tierra, pero Moisés te suplicó que no lo hicieras.

Bien, Señor, sé cómo te sientes porque hoy quería borrar a Joshua de la faz de la tierra. Me hizo enojar tanto que temblaba de furia. Dije cosas que no debería haber dicho. Pero quizás eso fue mejor que lo que quería hacer. Señor, si hubiera tenido una vara lo habría golpeado con ella. Él tampoco estaba muy feliz conmigo.

¿Cómo se puede amar tanto a alguien y a la vez enojarse de tal manera que quieras matarlo? Le salvé la vida hace catorce años. Y hoy tuve ganas de quitársela.

Joshua no es de mucha ayuda para nosotros, Jesús. Él preferiría estar en la aldea de Koxoenis, aprendiendo sus costumbres, que quedarse y ayudarnos con las nuestras.

Por favor, ¿Podrías Hacer Algo con él, Jesús?

Te lo entrego a Ti porque si no lo hago, juro que ese muchacho no llegará vivo a la primavera.

Koxoenis volvió hoy. Tenía curiosidad por la carreta. Me pregunto en qué clase de casa vive. Le mostré el interior de nuestra pobre morada improvisada. Luego le ofrecí estofado de pescado, pan y café. Les dije a los niños que sería interesante ver dónde y cómo vivía. Joshua dijo que irá con él para averiguarlo. Le dije que si Koxoenis lo recibía, tenía la libertad de irse. Joshua habló en su lenguaje de señas con él y se fueron juntos. Han estado ausentes todo el día, pero no tengo miedo de que mi hijo regrese lastimado. Tú nos enviaste a Koxoenis y él ha demostrado ser un amigo bueno y generoso. Creo que Joshua tendrá muchas cosas interesantes para contarnos cuando regrese.

Joshua dijo que Koxoenis vive en una aldea a varios kilómetros al suroeste de nosotros. Dijo que los demás se asustaron cuando llegaron allí y que le hablaron severamente a Koxoenis por llevarlo. Supongo que debe haber una buena razón. Cuando pienso en cómo trataban a los pobres indios en el Fuerte de Sutter, me estremezco. Sutter les daba de comer en abrevaderos como a animales y los usaba como esclavos.

Joshua dijo que Koxoenis tiene una esposa y dos hijitos que corren desnudos por todos lados. Dijo que su casa está hecha de corteza, juncos y barro en capas y que es resistente al clima y cálida por dentro. Su esposa cocina una papilla hecha de bellotas en una canasta ¡revolviendo piedras calientes! El cacique tiene un gran acopio de cosas para comer y las da generosamente a su gente.

Koxoenis le mostró a Joshua otros alimentos que crecen a nuestro alrededor. Joshua dijo que les enseñará a Hank, a Matthew y a Beth cómo encontrar estas plantas a la luz del día.

Joshua y Hank han estado cavando todo el día. Joshua dijo que el pueblo de Koxoenis cava sesenta centímetros y construye la casa con cúpula sobre el hoyo. Él puede levantar esta casa en unos días, mientras que tomaría varias semanas de esfuerzo construir una cabaña. Nuestra capa impermeable está rota y gotea. Necesitamos refugiarnos de la fría lluvia de California.

Joshua hizo un armazón de postes sobre el pozo y está cubriéndolo con varas de corteza y juncos. Tiene a los niños y a Beth mezclando barro. Gracias a Dios, hemos tenido dos días de mejor clima. Las nubes se extienden sobre el suelo como un manto.

Ahora estamos viviendo en una choza como Koxoenis y su pueblo. Me pregunto qué pensaría tía Martha de mí viviendo como una salvaje. Debo reconocer que vivir en esta choza es mucho mejor que vivir en nuestra carreta. Nos mudamos aquí cuando las lluvias empezaron otra vez, y estamos secos y abrigados.

Gracias, Señor, por poner de nuevo un techo sobre nuestras cabezas.

CAPÍTULO 22

Los niños le informaban todo a Sierra, quisiera ella enterarse o no.

—Papá alquiló algunos muebles —dijo Clanton después de su primera visita—. Tiene un sofá nuevo y dos sillones giratorios. Compró un equipo que ocupa toda la pared con una pantalla grande y un estéreo, ¡y deberías ver sus computadoras!

Carolyn estaba más impresionada con los ratoncitos blancos que había comprado para ella y que mantenía en su casa.

—Son tan tiernos, mamá. Los llamé Durazno y Crema. Ambos son machos, así que no tendremos ninguna cría.

—Bueno, eso está bien.

—Y tiene una pecera. Solo una pequeña para algunos pececitos dorados muy lindos.

Señuelos.

Clanton y Carolyn empezaron a pasar más tiempo con

Alex. Llegaban a casa de la escuela, devoraban sus bocadillos, recitaban de un tirón las novedades, hacían la tarea a la carrera y se iban a *su* condominio. Empezó a desear haber dicho que *no*. Extrañaba el sonido de sus voces, hasta los ruidos estridentes de cuando peleaban. A veces resentía lo ansiosos que parecían de estar con él, y luego siempre se sentía atacada por la culpa. Otras veces se sorprendía a sí misma dolida por la soledad.

¿Es un pecado, Señor? Se supone que Tú eres suficiente. Te amo. Así es. Ayúdame a aceptar estos cambios y a no ser tan celosa y dependiente. Ayúdame a saber en mi corazón que Tú me bastas. Ayúdame a apoyarme en Ti.

El coro ayudaba. En esas noches, caminaba con los niños a la iglesia y luego salían a una cafetería familiar a comer un postre. El domingo era el único y precioso día de la semana que tenía a los niños para ella sola. Iban temprano a la iglesia y no volvían a la casa hasta casi la una de la tarde. Después de un almuerzo tardío, volvía caminando con ellos a la iglesia para que participaran en las actividades juveniles y ella asistiera al estudio bíblico vespertino.

Poco a poco, se sentía menos sola. Usaba el tiempo que los niños no estaban en casa para estudiar y terminar todos los pequeños proyectos que se había propuesto hacer y que nunca había tenido tiempo para concretar. Encendía la radio y escuchaba alguna emisora cristiana que transmitiera rock contemporáneo, libre para cantar sin que nadie la escuchara, excepto el Señor.

La Navidad se aproximaba. Más que entusiasmada, estaba deprimida. Ya había hecho todas sus compras, los paquetes estaban envueltos y escondidos en el clóset de su cuarto y debajo de la cama. Los niños sabían que no les convenía curiosear en su habitación después del día de Acción de Gracias. A principios de diciembre había empezado a ocuparse de las tarjetas navideñas y de escribir sus cartas. Siempre le escribía a todo el mundo. Era la única vez en el año en que podía ponerse al día con todas las novedades de los amigos y parientes.

Ron volvió a llamarla.

—Te escucho un poco deprimida.

—Estoy escribiendo las cartas de Navidad y me deprimo un poco cuando tengo que escribir «Mamá murió de cáncer, y Alex y yo nos divorciamos» una y otra vez. Esa clase de noticias alegres que a los amigos les gusta leer en la época navideña.

—¿Una propuesta ayudaría a levantarte el ánimo?

—Depende —dijo ella, frunciendo la boca.

—Es estrictamente honorable, te lo aseguro. Haré la gala de Navidad para recaudar fondos en el Hyatt Regency y necesito desesperadamente una bonita anfitriona.

—¿Para servir bebidas y aperitivos?

—No. Para que esté junto a mí y salude a los invitados, esa clase de invitados que tienen mucho, muchísimo dinero y que les encanta donarlo a causas buenas como Alcance a la Comunidad de Los Ángeles.

—¿Irá alguna estrella de cine? —dijo ella, bromeando.

—Algunas.

—¡Bromeas!

—Parece que podrías estar interesada.

—Bueno, no lo sé. —Fingió dudarlo—. ¿Irá Hugh Jackman?

—No.

—Entonces no...

—Te lo suplico.

Sierra se rio.

—Me encantaría ayudarte y lo sabes. ¿Cuán elegante tendría que vestirme?

—Mucho. Yo iré con un esmoquin. —Ron le dio los detalles. Iría a buscarla temprano. El evento incluía banquete y baile—. Durará hasta la madrugada —le advirtió.

Clanton estaba saliendo por la puerta cuando ella colgó el teléfono.

—Cariño, ¿podrías decirle a tu padre que necesito hablar con él? Es importante.

El teléfono sonó unos minutos después.

—¿Qué hay? —dijo Alex.

—¿Pueden pasar la noche contigo los niños el 21 de diciembre?

—¿Pasar la noche? ¿Dónde vas a estar?

—En un evento para recaudar fondos con Ron. Me dijo que terminará tarde.

—No tengo ninguna cama extra.

Sonaba muy frío.

—Quizás pueda pedir prestadas un par de bolsas de dormir. —Tal vez había hecho otros planes, planes de los cuales ella no quería enterarse—. No te preocupes. Debería haberlo pensado antes de pedírtelo. Carolyn tiene ganas de quedarse a dormir en la casa de Susan, y Clanton siempre puede ir...

—Me quedaré con ellos allá —dijo él firmemente—. Haremos algo divertido en la noche, y esperaré en tu casa hasta que vuelvas.

—Será muy tarde, Alex.

—Tienes un sofá cómodo.

—¿Estás seguro? —Él sonaba menos que satisfecho sobre todo el asunto.

—Claro, estoy seguro.

Sierra tomó aire, llamó a Audra y le contó que había sido invitada a un evento formal para recaudar fondos y que se desempeñaría como anfitriona.

—Necesito encontrar un vestido.

—¿Cuánto puedes gastar?

—Que ni se te ocurra ir a Rodeo Drive.

—¿Qué talla eres? —Cuando Sierra se lo dijo, Audra le contestó—: Genial. Puedo prestarte uno de mis vestidos de noche. ¿Cuándo puedes venir?

Cuando Sierra llegó a su casa, Audra ya había elegido el vestido que pensaba que debía usar Sierra. Luego de ver los demás, Sierra tuvo que reconocer que era el que más le gustaba. Era de un terciopelo rojo intenso que le quedaba perfecto.

—Lo compré hace cuatro años para una fiesta de Navidad y nunca lo usé —dijo Audra, admirando a Sierra—. Mis pies son un poco más grandes que los tuyos, pero sé exactamente dónde puedes comprar unos zapatos satinados y mandarlos a teñir para que combinen —dijo, mientras presionaba el broche de un espléndido collar que brillaba como diamantes.

—No son diamantes de verdad, ¿cierto? —dijo Sierra tocándolo .

—Son de circonita. Ya deja de transpirar. —Le dio los aretes que hacían juego y después la ayudó a ponerse el brazalete. Retrocedió unos pasos y la miró de arriba abajo—. Perfecta. Te queda mejor a ti que a mí. —Regresó a su clóset y salió con un abrigo de piel.

—¡Ni se te ocurra! —dijo Sierra, retrocediendo—. Absolutamente no, Audra. Si lo estropeara o lo perdiera, me muero.

—Pensé que dirías algo sobre los pobres animalitos que perdieron su vida para hacerlo.

—Bueno, eso también —dijo Sierra, haciendo una cuenta rápida. Se necesitaban un montón de pequeños visones para hacer ese abrigo.

—Eso fue lo que le dije a Steve, pero los hombres no piensan en esas cosas cuando tratan de mostrarle al mundo cuán exitosos son. —Volvió a llevarlo al clóset—. De vez en cuando lo uso para ir a la ópera, para que no se enfade por ese tema. Allí, nadie me sermonea. ¡Ah, *aquí está*! Sabía que había comprado algo que iba con ese vestido. —Volvió a la habitación con una capa de terciopelo rojo, forrada en raso. La colocó sobre los hombros de Sierra y retrocedió un paso—. Mírate al espejo.

Sierra lo hizo y se quedó boquiabierta. Parecía otra persona, alguien que había salido de un cuento de hadas.

—Recuerdo esta sensación de placer de cuando era niña y me disfrazaba con los viejos atuendos de mi madre en el ático. —Riendo, miró a Audra por el espejo—. ¿Qué te parece?

—Me parece que luces fantástica. ¿Alex sabe que irás a este evento con Ron Peirozo?

—Él cuidará a los niños.

Alex llegó temprano la noche del evento. Ella le había dicho que Ron pasaría a buscarla a las cinco, y Alex llegó una hora antes.

—Mamá, papá está aquí.

—Pregúntale si quiere un refresco, cariño. Iré en un ratito.

Nerviosa y emocionada, ya se había bañado y estaba arreglándose el cabello en una trenza francesa. Se puso un poco de maquillaje; luego se aplicó unas gotas de Shalimar antes de ponerse el vestido. Se calzó los zapatos rojos satinados y se puso las joyas. Estuvo lista media hora antes que Ron llegara.

—¡Mamá, estás tan *hermosa*! —dijo Carolyn cuando entró en la sala.

Sierra sonrió gratificada de que al menos una persona en la sala notara algún cambio en ella. Alex solo se quedó mirándola. No dijo nada. ¿Qué esperaba? ¿Que se le cayera la mandíbula y que le colgara la lengua? Puso con cuidado la capa roja sobre una silla.

—¿Dónde está Clanton? —preguntó, mientras guardaba los guantes en una cartera roja con mostacillas que Audra había encontrado además de la capa.

—En la casa de Brady —dijo Carolyn. Era un amigo que Clanton había conocido en la iglesia que resultó ser un vecino del complejo—. Dijo que vendrá a casa en unos minutos. Fue a pedirle un videojuego. ¿Son diamantes, mamá?

—No, cariño. No pondría un pie fuera de la casa si lo fueran.

—¿No crees que se ve bonita, papi? —dijo Carolyn mirando a su padre.

Sierra se ruborizó y evitó la mirada de Alex.

—*Sí, tu mamá es muy hermosa* —dijo él suavemente.

Su corazón dio un vuelco cuando lo miró. Ella lo miró a los ojos y vio que había sentido cada palabra.

Carolyn levantó su mochila y caminó hacia su cuarto. Poniéndose tensa, Sierra se dio vuelta.

—¿Adónde vas, cariño?

Carolyn miró de reojo a su papá.

—Tengo un poco de tarea.

—¿Esta noche?

—Solo por un rato. Papi nos llevará a Clanton y a mí a Magic Mountain. Supongo que también debería darme un baño.

Sierra volvió a mirar a Alex y vio una sonrisa triste en su boca.

—Hace unos días, miraba *Juego de gemelas*.

—Qué bien —dijo ella débilmente, apoyando una mano en su estómago.

Él notó el gesto.

—¿Estás nerviosa?

—Un poco. —Menos por salir con Ron que por la mirada

que veía en los ojos de Alex. Soltó el aire y rodeó la silla para sentarse en ella. La mesa se interponía entre ellos. Le gustaba que hubiera algo entre los dos. Alex entrecerró ligeramente los ojos.

—¿Qué tanto te gusta este tipo?

¿Este tipo?

—Ron es uno de mis mejores amigos.

—¿Qué siente por ti?

—¿Por qué lo preguntas? —dijo ella, sonrojándose.

—Dejaste de trabajar para él. Me da curiosidad el motivo.

Estuvo a punto de responderle que no era asunto suyo. Teniendo en cuenta cómo se había comportado, era muy descarado al hacer *alguna* pregunta. En cambio, contuvo su enfado y decidió ser honesta.

—Renuncié porque sabía que si me quedaba, podía terminar teniendo una aventura amorosa con él.

Los ojos de Alex se ensombrecieron, no con ira, sino con dolor.

—Como yo.

—No quiero hablar de los qués ni porqués de tu relación con Elizabeth, Alex.

—Yo tampoco. Quiero hablar de ti.

—¿Qué pasa conmigo?

—Estás... radiante —dijo él como si le pesara—. ¿Estás enamorada de este tipo?

Otra vez ese tono. ¿Quería hacerla morder el anzuelo?

—Yo estaba *enamorada* de ti, Alex —dijo antes de pensarlo mejor. Hizo una pausa y respiró hondo para tranquilizarse. ¡Esta situación era imposible!—. No creo que vuelva a sentirme así. Y si lo hiciera, creo que correría lo más rápido posible para huir de eso.

—Como huiste de Peirozo.

Pudo sentir el ardor de sus propias lágrimas y las contuvo.

—¿Estás tratando de arruinarme la noche a propósito,

Alex? A mí me *gusta* Ron. Es bueno y es divertido. Esperé con ansias que llegara esta noche. Nunca fui a un lugar así. Solo quiero pasarla muy bien. ¿No crees que tengo derecho a eso?

—No llores —dijo Alex con ternura—. No era mi intención arruinarte la noche, Sierra.

—¿Por qué lo *preguntas*?

—Porque no quiero que te lastimen.

Ella dejó escapar una risa sombría. Nunca en su vida había escuchado una excusa más endeble. Especialmente de él.

—*Tú* me lastimaste, Alex. Ron no tiene esa clase de poder sobre mí.

Se inclinó hacia ella, mirándola intensamente, buscando.

—No salgas con él esta noche.

Al mirar esos ojos profundamente oscuros, recordó todo lo pasado. Ella sabía por qué se lo advertía. Cuando eran jóvenes y estaban muy enamorados, cuando sus sentimientos llegaban al pico de alguna crisis, real o imaginaria, Alex era el único que podía estar a la altura y dominar la pasión.

—Ya no soy tu problema, Alex. Hace ocho meses que dejé de serlo. —¿Por qué tendrían que provocar esas palabras esa dolida mirada de preocupación en sus ojos? Se sintió obligada a tranquilizarlo y le sonrió tiernamente—. Alguien me dijo que madurara. Y lo hice.

Sonó el timbre.

Una mejilla de Alex se puso tensa y se levantó.

—Le diré que no te sientes bien.

—No, no lo harás —dijo ella, también poniéndose de pie. La verdad era que no se sentía bien, pero no tenía ninguna intención de dejar plantado a Ron. Este evento para recaudar fondos era demasiado importante para él y para su obra—. Me siento bien, Alex.

—Estás pálida. —Giró la cabeza bruscamente cuando se abrió la puerta—. ¿Qué hiciste? ¿Le diste una llave?

—¡Hola, mamá! —dijo Clanton entrando con rapidez—. ¿No vas a dejar entrar a Ron? —Se quedó mirándola—. *¡Vaya!*

—Puedes repetir eso —dijo Ron detrás de él. Ni siquiera notó a Alex. Su expresión de asombro no podría haber sido más sincera y fue efectiva como para levantarle el ánimo a Sierra. Clanton pasó rápidamente al lado de ella y llevó las cosas de fútbol a su habitación.

—Me dejaste sin aliento, Sierra —dijo Ron, inclinándose para besarla delicadamente en la mejilla. Ella se sintió un poco triste de que su elogio no causara una fracción del efecto que había tenido el de Alex. Cuando Ron se irguió, ella vio que su expresión se alteró levemente y supo que había visto a su exmarido. Lo tomó de la mano a propósito.

—Ron, él es Alex. Alex, me gustaría presentarte a Ron Peirozo, un querido amigo mío.

Ron extendió la mano. Alex dudó un instante antes de estrechársela. Ninguno dijo nada. Estaban demasiado ocupados midiéndose uno al otro. Sierra sabía que, bajo otras circunstancias, se habrían llevado muy bien. Hasta podrían haber sido amigos. En este momento, ella era el único interés en común, y no era un interés que los uniría.

Sierra soltó la mano de Ron y tomó la cartera y los guantes. Él levantó la capa roja y la puso sobre sus hombros. Sus manos sujetaron los brazos de ella con delicadeza, acercándola unos centímetros a él.

—¿Lista para irnos?

Alex entendió el gesto y se metió las manos en los bolsillos.

—Que pasen una linda noche.

Sierra caminó con Ron hacia la puerta. Ron inclinó la cabeza ante Alex mientras le abría la puerta a ella.

—Un gusto conocerte, Alex.

—Sí, igualmente.

Ella no miró hacia atrás. No se atrevió.

Ron no mencionó a Alex, y ella tampoco. Dedicó el viaje al centro de Los Ángeles a ponerla al corriente de los programas de Alcance a la Comunidad de Los Ángeles.

—La gente te hará preguntas —dijo y se aseguró de que ella supiera lo que estaba pasando.

Mientras estaba parada junto a Ron y saludaba a los invitados a medida que iban llegando, reconoció diversos rostros y nombres. Algunos se demoraron, sosteniendo su mano y halagándola efusivamente. Ron bromeó sobre el tema mientras cenaban una costilla de primera calidad.

—Debí haber traído un látigo y una silla para mantener lejos a algunos de estos animales.

Se sintió orgullosa de Ron e impresionada por él cuando se paró en el podio y brindó una bienvenida y presentación perfecta y relajada. Se sentía tan cómodo frente a esta multitud élite como lo estaba con los niños que encontraba en los barrios marginales y debajo de las autopistas. Ella sabía que quienes lo escuchaban estaban más que dispuestos a apoyarlo, a él y a su labor. Su obra era honesta, entusiasta y lograba muchas cosas. Los jóvenes que estaban sirviendo las mesas eran muchachos y muchachas «egresados» del programa.

—Hablen con ellos, y les contarán cuánto Alcance les ha cambiado la vida. El Señor nos bendijo para que podamos bendecir a otros...

Cuando la banda comenzó a tocar, Ron la guio a la pista de baile.

—Ya recibí varios donativos que cubrirán los gastos de los próximos meses —dijo, manteniéndola cerca de él. Ella sintió el calor de su mano en la parte baja de su espalda y el roce de sus muslos. Bailaba bien, con delicadeza y gracia, guiándola expertamente. Se sintió segura y protegida en sus brazos.

Después del primer baile, tuvo otros compañeros, todos interesados en Alcance a la Comunidad de Los Ángeles y en Ron Peirozo. Algunos le preguntaron qué relación tenía con él. Otros solo querían acercarse a ella para invitarla a salir. Se sintió halagada pero no interesada.

Ron volvió a bailar con ella varias veces más y bromeó sin piedad.

—Creí que sucumbirías a los encantos de ese actor —dijo, haciendo un gesto con la cabeza hacia una estrella de cine que había bailado con ella en diferentes momentos.

—¿Estás bromeando?

—Vi que estabas por desmayarte cuando te agarró de la mano.

—Fue antes de que pasara cinco minutos con él. Ese tipo no es mejor que un donjuán de barrio. Me pidió que pasara un fin de semana con él en Hawái. ¿Lo puedes creer?

—Te creo. Tuve mis propios pensamientos libertinos contigo esta noche. ¿Quieres ir a navegar conmigo?

—Basta, Peirozo.

Él se rio.

—¿Ves a ese caballero que está allí hablando con Arlene? Hace un ratito me preguntó si estabas disponible.

—Dile que *sí*.

—Ya lo hice. —Se agachó y la besó en la curva de su cuello. Alex solía besarla en el mismo lugar. Con él, siempre había sentido un calor que derretía todo su cuerpo y le aflojaba las rodillas. Con Ron, no sintió nada más que la agradable tibieza de sus labios.

Sierra conversó con tantas personas que perdió la cuenta. Bailó hasta que le dolieron los pies, y disfrutó cada minuto. Mientras la llevaba de vuelta a Northridge, Ron habló sobre los donativos que había recibido y lo que significaría para los programas en curso. En una noche, habían recaudado el dinero suficiente para cubrir los gastos de la fundación de todo el año siguiente.

Se detuvo en el estacionamiento de Haven y apagó el motor de su Mercedes. Giró hacia ella y sonrió.

—¿La pasaste bien?

—De maravilla —dijo ella, somnolienta. Nunca se quedaba despierta después de las once y media, y eran casi las dos de la mañana. Sintió el ligero roce de sus dedos y lo miró a los ojos. El calor y el deseo estaban ahí, visibles. Por un breve instante se preguntó cómo sería ser amada por Ron—. Será mejor que entre —dijo en voz baja.

Sensible a sus sentimientos, Ron apenas acarició su mejilla y salió del carro. Dio la vuelta y, abriendo la puerta, extendió la mano para ayudarla. Caminaron en silencio por el sendero hacia su condominio. La luz del pórtico estaba encendida. Se preguntó si Alex estaría dormido en el sofá.

Dándose vuelta hacia Ron, le dio las gracias por la noche encantadora.

—De nada —dijo él y se agachó para besarla en la mejilla.

Sierra volvió a agradecerle, sacó la llave de su cartera y abrió la puerta. Mirando hacia atrás, sonrió.

—Buenas noches —dijo Ron y se dirigió hacia su carro.

Sin mirar a la sala, Sierra cerró la puerta silenciosamente.

—¿Cómo estuvo? —dijo Alex, cerrando de golpe el diario de Mary Kathryn y arrojándolo desconsideradamente sobre la mesa.

El sonido de su voz y el golpe del libro la hicieron saltar.

—Maravilloso —dijo, dándose vuelta hacia él—. ¿Qué tal estuvo tu noche?

—*Bien.* —Se levantó. No parecía cansado en absoluto. Sus ojos estaban despejados y penetrantes—. Salimos a comer y alquilamos un par de películas.

—Suena divertido. —El estómago se le hizo un nudo de

tensión al ver su rostro. Estaba enojado, aunque ella no sabía el motivo. Y no tenía ninguna intención de preguntar—. Bueno, gracias por cuidar a los niños. Lo aprecio.

—Está bien.

—Lamento que sea tan tarde.

—Dijiste que llegarías tarde. —Atravesó la sala y se paró frente a ella. Por un instante frunció el ceño mientras estudiaba su rostro—. Supongo que será mejor que me vaya.

—Sí —dijo ella, respirando con dificultad—. Sería mejor. —Miró alrededor—. ¿Trajiste un abrigo?

—No. —Su boca se arqueó con la sonrisa sensual que le había arrebatado el corazón cuando tenía dieciséis años—. ¿Te preocupa que me resfríe de aquí a mi casa? Solo estoy a tres puertas de distancia.

—Creo que estás suficientemente caliente. —Abrió la puerta—. Buenas noches, Alex.

Él se detuvo en la puerta y la miró.

—¿Te dio un beso de despedida?

Ella se ruborizó.

—No es que sea algo de tu incumbencia, pero *no*, *no* me dio un beso de despedida.

Volvió a entrar, la tomó de la nuca y la empujó hacia adelante. Antes de que pudiera recomponer su postura, él se inclinó y plantó con firmeza su boca sobre la de ella con un beso fuerte y ardiente. La soltó tan de repente como la había agarrado, sonriendo con sarcasmo.

—Parecía que necesitabas un buen beso —dijo bruscamente.

Sierra se apartó de él con el corazón palpitando fuertemente en sus oídos.

La mirada de él se oscureció cuando la miró a los ojos. Dio otro paso hacia ella.

—Todavía lo necesitas.

—*No lo hagas* —susurró ella, desesperada.

No la escuchó. Cerrando la puerta con el pie, la agarró y la acercó a su pecho fuerte. Agachó la cabeza y la besó otra vez con el mismo efecto devastador que ella había sentido la primera vez en el porche de la calle Mathesen tantos años atrás. La besó como si no quisiera soltarla nunca más...

Por un momento, luchó contra él. Alex hundió las manos en su cabello hasta que cayó suelto sobre sus hombros y su espalda. Siguió besándola hasta que Sierra sintió que empezaba a derretirse y a estremecerse por dentro.

Su amor y los largos meses de castidad y soledad jugaban contra ella. El deseo físico recorrió su cuerpo. Los recuerdos placenteros palpitaban.

¡Oh, Dios! ¡Oh, Dios, esto es lo que Tú destinaste que sucediera entre marido y esposa!

Marido.

Esposa.

Ya no.

En medio de la tormenta de sensaciones maravillosas, irrumpió un ejército de dudas en su cerebro enfebrecido, cargado de armas de devastación.

¿Había abrazado así a Elizabeth Longford? ¿Le había susurrado palabras incoherentes en español mientras la tocaba y la acariciaba como a ella ahora? ¿Era solo una sustituta? Disponible. Fácil. Una solución temporal, ahora que Elizabeth se había ido.

Muy conveniente, por otra parte. A solo tres puertas de distancia.

—No llores, Sierra —dijo Alex entrecortadamente—. *Por favor*, no llores.

Pero no podía evitarlo. Su cuerpo palpitante lo necesitaba, mientras que su mente le desgarraba el corazón. Se separó de él lo más que pudo, con los puños apretados. Cuando sintió que la soltaba, lloró más fuerte. Él retrocedió y ella se cubrió el rostro y se dio vuelta, completamente humillada.

Si él no se había dado cuenta de cuánto lo amaba todavía, ahora no le quedaría ninguna duda. Debía estar muy satisfecho de saber qué fácil era derribar sus murallas y atacar la ciudadela.

¡Dios, soy tan tonta!

—Sierra, lo siento... —dijo él desoladamente—. No tenía la intención de...

Cuando apoyó las manos sobre sus hombros y trató de acercarla a él otra vez, se apartó de un tirón.

—Solo *vete*, Alex —dijo en un ataque de hipo—. Sal de mi vida.

La puerta se abrió silenciosamente y volvió a cerrarse.

Llorando, fue a su habitación y se quitó el vestido. Lo colgó cuidadosamente mientras las lágrimas corrían por sus mejillas. Se sacó las joyas y las devolvió al estuche de terciopelo. Se quitó los zapatos rojos y la ropa interior; luego, abrió la ducha y se metió. Se quedó parada bajo el fuerte chorro de agua y se entregó a su dolor.

Todavía lloraba cuando se fue a la cama. Acurrucándose de lado, se cubrió la cabeza con la almohada. Acababa de quedarse dormida cuando sonó el teléfono. El reloj irradiaba la hora: las tres cuarenta y cinco. Quería ignorar la campanilla resonante, pero tuvo miedo de que se despertaran los niños.

Era Alex, y sonaba raro. ¿Había estado bebiendo?

—No quiero hablar contigo —dijo ella y empezó a llorar otra vez.

No la escuchó. Hablaba en español y decía cosas sin sentido. Normalmente, ella comprendía bien el español, pero él hablaba tan rápido y ella estaba tan cansada, que las palabras eran confusas. Sí captó un par de términos conocidos, de los cuales, uno fue *esposa*.

Qué descarado.

—Te divorciaste de mí, Alex. ¿Lo recuerdas? Déjame en paz.

Colgó. Cuando el teléfono volvió a sonar, lo desconectó de un tirón. Tapándose la cabeza, lloró hasta quedarse dormida.

Joshua ha ido seis veces a la aldea durante el último mes.

Koxoenis lo hace sentir bienvenido. Durante su última visita, Joshua vio los preparativos de Koxoenis para otra cacería. Koxoenis no vive con su esposa ni la mira, sino que pasa la mayor parte del tiempo en una cueva, donde frota con tuétanos de ciervo su arco y sus flechas. Joshua dijo que Koxoenis les hablaba a sus armas. También tomó un brebaje de olor desagradable que lo dejó muy enfermo. Quizás sea algún tipo de ritual para purificarse. Cuando pasó la enfermedad, frotó su cuerpo y su lanza con hierba del espíritu santo y otras.

Joshua siguió a Koxoenis para observar. Dijo que Koxoenis imita los movimientos de los venados tan a la perfección, que se hizo pasar por uno de una manada que pastaba en la pradera al atardecer. Los animales no se dieron cuenta de que estaba entre ellos hasta que mató a uno. Antes de condimentar al animal, Koxoenix se arrodilló junto a él y lo acarició tiernamente mientras le hablaba. Cuando la carne estuvo preparada para el pueblo, él no participó de la comida.

Joshua ha aprendido muchas cosas valiosas de Koxoenis y de su pueblo. Le ha enseñado a Hank cómo hacer una trampa para peces y a Matthew trampas para conejos. Hizo una represa en nuestro arroyo y lanzó una raíz al agua. Esto aturdió tanto a los

peces que flotaron hacia la superficie. Hemos ahumado suficientes en uno de nuestros barriles para que nos duren varias
semanas.

Joshua también les enseñó a Hank y a Matthew cómo hacer
boleadoras usando las varillas laterales de las hojas de los lirios
silvestres y atándoles huesos en cada punta. Joshua dice que los
indios usan estas armas sencillas para cazar codornices, conejos
y ardillas. Los muchachos han estado practicando diligentemente. Joshua dice que los indios no son tan quisquillosos como
nosotros acerca de lo que comen, sino que cocinan roedores del
bosque, serpientes, lagartos y larvas. Ha probado todo y dice
que tienen buen sabor. Yo no soy tan arriesgada.

Beth arranca totoras y las pela. Los tallos se pueden comer.
Hay otras verduras comestibles en abundancia. Cuando llegue
la primavera, tendremos bayas. Crecen abundantemente cerca
de nosotros.

Señor, Tú has hecho esta tierra tan pródiga como el Edén.
Ni siquiera necesitamos arar el suelo para tener alimentos que
nos sustenten. Pero lo haremos cuando llegue la primavera.

CAPÍTULO 23

—Está enfermo, mamá —dijo Carolyn.

Con resaca, lo más probable, pensó Sierra, pero no lo dijo en voz alta. A ella misma le dolía la cabeza por la falta de sueño.

—No contestó cuando toqué el timbre, así que entré —le informó Carolyn—. Sigue en cama, mamá. Papá nunca se queda en cama hasta tan tarde.

Clanton colaboró:

—¿No podrías ir a ver cómo está?

—Anoche se quedó levantado hasta tarde cuidándolos, ¿recuerdan? Solo necesita dormir más.

—Tú estás levantada —dijo Clanton.

—¿No podrías ir a ver si está bien, ma? —le rogó Carolyn, preocupada.

—¿Y hacer qué?

—Llamar a un médico o algo —intervino Clanton.

Le gustaría hacer *algo*, pero después de lo de anoche, tenía miedo de estar a menos de ocho metros de él.

—*Por favor* —dijo Carolyn.

Miró a sus dos hijos y se dio cuenta de que, si no hacía algo, pensarían que era una cristiana sin compasión, insensible e hipócrita. ¿No se suponía que debía *amar* a su enemigo?

—Le llevaré un poco de caldo de pollo —dijo y sacó un recipiente de Tupperware del refrigerador. Frances le había dado un montón, jurando que podía curar prácticamente cualquier cosa.

A lo mejor, ella debía beber un poco y orar para curarse de Alejandro Luis Madrid.

Clanton le dio la llave del condominio de Alex. Con el corazón en la boca, Sierra abrió la puerta delantera y entró. El lugar tenía exactamente la misma distribución que el suyo, pero la decoración era considerablemente distinta. La sala tenía un gran sofá de cuero negro y una mesa de vidrio. En cada rincón de la sala había lámparas modernas. La pared estaba cubierta con equipo electrónico: un televisor de pantalla grande, un reproductor de video, un radio, un reproductor de CD, sistemas de videojuegos y un cuarteto de parlantes empotrados, pequeños pero indudablemente potentes. La cocina era espartana, excepto por la cafetera que había cerca del fregadero y por la jaula con los ratoncitos que estaba en el extremo de la barra desayunadora. No había mucho en los gabinetes de Alex, y solo algunas ollas y sartenes en los gabinetes inferiores. La cocina y el horno microondas estaban tan limpios que Sierra supo que Alex nunca los había usado. Abrió el recipiente donde había traído el caldo y vertió una porción en una taza grande, le agregó un poco de agua y la metió al microondas. Con curiosidad, miró debajo del fregadero. El cubo de la basura estaba lleno de recipientes de comida mexicana para llevar.

¡No sentiré pena por él!

Recorrió el pasillo hacia la habitación principal y encontró a Alex tumbado de espaldas, apenas tapado por un edredón con dibujos aztecas coloridos. Todo lo que vio fueron músculos, piel bronceada y cabello oscuro. Su corazón dio un vuelco; desvió la mirada y vio la camisa que tenía puesta la noche anterior. Estaba al revés sobre el piso. Cerca de allí vio también los Levi's al revés con el cinturón todavía sujeto por sus trabillas. Los zapatos estaban al otro lado del cuarto, con dos marcas en la pared sobre ellos.

Dejó la taza con sopa en su mesita de noche y levantó una botella de güisqui vacía. Desde que conocía a Alex, nunca lo había visto beber más de un trago de cualquier clase de bebida alcohólica. Le gustaba tener el control. Entró al baño y arrojó la botella al cesto de basura.

Cuando volvió al cuarto, levantó su camisa y le dio vuelta, la dobló y la puso sobre una silla. Hizo lo mismo con su pantalón, quitando el cinturón y enroscándolo sobre la parte superior de la cómoda.

Armándose de valor, se dio vuelta y lo miró. Al acercarse a la cama y contemplarlo, se le hizo un nudo en el estómago. Era tan hermoso, su cuerpo era perfecto. Tenía puesto el crucifijo de oro que le había regalado su madre. Se le estrujó el corazón de pena y ternura. Frunciendo un poco el ceño, notó que había añadido algo a la cadena de oro, algo que ella le había devuelto junto con los papeles del divorcio que él quiso que firmara.

¿Por qué usaba su anillo de casada colgado de su cuello?

—¿Alex?

Él gimió, se dio vuelta, murmuró algo en español y abrió sus ojos inyectados en sangre. Se quedó mirándola como si no pudiera creer que realmente estuviera allí.

—Los niños creen que te estás muriendo —dijo inexpresivamente, conteniendo la urgencia de retirarle el cabello de la frente.

Con un gesto de dolor, se incorporó y se apoyó sobre los codos.

—Así me siento —dijo él con una voz áspera. La miró de nuevo.

Ella evitó la intensidad que vio en sus ojos.

—Te traje un poco de caldo de pollo —dijo e hizo un gesto con la cabeza hacia la mesita de noche, mientras se alejaba de su cama.

—Anoche no tenía la intención de lastimarte, Sierra. Juro que...

—Lo sé. Olvidemos el tema. —Él no necesitaba hacer nada para lastimarla. Ella sufría cada vez que lo miraba. Era parte de amar a alguien, aun a pesar de su traición.

Mientras ella iba hacia la puerta, Alex se quitó el edredón de encima.

—No te vayas. —Gimió de dolor mientras se sentaba. Agarrándose la cabeza con las manos, farfulló algo en español—. Tengo que hablar contigo. Solo dame unos minutos para que me bañe.

—Podemos hablar en otro momento. —Sonrió débilmente—. Cuando te sientas mejor.

Él dejó caer sus manos y la miró desoladamente.

—No me voy a sentir mejor; no hasta que hable contigo de la situación.

Ella había creído que no lloraría más, pero las lágrimas saltaron a sus ojos.

—Tal vez no quiera escuchar lo que tienes que decir.

—Tal vez no —dijo él—, pero de todas maneras te pido que escuches. *Por favor.*

Cuando él se levantó, Sierra se puso nerviosa. Había olvidado que Alex dormía en ropa interior. Había olvidado muchas cosas que volvieron de repente.

—Está bien. —En ese momento habría aceptado

cualquier cosa con tal de salir del cuarto y alejarse de él y de los sentimientos que todavía era capaz de despertar en ella sin siquiera esforzarse.

—Espera aquí.

—Esperaré en la cocina.

Buscó en los gabinetes hasta que encontró el café. Sus manos temblaban mientras lo preparaba. Esperaba tener más tiempo, pero él apareció pocos minutos después vistiendo ropa deportiva y peinándose el cabello mojado con los dedos. Era guapo aun con resaca. Cuando lo miró, se sintió deprimida. Nunca iba a superar lo suyo con él. Jamás.

—*Gracias* —dijo cuando Sierra le acercó la taza con café caliente desde el otro lado de la barra. Tenía que haber algo entre ellos, algo que mantuviera las manos de él ocupadas, algo que llenara las suyas. Él bebió un sorbo. Tuvo la sensación de que estaba preparándose. Bebió la taza completa antes de mirarla—. Todavía eres mi esposa.

Sintió que se ponía pálida mientras lo miraba a los ojos. El pánico se apoderó de ella.

—No, no es así. Yo hice lo que me pediste. Firmé los papeles. Te los di para que tu abogado pudiera...

—Todavía estamos casados, Sierra.

—Quizás. Por unos meses más, hasta que el divorcio sea definitivo.

—Nada es definitivo, y no lo será. No habrá divorcio, a menos que tú lo pidas.

—No entiendo —dijo ella, confundida. ¿Acaso no le había dicho una y cien veces que quería el divorcio?—. Hice lo que me pediste.

—Sí, pero cambié de parecer. No le entregué los papeles del divorcio a mi abogado. Los metí en la trituradora de papeles de la oficina.

—¿Qué hiciste? —dijo ella, débilmente.

—Trituré los papeles del divorcio.

—Te escuché la primera vez, pero ¿por qué? ¿Solo para que tengamos que volver a pasar por toda esta tristeza?

—No sé por qué lo hice en ese momento, pero resultó ser una buena idea.

—¿Una... una buena idea? —¿Creía que podía volver a escurrirse en su vida y retomarla donde la había dejado? ¿O dejarla colgada mientras él la pasaba bien? Tuvo ganas de lanzarle el café caliente encima. En lugar de eso, puso su taza de un golpe sobre la encimera y se encaminó a la puerta delantera.

Alex la agarró a la mitad de la sala y la giró hacia él.

—Nunca amé a Elizabeth como te amo a ti, Sierra. La primera vez que la toqué, sabía que todo terminaría siendo un desastre.

Lo golpeó; fue un buen golpe con el puño derecho directo a su mandíbula, y lo hizo retroceder casi un metro. Se sentía furiosa y dolida. Perdió el control completamente y volvió a atacarlo. Arremetiendo contra él, lo golpeó en el pecho hasta que se dio cuenta que él estaba parado recibiendo los golpes. Sollozando, le dio un fuerte empujón y cayó sobre el sofá. Él sujetó la parte trasera de su suéter y la arrastró junto con él. Con los brazos y las piernas enredadas, rebotaron y rodaron al piso.

—¡Eres un patán! —Se puso de pie y, nuevamente, trató de llegar a la puerta delantera. Alex fue más rápido. Saltó por encima del sofá y se interpuso en su camino.

—Adelante. —Alex abrió las manos y se entregó a sí mismo—. Golpéame otra vez. Me lo merezco.

—¡Quítate de mi camino!

—No he terminado.

—¡Yo *sí*!

—Todavía estás enamorada de mí, Sierra.

—¡Lo superaré!

—No, no lo harás. Y yo tampoco. Nunca.

Ella inhaló otro sollozo desgarrado.

—¿Crees que me siento mejor porque dices que ni siquiera la amaste? ¿Te parece que *ayuda* saber que desechaste nuestro matrimonio por una aventura?

—No fue una aventura.

—No quiero enterarme de nada, Alex. No me des detalles espantosos. ¡Solo sal de mi camino!

—Sierra...

—*¡Déjame salir!*

Él la agarró de los hombros.

—Mi relación con Elizabeth tuvo mucho que ver con lo que dijiste. Quería sentir que había *triunfado*. No lo había logrado con el título universitario. Tampoco con el dinero. Dijiste: "la hija de la Revolución estadounidense". ¿Lo recuerdas? ¡Un trofeo que podía alzar delante de todo el mundo para demostrar que Alejandro Luis Madrid era más que el hijo de un indocumentado! —Sus ojos estaban húmedos, atormentados—. Me conocías mejor que yo a mí mismo, Sierra. Hasta que fuimos a Connecticut. Allí, pude verme bien, y sentí ganas de vomitar.

—¡No te *atrevas* a decirle indocumentado a tu padre!

El rostro de él se enterneció.

—*Te amo.* —Tomó el rostro de ella entre sus manos—. *Te amo muchísimo.*

Esta vez, Sierra usó su rodilla y lo golpeó abajo y muy fuerte. Empujándolo hacia atrás, llegó a la puerta.

—No voy a amarte más, Alex —dijo, sollozante—. ¡Es demasiado doloroso!

Abrió la puerta violentamente y huyó.

Se acerca la fecha de dar a luz.

El peso del bebé presiona hacia abajo. Hice los preparativos que pude y le he explicado a Beth lo que debe hacer para ayudarme. Es menor de lo que era yo cuando nació Joshua, pero es una niña tranquila y dispuesta y un gran consuelo para mí. Espero que sea fuerte pase lo que pase.

Señor, tengo miedo por todos mis hijos. Por favor trae a este niño al mundo pero no me lleves a mí.

Señor, sé que Tú me enviaste a Kavanaugh, y te doy gracias porque fue obediente y llegó a tiempo. Estoy segura de que habría muerto de no haber sido así. Joshua se había ido a buscar a Koxoenis para preguntarle si su esposa podía ayudarme. Yo estaba orando por mi rescate, cuando alguien abrió la esterilla de juncos que cubre nuestra entrada. Nunca me alegré tanto de ver a alguien como cuando vi a Kavanaugh. Él puso su cuchillo sobre el fuego y luego me cortó. Una vez que hizo eso, me levantó para que estuviera en cuclillas. Luego de eso, el bebé salió rápido y sin complicaciones. Cuando llegaron Koxoenis, su esposa y Joshua, mi nueva hija y yo estábamos dormidas.

Kavanaugh me dijo hoy que no se irá a menos que yo le diga que se vaya. No dijo más que eso, pero el significado estuvo claro. Creo que he sabido que me quería desde el día que me miró en la tienda mercantil allá en Independence.

He llamado a mi hijita América Farr. Beth está encantada con ella y me es de gran ayuda. Estoy sanando lentamente y todavía me siento débil. Kavanaugh es dulce conmigo y firme para organizar a los niños. A ellos no les molesta. Siempre han admirado a Kavanaugh; especialmente Joshua, aunque ahora siento que hay tensión entre ellos.

Kavanaugh está construyendo una cabaña para nosotros.

Puso a los niños a recoger piedras para los cimientos, mientras él corta la madera. Últimamente, Joshua no tiene mucho que decir sobre nada. Algo está consumiéndolo por dentro y no quiere decir lo que es. Hank, Matthew y Beth son los únicos que hablan.

La lluvia ha estado cayendo continuamente durante una semana, pero Kavanaugh y los niños siguen trabajando. La base de piedra está terminada y los maderos horizontales están puestos. Kavanaugh y Joshua están agujereando los troncos para levantar las paredes.

Esta noche estamos todos sentados alrededor del hoyo de la fogata. Hank, Matthew y Beth hablan de sus lecciones, mientras Kavanaugh está tallando. Les enseñará a los muchachos cuando terminen sus lecturas y sus ejercicios. Me alegro de que mis hijos no se resistan a aprender como lo hacían mis hermanos. Deben sacarlo de mamá. Saben leer y escribir mejor que mi padre y mis hermanos, pero distan mucho de ser Instruidos de acuerdo con el nivel de tía Martha. Desearía no haber sido tan tonta como para decir que no quería tener una Biblia entre mis pertenencias.

Kavanaugh y Joshua se Pelearon. Joshua trataba de golpear a Kavanaugh con todas sus fuerzas, pero Kavanaugh bloqueaba y desviaba cada uno de sus golpes. Les pedía a gritos que pararan, pero Joshua no quería escuchar. Kavanaugh le hizo perder el equilibrio y lo derribó al suelo y lo mantuvo ahí mientras intentaba hacerlo entrar en razón. Joshua no estaba de humor para ser razonable. Cuando Kavanaugh lo soltó, Joshua se levantó de un brinco y le escupió. No podía creer que hubiera hecho semejante cosa y pensé que Kavanaugh de seguro lo mataría. No tuvo la oportunidad de hacer nada, porque Joshua montó su caballo y se fue. Yo corrí detrás de él y le pregunté qué había pasado, pero no quiso decirme. Lloraba y dijo que no volverá hasta que Kavanaugh se vaya.

Hace tres días que Joshua se fue. Me duele tanto el corazón que ni siquiera puedo comer. No necesité más de cinco minutos para averiguar por qué Joshua se enfureció tanto. Kavanaugh quiere casarse conmigo. Le pidió a Joshua su consentimiento porque pensó que era el primogénito. Joshua le dijo que veía cómo eran las cosas y lo acusó de usarlo para acercarse a mí.

Kavanaugh y yo hemos tenido mucho tiempo para hablar de muchas cosas. Pensé que estaría con James toda mi vida. No esperaba perderlo. Y sé que no puedo arreglármelas sola en este lugar. Una mujer con niños pequeños no puede construir un hogar y sembrar los cultivos completamente sola. Y volver a casa en Illinois es imposible.

También sé que Joshua no se quedará mucho tiempo más con nosotros. Su partida tiene poco que ver con Kavanaugh y mucho con su propia naturaleza, aunque diga lo contrario y sea tan terco que use a Kavanaugh como excusa. Cada vez que Joshua se va, se queda lejos un poco más. Tiene las mismas ganas de ver el mundo que tenía James. Me temo que es la clase de deseo que lo llevará delante del viento toda su vida a menos que tenga que enfrentar al Todopoderoso y reaccione. Me duele saber que James nunca lo hizo. Los Farr y los McMurray debemos llevar en la sangre esto de contender con Dios y con todo lo demás. O vemos la luz, o perdemos la vida buscándola.

Ahora tengo una paz que nunca pensé tener, y a menudo me pregunto por qué batallé tanto para recibirla. Llegar a la luz no quiere decir que sea fácil ver a Joshua andar en tinieblas. Pero cuando le hablo de Ti parece que no llama su Atención. Supongo que no puedo esperar que las palabras lo hagan. Mamá y tía Martha me hablaron mucho, y nunca vi la Verdad en lo que ellas decían.

Aprendí algunas cosas más sobre Kavanaugh en los últimos días. Su nombre completo es Hamlet Bogan Kavanaugh. Tiene veintiocho años y sabe leer y escribir. Nació en Boston a un padre de sangre azul y una actriz que pensó que ponerle el nombre de un personaje de Shakespeare podría darle cierta dignidad. A él no le parece gran cosa el nombre que ella le puso. A pesar de que su madre nunca se casó, se aseguró de que su padre le pagara una buena Educación. Su padre aceptó pagar maestros particulares si ella le prometía dejarlo en paz. Ella cumplió su parte del trato. Kavanaugh es el apellido de su madre. Ella murió cuando él tenía trece años. Entonces él buscó a su padre, quien le dio cincuenta dólares y le dijo que se fuera de Boston y que jamás volviera a posar su sombra en el umbral de su casa. Él lo hizo y nunca regresó.

Le dije a Kavanaugh que no tenía que contarme tanto sobre sus Asuntos Personales, pero me dijo que yo debía saber que nació como un hijo bastardo antes de casarnos y empezar a tener hijos juntos. Me puse Nerviosa cuando dijo eso. Parece que tiene todo resuelto en su mente en cuanto a cómo serán las cosas entre nosotros. Le pregunté qué habría hecho si James no hubiese muerto repentinamente. Dijo que habría esperado todo el tiempo necesario. Le pregunté cuántos hijos esperaba tener y él se rio y dijo uno a la vez, Mary Kathryn, y me miró de tal manera que sentí que vibraba hasta la punta de los pies.

Ahora se fue y puedo respirar con libertad sin que el corazón retumbe en mis oídos y quiera entrometerse en mi cabeza. Le dije que se fuera para pensar bien las cosas. Me sorprendió que no tratara de disuadirme de mi solitud. Es un hombre fuerte, más fuerte que James de muchas maneras. Pero no tiene la dureza que yo esperaba. James pisoteaba mi corazón. Había algo salvaje en él que nunca pudo ser domesticado. Ahora que lo pienso me parece muy extraño. James, el granjero, el salvaje, y Kavanaugh, el montañés, tan determinado en su interior. A pesar de todas sus pieles de ante y su cabello largo, Kavanaugh es un caballero que no se aprovechará.

No lo quiero aquí cuando Joshua venga a casa. Mi hijo y yo tenemos que resolver algunas cosas entre nosotros antes de que le diga que sí a Kavanaugh.

No haces las cosas fáciles, ¿verdad, Señor?

Joshua se marchó y yo estoy sentada aquí preguntándome si volveré a verlo alguna vez. Me duele mucho el corazón, y sin embargo sabía que llegaría este momento. He estado luchando contra esto durante tres mil doscientos kilómetros y ya no sirve de nada seguir luchando. Cree que es un hombre y tomó la decisión de seguir su propio camino. Al menos ya no piensa que Kavanaugh lo usó para acercarse a mí. A Kavanaugh le agrada Joshua y comprende la agitación que hay en él. Tal vez saber eso lo haga volver a casa algún día. No prometió nada.

Dijo que cabalgará de vuelta al Fuerte de Sutter y después irá al norte para ver cómo es Oregón. Luego de eso, no sabe adónde irá ni lo que hará.

Lloré cuando se fue a caballo. Sigo pensando en esos Israelitas que deambularon cuarenta años por el desierto y murieron viendo de lejos la Tierra Prometida porque fueron muy Contenciosos. Si solo hubieran confiado en el Señor, habrían pasado su vida en una tierra de leche y miel.

Espero que Joshua no tarde tanto tiempo como yo en encontrar su camino a Ti a través del desierto.

Últimamente he estado pensando mucho en tía Martha. A veces me pregunto si nuestros pensamientos se contactan a la distancia. Ayer le escribí una larga carta, pero no sé cuándo tendré la oportunidad de enviársela.

Creo que Kavanaugh ha cambiado de parecer acerca de casarse con una viuda con cuatro hijos. Hace veintitrés días que se fue.

Empecé a labrar la tierra. Hank y Matthew están ayudándome, mientras Beth cuida a América. Juntos obtendremos una pequeña cosecha.

Es un Trabajo Duro y Terrible, pero creo que puedo arreglármelas sola con los niños. Tenemos suficiente para comer. Tenemos una cabaña que nos mantiene a salvo y secos. Tenemos buena tierra y semillas para sembrar. Y te tenemos a Ti, Jesús. Tía Martha decía que todo es posible con Dios. Por eso te pido que nos ayudes en esta Gran Empresa. Estamos atrapados aquí, Señor. Ayúdanos a aprovecharlo al máximo.

CAPÍTULO 24

Sierra no vio a Alex al día siguiente y él no llamó a los niños. Pensó que era por lo que había pasado entre ellos, hasta que Carolyn dijo:

—Le dije a papá que esta noche participaremos en la obra de la iglesia. Dijo que irá a hacer sus compras de Navidad.

Entonces, Clanton la atacó con la pregunta:

—¿Puede papá pasar la Navidad con nosotros?

Sierra se rebeló.

—No, no puede pasar la Navidad con nosotros.

—Va a estar completamente solo —dijo Carolyn—. Se sentirá solo. ¿No podríamos invitarlo? ¿Por favor?

—Luego hablaremos de eso —dijo ella, esperando que en el ínterin un camión lo atropellara o fuera secuestrado por terroristas—. En este momento tenemos que llegar a la iglesia y ponernos la ropa para la obra.

Durante las horas siguientes disfrutó de los nervios de

subir al escenario y de la emoción de prepararse para cantar. Una vez que estuvieron listos, los miembros del coro se reunieron y oraron para que su interpretación hiciera algo más que entretener. Oraron para que la música y la recreación del nacimiento del Mesías abrieran los corazones de los presentes.

Una vez que comenzó el programa, sus nervios se calmaron. Había practicado tanto que su parte resurgió en el momento que avanzó hacia la plataforma que algunos feligreses habían montado para extender el altillo del coro. Se entregó a la música cantando de corazón y sintiendo el gozo de la historia de la Navidad y su significado para el mundo.

José viajó desde la aldea de Nazaret de Galilea, a un costado de la iglesia, a Judea, a la ciudad de David llamada Belén, en la plataforma, donde se inscribió a sí mismo y a su joven esposa, María, para el censo romano ordenado por Quirinio, el gobernador de Siria.

«Mientras estaban allí, llegó el momento para que naciera el bebé. María dio a luz a su primer hijo varón. Lo envolvió en tiras de tela y lo acostó en un pesebre, porque no había alojamiento disponible para ellos».

Clanton era uno de los pastorcitos que se arrodillaron ante el ángel Gabriel, mientras cantaba su solo anunciando la buena noticia de gran alegría: «¡El Salvador —sí, el Mesías, el Señor— ha nacido hoy en Belén, la ciudad de David!». El coro de adultos se unió mientras unas lucecitas muy pequeñas brillaban en el techo y luego la estrella nueva y brillante apareció en los «cielos».

«Gloria a Dios en el cielo más alto y paz en la tierra para aquellos en quienes Dios se complace».

Acompañando a Gabriel, estaba la hueste celestial de niños de blanco, con alas y halos, y sus voces se mezclaron en dulce armonía. Entre ellos estaba Carolyn. La música volvió a expandirse, mientras el coro de adultos se unió a las voces infantiles. El corazón de Sierra latió rápido cuando llegó el crescendo, llenando la iglesia a más no poder con sonidos de alabanza y gloria para el Rey recién nacido. ¡Cuánto júbilo!

Oh, Jesús, Jesús, desearía sentir este gozo todos los días del año.

Todo su cuerpo se sintió vivo y cálido con el amor y la emoción del natalicio del Señor. Se olvidó de todo lo demás, especialmente de lo que el Señor esperaba de ella.

El pastor hizo una oración después de la obra, y en el salón social sirvieron refrescos para todos. La última persona a quien esperaba ver era Alex. Cuando lo vio parado en el extremo más alejado del salón, tan guapo con su pantalón negro de vestir, una camisa de seda gris de marca y una chaqueta deportiva negra, se le fue el alma al piso y el corazón casi se le salió por la garganta. Estaba hablando con Dennis y no parecía una conversación trivial.

—¡Oigan! Papá está aquí —dijo Clanton, quien todavía tenía su vara de pastor en la mano.

—Sí, lo veo. —La rata. El gusano.

Abandonándola, Clanton puso su vara delante de él y separó el mar de miembros del coro e invitados para llegar a su padre. Carolyn vio a su padre poco después y revoloteó por el salón con su traje de ángel.

Pequeños traidores.

Sierra todavía estaba aturdida por lo que Alex le había dicho en su condominio: *«Nunca la amé como te amo a ti»*.

¡Sí, claro! Si la amaba tanto, ¿por qué la dejó? ¿Por qué le dijo que la despreciaba y que no veía la hora de divorciarse? ¿Por qué la miraba como si la odiara?

¿Como estás mirándolo tú ahora, amada?

Se dio vuelta y eligió una galleta de una gran bandeja. De chocolate, su sabor favorito. Tenía gusto a tierra. Toda la alegría que había sentido media hora antes, mientras cantaba alabanzas al Señor, se evaporó, consumida por el rencor y por el enojo.

Él está arruinándome la Navidad, Señor. ¿No podrías llevarte el dolor que siento cuando lo veo? ¡Él me engañó! Lo menos que podrías hacer Tú es mandarle alguna enfermedad horrible.

—Papi dijo que mañana volará a San Francisco —dijo Clanton—. Pasará la Navidad con el abuelo y la abuela.

Sierra se llenó de amargura. ¡Ni siquiera tenía la sensibilidad de quedarse solo en casa durante la Navidad y sufrir un poco! No. Tenía que irse a Healdsburg y pasar una maravillosa Navidad con Luis y María.

Desde luego, se olvidó completamente de que también la habían invitado a ella para que fuera.

Carolyn suspiró expresivamente.

—Ojalá pudiéramos ir.

Sierra también lo deseaba, pero no estaba dispuesta a reconocerlo.

—Iremos para la Pascua.

Era demasiado caro comprar tres pasajes de avión a San Francisco. Lo peor sería tener que verlo a *él* en la cena navideña y, encima, afrontar las esperanzas de Luis y de María.

Además, no podía permitirse días libres en el trabajo.

Como si eso fuera poco, era demasiado tarde para hacer reservaciones. Todos los vuelos estaban completamente llenos durante los días feriados.

Se llenó de excusas mientras esperaba que Alex se acercara a hablar con ella. En su cabeza daban vueltas imágenes de él de rodillas, pero no se acercó ni a diez metros de ella. En cambio, se fue silenciosamente y sin que lo vieran.

Cuando se dio cuenta de que se había ido, se dijo a sí misma que no le importaba. Pero de todas maneras le molestó.

El teléfono sonó tan pronto como entró a su casa.

—¿Ya te enfriaste? —dijo Alex.

—¿Por qué estaría caliente?

—Dímelo tú.

Ella colgó el teléfono con un golpe, esperando haber reventado su oído. El teléfono volvió a sonar. Levantándolo bruscamente, gruñó:

—No quiero hablar contigo. No quiero verte. No quiero oír hablar de ti. Quiero olvidar que vives en el mismo planeta que yo.

—¡Feliz Navidad para ti, también! —se rio Ron.

El rostro de Sierra se puso rojo. Cubriéndolo, se dejó caer en un taburete.

—Perdón. Pensé que...

—Yo era Alex. Supongo que se hablan nuevamente.

Ella resopló de una manera muy poco femenina.

—Si quieres llamarlo así.

Sonó el timbre de la puerta. Carolyn *corrió* hacia ella. ¿Y quién estaba parado bajo la luz del pórtico, con los brazos cargados de regalos navideños envueltos profesionalmente? Él no se tomaba la molestia de ocuparse de una tarea de tan poca importancia. Envolver los regalos siempre había sido tarea de ella, así como las tarjetas y las compras navideñas.

—Tengo que colgar, Ron —dijo Sierra entre dientes cuando pudo tomar aire—. Necesito buscar el insecticida.

Alex no se quedó mucho, y después de mirarla de reojo, se concentró solamente en los niños.

—Volveré el 28 de diciembre —dijo y le dio un beso a Carolyn—. ¿Quieres venir afuera para hablar? —le dijo a Clanton.

—Claro.

Cuando la puerta se cerró detrás de padre e hijo, Carolyn se dio vuelta y la miró.

—¡Esta será la *peor* Navidad de mi vida! —Con lágrimas corriéndole por sus mejillas, se fue corriendo a su cuarto.

Sierra tuvo la fuerte sensación de que tampoco iba a ser muy feliz para ella.

Y tuvo razón.

En los últimos años, Alex era quien preparaba el pavo. Su padre le había enseñado a hacerlo. «Es la tradición Clanton. Los hombres cocinan el pavo en Acción de Gracias y en Navidad». Este año, ella había preparado el pavo y estaba seco como un hueso. La salsa espesa ayudó, pero no mucho. Clanton y Carolyn no se quejaron, pero ella sabía que habrían preferido ir a McDonald's antes que comer sus esfuerzos culinarios en este día festivo. Lo mejor del pavo fue la piel.

Tan pronto como los platos estuvieron en el lavavajillas, repartieron los regalos. Los niños estaban visiblemente más entusiasmados por los que les había dado Alex que por los que compró ella. ¿Quién podía echarles la culpa? Los regalos de él eran frívolos; los de ella, prácticos.

Puso música navideña en el aparato, pero sonaba sosa y deprimente. Cuando no estaba enojada, le dolía su soledad y pensaba que Alex estaría riéndose y divirtiéndose con su padre y su madre, sus hermanas y hermanos, sobrinos y sobrinas, primos, primos segundos, primos *terceros*. Probablemente hasta los vecinos se habían unido a los festejos, ¡por todos los cielos!

Toda la noche estuvo recordando las navidades pasadas. Mientras los niños jugaban, se sentó a mirar televisión. Estaban dando *Cuento de Navidad* de Dickens. Se sentía identificada con Scrooge. Luego, para levantarse un poco más el ánimo, miró *¡Qué bello es vivir!* La miró hasta que George Bailey saltó del puente antes de apagarla.

Soy una nueva cristiana, Señor, ¡y es la peor Navidad de mi vida!

¿Quién dices que soy Yo, amada?

El Señor. Eres el Señor.

Entonces, obedéceme.

—¿Te duele la cabeza, mamá? —dijo Carolyn cuando entró en la habitación y la vio frotándose las sienes.

Le dolía la cabeza, el corazón, el alma.

Lo último que Sierra quería escuchar el domingo era un sermón sobre el perdón. La negación de Pedro. Jesús conocía las debilidades de sus discípulos. Él se lo había advertido a Pedro. «El espíritu está dispuesto, pero el cuerpo es débil». También supo que Pedro se arrepentiría. «Cuando te arrepientas...».

Como Alex diciendo que se arrepentía, que la amaba.

No puedo, Señor. ¡No puedo perdonarlo y volver a pasar por esto!

Pero las palabras que venían del púlpito seguían dándole mazazos al muro que rodeaba su corazón. «Si me aman, obedezcan mis mandamientos... El amor no lleva un registro de las ofensas recibidas... El amor nunca se da por vencido, jamás pierde la fe, siempre tiene esperanzas y se mantiene firme en toda circunstancia».

Sierra seguía recordando la expresión en el rostro de Alex cuando le dijo que ya no quería amarlo. Que le dolía mucho. Era cierto, pero no importaba. Ella lo amaba, quisiera o no. Sin embargo, ¿qué clase de amor hacía que las personas se desgarraran por dentro?

Ya nada tenía sentido para ella, y mucho menos la guerra emocional que continuaba dentro de su corazón. Todo el tiempo ella había pensado que no había posibilidad alguna de reconciliación. Creía que Alex la odiaba. Ella por fin había visto su responsabilidad en el desmoronamiento de su matrimonio. Había aceptado la culpa.

Ahora, él quería perdón... y ella quería venganza.

Intranquila y con la conciencia picoteándola, cerró los ojos firmemente.

Yo no soy como Tú, Jesús.

«Pues todo lo puedo hacer por medio de Cristo, quien me da las fuerzas», dijo el pastor.

No me siento fuerte, Señor. Las únicas cosas fuertes que siento son ira y dolor. ¿Cómo puedo olvidar lo que me hizo? ¿Cómo hago para dejar de pensar en él con otra mujer? ¿Cómo podría volver a confiar en él?

«Concéntrense en todo lo que es verdadero, todo lo honorable, todo lo justo, todo lo puro, todo lo bello y todo lo admirable. Piensen en cosas excelentes y dignas de alabanza...».

¿Como lo hizo él, Señor?

¿Como estás haciéndolo tú, amada?

Quería irse de la iglesia. No quería escuchar palabras que le abrieran los ojos para ver su propio pecado; quería acusar a Alex. Había venido para ser renovada, animada, iluminada. No para ser declarada culpable.

"Si me aman, obedezcan mis mandamientos. Ámense unos a otros de la misma manera en que yo los he amado".

Quería gritar. *Señor, ¿necesitas restregar una herida abierta? ¿Tienes que echarle sal?*

«Trabajen de buena gana en todo lo que hagan, como si fuera para el Señor», dijo el pastor, continuando con su mensaje.

Hizo una mueca de dolor. ¿Qué *estaba* haciendo ella?

¿Cómo podía guardar rencor contra Alex y llamarse cristiana? ¿Cómo esperaba sentir alegría y paz en su vida si se aferraba a las heridas del pasado y al miedo a sufrir en el futuro? El riesgo era lo que la paralizaba. ¿Dónde estaban las garantías de un final feliz?

No pertenezco a tu reino, Señor. No soy como ninguna de estas buenas personas que están sentadas a mi alrededor .

¿Qué pensarían si supieran que había golpeado a Alex no una, sino media docena de veces con todas sus fuerzas? Y después le había dado un rodillazo donde más dolía. No importaba lo que *ellos* pensaran. ¡Dios lo había visto!

Profundamente humillada, su rostro se acaloró.

Ay, Señor, perdí el control. Lo único en que podía pensar era que él me había dejado. Dijo que estaba harto de mí. Dijo que quería terminar nuestro matrimonio. Fue difícil, pero lo dejé ir. Le di los papeles que él quería. Escuché lo que Dennis y los demás dijeron sobre permitir que un incrédulo abandone su matrimonio. Y ahora me dice que nunca la amó como me ama a mí. ¿Cómo le creo? ¿Cómo puedo confiar en él? No tengo la fortaleza suficiente para volver a pasar por esta tristeza. No soy lo suficientemente fuerte para atravesarlo ahora.

No te daré más de lo que puedas soportar.

¿Por qué no me siento consolada con eso, Jesús?

Volvió caminando a casa con los niños y preparó emparedados de mortadela de Bolonia y sopa de tomate para el almuerzo. Alex llegaría a casa en unos días. Su mente zumbaba con tantos pensamientos conflictivos. Quería perdonar y olvidar, pero tenía miedo de lo que le costarían ambos.

—Tal tez llame papá —dijo Carolyn.

—Él nunca llama los domingos —dijo Clanton mientras masticaba el emparedado.

Sierra sabía que hoy estaría en misa con sus padres. Pero cuando estaba aquí, ¿qué hacía?

¿Y por qué se permitía volver a pensar en ese traicionero?

Ella y los niños volvieron a la iglesia esa tarde y, durante el estudio bíblico vespertino, fue objeto de otra lección desgarradora. El tema era la arrogancia. La Palabra era una espada de doble filo y ella se estaba deslizando precisamente por su filo.

¿No podrías aflojar un poco conmigo, Señor? ¿Es necesario que uses tu martillo neumático?

Salió del estudio antes de que terminara y halló soledad en la sala donde las madres iban a amamantar a sus bebés. Se sentó a alimentar sus agravios en la mecedora, encerrada en el silencio, hasta que el grupo de jóvenes terminó y llegó la hora de encontrarse con Clanton y Carolyn.

Alex iba caminando por el sendero hacia su condominio cuando ella y los niños volvían. Debería haberlo sabido.

—¡Papi! —gritó Carolyn y corrió hacia él. Clanton no se quedó atrás. Los tres hablaron brevemente y caminaron hacia ella. Nunca se había sentido tan sola, tan desconectada.

—¿Ya comieron? —dijo él.

—Todavía no —dijo Clanton—. Estoy muerto de hambre.

—¿Por qué no vamos a comer una pizza?

—¿Mamá también? —dijo Carolyn, emocionada ante la idea.

—Mamá también —dijo Alex, mirándola.

Sabía que él entendería si decía que no. No discutiría ni trataría de convencerla. Sabía que los niños también entenderían. Ese era el problema. Se sintió expuesta e insignificante. Ellos tenían grandes esperanzas. ¿Acaso no debía hacerlo?

—Sería lindo —dijo ella y bajó la vista. Lo haría por los niños.

Él aún tenía su Mercedes. Le abrió la puerta mientras Clanton y Carolyn se acomodaban en el asiento de atrás. Cuando llegaron a la pizzería, Alex ordenó un gran plato combinado y una jarra con refresco, mientras ella y los niños iban a buscar una mesa. Cuando Alex se unió a ellos, les entregó a los niños un puñado de monedas de veinticinco centavos para los videojuegos que había en la pared del fondo. Salieron corriendo y él ocupó el asiento frente al de ella.

—Por fin estamos a solas y juntos —dijo él con una sonrisa triste en sus labios. El lugar estaba lleno de comensales domingueros.

Ella le devolvió la sonrisa, dolida por dentro. ¿Por qué le resultaba mucho más fácil mantenerse enojada cuando había una distancia entre ambos? Ahora que estaba sentado al otro lado de la mesa, no pudo soportarlo. Se derritió pese a que estaba resuelta, y la dejó con una sensación de vulnerabilidad que la asustaba más que cualquier otra cosa.

—Pensé que no volverías hasta el veintiocho.

—No podía esperar.

Ella no preguntó esperar qué.

—¿No te fue bien con tus padres?

—Papá empezó a hablarme otra vez. Tuvimos una larga conversación. Tú me allanaste el camino. —Sus ojos se oscurecieron—. El otro día hablé con total sinceridad, Sierra. *Te amo.* Quiero que volvamos a estar juntos.

—No des por sentada mi aceptación.

—No lo hago. ¿No te parece que he...?

—No quiero hablar aquí, Alex —dijo ella, mirando hacia otra parte con los ojos llenos de lágrimas—. No puedo.

—*Entiendo* —dijo él suavemente—. Cenaremos y llevaremos a los niños a la casa. Una vez que estén dormidos, volveremos a mi casa.

—De ninguna manera. No quiero estar sola contigo.

—¿No confías en mí?

Él tuvo la intención de que la pregunta fuera ligera y seductora, pero ella lo miró directo a los ojos.

—¿Debería? —Vio que su comentario cruel lo había golpeado y se sintió avergonzada inmediatamente. *Perdona*, le decía el Señor, y ella acababa de apuñalar a Alex con una espada filosa. Bajó la vista hacia sus manos y casi pudo sentir la sangre en ellas. Tuvo ganas de llorar. La única manera que podía pensar en arreglar las cosas era siendo sincera—. Sé dónde terminaríamos, Alex, y el sexo no nos ayudará a resolver nuestros problemas.

—Eso te costó —dijo él con voz ronca.

—Es verdad, ¿no?

—Podría aliviar la tensión que hay entre nosotros.

—Y enturbiar las cosas. —Ahora veía con total claridad cómo solían usar el sexo para pasar por alto los problemas que causaban fracturas en su relación, en lugar de tomar distancia, mirar, escuchar, reparar y seguir adelante juntos—. Si vamos a reconciliarnos, esta vez tendremos que poner una base sólida.

—¿Esta vez? ¿El amor no basta?

—Si es del tipo correcto.

Era claro que sus palabras lo herían, pero no podía ser débil. Cuando la miró a los ojos, ella sintió que él buscaba su debilidad.

Señor, ayúdame a mantenerme firme. Muéstrame qué hacer. Yo lo amo, pero no quiero entregarle mi alma.

Alex frunció un poco el ceño, perplejo.

—De acuerdo —dijo en voz baja—. Nos quedamos en tu casa.

—No. Empezaremos hablando por teléfono.

Necesitaba espacio entre ellos. Había tomado demasiadas decisiones basándose en sus emociones, ¡y había que ver hasta dónde la habían llevado!

El Señor decía que renovara su mente, y ella tenía la intención de hacerlo. Con un poco de distancia entre ambos, ella podría mantener su mente despejada para *pensar*.

Había algo que ya sabía: sería necesario que Dios los reuniera nuevamente e hiciera funcionar su matrimonio.

Kavanaugh ha vuelto.

Me sentí tan aliviada de verlo llegar a caballo por el campo. Se fue tanto tiempo, que pensé que había recobrado el juicio. Dijo que no ha cambiado de parecer sobre nada, sino que pensó que yo necesitaba tiempo para adaptarme a la idea de tener otro marido. Dijo que cabalgó hasta Yerba Buena y luego a Monterrey. Allí le compró un anillo de bodas a un joyero mexicano. De camino al norte, conoció a otros colonos. Cinco familias han ocupado tierras al este de nosotros cerca del río Ruso. Mientras Kavanaugh estaba allí conociendo a todos, un hombre volvió desde el Fuerte de Sutter y dijo que escuchó el rumor de que descubrieron oro en el aserradero sobre el río Americano. Dos de los hombres tienen hijos que están yendo a averiguar si es verdad.

Kavanaugh dijo que uno de los hombres del nuevo asentamiento dijo que puede oficiar una ceremonia matrimonial para nosotros. Tiene un Libro de Oración Común y el servicio de bodas está en él.

Kavanaugh y yo estamos casados. Lester y Charlotte Burrell organizaron una fiesta para nosotros después de la ceremonia. Había veintisiete personas allí, todos desconocidos que rápidamente se convirtieron en nuestros amigos. ¡Tuvimos música! Un hombre tocó un violín y otro, una armónica. Bailé hasta que me dolieron los pies. Son personas buenas y hospitalarias, y estaban muy felices de poder ofrecernos una fiesta de bodas apropiada. Por primera vez desde que cruzamos las montañas Sierra Nevada, siento que California es mi hogar.

Pensé en hacer para Kavanaugh y para mí una colcha como regalo de bodas para que no tengamos que compartir la manta de James. Así que fui al baúl a sacar los trozos de tela que me dieron las damas del grupo de costura. Debajo de ellos encontré una bandeja de madera delgada y más abajo una Sorpresa Maravillosa. Tía Martha metió allí su hermoso vestido amarillo y el chal blanco de encaje. Cuando los saqué, encontré su Biblia entre los pliegues.

Me senté a llorar durante mucho tiempo, solamente pasaba la mano sobre el cuero negro. La encuadernación está gastada por sus manos amorosas, y el solo tocarla me hace sentir más cerca de ella. Recuerdo todas las horas que pasaba leyéndola. Cuando la abrí, encontré su nota.

Esta noche leí por primera vez la Biblia de tía Martha. Empezaremos por Génesis y la leeremos completa y sin parar hasta el final. Cuando terminé la historia de la creación, hablamos todos durante un largo rato.

Los niños están acostados y Kavanaugh salió a revisar el ganado y a darse un baño en el arroyo antes de venir a la cama. He hojeado la Biblia de tía Martha. Me siento más cerca de ella cuando la tengo entre mis manos. Escribió oraciones y notas en los márgenes. Sus versículos favoritos están subrayados. Metidas entre las páginas hay otras sorpresas que me recuerdan a la primavera, a mamá y a los días pasados en Galena: una retama, una estrella fugaz rosa y lavanda, un plátano blanco de la India, una gardenia amarilla y anaranjada, una equinácea morada, Rudbeckias bicolor, ranúnculos, flores silvestres azules, un lupino rosa y púrpura y una flox violeta del pantano.

Señor, bendícela y guárdala siempre.

CUARTA PARTE

LA RECONCILIACIÓN

CAPÍTULO 25

Alex llamaba todas las noches a las diez y cuarto. Carolyn siempre se iba a la cama a las nueve, mientras que Clanton se demoraba hasta las diez. Una conversación con su padre lo hacía cooperar.

Cada noche, el teléfono sonaba y el corazón de Sierra daba un salto. Tomaba aire y atendía, mientras se sentaba en un taburete de la cocina. Alex era el que hablaba la mayor parte del tiempo, mientras ella hacía garabatos en una libreta para evitar que su nerviosismo interfiriera en la comunicación.

Cuando ella contenía sus emociones, Alex se abría. Las conversaciones se volvieron intensas y confesionales. Lo último que quería escuchar era sobre su relación con Elizabeth, pero él tenía la necesidad de desahogarse.

—Se alejó de la Costa Este tratando de independizarse de su padre —le contó—. Se sintió atraída por mí porque yo era

lo opuesto a la clase de hombre con el que su padre quería
que se casara. Aunque no estaba pensando en casarse.

Sierra se dio cuenta de cómo se habían dado las cosas.
El trabajo los había acercado. A Elizabeth se le encargó
que trabajara en estrecha colaboración con Alex. Alex era
un hombre carismático, apasionado, brillante e interesante.
Mientras Sierra peleaba con él en casa, Elizabeth lo esperaba
en la oficina, dispuesta a consolarlo y comprenderlo; lista
para levantarlo, en vez de destrozarlo. Poco a poco él empezó
a pasar más horas en la oficina. Comenzaron a almorzar juntos; luego, a cenar. Unos tragos llevaron a algo más. Entonces
surgió la culpa y la única manera de aliviarla fue empezar
a echar culpas. Sierra sabía que se había convertido en el
blanco perfecto. Incluso varios meses antes de que Elizabeth
Longford entrara en escena, Sierra ya se había preparado para
la caída comportándose de manera infantil. Si no hubiera
sido Elizabeth, habría sido otra mujer.

—¿Qué pasó cuando fuiste al este con ella?

—¿A qué te refieres?

—Audra mencionó algo sobre un revuelo en Connecticut.

—Podría llamarse así. Su padre y yo tuvimos una pelea verbal. De la misma clase que tuvimos tu padre y yo. ¿Recuerdas
lo que pasó?

—Sí. Con el tiempo, ustedes se hicieron muy buenos
amigos. —Tardaron algunos años, pero Alex y su papá llegaron a tener una relación estrecha. Para cuando su padre
falleció, era un campeón para Alex, apenas después de ella
y de Luis.

—No —dijo Alex—. No hablo de eso. ¿Recuerdas lo que
hiciste? Bajaste la escalera y te paraste junto a mí. Dijiste
que me amabas. Hiciste una declaración en voz alta y bien
clara. Estabas dispuesta a pelear por *nosotros*, sin importar lo
que te costara, incluso romper con tus padres. —Él resopló

burlonamente—. Elizabeth me echó a los lobos y dio un paso atrás para ver quién ganaría.

En lugar de hacerla sentirse mejor, sus palabras la llevaron a preguntarse si las cosas podrían haber sido de otra manera si Elizabeth hubiera sido un poquito más astuta o hubiera amado un poco más a Alex.

—No te quedes callada, Sierra. Estoy tratando de decirte que vi cómo era ella. Necesité ir hasta Connecticut para entender lo que estaba haciendo. Ella no me amaba y yo no la amaba a ella. Nos usábamos uno al otro. Ella me usó contra su padre. Yo la usé contra ti.

—Si sabías todo eso, ¿por qué no la dejaste antes?

Se quedó callado largo rato.

—Por orgullo.

—Sé sincero, Alex. —Estaba cansada de crucificarse a sí misma entre dos ladrones: el remordimiento por el ayer y el miedo por el mañana. Necesitaba que él le dijera la verdad, por mucho que le doliera. No podían sentar las bases sobre algo inferior a eso—. Prometo que no colgaré el teléfono, digas lo que digas.

—De acuerdo —dijo él gravemente, sin ninguna intención de comunicar lo que estaba por llegar—. No estaba seguro de que quería volver contigo.

Bueno, al menos sabía que él ya no estaba reprimiendo nada. Tragándose su dolor, preguntó:

—¿Qué te hizo cambiar de opinión?

—Cuando dijiste que nunca me quitarías a los niños. Eso me dejó helado. Esperaba que jugaras sucio.

¿Y por qué no habría de hacerlo? Había sido rencorosa, criticándolo y quejándose por la mudanza. Después de tres años de ese comportamiento, ¿por qué debería haber esperado que fuera justa al enfrentar el divorcio?

—Finalmente me di cuenta de que era *yo* quien jugaba sucio

—dijo—. Y luego vino el día que te vi jugando béisbol. —Se rio en voz baja—. Para cuando terminó el juego, ya estaba preguntándome por qué te había dejado en primer lugar.

—¿Porque bateé un jonrón? —dijo ella sonriendo tristemente mientras hacía garabatos en la libreta.

—No, porque no te había visto reír en meses. Parecías joven y feliz de nuevo, como cuando empezamos a salir. Me dejaste pasmado. Me senté ahí a verte y a recordar los buenos tiempos. Me sentí mal y me pregunté qué nos había pasado.

Y así continuó. Alex llamaba y ella escuchaba, y aprendía. A medida que pasaron los días, cambió el banco por el sofá, y se sentaba con los pies sobre la vieja mesa de la sala.

—Si volvemos a estar juntos, ¿qué vas a hacer con todo ese equipo de música y de videojuegos que tienes en la sala? Y ese horrible sofá de cuero negro —dijo ella.

—¿Qué te hace pensar que viviremos en tu condominio?

Eso la hizo pensar. ¿Dónde *vivirían*? ¿Cómo combinarían sus estilos de vida? Sierra estaba empezando a darse cuenta de lo poco que tenían en común.

Señor, ¿cómo haremos para que esto funcione?

Pasaba tanto tiempo leyendo la Biblia como le era posible y meditando las cosas. Volvió a aprender: No te preocupes por nada. Sé agradecida. Resuelve los enredos de tu vida uno por uno delante del Señor. Tenía que fijar constantemente la mirada en Jesús para vivir por encima de todo eso con Cristo, en Él, en lugar de quedar atrapada en los viejos resentimientos, las heridas y los miedos.

Sus sentimientos cambiaron a medida que Alex hablaba. La ira se perdió en algún punto y la compasión entró sigilosamente, no solo por Alex, sino por Elizabeth Longford también. Se enteró por Audra que Elizabeth había vuelto a Connecticut. Cuando Alex se fue, su vida se derrumbó. Su intento de independizarse de su padre le había explotado en la cara.

—Llamó para contarnos que se va a casar —dijo Audra.

Sierra se lo dijo a Alex, poniendo a prueba la reacción que suponía; era mejor saber ahora si él quería cambiar de parecer en cuanto al rumbo que estaban tomando.

—Me enteré. —Su respuesta fue tranquila y neutral.

—¿Te lo dijo Audra?

—No. Elizabeth llamó mientras yo estaba en la oficina la semana pasada. Ella me lo contó.

El corazón de Sierra se desplomó. No se había dado cuenta de que él todavía estaba en contacto con ella.

—Es la única vez que hablamos desde que se fue —dijo Alex, que parecía leer sus pensamientos—. Conocí al hombre con quien se va a casar cuando estaba en Connecticut —continuó—. Ya había estado comprometida con él y se echó para atrás. Es egresado de Harvard, abogado. Rico. Los contactos de su familia se remontan a los padres fundadores de los Estados Unidos de América. Era la opción que quería su padre.

—Se rio sarcásticamente—. Me *agradó*. Dejando de lado todas esas otras cosas, pienso que era un tipo bastante decente.

Sierra se armó de valor.

—Tal vez Elizabeth llamó para contártelo con la esperanza de que la hicieras cambiar de opinión.

—Sí, se me ocurrió —dijo cuidadosamente—. Por ese motivo le dije que estoy haciendo todo lo posible para reconciliarme con mi esposa.

Sierra cerró los ojos, imaginando cuánto le habría dolido a ella si hubiera estado en el lugar de Elizabeth.

—¿Qué te dijo ella, Alex?

—Dijo que lo lamentaba.

Sierra se compadeció de Elizabeth. Ella había seguido el consejo de Dennis y había dedicado algunos minutos por día a orar por Elizabeth Longford. Hacerlo había eliminado su animosidad. Ahora estaba orando, durante un momento de calma en la conversación con Alex.

—¿Sierra? Háblame. Grítame. Di algo.

—Nunca nos damos cuenta de a cuántas personas lastimamos con nuestros actos, ¿verdad, Alex? Es como una reacción en cadena. Estaba tan enojada contigo cuando nos mudamos aquí. Nunca presté atención a lo que querías o necesitabas. Solo me interesaba lo que yo necesitaba. Te lastimé mucho y, a raíz de eso, también lastimé a Elizabeth.

—Tú no tuviste nada que ver con Elizabeth.

—Sí, lo hice. Si hubiera sido la esposa que debería haber sido, nunca la habrías buscado. Así que comparto contigo la culpa por su dolor.

Él dijo algo en español:

—Me recuerdas a tu madre.

Ella dejó escapar unas lágrimas y luego las tragó. No podría haberle hecho un cumplido más valioso.

—Todavía la extraño. A veces, cuando veo o leo algo que sé que la haría reír, levanto el teléfono para llamarla. Y recién cuando estoy marcando su número recuerdo que ya no está.

—Debería haber estado contigo —dijo él con voz ronca.

En cambio, había estado con Elizabeth. Conteniendo las lágrimas, Sierra no dijo nada. Le dolía la garganta. ¿Terminaría alguna vez el dolor?

—Estaba tratando de encontrar una salida... —dijo Alex suavemente.

—A nuestro matrimonio.

—No. De terminar lo que sucedía entre Elizabeth y yo. La culpa estaba devorándome. Sabía que me necesitabas, pero no podía aceptarlo ni enfrentarte. No podía enfrentar a tu madre. Estaba seguro de que se daría cuenta de que algo estaba mal desde el primer momento que me viera. Entonces papá me dio ese sermón por teléfono. Yo sabía que tenía razón, pero no me gustó que me dijera qué hacer. Cuando llegué allá, estaba tenso y dispuesto a pelear. Tenía todo tipo de excusas y razones. Papá y yo tuvimos una discusión después del funeral. Dijo que se avergonzaba de mí por cómo estaba tratándote. La carta de tu madre fue la gota que colmó el vaso. Tenía que irme de allí.

—¿Qué decía en la carta?

—Escribió que supo, desde la primera vez que nos vio juntos, que yo era el hombre indicado para ti. —No dijo nada por un instante, y entonces, con voz emocionada, agregó—: Decía que me amaba y que estaba orgullosa de tenerme como hijo.

Hablaron hasta pasada la medianoche y Sierra fue medio dormida a trabajar. Después de hacer algunas compras, llegó a casa, preparó la cena para los niños y se estiró en el sofá a leer la Biblia. Lo próximo que supo fue que Clanton y Carolyn la despertaron a las diez.

—Nos vamos a la cama, mamá —dijo Clanton.

Tratando de enfocarse a pesar de su agotamiento, Sierra se incorporó.

—No tenía la intención de quedarme dormida. ¿Qué hora es?

—Papá llamó más temprano —dijo Carolyn—. Te llamará a las diez y media. —Le dieron un beso de buenas noches y se fueron a sus habitaciones.

Mientras esperaba que sonara el teléfono, Sierra se sentó a contemplar la colcha de Mary Kathryn. Se le ocurrió que no solo sus sentimientos estaban cambiando, sino también su manera de ver las cosas. Pensó en los primeros meses eufóricos como cristiana. Luego de que le hablaran de Jesús desde la niñez, al fin había entendido por sí misma quién era Jesús. El Creador, el Redentor, el Dios Todopoderoso, Rey de reyes, Señor de señores. Darse cuenta de todo eso la había impactado como una explosión atómica. Una luz cálida y blanca la cegó durante un tiempo. Quedó tan atrapada por la súbita apertura de su mente y su corazón a Cristo, que no había visto nada más con claridad. No había mirado. Sabía una sola cosa: Jesús la amaba. Alex no la amaba, pero el Señor sí. Luego de meses de confusión y dolor, se sentía feliz. Se sentía esperanzada. En medio de todo, se había sentido segura.

Entonces Alex quiso volver a su vida y volvió a sacudir sus cimientos. Finalmente, se había adaptado a vivir sin él; Ron estaba preparado entre bambalinas, esperando para salir al centro del escenario. Ella trabajaba, llevaba su propia carga, estaba siendo responsable. Los niños estaban asentados en su escuela nueva e involucrados en la iglesia. Clanton había dejado de pelear. Carolyn ya no se obsesionaba por las calificaciones.

¿Por qué ahora, Dios?, había clamado. ¿Por qué no podían las cosas seguir como estaban? ¿Por qué Alex no podía mantenerse al margen de su vida, como había dicho que deseaba hacerlo?

Pero su visión había ido adaptándose a la luz. Al parecer, cada día podía ver la vida, y a sí misma, con mayor claridad, a través de la Escritura, de la oración y de su andar diario con Jesús. Podía ver los rincones más polvorientos, sucios y secretos de su vida. Cristo sacaba todo a la luz.

Con dolor y claridad, vio su rol en la representación del vía crucis.

Se llenó de angustia al reconocer los pecados del pasado, los presentes, en los que caía por costumbre, y los pecados ocultos que odiaba enfrentar. Alex no era el único actor culpable. De pie y sin máscaras frente a un espejo, vio cómo había sido: infantil, egocéntrica, llena de lástima por sí misma, culpando a otros, quejumbrosa.

Mejor vivir solo en un rincón de la azotea que en una casa compartida con una esposa conflictiva.

Estaba avergonzada y afligida; no obstante y aunque pareciera mentira, una sensación de paz vino a continuación de su autoevaluación. Se acordó de su madre en el ático, con la ventana abierta y la brisa fresca soplando, mientras desempolvaba, barría y ponía aparte aquello que no servía de lo que era un tesoro.

Oh, Señor Jesús, haz eso por mí. Tú me conoces mejor que yo misma. Abre mis puertas y mis ventanas y haz que el Espíritu Santo obre en mi interior. Eres bienvenido a mi casa. Entra en mí, en mi recibidor y mi sala. Paséate a gusto por la sala de estar y la cocina. Quédate conmigo en mi habitación y en el baño. Recorre cada clóset y cada cajón, desde el sótano hasta el ático de mi vida. Yo te pertenezco, Padre. Quédate conmigo para siempre. Jesús, por favor, quita de mí todo lo que no te glorifique. Transfórmame en tu vasija.

Oh, Dios, Tú eres mi Dios. Te busco. Mi alma tiene hambre y sed de ti. Mi cuerpo te anhela como la tierra seca bajo una lluvia torrencial. Tu amor es mejor que la vida.

—¿Estás enamorándote otra vez? —dijo Alex tiernamente, tarde en la noche, después de que habían hablado durante dos horas.

Con los ojos cerrados y la cabeza apoyada en el respaldo del sofá, ella sonrió.

—Sí. —Pero no de Alex; nunca había dejado de amarlo.

Estaba enamorándose de Jesús.

Hoy encontramos muerto de un disparo a nuestro querido Koxoenis, cerca de las orillas de nuestro arroyo.

Señor, ¿quién asesinaría a un hombre tan bueno, que no hacía más que mostrar bondad y hospitalidad a los demás? Kavanaugh piensa que Koxoenis estaba mal herido y trató de acercarse a nosotros en busca de ayuda. Pensar en él sufriendo me llena de angustia. Oh, Dios, si lo hubiéramos encontrado antes. Kavanaugh dijo que la herida era mortal y que no hubiéramos podido salvarlo, pero al menos podríamos haberlo consolado en sus últimas horas en esta tierra. Podríamos haberlo abrazado y orado por él.

Kavanaugh cargó a Koxoenis hasta nuestra casa. Lo lavamos, lo envolvimos en una manta y lo enterramos junto a James.

Señor, estoy tan afligida. Por favor no le recrimines a Koxoenis que yo no le haya explicado quién eres Tú. Lo intenté firmemente cada vez que venía a visitarnos, pero el lenguaje de señas deja mucho sin decir. Él no me entendía y yo no sabía cómo explicar. Y ahora está perdido para siempre.

Padre, por favor déjame hablar a favor de él. Koxoenis era un hombre bueno y generoso, y obediente a Tu voluntad. Escuchó Tu voz el día que estábamos tan hambrientos. Vino a nosotros y nos dio carne. Él nos mostró el alimento que Tú habías plantado alrededor de nosotros. Le enseñó a Joshua cómo construir un refugio para que estuviéramos abrigados y secos durante los fríos meses del invierno. Fue nuestro primer y más querido amigo y, aunque no te conoció, Señor, en mi corazón creo que era Tu hijo espiritual. Nunca conocí un hombre más humilde y cariñoso.

Por favor, Señor, ten misericordia y deja entrar a Koxoenis en Tu reino.

Beth y yo juntamos flores hoy y las llevamos al pequeño montículo donde yacen James y Koxoenis. Pero cuando llegamos allí encontramos vacía la tumba de Koxoenis. La cruz que habíamos hecho para él estaba tirada sobre el montículo de tierra removida y sobre él había una canasta de regalo de la cultura pomo. Es la cosa más bonita que haya visto jamás, con diseños tejidos con plumas rojas, amarillas y verdes y pequeños abalorios. Alrededor del borde hay unas plumitas negras de cresta de codorniz.

Puse la cesta sobre la repisa de nuestra chimenea y recordaré a nuestro amado amigo y a su pueblo cada vez que la vea.

Ayer Kavanaugh trajo provisiones del asentamiento que está cerca del río. Beth y yo caminamos hoy hasta la aldea de Koxoenis para llevar tartas de manzana para su esposa e hijos, pero cuando llegamos allí, todos se habían ido. No había fogatas encendidas. No había niños jugando. Ningún humo salía de la choza ceremonial. Tampoco había mujeres sentadas junto al mortero de piedra, aplastando bellotas. La aldea estaba abandonada y desolada.

Kavanaugh dijo que los indios van donde hay comida. Cree que este sitio de la aldea podría ser su morada invernal. El invierno y el verano deben pasarlo en otra parte. Los abalorios que usa esta gente están hechos de conchas. Por eso supongo que el pueblo debe pasar algún tiempo cada año cerca del océano. Tal vez estén ahí.

Por Joshua supimos que el pueblo de Koxoenis come pescado, bellotas, nueces de laurel, castañas, y una mezcla de semillas y granos tostados que muelen en un mortero y ciernen en una canasta. Lo llaman pinole. Ahora que llegó la primavera, todo está verde y en crecimiento. Debe haber unas cien cosas diferentes para comer que todavía no hemos descubierto. Y cuando llegue el verano, las bayas y las manzanas silvestres estarán maduras. Sabrán mejor que las secas que tuve que remojar para hacer las tartas.

Espero que volvamos a ver al pueblo de Koxoenis cuando llegue el otoño, pero mi corazón me dice que no seremos tan afortunados.

Señor, por favor, ve con ellos y guárdalos del mal.

CAPÍTULO 26

—¡ROSAS ROJAS, MAMÁ! —gritó Carolyn desde la puerta delantera—. ¡Ven a ver!

Sierra entró a la sala y se quedó abrumada cuando vio el arreglo que estaban trayendo.

—¿En la mesa de la sala, señora? —dijo el repartidor. Era un joven que usaba una camiseta deportiva que decía «Dios habló y *BANG* se hizo», cabello negro largo y un solo arete de aro.

—Sí, ahí estaría bien.

Cuando dejó el arreglo floral, le sonrió con picardía.

—Alguien está flechado o en graves problemas.

Ella se rio. *Flechado*. Era una palabra anticuada para un chico tan joven y moderno.

—Espera un momento —dijo y le dio diez dólares de propina. Encontró la tarjeta metida entre las florecitas blancas y los helechos: «Feliz Día de San Valentín. Te amo. Alex». Veinticuatro rosas rojas en un florero de cristal.

Lo llamó por teléfono:

—Gracias por las rosas.

—¿Qué te parece si salimos con los niños esta noche? ¿A cenar y al cine?

Sierra sonrió.

—Eso me gustaría.

—¿Y qué dices si los hacemos sentar en la fila de adelante, mientras nosotros vamos a un rincón de atrás y nos damos unos besos como hacíamos antes?

Ella se rio.

—¿Qué tal si nos sentamos todos *juntos* en el medio?

Pasaron una noche maravillosa. Finalmente, Clanton y Carolyn les rogaron ir a sentarse más cerca del frente, y ella y Alex se sentaron en el medio. Al principio, Alex no la tocó. Se sentaron uno al lado del otro a mirar la gran pantalla donde los personajes animados de Disney brincaban, tensos como un resorte. A la mitad de la película, Alex le tomó la mano. Cuando ella no hizo el intento de retirarla, él finalmente se relajó.

—¿No vas a invitarlo a pasar? —dijo Carolyn cuando llegaron al condominio.

—Quiero mostrarle mi juego nuevo —dijo Clanton en el momento justo.

Sierra los observó y supo qué era lo que esperaban sus hijos. ¿Cómo podía explicarles que no estaba lista?

—En otra oportunidad —dijo Alex, saliendo a su rescate. Dio un paso atrás.

—Mamá —gimió Carolyn, mirándola con ojos ilusionados.

—Está bien, Alex —dijo—. Pasa. Prepararé un poco de sidra caliente mientras vas a mirar el juego de Clanton.

Estaba en la cocina, poniendo palitos de canela en las tazas que tenían la sidra humeante, cuando Alex volvió.

—¿Vienen los niños? —dijo ella, mirando hacia el pasillo.

—Están jugando un videojuego.

—¿Carolyn? —Nunca antes le habían interesado los videojuegos.

Él se encogió de hombros.

—Pareces estar nerviosa.

—Un poquito —dijo, riendo tímidamente—. ¿Por qué no vamos a sentarnos en la sala? —Le dio una taza con sidra caliente, tomó una para ella y caminó hacia el sofá que había retapizado. Se sentó sobre sus piernas en un extremo.

Ninguno sabía qué decir para romper el hielo. Ella recordó otras noches vividas en este sofá. El silencio se estiró, como sus nervios.

—Sí que se interpone entre nosotros, ¿verdad? —dijo Alex resollando.

—¿Qué cosa?

—Desearte tanto. Saber que tú también me deseas. —La miró sin ocultar nada.

El corazón de Sierra empezó a latir con fuerza. Alex apoyó su taza de sidra caliente en la mesa y se levantó. Ella levantó la vista hacia él con temor de que la besara y comenzara algo que ella no podría dejar que terminara. O peor, de que se fuera.

La expresión de él se suavizó.

—Por más que lo desee, no voy a apresurarte.

—No estoy tratando de hacerme la difícil, Alex.

—*Lo sé*. Tienes que aprender a confiar en mí otra vez.

Ella bajó la vista hacia su sidra.

—En el último año me han pasado muchas cosas. Cambié en algunos aspectos que no creo que entenderías. —Lo miró nuevamente—. Ahora, el Señor es el centro de mi vida. No puedo volver...

—He hablado con Dennis del tema.

Sierra se sorprendió.

—¿En serio? —Sabía que Dennis no se detenía; explicaba la salvación paso por paso.

—Voy a misa, Sierra. He ido todos los domingos desde que me mudé aquí. —Miró hacia otra parte y se masajeó la nuca—. Asumí que era hora de confesarme y de hacer penitencia. Dennis habla de la gracia, pero también existe la justicia.

Ella dejó su taza en la mesa y se puso de pie.

—Te perdono, Alex.

Él la miró con sus ojos húmedos.

—Lo supe cuando dijiste que querías hablar, pero no lo puedo olvidar. Yo asumí un compromiso, *querida*. No importa que haya sido en Reno y no en una iglesia. Podría haberlo hecho en un estacionamiento, pero de todas maneras sabía que estaba hablando delante de Dios. Lo último que pensé que haría era cometer adulterio. Pero lo hice. Nunca creí que sería capaz de lastimarte. Y también hice eso, y con toda intención. Deliberadamente. Cada vez que pude.

Quería abrazarlo, pero él se apartó un poco y puso distancia entre ellos. La culpa se había apoderado de él. Lo estaba carcomiendo. Ella conocía esa mirada. También sabía que quería decirle algo, algo que no iba a gustarle. Los músculos de su estómago se pusieron tensos.

Basta ya, Señor. Por favor, basta.

—El padre O'Shea me preguntó si me había hecho un análisis de sangre.

Sierra sintió que se ponía pálida. Pestañeó.

—Sí, así como estás tú es como me sentí yo —dijo él con amargura—. A mí tampoco me pasó por la cabeza ese aspecto. No hasta que lo mencionó un sacerdote célibe. Llamé a Elizabeth y le hice algunas preguntas contundentes. No se alegró mucho de oírlas, pero fue sincera. Yo sabía que no fui su primer hombre. Pero no sabía cuántos habían sido. ¿Sabes a qué me refiero, Sierra? ¿Lo entiendes?

—Sí.

—Estuvo con cinco hombres más: uno en la preparatoria, dos durante la universidad, uno después de eso y el tipo con el que se va a casar. Dijo que no creía que hubiera posibilidad de que ninguno fuera VIH positivo, pero no hay manera de saberlo, ¿verdad? —Tenía la mirada atormentada—. No puedo dejar de pensar en eso. —Sus ojos se llenaron de lágrimas—. Tú te entregaste a mí siendo virgen. Ni siquiera habías besado a otro hombre antes que a mí.

—¿Estás diciéndome que tienes...? —No pudo terminar la pregunta.

—No. En los últimos meses, me hice cuatro análisis. Todos negativos, pero ¿quién sabe? ¿Hemos escuchado la verdad sobre esto? —Se acercó a ella y le tomó el rostro. Mientras acariciaba sus mejillas, sus ojos se llenaron de lágrimas y de suplicio—. ¿Cómo puedo volver a hacer el amor contigo sin pensar que puedo estar matándote mientras lo hago?

—Ay, Alex —susurró, apoyando una mano contra su mejilla. Sintió que el corazón de él se aceleraba; el suyo correspondió a su ritmo.

Él retiró su mano de su mejilla.

—Estuve a punto de no contártelo, pero tienes derecho a saberlo. Es otra cosa en la que tendrás que meditar antes de tomar cualquier decisión, ¿cierto? —Se apartó de ella.

Sabía que él estaba yendo hacia la puerta.

—Alex...

—Te llamaré —dijo él con voz ronca. Sin mirar atrás, abrió la puerta y salió.

Han pasado tres años desde la última vez que escribí en este diario.
Pasamos nuestras noches leyendo la Biblia de tía Martha.

Descubrí quién mató a nuestro amado Koxoenis y casi me rompió el corazón. Quizás nunca lo hubiera sabido, si no hubiera notado la cruz de amatista que Charlotte Burrell tenía puesta en la reunión de Navidad. Se me detuvo el corazón cuando la vi colgada en su cuello y se me hizo un nudo tan fuerte en la garganta que pensé que no podía respirar y menos aún hablar. Estaba tan furiosa que quería arrancarle el collar de la garganta, pero Tú me refrenaste. Ella me preguntó qué estaba pasando. Ni bien lo hizo supe que podía hablar.

No le pregunté sobre la cruz. En lugar de eso, hice lo que Tú pusiste en mi mente. Le hablé sobre nuestro primer invierno en California y cómo seguramente hubiéramos muerto de hambre si no hubiera sido por la bondad de un indio pomo llamado Koxoenis. Lester se unió a nuestra conversación mientras le contaba a Charlotte sobre nuestro querido amigo. Les conté cómo Koxoenis nos dio carne y nos enseñó a encontrar alimento. Les dije que había recibido a Joshua en su propio hogar y en su aldea, y que le enseñó a hacer trampas para peces y un refugio para mantenernos secos y abrigados durante los meses fríos y húmedos del invierno. Les dije que había sido el ejemplo más próximo del amor de Dios que había visto en mi vida y la respuesta fiel a una oración que hice cuando estaba desesperada. Les conté que el único regalo que pude darle fue una cruz de amatista con una cadena de oro exactamente igual a la que estaba usando Charlotte.

Lester pareció enfermar de golpe. Su rostro se puso completamente blanco y se llenó de manchas. Pensé que iba a morirse ahí mismo donde estaba. Dijo que lo lamentaba. Dijo que cuando vio al indio con su arco y sus flechas, pensó que era una amenaza y le disparó. Que agarró la cruz porque pensó que Koxoenis había matado a un colono blanco y se la había robado. Charlotte estaba demasiado avergonzada para decir algo. Me devolvió el collar y no pudo decir una palabra.

Ahora me siento más afligida por Lester y por Charlotte que por Koxoenis. Vivirán con esto en su corazón los años venideros. Les dije que los perdono y que Tú, también. Pero no sé si eso los hizo sentir algo mejor por terminar con la vida de un hombre inocente.

Oh, Señor, cuántas cosas he hecho yo sin pensar en el costo para los demás.

Ham ahora tiene un hijo propio. Nunca vi un hombre tan encantado con un niño. Se sienta al lado de la cuna y contempla a Micah, a veces durante una hora o más. En la noche, cuando Micah se despierta, Ham lo trae a la cama y mira mientras lo alimento. A veces es desconcertante. Justo anoche dijo cuán bendita es la mujer. Cuando le pregunté por qué, dijo que la mujer puede sentir cómo el niño crece en su propio cuerpo y, una vez que nace el bebé, ella provee el sustento con su propio cuerpo. Ningún hombre puede experimentar algo así.

James nunca en toda su vida habló así.

¿Qué clase de hombre me diste, Señor?

Nunca pensé que amaría tanto a un hombre que se me rompería el corazón cada vez que lo mirara. Y así es. Me enamoré de James la primera vez que lo vi, pero es este hombre arisco y robusto quien se ha convertido en una parte de mi ser. Es algo que me he preguntado mucho últimamente. Creo que es porque James se guardaba algo para sí mismo. Kavanaugh lo da todo. James anhelaba más de lo que yo podía dar. Kavanaugh está tan lleno de amor, que se derrama de él sobre mí y mis hijos. James arriesgó todo para cumplir su sueño. Kavanaugh daría la vida por nosotros. James me tocaba y yo me encendía. Cuando Kavanaugh me toca, veo el cielo.

Señor, que pueda ser la esposa adecuada para él. Él merece algo mejor.

El producto de la siembra fue abundante. Como lo es todo lo demás. Le dije a Ham que tendremos familia otra vez. Al principio se angustió y me preguntó si era bueno que volviera a tener otro bebé tan pronto. No pude evitar reírme. Es un poco tarde para andar preocupándose por esas cosas.

Señor, te doy gracias. Y si no te molesta que lo pida, me gustaría una niña esta vez.

Amado Señor, a veces mi corazón desborda tanto de amor por Ti que se me cierra la garganta con un nudo doloroso. Yo no soy gran cosa, lo sé. No soy como mamá ni tía Martha.

Mamá solía orar dándote gracias en el prado y te cantaba alabanzas. Decía que la tierra que nos rodea canta alabanzas para Ti y que es agradable unirse a ella. Como no soy muy buena para cantar, espero que entiendas que te estoy agradecida por muchísimas cosas.

Las lágrimas, un bálsamo, reconfortantes y purificadoras. Copas de abundancia y dolor. El frío para hacerme apreciar el calor. El estiércol, aunque no sé si te gustará que lo diga. Pero Señor, cuando se esparce sobre la tierra removida en la que se han plantado nuevas semillas, da lugar al crecimiento. Como mis problemas en mi vida, Señor. Fueron la Aflicción y la Angustia las que me hicieron acercarme a Ti y ahora no quiero irme nunca más.

Doy gracias por los trozos de tela que me regalaron las damas del grupo de costura, entretetejidos y diseñados, como Tú me entretetejiste y me diseñaste en el vientre de mi madre. Doy gracias por nuestra nueva chimenea, que nos da calor y su luz y nos une.

¡El polvo! Las partículas diminutas danzan bajo la luz. Quisiera poder danzar así para Ti a plena luz del día en lugar de irme al bosque porque la última vez que lo hice, mis hijos pensaron que había perdido el juicio.

Estoy feliz por estas velas gracias a las cuales puedo escribir. Tú eres mi lámpara, Señor, iluminas mi camino y me apartas de las tinieblas. Estoy agradecida por las pepitas de oro que Kavanaugh trajo a casa ayer, puras y suaves como debería ser mi corazón. Señor, hazme como ellas.

Te doy gracias por el Agua Buena que tenemos. Sacia la sed de mi cuerpo y me recuerda que Tú eres Agua de Vida para mi alma.

Hasta el Aire que respiro, Jesús. No puedo verlo, pero ahí está, moviéndose y siendo necesario para mantenerme viva. Como Tú. Y las Flores. Nunca vi tantos colores y variedades salpicados a través de las laderas. Aun el Cielo Gris es algo bueno de Ti porque me hace añorar los rayos del sol. Las semillas me muestran la muerte y la resurrección.

No sé si Tú apruebas que diga esto, Señor, pero estoy agradecida por cómo me siento cuando Kavanaugh me conoce en la intimidad. Con James nunca sentí esta explosión de fuego y luz dentro de mí como una lluvia de estrellas.

¿No es todo esto sino un indicio de cómo será estar en plena comunión contigo, Jesús? ¿Nos muestras una parte para que anhelemos el Todo? Recuerdo que una vez tía Martha me leyó que mirar el rostro de Dios causaba la muerte. Sin embargo, a veces cada parte de mi ser anhela estar en el cielo Contigo todo el tiempo, mientras que todavía quiero quedarme aquí y vivir hasta llegar a ser una ancianita cariñosa viendo a todos sus hijos y nietos a su alrededor. No entiendo todo lo que está cambiando dentro de mí.

Sierra sostuvo tiernamente el diario desgastado, caían lágrimas por su rostro. La bella carta de Mary Kathryn para Dios era el último registro en su diario. Mientras daba vuelta a la última página, encontró un sobre cuidadosamente pegado a la contratapa. Dentro de él había una sola hoja de papel. Reconoció la letra clara y prolija de su madre.

Querida Sierra:

No tenemos ningún otro diario de Mary Kathryn McMurray entre nuestras posesiones. Si hubieron otros después de este, lamento decir que se perdieron o fueron legados a otra parte de la familia con la que no tenemos contacto. Sí sabemos, gracias a otros registros familiares, que Mary Kathryn y Hamlet Bogan Kavanaugh tuvieron ocho hijos juntos y que llegaron saludables a una edad avanzada. Los registros que poseemos nos llegaron a través de la antepasada de tu padre, América Farr, la última hija que tuvo Mary Kathryn con James Addison Farr. James fue el padre de tu tatarabuela.

Mike tiene todos los documentos familiares, si te interesa averiguar todos los detalles.

Te amo,
Mamá

P. D. Revisé todo con sumo cuidado, pero no pude encontrar ninguna otra mención de Joshua.

CAPÍTULO 27

Sɪᴇʀʀᴀ sᴇ sᴇɴᴛó a mirar la colcha de Mary Kathryn. Alex no la había llamado en varios días. Sabía que estaba dándole tiempo para asimilar lo que le había dicho. Y ella *había* pensado en eso. Había pedido dos días libres en el trabajo para pensar bien las cosas. Mientras los niños estaban en la escuela, ella caminaba por el centro comercial y se sentaba en la cafetería. Luego se sentaba en un rincón de la cocina mientras el sol entraba por la ventana y leía la Biblia y oraba. No encontró ninguna solución.

Señor, desearía que me mostraras las respuestas con letreros de neón. ¿Qué se supone que debo hacer?

Se había ido a la cama más temprano, pero como no podía dormir, fue a sentarse al sofá y se quedó mirando la colcha de Mary Kathryn McMurray.

¿Qué harías tú, Mary Kathryn? ¿Dispararle? ¿Perdonarlo y dejarlo volver?

La vida de Sierra había cambiado mucho. Estaba feliz y cómoda con los cambios. Alex solo pondría su vida al revés otra vez, sin mencionar los riesgos involucrados al tratar de hacer que su matrimonio funcione. No estaba tan preocupada por el VIH como Alex. Estaba más preocupada por los riesgos emocionales, los miedos inherentes a volver a amarlo como antes. Alex había sido el centro de su universo.

Jesús, Tú eres mi centro ahora. ¿Aceptará Alex los cambios que hay en mí?

Durante sus largas conversaciones nocturnas, apenas rozaban el tema de la fe. La verdad es que ella tenía miedo de hablar del tema con él. Ir a la iglesia nunca había sido parte de su rutina más que para ir a misa con los padres de él en ocasiones especiales. ¿Entendía Alex cuán importante era Jesús para ella ahora, que necesitaba más al Señor que a él? Ella *quería* a Alex. Quería compartir la vida con él completamente. Si se enteraba de que Cristo no tenía lugar en su vida, ¿cómo podía reconciliarse con él sin hacer concesiones en su nueva fe?

Viví trece años con él, Señor, y no sé en qué cree. A decir verdad, no sé mucho de cómo funciona por dentro su corazón. Siempre me importó más cómo funcionaba el mío.

Ay, Dios, ¿por qué somos tan orgullosos y necios? No escuchamos hasta que nos enfrentamos al desastre, ¡y entonces recurrimos a Ti llorando y queriendo que Tú nos arregles! Yo lo amo, Padre, pero ¿es suficiente esta clase de amor para que nuestro matrimonio funcione? Tenemos muy poco en común. Nunca me había dado cuenta de eso hasta ahora. Venimos de dos culturas diferentes, de contextos sociales diferentes, de religiones diferentes. Él es brillante y yo soy normal. Él se graduó con honores en la universidad, mientras que yo logré terminar la preparatoria y hacer algunas materias de administración. A él le gusta lo ultramoderno, y a mí las antigüedades, los girasoles y el encaje. Señor, a él le gusta la música de los años setenta, y a mí me enferma. Cuando pienso en todo esto, la cabeza me da vueltas. Me pregunto cómo duramos tanto tiempo juntos. El sexo era fabuloso. ¿Fue eso? ¿Fue la mutua pasión lo que nos mantuvo unidos, Señor?

El rubor subió por sus mejillas, y ella reprimió sus propios pensamientos. ¿Era apropiado hablar con Jesús de semejantes cosas? Si no era así, esperaba que Él la perdonara, pero no había nadie más a quién recurrir, nadie que la entendiera completamente. ¿Quién más podría hacerlo, sino Aquel que la había creado?

Mientras oraba y hablaba con Dios, batallaba con todas las preguntas. ¿Había causado su propia caída por vivir en un mundo de fantasía y no estar dispuesta a ver quién era Alex realmente? ¿Era por eso que su matrimonio había durado tanto tiempo?

¿Fue así, Señor? Todavía lo anhelo cuando lo veo. Ahora soy cristiana, y todavía lo ansío. Te amo, Jesús. Todas las cosas han cambiado, y una de ellas soy yo. Y aún lo amo.

¿Qué hago, Señor? ¿Cuál es Tu voluntad para mí en todo esto?

Apoyó la cabeza contra el sofá y levantó la mirada hacia la colcha.

Entonces se dio cuenta. Un destello de discernimiento que salió de la nada, desde adentro de ella. Y con él, la voz apacible y amorosa de Dios.

Quédate quieta, amada. Y reconoce que yo soy Dios.

Parpadeó asombrada, abrumada. Estaba justo ahí, delante de sus ojos, solo que había estado ciega para verlo. El mensaje que su madre le dijo que recibiría, finalmente había llegado. Sentándose lentamente hacia adelante, Sierra estudió la colcha, y entendió.

«Un día te llegará como una estrella que estalla en los cielos. ¡Y qué inolvidable será ese día!».

Sierra se levantó y fue hacia la colcha, sonriendo maravillada,

mientras sus dedos recorrían las líneas del hilo escarlata que
unía todos los trozos, convirtiéndola en una obra de arte increí-
blemente hermosa.

—Oh, Señor... —susurró con voz quebrantada. ¿Cómo
pudo haber estado tan ciega?

¿Quién soy yo, amada?

—Eres Dios. El Dios Todopoderoso.

Mientras el entendimiento cantaba en su propia sangre,
Sierra lloró de gozo.

Respondiendo a un impulso, llamó a Alex.

—Sierra —dijo con voz ronca—. ¿Qué pasa, *querida*?

Lo había despertado. Miró hacia el reloj de la cocina e
hizo un gesto afligido. Ni siquiera se había dado cuenta de
qué hora era.

—Nada. Los chicos están bien. Yo estoy bien.

—Algo pasó. ¿Qué es?

¿Debería decirle que volviera a dormirse? Su corazón iba a
toda velocidad, su alma cantaba alabanzas al Señor.

—¿Puedes venir?

—*Sí.* —No le preguntó qué hora era. Después que
cortó, se pasó las manos por el cabello. ¡La una y cuarto de
la madrugada! ¿Qué estaría pensando Alex? Avergonzada, lo
llamó para pedirle disculpas y decirle que el descubrimiento
podía esperar hasta la mañana siguiente.

Quizás debería esperar hasta que hubiera tenido más
tiempo para pensar en eso. ¿Entendería si trataba de explicárselo ahora, con el entusiasmo enfebrecido del descubrimiento? Surgieron las dudas. Quizás estaba reaccionando
exageradamente. Quizás estaba siendo excesivamente senti-
mental. Quizás su imaginación estaba desenfrenada.

Ay, Señor. Ay, Señor.

Alex no contestaba. Antes de colgar, escuchó un golpe en
la puerta.

Sierra respiró hondo y abrió. Su corazón dio un vuelco al ver a su esposo. Se había puesto una sudadera vieja y estaba descalzo y con el cabello oscuro despeinado. Parecía preocupado.

—Lo siento, Alex. Ni siquiera vi qué hora era.

—Ya estoy despierto —dijo él entrando.

—Vas a pensar que estoy loca, pero hay algo que quiero mostrarte.

Ay, Dios, haz que vea. Hazlo entender. ¡Ayúdanos! Sé Tú el pegamento que nos una esta vez.

Alex la siguió a la sala revisando si había algo fuera de lugar. No había habido ningún terremoto. No se le había caído el techo encima. Nada raro. La miró, desconcertado, inquisitivo.

Ella levantó la vista hacia la colcha.

—La pregunta nunca fue *si*, sino *cuándo* —dijo, más para sí misma que para él.

—¿Cuándo qué?

Sierra le sonrió.

—Dice que toda rodilla se doblará y toda lengua declarará que Jesucristo es el Señor. Entonces, la pregunta es: ¿Renunciamos a todo por el Señor, o lo obligamos a que nos despoje de todo antes de entender que *Él controla* todo?

—No sé de qué estás hablando, *querida* —dijo Alex sacudiendo la cabeza.

—Siéntate conmigo, Alex, por favor. Tengo que preguntarte algo muy importante. —Se volteó para mirarlo de frente mientras se sentaban juntos en el sofá—. Esta es la pregunta más importante que te haré en mi vida. ¿Quién es Jesús para ti?

Sorprendido, la miró a los ojos.

—Dios el Hijo, el Creador, el Padre, el Salvador.

Los ojos de Sierra se llenaron de lágrimas de gratitud.

—Entonces, tú crees.

—*Sí, amor mío*. Desde que era niño. Nunca quise que se convirtiera en un problema contigo. Tu familia... la mía... *imposible... lo comprendo*. Y entonces, cuando me alejé de ti, pensé que me había alejado de Él, también. Creía que Él no me perdonaría, que podría...

Se le quebró la voz y Sierra sintió un nudo en la garganta al verlo profundamente desesperado. Él la miró a los ojos.

—Pero lo hizo, *querida*. Dennis me ayudó a verlo. Dios me perdonó; me restituyó a Él. Y por ese motivo no renunciaré a nuestra relación. Si Él puede perdonar, puede ayudarnos a hacer lo mismo.

El alivio recorrió el cuerpo de ella, así como el gozo. Miró nuevamente la colcha.

—Dios Todopoderoso, Creador, Amo. Él es el Alfa y la Omega. Mary Kathryn McMurray llegó a comprenderlo. Ella hizo esa colcha para que otros también lo vieran. Yo estaba tan ciega.

Oh, qué maravilloso era todo esto.

Alex la tocó, apenas una caricia con sus dedos, tímido, reconfortante.

—¿Por qué lloras?

—Porque Él es *soberano*, Alex. Admito que no entendía qué significaba eso. Estuve dándole vueltas a las cosas, de adentro hacia afuera, de todas las maneras posibles, tratando de resolver cómo arreglarlas, cómo corregirlas, cómo asegurarme de que todo funcione como se supone que debe ser. Y, entonces, esta noche, mientras miraba la colcha, me di cuenta de que yo no controlo nada. Dios lo hace. Siempre lo ha hecho. Es el Dios que todo lo puede.

Levantó la vista a la colcha de Mary Kathryn.

—Ella lo supo, Alex. Tuvo que pasar aflicciones y tragedias para que, finalmente, sus ojos se abrieran, pero al final, lo supo. Y lo puso ahí, en la colcha, para que lo vieran todos los que tuvieran ojos para ver.

Yo soy muy parecida a ella, Señor. Terca, cabeza dura, y Tú me amas en toda circunstancia. Gracias por la paciencia que tienes conmigo.

Alex miró la colcha frunciendo el ceño. Cuando volvió a mirar a Sierra, ella percibió que estaba preguntándose si se había vuelto loca. Se levantó y fue hacia la colcha.

—La primera vez que mamá y yo sacamos la colcha del viejo baúl del ático, noté el hilo escarlata. Hasta esta noche, no había entendido por qué Mary Kathryn había elegido ese color. ¿Ves cómo resalta? ¿Ves cómo une todos los pedazos de tela, Alex? Mary Kathryn fue haciendo cada cuadrado por separado durante muchos años. Cada uno muestra algo importante que le sucedió: tragedias, nacimientos, cambios en su vida, trastornos. Y aquí, al final, la muralla de piedra con esa cuerda roja colgada de la ventana que está abierta. Nunca había entendido eso. —Se paró frente a la colcha, trazando con sus dedos una sección de hojas de parra y uvas bordadas. Sacudiendo la cabeza, se dio vuelta y lo miró con el corazón lleno de amor.

—Leí su diario completo varias veces, y nunca entendí por qué había hecho esa muralla en el último cuadrado. En el diario, nunca se menciona ninguna muralla. Esta noche lo entendí. Es la muralla de Rahab.

—¿Rahab?

—Rahab, la prostituta que escondió a los espías israelitas que fueron a Jericó. Moisés había muerto y los israelitas entraron a Canaán para apoderarse de la Tierra Prometida. Josué mandó espías a Jericó y Rahab los acogió. Era una prostituta que había vivido una vida de pecado y desobediencia, y sin embargo, en ese momento arriesgó su vida para proteger a esos hombres y ocultarlos de quienes los buscaban porque creía en su Dios. Tuvo fe y actuó de acuerdo con sus creencias. Los espías le dijeron que colgara una cuerda escarlata de su ventana y, a pesar de que todos los habitantes de Jericó morirían a filo de espada, nadie de su casa perecería. Y cumplieron lo prometido. Ella se casó con Salmón y su nombre se menciona en el linaje de Jesucristo.

Volvió a mirar la colcha.

—Pero hay algo más que eso. El escarlata es por Jesús y por su muerte en la cruz. El escarlata es por la sangre que Él derramó por nosotros para que pudiéramos ser redimidos. Él estuvo presente en el principio de todo. La fe es la clave.

—¿Escarlata por la fe de ella, quieres decir?

—No, no por su fe. Mary Kathryn luchó contra Dios. Al principio de su diario, ella estaba enojada con Él y lo rechazó. Luego de eso, apenas lo mencionó de manera positiva; no hasta mucho después. No fue fiel en absoluto. En un sentido, fue como Rahab, prostituyéndose a otros dioses en una tierra desconocida. Su casa y su tierra le importaban más que todo lo demás. Después fueron su esposo y sus hijos. Y con cada pérdida que sufría, Dios estaba allí con ella. No lo entendió hasta el final. Eso es lo que significa el hilo escarlata. Por eso es que la muralla está en el último cuadrado. La ventana está abierta y la cuerda escarlata fluye hacia afuera y hacia arriba, uniendo todo. Dios estuvo con ella a lo largo de toda su vida. Él la apoyó.

Se rio dulcemente, llena de alivio y de gozo.

—Mira las puntadas, Alex. Hojas de parra y uvas, cadenas, palomas, cruces, ramas de olivo; tanta habilidad y belleza. Cuando acolchó esta muralla, lo hizo con un amor apasionado por su Salvador. Se dio cuenta de que todo lo que le había pasado había sido por la voluntad de Dios. Finalmente se rindió. *Creyó*. Y, porque lo hizo, Dios le abrió los ojos para que pudiera mirar hacia atrás y ver cómo Él había estado íntimamente involucrado en todo. En la muerte. En los nacimientos. En el incendio. En la desheredación. En el amor. En la traición. En las pérdidas. Dios le permitió pasar por todas esas cosas para que ella lo buscara. Una vez que lo hizo, se maravilló de todo.

Volvió a sentarse al lado de Alex.

—Las cosas que pasan en nuestra vida ocurren porque el Señor quiere que nos acerquemos a Él. Nosotros tomamos decisiones y hacemos cosas pensando que las controlamos, pero nunca lo hacemos realmente. El control lo tiene Dios. Es arrogante y orgulloso pensar que gobernamos nuestras vidas. Es una ilusión. Nunca podríamos orquestar una sola cosa. Es Dios quien las controla.

Ella apoyó la mano sobre la rodilla de él.

—Creía que tú controlabas mi vida, Alex. Cuando me trajiste al sur de California, me sentí impotente. Estaba enojada y asustada. Me rebelé. Ni siquiera se me ocurrió acercarme al Señor. Recurrí a mis amigas, y sus vidas eran un caos. Recurrí a mi madre, y de pronto fue arrebatada de mi lado. Quise recurrir a ti, pero tú también te habías ido. Dios finalmente me alcanzó en la autopista Hollywood. —Se rio a través de las lágrimas—. El lugar sagrado para mí resultó ser el condado de Los Ángeles.

Él limpió delicadamente las lágrimas de sus mejillas, mirándola con ternura. Lo que más deseaba Sierra era que él entendiera.

—Ay, Alex, ¿no lo ves? Yo nunca habría necesitado a Jesús si hubiera podido controlar algo. Todo lo que sucedió, todo el dolor, Él lo transformó en algo *bueno*. Sirvió para su propósito. Me llevó a Él.

Sus ojos oscuros se suavizaron.

—Vi el cambio en ti. —Acarició una de sus mejillas con cariño—. Fui un tonto por abandonarte.

Cubrió la mano de Alex con la suya.

—Alex, si no me hubieras dejado, el cambio nunca habría llegado. Le agradezco a Dios por todo esto. Se lo agradezco con todo mi ser, Alex. Todo el sufrimiento fue una bendición. No me enamoré de ti por casualidad. Fue el plan de Dios. Ahora sé que Él nos atrae hacia él durante toda nuestra vida. Si se lo permitimos. Algunos somos tan tercos que nos lleva mucho tiempo ver cómo obra su voluntad.

Algunos nunca lo ven, ¿verdad, Señor?

Sostuvo la mano de Alex entre las suyas y buscó su mirada.

—Jesús es la esencia de quien soy yo ahora, Alex. No puedo volver atrás.

—No te pediría que renunciaras a Él, *querida*. Solo te pido que me dejes entrar.

El corazón de Sierra se derritió. Dios le había dado este hombre para un propósito. Se había casado con Alex siendo una chica inexperta, perdidamente enamorada. Seguía casada con él, y todavía estaba enamorada. La diferencia ahora estaba en que ella era una con Cristo, casada con el Dios Altísimo. Y con Dios, todas las cosas eran posibles.

—Realmente, no tenemos nada en común, ¿verdad? —dijo ella suavemente—. Excepto Jesús. Él es nuestro fundamento común, Alex. Él nos unió, y nos mantendrá juntos si hacemos que Él sea nuestro cimiento. No tengo que seguir preocupándome de qué habría sucedido si... No necesito tener la respuesta para todo. No necesito tener todo perfectamente resuelto en mi mente antes de volver a empezar. Tú tampoco, mi amor. Solamente necesitamos acercarnos más a *Jesús*. Debemos confiar en el plan que tiene para nosotros. Debemos aprender de Él. Y tenemos que dar un paso adelante en fe y empezar.

Tocó su mejilla tiernamente, sintiendo la línea firme de sus facciones.

—Ay, mi amor, si hacemos que acercarnos a Jesús sea la

meta de nuestra vida, ¿cómo podríamos no acercarnos uno al otro al mismo tiempo?

Cubriendo su mano, Alex giró su cabeza y le besó la palma.

—*Mi querida, te amo muchísimo.* Eres tan hermosa para mí, *mi amor.* —Sus ojos se llenaron de lágrimas—. Perdóname por el dolor que te causé.

—Y yo a ti, Alejandro.

Ay, Dios, perdóname por el dolor que te causé a Ti con mi terquedad. Te amo, Jesús.

Se metió en los brazos de Alex con naturalidad y apoyó la cabeza contra su pecho. Podía oír el latido constante y acelerado de su corazón.

—Todavía tenemos mucho por resolver.

—Me desharé del sofá negro.

Ella se rio y respiró el amado perfume de su cuerpo, familiar y embriagador.

Ay, mi amor. Sé como una gacela sobre los montes de especias. Me he despertado. Quédate con nosotros, Señor. Haz que el nuestro sea un triángulo de amor, uno sagrado que dure toda la vida y el más allá.

Alex retrocedió un poco.

—Primero lo primero. —La soltó y se sacó de debajo de la sudadera la cadena de oro que llevaba con el crucifijo que le había regalado su madre y el anillo de casada de Sierra. Abrió el pequeño cierre y dejó que ambos cayeran a la palma de su mano. La miró con una pregunta clara en sus ojos. Esta vez, no estaba dando nada por sentado.

Sonriendo, Sierra extendió su mano izquierda.

—*Dios, te doy mi gratitud y mi vida* —dijo en voz baja, aliviado y agradecido. La tensión se disipó y sus ojos destellaron de alegría mientras deslizaba el anillo de oro nuevamente en su dedo. Tomándola de la mano, se puso de pie.

Catorce años atrás habían estado frente a frente como

ahora, con el futuro por delante. Tomándole el rostro entre las manos, Alejandro Luis Madrid besó reverentemente a Sierra Clanton Madrid delante del Señor.

—Que ningún hombre ni mujer separe lo que Dios ha unido —murmuró.

Rodeando su cuello con sus brazos, Sierra lo besó a él.

Oh, Padre, nos regocijamos en Ti. ¡Alabamos Tu nombre! Moldéanos y haznos uno contigo.

Guía para discusión

Estimado lector:

Esperamos que haya disfrutado de esta historia atemporal sobre las relaciones familiares y la fidelidad de Dios. Su fidelidad en nuestros fracasos, su sanidad en nuestro quebranto y su tiempo oportuno para la restauración.

Unos trozos de tela desgarrados y gastados pueden no tener valor alguno para un espectador, pero cuando son entrelazados por unas manos llenas de amor y embellecidos con un hilo brillante, se convierten en una preciosa reliquia familiar. Lo mismo pasa con nuestra familia y con nuestra vida. Lo que para nosotros es quebranto, fracasos y desesperación, Dios los usa para refinarnos. Entrelaza el resplandeciente *hilo escarlata* de Su amor para perfeccionar nuestra fe en Él. «Pues somos la obra maestra de Dios. Él nos creó de nuevo en Cristo Jesús, a fin de que hagamos las cosas buenas que preparó para nosotros tiempo atrás» (Efesios 2:10).

Que la siguiente guía para discusión lo ayude a ver el *hilo escarlata* que Dios está entrelazando en su vida para hacerlo apto para la eternidad.

Cordialmente,
Peggy Lynch

1. Según su opinión, ¿cuál fue la causa o causas de los problemas familiares que tenían Sierra y Alex? ¿De qué manera contribuyeron Sierra y Alex a sus propios problemas? ¿Qué esfuerzos hicieron para resolver sus diferencias?

2. Compare a Sierra y a Mary Kathryn. ¿En qué son similares? ¿En qué se diferencian? ¿Cómo afectó en sus relaciones su capacidad de comunicación?

3. ¿Cómo evalúa su propia capacidad de comunicación? Lea Proverbios 12:18 y 15:23. ¿Qué dicen esos versículos sobre la comunicación? ¿Cómo puede aplicarlos a su propia vida?

4. Contraste a Alex con James. ¿Bajo qué incapacidades autopercibidas se comportan? ¿Cómo afectó esta manera de pensar sus decisiones y sus elecciones?

5. ¿Qué incapacidades percibidas motivan sus decisiones? ¿Cómo puede superar esas incapacidades? ¿Qué solución provee Proverbios 29:25?

6. Proverbios 17:3 dice: «El fuego prueba la pureza del oro y de la plata, pero el SEÑOR prueba el corazón». ¿Qué pruebas enfrentaron Sierra y Mary Kathryn? ¿Con cuánto éxito enfrentaron esas dificultades? ¿Qué pruebas está enfrentando usted en su vida?

7. ¿En qué cosas se parecen Ron Peirozo y Kavanaugh? ¿En qué se diferencian de Alex y de James? ¿Por qué son interesantes? Lea Proverbios 16:32 y Proverbios 29:23. ¿Cómo se aplican esos versículos a los hombres de esta historia?

8. ¿A quién usó Dios para llamar la atención de Sierra?

¿Cómo reaccionó? ¿A quién usó Dios con Mary Kathryn y cuál fue su reacción?

9. ¿Cómo ha usado Dios a las personas que han pasado por su vida para acercarlo a Él? ¿Cómo actuó usted en respuesta? ¿Cómo puede ser un amigo fiel como el que se menciona en Proverbios 17:17?

10. ¿Hizo Sierra lo correcto al final de la historia? Si estuviera en su lugar, ¿habría decidido hacer lo mismo? ¿Hay algún momento y circunstancia en que el divorcio sea el procedimiento correcto? ¿Qué dice la Biblia?

11. Analice la fidelidad de Dios para con Alex y Sierra. ¿De qué maneras les demostró Dios su fidelidad a Mary Kathryn y Kavanaugh?

12. Al echarle un vistazo a su vida pasada, ¿cómo lo acercó Dios a Él? En medio de los fracasos o el quebrantamiento, ¿de qué manera ha sido Dios fiel con usted? ¿Puede ver Su hilo escarlata de amor haciéndolo apto para la eternidad? Lea el Salmo 25:6 y Romanos 8:28-30.

Acerca de la autora

FRANCINE RIVERS, una autora de éxitos de mayor venta del *New York Times* inició su carrera literaria en la Universidad de Nevada, Reno, donde se graduó con una Licenciatura en Humanidades con especialización en Literatura y Periodismo. De 1976 a 1985 desarrolló una exitosa carrera como escritora en el mercado literario general y sus libros fueron sumamente aclamados por los lectores y por la crítica. Si bien creció en un hogar religioso, Francine no tuvo un verdadero encuentro con Cristo hasta más adelante en su vida, cuando ya estaba casada, tenía tres hijos y era una reconocida autora de novelas románticas.

Poco después de renacer en Cristo en 1986, Francine escribió *Amor redentor* como su declaración de fe. Publicada por primera vez por Bantam Books, y luego relanzada por Multnomah Publishers a mediados de la década de los noventa, esta adaptación de la historia bíblica de Gomer y Oseas situada durante la época de la Fiebre del Oro en California, actualmente es considerada por muchos una obra clásica de ficción cristiana. *Redeeming Love* sigue siendo uno de los títulos más vendidos de la Christian Booksellers Association (Asociación de libreros cristianos) y mantuvo un lugar entre las listas de libros más vendidos durante casi diez años.

Desde *Redeeming Love*, Francine ha publicado numerosas novelas con temas cristianos, todas éxito de ventas, y sigue ganándose tanto el reconocimiento de la industria literaria como la lealtad de los lectores en todo el mundo. Sus novelas cristianas han ganado o han sido nominadas para diversos premios, incluido el Premio RITA, el Premio Christy, el ECPA Gold Medallion y el Holt Medallion en Honor al Talento Literario Sobresaliente. En 1997, luego de ganar su tercer Premio RITA por ficción inspiradora, Francine fue incluida en el Salón de la Fama de los Romance Writers of America (Escritores estadounidenses de novelas románticas). Las novelas de Francine han sido traducidas a más de veinte idiomas y gozan de la categoría de libros más vendidos en muchos países, incluidos Alemania, los Países Bajos y Sudáfrica.

Francine y su esposo, Rick, viven en el norte de California y disfrutan los momentos que comparten con sus tres hijos adultos y de cada oportunidad que tienen de consentir a sus cuatro nietos. Francine utiliza su escritura para acercarse más al Señor y desea, mediante su obra, poder adorar y alabar a Jesús por todo lo que ha hecho y está haciendo en su vida.

Visite el sitio www.francinerivers.com.